Trügerische Begegnung
im Sommerwind

BOOKS on DEMAND

Ricarda Konrad

Trügerische Begegnung
im Sommerwind

Bibliografische Information der Deutschen Nationalbibliothek:
Die Deutsche Nationalbibliothek verzeichnet diese Publikation
in der Deutschen Nationalbibliografie; detaillierte bibliografische Daten sind im Internet über http://dnb.dnb.de abrufbar.

Illustration: **Yasmin Poppe**

*Herstellung und Verlag: BoD – Books on Demand, Nor-
derstedt*

ISBN: 978-3-7386-3235-4

Kapitel 1

Ein verirrter Sonnenstrahl spiegelte sich auf der Tischplatte und warf sein Licht in einem hellen Kreis an die Wand. Megan Riordan liebte dieses Spiel so früh am Morgen, wenn die Sonne aufging. Nie hielt es sie lange im Bett, sobald der Tag erwachte. Diesmal hatte ihre Anwesenheit in der Küche zu dieser frühen Stunde jedoch einen Grund.

Während der sechs Monate, die sie mit ihren Söhnen zurück in ihrem Heimatdorf war, lebte sie vom Unterhalt ihres Mannes. Dezente Hinweise aus der Familie wiesen sie aber immer wieder darauf hin, dass dies kein Dauerzustand sein konnte und Megan sich doch gefälligst endlich auf eigene Beine stellen solle. Sie selbst hatte dazu im Grunde keine Veranlassung gesehen, denn mit Joshuas Zahlungen lebte es sich recht gut. Dennoch fühlte sie sich neuerdings unausgelastet, seitdem sie das Ende ihrer neunzehnjährigen Ehe verarbeitet hatte. Zuerst gab es genug mit der Bewältigung der Trennung zu tun. Nicht nur für sie, sondern auch für die Jungs. Gerade Noah mit seinen sechzehn Jahren befand sich ohnehin in einem schwierigen Alter und das machte es nicht leichter. Er schlug nach seinem Vater, mit blondem Haar und schmaler Gesichtsform. Der Körper jedoch war eher Megans: groß, schlaksig und im derzeitigen Stadium der Pubertät etwas ungelenk. Megan vermutete sogar, Noah hatte die erste Freundin. Er benahm sich manchmal seltsam, tippte häufig auf seinem Smartphone und schaltete aber das Display aus, wenn Megan ihn dabei überraschte. Sie freute sich für ihn, denn in dem Alter war es einfach herrlich normal. Lediglich Noahs Verschwiegenheit störte sie manchmal, aber es gehörte schlicht zu seiner Natur.

Der zwölfjährige David hingegen war ein unkompliziertes Kind, das sich in der Umgebung schnell einlebte und seinen

Vater nicht so sehr zu vermissen schien. Er hatte mehr von seiner Mutter geerbt, das dunkle Haar, die ovale Gesichts-form. Außerdem ihre großen, dicht bewimperten Augen, die später einmal Mädchenherzen schmelzen lassen würden. Unbekümmert sagte er oft, was er dachte und Megan fand das besonders liebenswert – wie eigentlich alles an ihren Söhnen.

Sie trank den letzten Schluck Kaffee, stellte die Tasse in die Spülmaschine und warf einen Kontrollblick in den Garderobenspiegel. Ihr Gesicht war schmal geworden in der letzten Zeit und die langen, dunklen Haare betonten die Blässe. Bisher schlank, wirkte sie nun schon fast mager. Ohne Rundungen, nur noch mit Ecken und Kanten. Ein Ebenbild ihrer Mutter, hatte sie hohe Wangenknochen und volle Lippen. Trotz der Gewichtsabnahme war ihr Gesicht immer noch hübsch, die braunen Augen ausdrucksvoll. Die leicht nach oben gebogene Nasenspitze gaben ihr etwas Spitzbübisches.

Verärgert über ihr Spiegelbild streckte sie ihm die Zunge raus, bevor sie ihre Handtasche nahm und das Cottage ihres Bruders verließ. Da er mit seiner Frau in deren Haus lebte, durfte sie hier mietfrei wohnen.

Ein Blick auf die Uhr sagte ihr, dass sie sich etwas beeilen musste. Am ersten Arbeitstag zu spät zu kommen wäre mehr als peinlich. Megan hatte sich nicht wirklich um Arbeit bemüht, sondern ihre Bewerbungen eher pro forma verschickt. Wider Erwarten bekam sie eine Einladung zu einem Gespräch. Bei dieser Unterhaltung erfuhr sie von der Trennung ihres zukünftigen Chefs von seiner Frau, die zuvor die Arbeiten im Büro erledigt hatte. Das war ein halbes Jahr her und im Bestreben, ein gemeinsames Band zu knüpfen, bemerkte Megan: »Oh, mein Mann und ich haben uns auch vor einem halben Jahr getrennt.« Sie bekam die Stelle. Deshalb machte sie sich heute Morgen um diese Zeit auf den Weg in den Nachbarort. Im

Nachhinein war sie doch froh, dass es geklappt hatte. So konnte sie der Eintönigkeit der Tage entfliehen.

Ihr Heimatdorf, in dem außer ihrem Bruder Damian noch ihre Eltern und Großmutter lebten, war doch sehr klein und bot nicht viel Abwechslung. Natürlich hielt sie sich oft im Elternhaus auf, aber eine Dauereinrichtung sollte das nicht sein. Damian arbeitete als selbstständiger Schreiner den ganzen Tag und auch seine Frau Caro verbrachte die meiste Zeit mit ihren Übersetzungen. Sie stellte für Megan ohnehin keine Zuflucht dar, denn so ganz warm geworden waren die beiden Frauen in der kurzen Zeit ihrer Bekanntschaft noch nicht.

Megan seufzte und startete den Motor ihres Kleinwagens. Die ganzen Jahre hatte sich nicht arbeiten brauchen und kaum auf etwas verzichten müssen. Es erstaunte sie selbst, dass sie sich auf diese neue Aufgabe freute. Es handelte sich nur um eine Schreibtätigkeit mit Telefondienst bei einem Makler, aber immerhin. Das würde sie wenigstens problem-los packen. Sie spürte eine beginnende Unruhe, die ihre Hände leicht zittern ließ. Weit brauchte sie nicht zu fahren, nur zehn Minuten die Landstraße entlang. Auf der Strecke lagen das eine oder andere einsame Cottage und Wiesen, so weit das Auge reichte. Wie in Irland üblich, waren sie auch hier durch kleine Natursteinmauern abgegrenzt. Manchmal staunte Megan selbst darüber, wie sehr sie die Einmaligkeit dieser Landschaft überraschte, wenn sie sich die Zeit nahm, bewusst hinzusehen.

Sie steuerte ihr Auto in Langshire an den Straßenrand, wo es die nächsten Stunden auf sie warten würde. Nervös verriegelte sie die Türen, überquerte die noch mäßig befahrene Straße und öffnete die Glastür zum Maklerbüro. Mr Murray schaute von seinem Computer auf, auf dessen Tastatur er bereits fleißig herumgehackt hatte. Als er sie erkannte, stand er sofort auf und kam mit ausgestrecktem Arm zur Begrüßung auf sie zu.

»Herzlich Willkommen, Mrs Riordan. Das ist ihr Arbeitsplatz.«
Er deutete weit ausholend auf einen Schreibtisch mit PC, der im
rechten Winkel zu seinem, aber doch einige Meter entfernt stand.
»Ich zeige Ihnen, wo sie das Gerät anschalten und dann
können Sie sich erst mal in Ruhe damit vertraut machen. Aber Sie
kennen ja die Programme, die Sie für Ihre Arbeit benötigen. Wir
haben kein spezielles zur Textverarbeitung, es ist ein ganz
geläufiges.«
Er drängte sie zu ihrem Platz, indem er immer mehr die
Distanz zwischen ihnen verringerte. Megan war diese Nähe sehr
unangenehm, zumal ihr Chef recht füllig war und trotz der
Frische des Morgens stark schwitzte. Auf der Stirn befand sich
bereits ein feuchter Film, der begann, sich zu Tröpfchen zu
entwickeln. Unauffällig brachte sie wieder etwas Abstand
zwischen sie beide und beobachtete ihn, wie er alles anschaltete.
Sie legte ihre Tasche ab und nahm auf dem Stuhl Platz, der am
Schreibtisch stand. Sofort roch sie wieder den aufdringlichen
Duft von Mr Murray, als er sich über ihre Schulter beugte.
Unbehaglich rutschte sie auf ihrem Stuhl herum und suchte nach
einer Möglichkeit, diese Nähe zu vermeiden. Sie fand keine. Wie
kam bloß dieser Sechzigjährige auf die Idee, dass eine zwanzig
Jahre jüngere Frau derart auf Tuchfühlung mit ihm gehen wollte?
Das fing ja wirklich gut an!

Megan biss die Zähne zusammen und versuchte, seine
körperliche Anwesenheit zu ignorieren. Nach für sie endlosen
Minuten löste er sich von ihr und ging augenzwinkernd zu seinem
Platz zurück. Sie atmete einmal kräftig aus und kreiste mit den
Schultern, um die entstandenen Verspannungen wieder zu lösen.
Dann ergriff sie die Maus und klickte sich durch die Desktop-
verknüpfungen. Schneller als sie erwartet hatte, fühlte sie sich
bereit, mit der Arbeit loszulegen. Sie schaute auf und bemerkte,
wie sie von Murray beobachtet wurde. Ertappt senkte er den
Blick und stierte auf die Unterlagen, die vor ihm lagen.

»Mr Murray, ich wäre soweit. Wenn Sie mir das Band mit den Diktaten geben, könnte ich anfangen.«

Er grunzte kurz, erhob sich dann und brachte ihr ein Diktiergerät an den Tisch, das er selbstverständlich auch wieder mit extremer Körpernähe erklären musste. Megan spürte, wie sie eine Gänsehaut bekam. Es sind nur fünf Stunden täglich, beschwor sie sich. Die gehen vorbei und wenn er alles erklärt hat, gibt es keinen Grund mehr für ihn, neben mir zu stehen. Erleichtert vernahm sie dann seine Ansage, er müsse zu mehreren Besichtigungsterminen. Ob sie denn allein zurechtkäme? Nichts hätte Megan in diesem Moment davon abgehalten, ihm dies zu versichern. Sie sehnte sich nach Einsamkeit in diesem Büro. Doch er drehte noch einmal um, um ihr Anweisungen zu geben, wie sie sich gegenüber möglichen Kunden verhalten sollte. Dann endlich schlug die Tür hinter ihm zu.

Nachdem er gegangen war mit der Information, wohl erst gegen Mittag zurück zu sein, stützte sie die Ellenbogen auf den Tisch und legte das Kinn in die Handflächen. Wenn das in diesem Stil weiterging, würde sie nicht lange durchhalten. Am liebsten wäre es ihr, er wäre vormittags auf Außen-terminen, damit sie von seiner Anwesenheit verschont blieb. Warum musste sie ausgerechnet bei so einem Schleimbeutel landen? Resigniert wanderte ihr Blick durch den Raum, in dem sie künftig arbeiten sollte. Weiß getünchte Wände stießen auf lindgrünen, robusten Teppichboden. Hier und dort gab es eine Topfpflanze, aber davon abgesehen wirkte das Büro recht funktionell und sachlich.

Sie straffte den Rücken, steckte sich die Stöpsel des Diktiergeräts in die Ohren und öffnete die Textverarbeitung. Er hatte Recht, die verwendeten Programme waren nahezu jedem Computernutzer bekannt und das ersparte eine Einarbeitung. Sie konnte einfach drauflos tippen.

Also konzentrierte sie sich auf das Diktat, stellte aber schnell fest, dass es einiger Übung bedurfte, gleichzeitig zuzuhören und zu schreiben. Wahrscheinlich lag es daran, dass sie so lange aus dem Berufsleben war, beruhigte sie sich selbst. Mit der Zeit würde das schon werden.

Und tatsächlich, nach einer guten Stunde klappte es ganz gut, ohne dass sie ständig das Band stoppen und zurück-spulen musste. Jetzt mit Feuereifer bei der Sache, bemerkte sie den Besucher nicht, der durch die Glastür trat. Sie schrak erst auf, als eine Hand vor ihrem Gesicht herumwedelte. Mit einem Ruck richtete sie sich auf, verfing sich mit der Hand im Kabel der Ohrstecker und das Gerät rutschte auf den Boden. Hektisch bückte sie sich danach, wobei sie mit der Stirn gegen die Tischkante stieß.

Der Mann, der bis jetzt vor ihrem Tisch verharrt hatte, löste sich aus seiner Erstarrung und eilte zu ihr. Er nahm ihren Oberarm, um sie hochzuziehen. Dann hob er das Diktiergerät auf und legte es zurück auf den Tisch. Frustriert über ihre Tollpatschigkeit sah sie ihm ins Gesicht und zwei rehbraune Augen blitzten sie amüsiert an.

»Reagieren Sie immer so auf einen Kunden? Es ist hoffentlich nichts passiert?« Seine Stimme klang ruhig und warm.

Megan suchte mit der Hand die Sitzfläche ihres Stuhls und ließ sich darauf nieder.

»Tut mir leid. Ich war so auf meine Arbeit konzentriert, dass ich Sie nicht kommen sehen habe. Es ist mein erster Tag heute und noch etwas ungewohnt. Aber alles okay.«

Er nickte langsam und ein Lächeln umspielte seine Lippen.

»Kein Problem. Ich war nur etwas erschrocken darüber, was ich durch meine Anwesenheit ausgelöst habe.«

Megan hatte sich nun soweit erholt, dass sie ihn näher betrachtete. Sie selbst war recht groß, aber er überragte sie noch um einige Zentimeter. Das blonde Haar bildete einen hübschen Kontrast zu den braunen Augen, die Gesichtszüge waren weich und ebenmäßig. Die gebräunte Haut sah sie als Zeichen, dass er sich viel an der frischen Luft aufhielt. Viele kleine Fältchen gaben dem Gesicht Charakter, er mochte auf die Fünfzig zugehen. Dennoch störte sie etwas, aber sie vermochte nicht zu sagen, was es war.

»Nein, nein! Jeder andere hätte genau denselben Effekt auf mich gehabt. Was kann ich für Sie tun?«

»Vermutlich nicht viel, wenn Sie heute erst angefangen haben.«

»Versuchen Sie es trotzdem«, forderte sie ihn auf.

»Ich suche ein Haus, aber bei Ihren Angeboten ist nichts, was meinem Geschmack entgegenkommt. Nun dachte ich, Sie könnten vielleicht eins nach meinen Wünschen suchen. Ich könnte auch selber bauen, aber das dauert mir zu lange und bringt zu viel Ärger mit sich.«

»Dann sollten Sie auf jeden Fall mit Mr Murray sprechen. Er ist gerade bei Außenterminen, aber ich werfe mal einen Blick in seinen Terminkalender.«

Diesen hatte ihr Murray mit den kurzen Worten erklärt: »Sie sehen ja, wo was frei ist. Da können Sie Termine eintragen.« Er bevorzugte noch die antike Form eines Tischkalenders aus Papier. Gemäß seiner Anweisung trat sie hinter seinen Schreibtisch und entdeckte noch am selben Nachmittag einen gestrichenen Eintrag.

»Offenbar hat heute jemand abgesagt. Könnten Sie gegen drei Uhr wiederkommen? Dann sollte Mr Murray Zeit für Sie haben.«

Der Mann kniff die Augen zusammen, während er überlegte. Dann nickte er.

»Ihr Name?« fragte Megan freundlich nach.

»Oh!« Er lachte und schüttelte über sich selbst den Kopf. »William McKee.«

Sie notierte ihn in der Spalte neben dem gestrichenen Namen und ging zurück zu ihrem Computer. McKee winkte zum Abschied und verließ das Büro.

An ihrer Unterlippe nagend dachte Megan darüber nach, was sie an ihm gestört hatte. Ein verbitterter Zug um den Mund, das war es. Erleichtert, die Ursache gefunden zu haben, wandte sie sich wieder der Tastatur zu. Aber bevor sie weitertippte, erinnerte sie sich ihrer Söhne. Ob Damian wie versprochen dafür gesorgt hatte, dass sie pünktlich aufstanden und zur Schule fuhren? Seine Werkstatt lag nicht weit vom Cottage entfernt und diese Lösung hatte sich daher angeboten. Unwillig schüttelte Megan über diese Gedanken den Kopf. Wenn Damian sich darum kümmerte, dann klappte das auch. Außerdem würde sie ab morgen später anfangen zu arbeiten und könnte sie wieder selbst versorgen.

Sie haute bis kurz vor Feierabend in die Tasten. Gerade als sie den Bildschirm abdeckte, kam Murray zurück.

»Ich habe für heute Nachmittag einen Termin einge-tragen«, verkündete sie fröhlich, da sie in wenigen Minuten gehen würde. »Der Herr sucht ein Haus und möchte, dass Sie es für ihn finden. Die ausgedruckten Schriftsachen liegen auf Ihrem Schreibtisch. Ich gehe dann jetzt. Bis morgen, Mr Murray.«

Sie hörte gerade noch sein »Schönen Feierabend!«, als sie fast fluchtartig auf die belebte Straße trat. Ihr graute vor seiner Anwesenheit am morgigen Tag, denn vormittags hatte es keine Termine in seinem Kalender gegeben. Um sich aber nicht den Nachmittag zu verderben, schob sie ihre Unbehaglichkeit zur Seite.

Bevor sie nach Affordshire zurückfuhr, erledigte sie noch ein paar Einkäufe. Mit den Tüten auf dem Rücksitz zockelte sie anschließend in gemütlichem Tempo nach Hause. Bis Noah und David aus der Schule kommen würden, dauerte es noch eine Weile. Es bliebe ihr somit Zeit, auszupacken und den Vormittag Revue passieren zu lassen. Ob sie einen Abstecher zu Damian machen sollte, um ihm von dem unmöglichen Benehmen ihres Chefs zu erzählen? Den Gedanken verwarf sie sofort wieder. Er würde nur denken, sie suche einen Grund, um sich vor der

Anstellung zu drücken. Trotzdem, wenn sich Murray weiter so verhielt, würde sie ihren Bruder um Rat fragen. Oder vielleicht doch lieber Caro.

Obwohl sie ganz sicher nicht beste Freundinnen waren, hatte sie ihre Schwägerin als eine Person kennengelernt, die eine klare Meinung hatte und sehr objektiv an Probleme heranging. Sie würde ihr bestimmt etwas raten können. Warum hatte sie Caro eigentlich schon bei der ersten Begegnung abgelehnt? Eine Analyse fiel nicht schwer. Damian liebte unverbindliche Affären und seine Unabhängigkeit. Kaum kam aber diese Deutsche daher, die in dem beschaulichen Dorf ein Cottage geerbt hatte, wurde ihr Bruder mit über vierzig Jahren zum Beziehungsmensch. Nicht, das dies schlecht wäre. Aber es war eine solche Veränderung, dass Megan ihr automatisch kritisch gegen-überstand. Dennoch, die Entwicklung war durchaus positiv anzusehen. Den richtigen Hafen gefunden, wirkte Damian überaus glücklich. Vielleicht sollte sie doch mal auf Caro zugehen und ihren Argwohn über Bord werfen.

Sie stellte den Wagen in der Einfahrt ab und entdeckte vor der Haustür eine einsame, rote Rose. Verblüfft starrte sie darauf, stellte ihre Einkäufe ab und hob sie auf. Ein intensiver Duft stieg von der Blüte auf. Kurz schoss ihr die Frage durch Kopf, von wem sie stammen könnte. Impulsiv schaute sie sich um, natürlich ohne jemanden zu entdecken. Im Grunde interessierte es sie aber nicht weiter, deshalb schob sie den Gedanken zur Seite. Noch ahnte sie nicht, dass diese schöne Blume gleichbedeutend mit einer bald unerträglichen Situation für sie werden würde.

Sie trug die Tüten ins Haus und begann auszupacken. Dann kochte sie sich einen Tee, nahm ihn mit ins Wohn-zimmer und ließ sich dort in den gemütlichen Sessel fallen. Die Einrichtung stammte zum größten Teil von Damian, der ihr vieles überlassen hatte. Sie lächelte vor sich hin. Einen solchen Bruder zu haben konnte man wahrhaftig als Glücksfall bezeichnen.

13

Während sie sich bei ihrem Tee ausruhte, fiel die Anspannung von ihr ab. Das bewirkte, dass sie sich ausge-laugt und erschöpft fühlte. Und das nach einem ruhigen Arbeitstag von nur fünf Stunden! Sie war wirklich sehr aus der Übung. Kopfschüttelnd stand sie schwerfällig auf, brachte die Tasse in die Küche und begab sich auf den Weg zu Caro. Natürlich würde sie stören, denn die Schwägerin säße zu dieser Zeit am Computer, um an einer Übersetzung zu arbeiten. Diese selbstständige Art der Heimarbeit hatte ihr eine Übersiedlung nach Irland überhaupt erst möglich gemacht. Megan wusste aber auch, dass Caro gegen eine Unterbrechung meistens nichts einzuwenden hatte.

Sie legte die kurze Distanz zum Cottage, in dem das Paar lebte, zu Fuß zurück. Bevor sie zum Gartentor abbog, schaute sie die Kuppe entlang. Würde sie das kurze Stück hinaufgehen, könnte sie auf der anderen Seite den Dorfkern sehen. Gepflegte Häuser, die sich in kleinen Vorgärten aneinanderreihten. Ein mehr oder weniger als Hobby betriebener Lebensmittelladen, ein Pub und wenige Neben-straßen, die nicht lang waren. Eine führte sogar direkt zu den Klippen, von wo aus man das tosende Meer darunter sehen konnte.

Sie ging auf die Haustür zu und warf einen Blick durch das Fenster links daneben. Gleich davor stand der Computer, denn es war Caros Arbeitszimmer. Mit gerunzelter Stirn starrte diese auf den Bildschirm, das hübsche, runde Gesicht mit den klaren, blauen Augen konzentriert. Erstaunt hob sie schließlich den Kopf, als sie die Anwesenheit der Besucherin bemerkte. Die hellblonden, schulterlangen Haare waren zerzaust, als wenn sie immer wieder mit der Hand hindurchgefahren wäre. Sie lächelte Megan zu und winkte ihr zum Zeichen, dass sie reinkommen solle.

Megan kam der Aufforderung nach und betrat den übersichtlichen Flur, Caro kam ihr bereits aus dem Büro links entgegen. Lautes Hundegebell erklang, während zwei Fellknäuel mit Schlappohren auf sie zuschossen. Obwohl Megan selbst keine Haustiere würde haben wollen, mochte sie die Mischlinge sehr. Also hockte sie sich hin und kraulte ihnen zur Begrüßung hinter den Ohren. Oscar, der nie genug bekommen konnte, warf sich auf den Rücken und hielt ihr zusätzlich seinen Bauch hin. Sein Bruder Goliath betrachtete dies geduldig, bis Oscar sich zufrieden wieder aufrappelte und beide im hinteren Teil des Hauses verschwanden.

»Wie war dein erster Tag?« fragte Caro anstelle einer Begrüßung. Wieder fiel Megan die füllige Figur ihrer Schwägerin auf, aber es stand ihr. Und Damian schien es sowieso zu gefallen.

»Anstrengend. Ist doch merkwürdig, dass mich ein paar Stunden Schreibarbeit so umhauen. Nur, weil ich so viele Jahre nicht gearbeitet habe.«

Caro grinste. Auch von ihr ging eine gewisse Distanziertheit aus, die aber eher auf Vorsicht beruhte. Eine Reaktion auf die bislang etwas ablehnende Haltung Megans.

»Ich glaube, das ist normal. Magst du einen Tee mit mir trinken?«

Sie wusste sehr wohl, dass Megan Kaffee nur als morgendliches Aufwachgetränk akzeptierte.

Megan registrierte wieder einmal das unausgesprochene Friedensangebot Caros. Und diesmal würde sie es annehmen. Sie fand sich selbst gar nicht so bockig und unnahbar, wie andere sie sahen – insbesondere Caro hatte diesen Eindruck von ihr gewonnen. Alles nur Fassade, um nicht verletzt zu werden. Megan selbst wusste das selbstverständlich, andere nicht.

»Ja, das wäre super. Ich dachte mir, wir könnten einfach mal eine halbe Stunde quatschen. Wenn ich ehrlich bin, würde ich dir auch gern was erzählen, von dem ich nicht weiß, wie ich damit umgehen soll.« Dies war ein spontaner Entschluss, den sie soeben gefasst hatte.

»Dann gerne auch eine Stunde«, lachte Caro. »Ich brauche ohnehin dringend eine Pause, mittlerweile kann ich keinen klaren

Gedanken mehr fassen. Die Autorin des Buchs, das ich gerade übersetze, hat eine sehr eigenwillige Art zu schreiben.«

Caro ging voraus in die Küche, setzte Wasser auf und blieb abwartend an der Arbeitsplatte stehen. Die Einrichtung stammte noch von ihrer Tante Molly, deren Testament ihr dieses Cottage und ein neues Leben beschert hatte. Jedes Stück war die Handarbeit Damians, der vor einigen Jahren in Mollys Auftrag die Möbel hergestellt hatte. Helles, freundliches Holz an Hänge- und Unterschränken und eine robuste Marmorarbeitsplatte. Molly hatte wirklich an nichts gespart.

Caro traute dem Frieden nicht so ganz. Dass Megan mit einem Anliegen zu ihr kam, war völlig neu. Schließlich trug sie die Becher mit dem Tee an den Tisch und nahm ihrer Schwägerin gegenüber Platz.

»Wie geht es dir als Mrs McIntyre?« fragte Megan in einem bisher seltenen Anflug von Interesse.

Sofort nahmen Caros Augen einen verträumten Ausdruck an, noch bevor die Antwort kam.

»Ich habe mich immer noch nicht dran gewöhnt, aber es ist toll. So ganz kann ich immer noch nicht fassen, dass Damian und ich offiziell zusammengehören. Wahnsinn!«

Sie nahm einen Schluck aus der Tasse und schaute nachdenklich zu Megan.

»Was wolltest du mir denn erzählen?«

Megan berichtete von ihrem ersten Arbeitstag und der unangenehmen Nähe ihres Chefs.

»Ist er wenigstens attraktiv?« gluckste Caro. »Nein, ich sehe schon an deinem Gesichtsausdruck, dass er das nicht ist. Ist natürlich eine blöde Situation«, stellte sie mit der gebotenen Ernsthaftigkeit fest. »Du solltest dir das auf keinen Fall gefallen lassen, aber man muss vorsichtig vorgehen, damit du deinen Job nicht gleich wieder verlierst. Wobei … Selbst wenn du ihn opfern musst, um ständigen Annäherungsversuchen zu entgehen, wäre das ja auch nicht tragisch. Stillhalten solltest du jedenfalls auf gar keinen Fall.«

Es tat Megan gut, eine Bestätigung ihrer Überlegungen zu bekommen. Sie war nicht so massiv auf die Arbeit angewiesen, um sich alles bieten lassen zu müssen. Einmal ganz davon abgesehen, hatte alles seine Grenzen.

»Wie würdest du das an meiner Stelle regeln?«

Caro überlegte. Sie starrte dabei an Megan vorbei und fixierte einen unsichtbaren Punkt hinter deren Schulter. Schließlich wanderte ihr Blick wieder zu Megan zurück.

»Ich würde morgen erst mal abwarten, vielleicht auch übermorgen. Vorausgesetzt, du kommst noch so lange damit klar. Wenn sich dann nichts geändert hat, bitte ihn um ein kurzes Gespräch. Sag ihm freundlich, dass du dich durch seine Art bedrängt fühlst und er sich diesbezüglich etwas zurückhalten möge. Betone vielleicht noch, dass es nichts mit ihm persönlich zu tun hat, sondern du grundsätzlich ein Problem mit zu viel Nähe hast. Auch wenn das nicht stimmt – er weiß es nicht und fühlt sich weniger angegriffen. Das wäre mein Vorschlag.«

Megan nickte nachdenklich. Das klang gut und würde bestimmt klappen. Spontan legte sie ihre Hand auf Caros, um sie leicht zu drücken.

»Danke, Schwägerin. Ich hatte auch schon in der Richtung überlegt, brauchte aber noch eine Bestätigung.«

»Immer wieder gern«, versicherte Caro, etwas irritiert über die ungewohnte Berührung.

Einige Zeit tranken sie schweigend ihren Tee, bis die Haustür krachte. Die Frauen zuckten zusammen und glaubten zu ahnen, wer der Verursacher des Radaus war.

»Du kannst nicht vielleicht die Tür wie ein normaler Mensch schließen? Einfach meinen Nerven zuliebe!« rief Caro, jedoch mit einem amüsierten Funkeln in den Augen.

Megan erkannte, dass ihr Bruder wahrscheinlich das Haus auseinandernehmen könnte – Caro würde es ihm verzeihen. In Erwartung von Damians großer, schlanker Gestalt drehten sie sich um und erblickten David.

»Tut mir leid, Caro. Die Tür ist mir aus der Hand gerutscht«, erklärte er mit hochrotem Kopf.

Caro konnte nicht anders, sie musste angesichts seiner Sündermiene lachen. Sie streckte die Hand aus als Zeichen, er solle näherkommen. Der Junge folgte der Aufforderung und erblickte verblüfft seine Mutter, die ebenfalls am Tisch saß. Sie war ihm bislang verborgen geblieben.

»Keine Sorge, David. Du warst gar nicht gemeint. Ich dachte, es ist Damian.«

Megan schaute auf ihre Armbanduhr, erschrocken über die Uhrzeit. Eigentlich hatte sie daheim sein wollen, wenn die Jungen aus der Schule kamen.

»Wo ist Noah? Wartet er zuhause?« erkundigte sie sich.

»Der ist noch zu den McFlaverys, als er gemerkt hat, dass du nicht da bist.«

Seine Pläne wurden durch Megan auf das Heftigste durchkreuzt, das drückte bedenklich auf seine Laune. Er war in der Erwartung hergekommen, Caro hätte bereits das Abendessen in Vorbereitung und er wollte etwas davon erhaschen. Von der Kochkunst seiner Mutter hielt er nicht viel, sie kochte vegetarisch und außerdem »gesund«. Seiner Meinung nach war das etwas für Schafe und Kühe.

Nun hatte sie seine Pläne also durchkreuzt. Caro warf ihm einen Blick zu, denn sie wusste ziemlich genau, was den Jungen zu ihr getrieben hatte. Jedes Mal plagte sie ein schlechtes Gewissen, wenn sie ihn an den Tisch bat. Aber auch Damian deckte die geheime Absprache. Sie waren sich bewusst, dass sie Megan hintergingen, aber der Junge musste doch auch mal etwas Normales essen! Was nichts an der Tatsache änderte, dass Megan andere Ernährungspläne hatte, erkannte Caro.

Bedauernd zog sie die Augenbrauen hoch und David fing diese Geste auf. Er zuckte mit den Schultern. Man konnte es nicht ändern, dann würde er heute eben ausschließlich von Grünfutter leben müssen. Vielleicht wäre das auch mal ganz erholsam, denn nach der Mahlzeit bei Caro und Damian zuhause noch genügend zu essen, damit seine Stippvisite nicht auffiel, war nicht immer ganz so einfach. Wenigstens brauchte er sich keine Ausrede einfallen zu lassen, weil seine Mutter ihn hier antraf. Sie hatte die Erklärung für sich schon parat.

»Nun hast du mich ja gefunden. Wir können zusammen nach Hause gehen und das Abendessen vorbereiten.«

Caro verbot sich ein Grunzen. Es war nicht lustig, dass David heute komplett daheim essen musste, beschwor sie sich. Sie wusste, wie er die Mahlzeiten hasste.

Megan erhob sich, bedankte sich bei Caro für Gehör, Rat und Tee. Auf dem Weg durch den Vorgarten erschienen Caro die Silhouetten von Mutter und Sohn gar nicht so unterschiedlich, als sie sich nebeneinander entfernten. David war ein schmächtiger, kleiner Kerl. Aber das traf inzwischen auch auf Megan zu, von der Größe abgesehen. Sie würde mit Damian sprechen müssen. Caro neigte nicht zur Schwarz-malerei und ganz bestimmt auch nicht zur Hypochondrie, aber so langsam beschlich sie das Gefühl, mit Megan könnte etwas nicht stimmen. Und selbst wenn körperlich mit ihr alles in Ordnung war, was sie stark hoffte, brauchte sie womöglich Hilfe. Dann eben auf freundschaftlicher Basis. Wenn sie auch kein enges Verhältnis zu ihrer Schwägerin hatte, so war Caro immer bereit, sie wie eine Freundin zu behandeln. Schlicht und einfach Damian zuliebe.

Megan betrat unterdessen ihren Garten. Am Zaun, der das Grundstück von der Straße abgrenzte, erschien eine Gestalt, die sie zuerst ignorierte. Doch dann wurde sie angesprochen.

»Hallo Megan! Jetzt wohnst du schon so lange hier, unsere Söhne sind befreundet und wir sind uns bisher nicht über den Weg gelaufen. Wie ist es, wieder zurück am Ort der Kindertage zu sein?«

Megan kniff die Augen zusammen und überlegte, wer dort stand. Natürlich, Conor McFlavery, dessen Sohn Rory mit Noah befreundet war. Außerdem gehörte seiner Mutter der kleine Dorfladen, in dem es neben den üblichen Waren auch Klatsch und Tratsch gab. Lust, sich mit ihm zu unterhalten, hatte sie jedoch nicht, auch wenn sie zusammen aufgewachsen waren.

»Es ist eben wie zuhause«, lachte sie. »Ein Neuanfang, aber doch vertraut.«

Abwartend schaute er sie an, spürte aber ihren Unwillen zu einer Unterhaltung.

»Wir werden uns sicher noch öfters sehen, ich muss erst mal weiter. Bis demnächst!« verabschiedete er sich.

Sie ging hinein und ließ sich sogleich wieder erschöpft auf die Küchenbank sinken. Hier hatte Damian ebenfalls alles selbst gebaut, angefangen vom Esstisch mit Stühlen und Polsterbank bis hin zu den Schränken und Arbeitsflächen in hellem Holz. An der Wand über der Essecke thronte ein Landschaftsdruck, der das Schwarzweißfoto von Affordshire ersetzt hatte, als dies mit Damian zu Caro umgezogen war.

Im Stillen schimpfte sie mit sich selbst, dass der Tag sie so umhaute. David polterte die Treppe hinauf, um sein Zimmer aufzusuchen. Ein paar Minuten Ruhe waren ihr also noch vergönnt, bevor er wieder zurückkommen würde. Sie schloss die Augen und horchte auf die Geräusche von oben. Das vertraute Trampeln seiner Füße, Schieben von Schubladen und Schließen von Schranktüren zeugten davon, dass er die Schulkleidung gegen Jeans und Sweatshirt tauschte. Megan fuhr sich mit der Hand über die Stirn und gab sich einen Ruck. Sie stand auf, beschloss, keine Energie mehr zu haben und ließ sich direkt wieder auf die Sitzfläche sinken. Ob sie Caro und Damian bitten konnte, die beiden Jungs heute durchzufüttern? Plötzlich stiegen ihr Tränen in die Augen. Noch nicht einmal zum Kochen für ihre Familie war sie heute in der Lage. Der Drang, sich einfach ins Bett zu legen und die Decke über den Kopf zu ziehen, wurde übermächtig. Aber das konnte sie natürlich nicht machen. Sie würde zumindest warten müssen, bis sich die Jungs heute Abend auf ihre Zimmer zurückgezogen hatten.

David kam wieder herunter und bog geradewegs in die Küche ein. Mit einer Vollbremsung blieb er stehen, als er seine Mutter, einem Häufchen Elend gleich, erblickte.

»Mum, ist was nicht in Ordnung? Was hast du?« Ängstlich schaute er sie an.

»Ich bin nur vollkommen kaputt, das ist alles. Der Tag war sehr anstrengend, weißt du? Deshalb habe ich überlegt, ob ich Caro und Damian frage, ob ihr heute bei ihnen essen könnt. Oder vielleicht auch Grandma und Grandpa? Dann bräuchte ich nicht zu kochen.«

David Augen leuchteten auf. Was für eine Frage!

»Sie sagen bestimmt nicht nein! Soll ich gleich rübergehen zu Caro und Damian?«

Megan schüttelte den Kopf.

»Nein, bring mir bitte erst mal das Telefon. Dann rufe ich Caro an. Es kann ja immerhin sein, dass sie gar nicht genug im Haus hat, um euch mit durchzufüttern.«

David flitzte in den Flur und kam kurz darauf mit dem Mobilteil des Telefons zurück. Er wusste aus Erfahrung, Caro hatte zumindest ihn zusätzlich eingeplant. Aber das konnte er seiner Mutter natürlich nicht sagen. Und für seinen Bruder blieb bestimmt auch etwas übrig.

Megan wählte und stützte den Kopf schwer auf der Hand ab, während sie wartete. Es dauerte eine Weile, bis Caro abnahm.

»Ich bin's noch mal. Sag mal, könnten die Jungs vielleicht heute bei euch essen? Ich bin so erledigt, dass ich befürchte, ich bringe nichts mehr zustande. Sonst frage ich mal bei Mum und Dad nach.«

»Natürlich«, kam die spontane Antwort. »Du kommst aber auch mit, oder? Immerhin musst du auch was essen. Allerdings muss ich dich warnen, es gibt Fleisch. Ich habe Steaks und Salat.« Megan lachte leise.

»Dann könnte ich mich ja an den Salat halten und euch die Steaks überlassen. Aber nein, ich habe wirklich keinen Hunger.«

»Eher nicht, es ist Kartoffelsalat mit so hübschen Einlagen wie Wurst und Speck.« Sie zögerte. »Du willst doch noch was sagen. Nur raus damit«, forderte Megan die Schwägerin auf.

»Ich mache mir nur etwas Sorgen, wenn ich ehrlich bin. Du wirst immer dünner und ich frage mich, woran das liegt. In der ersten Zeit nach der Trennung kann das normal sein, da habe sogar ich nach dem Aus meiner ersten Ehe ein paar Kilo abgenommen. Die ich hinterher schnell wieder drauf hatte«, fügte sie entwaffnend ehrlich hinzu. »Aber bei dir nimmt das gar kein Ende, obwohl du schon seit einem halben Jahr hier bist.«

Megan seufzte. Es fehlte ihr noch, dass sich Caro Sorgen machte. Sie würde dies Damian mitteilen, der wiederum ihre Eltern und Grandma Hanna informieren würde. Und schon war ihre Ernährung Familienthema. Denn sie würden es auf ihre fleischlose und fettarme, gesunde Kost schieben, dessen war sie sich sicher. Unberücksichtigt der Tatsache, dass sie sich seit vielen Jahren so ernährte und auch ihr Gewicht gehalten hatte.

»Vermutlich bin ich immer noch nicht ganz durch mit dem Verarbeiten«, beschwichtigte sie. »Und bei vegetarischer Kost, so wie ich es handhabe, nimmt man halt nicht so schnell wieder zu. Das kommt sicher noch.«

Caro schien nicht überzeugt, Megan merkte das recht deutlich. Aber sie ließ es darauf beruhen. Dankbar legte sie auf und instruierte David, seinen Bruder bei den McFlaverys einzusammeln, um ihn mit zu Caro zu nehmen.

Kaum hatte David das Cottage verlassen, stand sie mühsam auf und musste sich einen Moment am Tisch abstützen, weil ihr schwindelig wurde. Langsam wankte sie ins Wohnzimmer, wo sie sich auf das Sofa legte.

David stürmte bereits in den Lebensmittelladen von Emma McFlavery und fragte nach seinem Bruder. Emma verwies ihn in den Garten, der um die Ecke lag. Zusammen kamen die zwei Jungen an Caros Cottage an, gerade als auch Damian eintraf. Sein rotblondes, kurzgeschnittenes Haar war wie üblich zerzaust. Das nicht ganz ebenmäßige, aber freundliche Gesicht mit den Sommersprossen verzog sich zu einem Lächeln. Fragend deutete er von David zu Noah. Würden sie in Zukunft einen weiteren Essensgast bekommen?

Stumm schüttelte David zur Warnung den Kopf. Noah wusste nichts von seinen heimlichen Mahlzeiten und so sollte es auch bleiben. Ältere Brüder waren manchmal gemein und er wollte nicht das Risiko eingehen, von Noah bei Megan verpetzt zu werden. Bislang zumindest ahnte niemand etwas von dem wahren Grund, warum er sich nachmittags gern dort aufhielt. Was nicht heißen sollte, dass er Onkel und Tante nur deshalb besuchte. Er mochte beide sehr, vor allem auch die Hunde.

Schnell setzte er zu einer Erklärung an.

»Mum hat gefragt, ob wir heute bei euch essen dürfen und Caro hat zugesagt.«

»Na dann! Auf an den Kochtopf, die Herren!«

Er scheuchte die Jungen mit einer Handbewegung durch den Vorgarten zur Haustür bis in die Küche. Dort stand Caro am Herd und war bereit, die Steaks in die Pfanne zu werfen. Beim Anblick der drei Hungrigen schritt sie auch sofort zur Tat.

»Es tut echt gut, mal wieder was Anständiges zu essen. Steak! Herrlich!« schwärmte Noah.

Caro warf Damian einen forschenden Blick zu, aber er gab ihr mit seinen Augen zu verstehen, sie solle es lassen. Schlimm genug, dass sie hinter Megans Rücken David ständig in ihren Augen »Ungesundes« essen ließen. Käme Noah dazu, würden sie sie doppelt hintergehen.

Er ging zu ihr und gab ihr einen dicken Schmatz auf den Mund.

»Hallo, meine Schöne. Wie war es bei dir heute?«

»Ich hatte unerwarteten Besuch. Megan war da und hat mir von ihrem Arbeitstag erzählt.«

Damian zog die Augenbrauen zusammen. Sofort erkannte er, dass mehr dahintersteckte, was aber nicht in die Gehörgänge der Jungen gehörte.

»Kannst du mir ja später von berichten«, wiegelte er deshalb ab.

Sie nickte. Das war nur eines von vielen Dingen, die ihre Beziehung ausmachten: Sie verstanden sich blind und ohne Worte.

»Wie war es bei dir?«

Er setzte sich an den Tisch und betrachtete das schon bereitstehende Glas mit Orangensaft.

»Zwei neue Aufträge, einer davon ziemlich aufwändig. Es kann also gut sein, dass ich in der nächsten Zeit etwas mehr arbeiten muss als sonst. Aber es lohnt sich, der Kunde zahlt sehr gut. Haben wir noch Apfelsaft?«

Caro runzelte die Stirn. Sie gab nur sehr ungern Zeit mit Damian ab, aber natürlich ließ sich das manchmal nicht vermeiden. Ohne viel Aufhebens schob sie Damians Glas zu ihrem Teller und füllte ein neues für ihn mit dem gewünschten Apfelsaft. Dann verteilte sie die Steaks und bestaunte amüsiert, wie schnell Jungs schlingen konnten.

»Hey, macht mal langsam! Es nimmt euch doch keiner was weg und Nachschub haben wir auch noch.« Lachend schüttelte sie den Kopf.

Noah wurde rot bis an die Haarwurzel.

»'Tschuldige, Caro. Aber wir essen das so selten …«

Wieder tauschte sie einen Blick mit Damian, hielt aber den Mund. Beide beobachteten, wie David immer wieder zu Noah schaute. Offenbar tat ihm sein Bruder leid, denn bald wanderten seine Augen fragend zu Onkel und Tante.

Damian reagierte als erster.

»Wir können ja mal mit eurer Mutter sprechen, ob sie nicht wenigstens ein oder zwei Mal in der Woche was kocht, was nicht vegetarisch ist. Einverstanden?«

»Klar«, bestätigte Noah mit vollem Mund. »Sie wird sich nur nicht drauf einlassen.«

»Du kennst die Überredungskünste deines Onkels noch nicht«, belehrte ihn Caro.

»Bei dir mag das ja klappen, aber nicht bei unserer Mutter«, holte sie Noah auf den Boden der Tatsachen zurück.

Nachdem sie die Mahlzeit beendet hatten, füllte Caro eine komplette Portion für Megan ab. Inklusive Steak. Sie würde es nicht essen und sich nur an den Salat halten, nachdem sie ihn seziert haben würde. Zumindest hoffte sie, dass die bisherigen Zutaten sie nicht abhalten würden. Mit dem Steak hätten die Jungen noch einen kleinen Snack, wenn sie es sich teilten.

Sie brachte Noah und David zur Tür und kehrte dann zu Damian zurück, der abwartend am Tisch saß. Caro setzte sich dazu, das Aufräumen konnte warten. Unaufgefordert erzählte sie das, was er wissen wollte.

»Sie hat einen Rat gewollt. Scheinbar hat sie so einen Schmierlappen von Chef erwischt, der sie körperlich bedrängt. Es ist keine richtige Belästigung, zumindest noch nicht. Aber für Megan sehr unangenehm und das kann ich nachvollziehen.«

Sie setzte ihn über die Einzelheiten ins Bild und was sie der Schwägerin geraten hatte. Damian nickte nachdenklich.

»Ja, anders kann sie es wohl erst mal nicht machen. Wäre aber schon blöd, wenn sie den Job deshalb wieder hinschmeißen müsste.«

»Aber nicht zu ändern. Das sollte sich niemand bieten lassen müssen«, wies sie ihren Gatten zurecht.

»Das wollte ich damit auch nicht sagen. Einfach nur, dass es schade wäre.«

Forschend sah er sie an.

»Da ist aber noch was. Irgendwas bedrückt dich.«

Caro seufzte, ging um den Tisch herum und setzte sich auf seinen Schoß. Die Arme eng um seinen Nacken geschlungen, genoss sie für einen Moment seine Nähe.

»Sie wird immer dünner. Das ist doch jetzt nicht mehr normal. Am Anfang nach der Trennung, ja. Aber jetzt nicht mehr. Meinst du, sie ist vielleicht krank? Oder womöglich muss sie tatsächlich mal was anderes als Grünzeug essen, damit sie wieder zu Kräften kommt. Sie ist völlig ausgelaugt.«

Er strich ihr zärtlich über die Wange.

»Ihr habt euch heute etwas angenähert, habe ich Recht?«

Sie nickte. Ja, das hatten sie tatsächlich.

»Ich denke auch, es liegt an der Ernährung«, stimmte er zu. »Sie isst außerdem nicht genug. Ihre Portionen sind die von einem Spatz. Wir sollten wirklich dringend mit ihr reden, wegen der Jungs, aber auch wegen ihr.«

Plötzlich lachte er.

»Hast du gesehen, wie die beiden den Pudding verschlungen haben?«

»Ja«, bestätigte Caro. »Ist aber auch kein Wunder, kriegen sie nur bei uns oder deinen Eltern.«

Sie rutschte von ihm herunter und begann, Ordnung zu schaffen. Das Kribbeln in ihrem Nacken signalisierte ihr, dass er jeden Handgriff genauestens beobachtete. Dass er SIE beobachtete. Es war eine seiner Lieblingsbeschäftigungen, wie sie mittlerweile wusste. Daher überraschte es sie nicht, als sie seine Arme um ihre kaum vorhandene Taille spürte.

»Wie sieht deine Abendplanung aus?«

Sie spitzte die Lippen, eine ganz genaue Vorstellung entstand in ihrem Kopf.

»Findest du nicht, dass es für Frühling echt frisch draußen ist?« Damian lachte laut los. Das war kein Wink mit dem Zaunpfahl, sondern mit einem ganzen Telegrafenmast.

»Okay, wir machen uns einen gemütlichen Abend am Kamin. Aber morgen müssen wir mit Megan sprechen. Umso eher, desto besser.«

Da war Caro anderer Meinung.

»Lass uns lieber bis zum Wochenende warten, wenn sie etwas ausgeruhter ist. Sonst gehen wir ihr nur tierisch auf den Nerv damit.«

»Das gehen wir sowieso, aber sie hat morgen keine Kraft, sich dagegen zu wehren.«

Sie warf ihm einen schrägen Blick zu. Fair war es nicht, was er vorhatte. Aber wahrscheinlich hatte er Recht und diese Taktik würde am ehesten zum Erfolg führen.

Kapitel 2

Der Korridor zog sich endlos in die Länge. Von beiden Seiten hörte er aus den angrenzenden Büros das Geklapper der Tastaturen und abgehackte Gesprächsfetzen. Er nahm die Brille mit dem dicken Hornrahmen ab, um sich über die Augen zu reiben. Sie brannten, denn die letzte Nacht hatte er ohne viel Schlaf auskommen müssen. Die derzeitige Situation des Computerspielverkaufs, für den er als Produktmanager verantwortlich war, trug nicht zur Entspannung bei. Besonders nervös machte ihn aber die Tatsache, dass er nun nicht den üblichen Leuten Rede und Antwort darüber stehen sollte, sondern dem Boss des Hauptsitzes aus Seattle höchstpersönlich. Wenn der sich über den großen Teich wagte, war etwas im Busch.

Joshua Riordan setzte die Brille wieder auf, straffte die schmalen Schultern und ging weiter. Heute wäre es ihm recht, würde der Flur niemals enden. Zerstreut nickte er grüßend nach links und rechts, sofern jemand in sein Blickfeld geriet. Den Gesichtern der Kollegen konnte er deutlich ansehen, dass auch sie sich Sorgen wegen des hochrangigen Besuchs aus Übersee machten. Aber zunächst kam es auf ihn an, er musste die monatlichen Zahlen erklären - irgendwie.

Bevor er ins Konferenzzimmer trat, atmete er tief durch. Mehr als den Kopf würde es schon nicht kosten.

Mr Brown und seine Begleiter, die Joshua insgeheim gern als »Satelliten« bezeichnete, da sie ständig in seiner Nähe waren, saßen bereits am Tisch. Brown forderte ihn mit einer Handbewegung auf, Platz zu nehmen. Joshua kam dem nach, lehnte sich zurück und versuchte, einen möglichst entspannten Eindruck zu vermitteln. Es gelang ihm nur teilweise, aber darüber verlor natürlich keiner ein Wort. Zunächst sagte überhaupt niemand etwas. Die »Satelliten« blätterten intensiv in Unterlagen, die sie sicherlich fast auswendig kannten und Brown schaute Joshua einfach nur abwartend an. Der tat es ihm gleich und starrte zurück. Immerhin hatten diese Leute ein Gespräch mit ihm gewollt, also sollten sie auch den Anfang machen.

Gerade stahl sich eine blonde Haarsträhne aus dem Pferdeschwanz in seine feuchte Stirn, als Brown endlich den Mund aufmachte.

»Ihr Bereich hat in den letzten Monaten nicht sehr gut dagestanden, Mr Riordan. Woran liegt es?«

Diese Frage hatte Joshua erwartet und sich vorbereitet.

»Der Markt verändert sich, der Trend geht immer weiter zu Onlinespielen. Natürlich haben auch alle unsere Spiele diese Möglichkeit, neben den Kampagnen für Einzelspieler. Aber die Luft ist dünn, die Konkurrenz nimmt zu. Zudem werden Spieler von reinen Onlinespielen abgeworben, für die sie nicht erst eine CD kaufen und installieren müssen. Es wird immer schwieriger, unsere Produkte an den Mann zu bringen.«

Brown nickte nachdenklich. Joshua hatte das deutliche Gefühl, dass es nicht darum ging. Die Katze würde bald aus dem Sack gelassen werden. Als es aber sofort nach seiner Antwort geschah, traf es ihn wie ein Keulenschlag.

»Das alles ist uns bewusst, Mr Riordan.«

Brown faltete die Hände auf der Tischplatte, als wenn sie gemütlich auf eine Tasse Tee zusammensaßen.

»Wir müssen Kosten minimieren, um konkurrenzfähig zu bleiben. Und bei der Entwicklung neue Wege beschreiten. Das hat zur Konsequenz, dass wir unsere Studios hier in Irland schließen und ausschließlich in Seattle weiterarbeiten.«

Joshua vergaß seine gespielte, abgeklärte Haltung und beugte sich ungläubig nach vorn. Mit seiner Entlassung hatte er schon halbwegs gerechnet, aber alle?

»Sie wollen allen Ernstes achtzig Mitarbeiter entlassen? Sich ganz aus Irland zurückziehen?«

»Ganz genau das habe ich gesagt. Aber eine kleine Auswahl an Leuten könnten wir in unserem Hauptsitz gebrauchen. Mit diesen sprechen wir jetzt im Vorfeld, bevor wir nachher unsere Entscheidung für alle bekanntgeben. Sie sind einer davon, Mr Riordan. Wir bieten Ihnen eine Stelle als Kundenbetreuer in Seattle an. Den Umzug und die Formalitäten würden wir für Sie übernehmen. Leider ist es nicht derselbe Job wie hier, aber es gibt durchaus wieder Aufstiegsmöglichkeiten.«

Joshua fühlte sich von Browns scharfen Augen durchbohrt. Jedes Zucken, auch nur die kleinste Reaktion seinerseits wurde vom »Big Boss« registriert. Es störte ihn nicht. Er hatte nie auch nur einen Gedanken daran verschwendet, seine Heimat zu verlassen. Und jetzt spontan konnte er sich schon gar nicht damit anfreunden.

»Wie lange hätte ich Bedenkzeit?«

»Bis Anfang nächster Woche. Zum Ende des Monats werden wir hier schließen. Viele Mitarbeiter haben nur wenige Urlaubstage, die noch zu nehmen sind. Einige werden in den nächsten Tagen bereits ausscheiden.«

In Joshuas Kopf wirbelte alles durcheinander. Er mochte seine Arbeit. Das Koordinieren der verschiedenen Bereiche, die Entwicklung und Vermarktung eines Computerspiels. Den Gedankenaustausch und auch die hitzigen Debatten mit den Kollegen. Sein Verdienst lag weit über dem Durchschnitt. Das sollte nun alles vorbei sein? Er konnte es nicht fassen, obwohl er sich innerlich schon auf dem Weg in diesen Raum darauf vorzubereiten versucht hatte.

Äußerlich völlig ruhig nickte er und stemmte sich aus dem Stuhl hoch.

»Ich werde Ihnen Montag Bescheid geben.«

Schon als er fast durch die Tür war, schickte ihm Brown noch die Verpflichtung hinterher, Stillschweigen zu bewahren, bis sie selbst die Belegschaft am Nachmittag informieren würden.

Das brauchte er ihm nicht zweimal sagen. Joshua wollte ganz bestimmt nicht derjenige sein, der eine solche Hiobsbotschaft überbrachte. Noch nicht einmal hinter vorgehaltener Hand als vertrauliche Information.

Wie in Trance legte er den Weg zu seinem eigenen Büro zurück und ließ sich schwer in den gemütlichen Schreibtischsessel fallen. Erneut nahm er die Brille ab und legte die Hand über die Augen. Das würde weitere schlaflose Nächte bedeuten. In Irland war es schwer, Arbeit zu finden – vor allem gute, anständig bezahlte Arbeit. Das allein wäre ein Argument, das Angebot anzunehmen und künftig in Seattle zu leben und zu arbeiten. Wollte er das aber? Alle Brücken abbrechen und allein in einem fremden Land neu anfangen? Vor allem, zu schlechteren Bedingungen als bisher? Vielleicht blieb ihm keine andere Möglichkeit, um überhaupt seinen Lebensunterhalt verdienen zu können. Diese Hauruck-Taktik mit einem Zeitfenster von nicht einmal einer Woche ließ ihm keine Zeit, sich auf dem Arbeitsmarkt umzusehen und seine Chancen einzuschätzen.

Lustlos nahm er die Computermaus und erledigte mehrere Arbeiten, die er zuvor unterbrochen hatte. Aber wozu noch? Hier würde sich ohnehin nichts mehr tun. Diese Einsicht nahm ihm jede Motivation, er stützte die Ellenbogen auf den Tisch, legte das Kinn in die Hände und starrte einfach vor sich hin. Ganz bewusst nahm er den Anblick seines Büros in sich auf. Die apricotfarbenen Wände, den gefliesten Boden, der immer einen Eindruck von Kälte vermittelte. Sein ganzer Stolz, eine riesige Palme, thronte in einem Topf neben dem großen Fenster. Manchmal stand er dort, schaute auf Dublin hinab, plante und kalkulierte.

In dieser Stellung am Tisch verharrte er, bis der Aufruf zur Versammlung der Belegschaft kam. Sie drängten sich in den Raum, in dem zuvor die Einzelgespräche stattgefunden hatten. Es gab kein Reden um den heißen Brei. Brown sagte den verzweifelten Mitarbeitern knallhart, dass das Studio am Monatsende geschlossen werde, alle heute ihre ent-sprechende Kündigung bekämen und entsprechend ihrem Urlaubsanspruch vor Monatsende aufhören würden. Joshua ließ seinen Blick über die Kollegen wandern. Ein paar Frauen weinten, bei zwei von ihnen wusste er, sie waren alleinerziehend und auf ihren Job angewiesen. Männer schauten mit leerem Blick zu Boden mit der Frage, wie sie in Zukunft ihre Familien ernähren und Rechnungen bezahlen sollten. Der eine oder andere hatte gebaut oder gekauft und das Haus abzubezahlen.

Nach Verkündung der Botschaft schickte Brown sämtliche Mitarbeiter nach Hause. Er verstehe durchaus, dass diese Entscheidung ein Schock für alle wäre und hätte vollstes Verständnis, wenn sie heute nicht mehr arbeiten könnten. Morgen würde es weitergehen. Joshua merkte, dass er nicht der einzige war, der sich fragte: Wozu noch?

Er war einer der Ersten, die den Raum und das Gebäude verließen. Fast fluchtartig stürmte er in sein Büro, schaltete PC und beide Monitore aus, schnappte sich seinen Aktenkoffer und ging. Absichtlich warf er keinen Blick zurück, denn es wäre schlimm genug, am nächsten Morgen ohne Perspektive zurückzukommen. Auf dem Parkplatz entriegelte er den Kombi, setzte sich hinter das Steuer und fuhr los. Im Nachhinein hätte er nicht sagen können, wie die Fahrt nach Hause verlaufen war. Noch nicht einmal, ob er sie überhaupt angetreten hatte. Auch wie ein warmes Essen aus einem Take-Away auf seinen Küchentisch geraten war, hätte er nicht rekonstruieren können. Eins jedoch blieb eine Tatsache: Mit Megan würde es nicht auf seinem Tisch stehen. Joshua genoss es, sich nach der freundschaftlichen Trennung vor knapp einem halben Jahr wieder ungeniert ungesundem Essen widmen zu können. Ihm wurde aber auch klar, dass er genau deshalb nun einsam in seiner Mahlzeit stocherte. Natürlich gab es Freunde und Bekannte, aber den Hauptanteil seines Daseins machten seine Arbeit und die Kollegen aus. Nachdenklich analysierte er seine Situation.

Da er das Haus, in dem er lebte, geerbt und als Einzelkind niemandem gegenüber Verpflichtungen hatte, brauchte er sich zumindest deshalb keine Sorgen zu machen. Zuerst hatte es sowohl bei Megan als auch bei ihm Skrupel gegeben, die eigene Wohnung zu verlassen und hier einzuziehen, als alle Formalitäten nach dem tödlichen Autounfall seiner Eltern abgewickelt waren. Sie lernten aber auch schnell die Vorzüge schätzen. Immerhin waren beide als Kinder in Eigenheimen aufgewachsen und die Mietwohnung bedeutete eine Umstellung. Zwar war sie sehr groß und komfortabel, aber eben nicht dasselbe. Beinahe alle Möbel seiner Eltern flogen hinaus und wurden durch die moderne Einrichtung ersetzt, die sie aus der Wohnung mitbrachten. Ausgesucht von Megan, die diesbezüglich einen erlesenen Geschmack hatte. Schon die Küche glich einem Raumschiff, da seine Frau auf jeden erhältlichen Schnickschnack Wert legte.

Megan – er würde ihr und den Jungs von allem berichten müssen. Die Unterhaltszahlungen, die er gern und in einer passablen Höhe leistete, würde er streichen oder zumindest stark reduzieren müssen. Das Beste würde sein, er fuhr nach Affordshire und überbrachte ihr die Nachricht persönlich. Vielleicht könnte sie ihm auch bei der Entscheidung eine Hilfe sein, ob er nach Seattle umsiedeln sollte oder nicht.

Schon allein bei dem Gedanken wurde ihm ganz anders. Es wäre zu weit weg von seiner Heimat, von seinen Söhnen. Bislang gab es immer die Möglichkeit, sich mit ihnen am Wochenende zu verabreden. Wäre er erst in den USA, konnte er das vergessen. Über einen Besuch ein oder höchstens zwei Mal im Jahr könnte er dann wirklich froh sein.

Er schob sein Essen quer über den Tisch, der Appetit hatte sich so schnell verflüchtigt, wie er gekommen war. Eventuell würde er es sich später noch einmal aufwärmen. Es war noch früh am Tag, er könnte den Weg zu Megan in zwei Stunden schaffen, hätte genügend Zeit mit ihr zu reden und wieder zurückzufahren. Und selbst wenn nicht und er sich entschließen würde, die Nacht dort zu verbringen, hätte er deshalb auch keine Skrupel. Bei seinen Schwiegereltern oder Schwager gab es immer ein Bett für ihn, notfalls konnte er im Pub übernachten. Pflichtgefühl gegenüber seinem Arbeitgeber, am nächsten Tag pünktlich zur Arbeit zu erscheinen, hatte er nicht mehr.

Dieses Ziel vor Augen zog er sein Smartphone aus der Hosentasche und wählte Megans Nummer.

Bis sie abnahm, musste er recht lange warten. Aber als er ihre Stimme hörte, stahl sich ein Lächeln auf sein Gesicht.

»Ich bin's, Joshua. Sag mal, hättest du was dagegen, wenn ich spontan jetzt hier losfahren würde, um in zwei Stunden bei dir zu sein? Ich müsste was mit dir besprechen. Am Telefon wäre das etwas ungünstig.«

Ein tiefer Seufzer kam durch die Leitung.

»Wenn es sein muss. Entschuldige, das geht nicht gegen dich. Ich hatte heute meinen ersten Arbeitstag und bin völlig erschossen. Können wir das vielleicht auch auf das Wochenende verlegen?«

Joshua wand sich, das passte ihm gar nicht. Aber eine Megan, die nicht bei der Sache war, brachte ihm nicht das Geringste.

»Gut, dann am Wochenende. Am Samstag?«

Sie einigten sich darauf, dann nahm das Gespräch ein schnelles Ende. Er hatte schon fast aufgelegt, als Megan plötzlich noch fragte: »Es geht aber nicht um uns, oder?«

Verblüfft fragte er: »Wie kommst du darauf?«

Kurzes Schweigen trat ein, bevor sie nur sagte: »Ach nichts, nur so ein Gedanke. Bis Samstag.«

Er wusste natürlich nichts von ihrer Überlegung, ob die Rose vor ihrer Tür von ihm stammen könnte.

Erst im Nachhinein registrierte Joshua, dass Megan offenbar eine Stelle angetreten hatte. Umso besser, sie würde sie brauchen, um ihren Lebensunterhalt zu bestreiten.

Angewidert betrachtete er die Kartons mit dem Hühnchen, stand auf, schob sie in den Kühlschrank und ging mit schleppenden Schritten ins Wohnzimmer. Dort ließ er sich auf das Sofa fallen und schaltete den Fernseher an. Heute wollte er nicht mehr nachdenken, sondern sich nur noch von irgendetwas berieseln lassen. Er hätte wissen müssen, dass es nicht klappen würde. Immer wieder wanderten seine Gedanken von der Komödie auf dem Bildschirm zur Firmenschließung. Plötzlich hielt er es nicht mehr zuhause aus. Er sprang auf, nahm seine Jacke vom Haken im Flur und bestieg sein Auto. Kaum hatte er den Schlüssel herumgedreht, machte er den Wagen wieder aus. Er würde sich heute Abend auf Teufel komm raus betrinken, das Auto sollte er lieber gleich stehen lassen. Also stieg er wieder aus, verriegelte und machte sich zu Fuß auf die Socken. Bis zu seinem Stammlokal war es nicht weit und wenn er mit seinem Vorhaben fertig war, würde er ohnehin nicht mehr viel merken. Dann würde ihn noch nicht einmal ein Fußmarsch bis nach Seattle beeindrucken.

Beim Betreten des Pubs warf er einen kurzen Blick an die Tische. Sie waren zur Hälfte besetzt, an der Theke lehnten drei müde Gestalten, die er nicht kannte. Sich zu ihnen gesellend, begrüßte er den Wirt und bestellte ein Guiness sowie einen Whisky. Andrew schaute ihn über den Rand des Glases verdutzt an, das kannte er bislang von Joshua nicht. Ein Guiness zum Feierabend natürlich, auch mal zwei. Das alles aber erst zu späterer Uhrzeit und nie ein Whisky. Forschend hakte der Wirt nach.

»Ist was nicht in Ordnung?«

Joshua stützte die Stirn in die Handflächen und musterte interessiert die Thekenoberfläche, als wenn dort etwas außerordentlich Interessantes wäre. »Unsere ganze Firma wird hier in Irland geschlossen. Wir sitzen zum Monatsende alle auf der Straße. Sofern wir nicht bereit sind, zumindest einige von uns, für sehr viel weniger Geld und eine schlechtere Position nach Seattle auszuwandern«, murmelte er in die Kratzer des Tresens.

Erstaunt hob Andrew die Augenbrauen.

»Ich dachte immer, eurer Branche geht es so gut. Es wird doch so viel gespielt wie noch nie durch das Internet.«

»Eben«, bestätigte Joshua. »Und wir sind hauptsächlich auf dem Konsolenmarkt tätig, unsere Spiele werden auf CDs verkauft. Zwar auch mit Online-Modus, aber wir können uns am Markt nicht mehr durchsetzen. Die Konkurrenz ist groß und uns fehlt einfach der große Wurf. Ein Spiel, das in aller Munde ist.«

»Ach herrje«, flutschte es Andrew heraus. Er stellte das bestellte Guiness vor Joshua ab, den Whisky daneben und hielt vorsichtshalber die Klappe. In der Situation gab es ohnehin nichts Richtiges, was man sagen könnte.

Joshua war dankbar für das Schweigen des Wirts. Beim Trinken gelang es ihm einigermaßen, die dunklen Wolken in seinem Kopf beiseite zu schieben und Leere herrschen zu lassen. Heute Abend würde er so viel in sich hineinkippen wie nötig wäre, damit dieses Vakuum möglichst bis zum nächsten Morgen anhielt.

Das schaffte er ohne Mühe. Zu keinem klaren Gedanken mehr fähig, torkelte er gegen Mitternacht nach Hause. Nach vier Anläufen gelang es ihm sogar, den Schlüssel ins Schloss zu bugsieren, die Tür danach wieder zu verriegeln und sein Schlafzimmer zu erreichen. Dort entledigte er sich seiner Kleidung, ließ sich auf das Bett fallen und schlief fast sekündlich ein.

Ein ruhiger Schlaf war ihm dennoch nicht gegönnt. Begünstigt durch die große Menge Alkohol träumte er von Megan, wie sie in seinem Büro stand, alle Stromkabel der elektronischen Geräte mit der Schere durchschnitt und ihn dabei süffisant angrinste.

Am nächsten Morgen fühlte er sich entsprechend. Nachdem der Wecker gepiept hatte, öffnete er zuerst vorsichtig ein Auge, dann das zweite – und schloss beide sofort wieder. Die geöffneten Fensterläden ließen die Morgensonne herein und die hatte ihm direkt ins Gehirn gebohrt. Er hätte aber auch wirklich daran denken können, sie zuzumachen! Mit fest zusammengekniffenen Augen tastete er sich aus dem Bett bis ins Badezimmer. Erst dort öffnete er sie wieder einige Millimeter, um die Lage auszuloten. Solange er nicht in den Spiegel sah, in dem sich das helle Licht brach, war alles in Ordnung. Zum Rasieren brauchte er ihn jedoch und deshalb hängte er kurzerhand ein T-Shirt aus der Schmutz-wäsche vor das Fenster. Im Zeitlupentempo widmete er sich seiner Morgentoilette, scheiterte aber zum Schluss an dem Versuch, sein langes Haar mit einem Gummi zum Pferdeschwanz zu binden. Wie es schien, würden ihn seine Kollegen heute das erste Mal mit offenem Haar sehen. Das fiel glatt bis über die Schultern und bescherte ihnen sicher einen ungewohnten Anblick. Das ohnehin schmale, glattrasierte Gesicht sah dadurch fast beängstigend krank aus. Nein, eine Schönheit war Joshua noch nie gewesen und mit zunehmendem Alter, eigentlich schon seitdem er sein vierzigstes Lebensjahr überschritten hatte, vertieften sich auch kleine Fältchen.

Nach zwei Tassen Kaffee fühlte sich Joshua einigermaßen fit. Dennoch graute es ihm davor, in die Firma zu fahren. Die Stimmung wäre selbstverständlich auf dem Nullpunkt und einen richtigen Sinn hatte die Arbeit aller Kollegen ohnehin nicht mehr. Im Grunde ging es nur noch um Anwesenheit und das

Totschlagen von Zeit. Aber man konnte das Büro auch anderweitig nutzen! Als ihm dies auffiel, beschleunigte er seinen Schritt, bestieg den Kombi und legte den Weg innerhalb kurzer Zeit zurück. Überlegungen, ob er überhaupt schon wieder fahren durfte und der genossene Alkohol weit genug abgebaut war, interessierten ihn heute nicht. Ohne Umwege steuerte er sein kleines Refugium an, noch im Hereinkommen den Computer anschaltend. Während dieser hochfuhr, entledigte er sich seiner Jacke und nahm Platz. Ohne zu Zögern rief er den Browser auf, um im Internet nach ähnlichen Firmen wie seiner zu suchen. Einige kannte er natürlich, weil er sie stets im Auge behalten hatte. Ihre Produkte, ihre Werbung. Mit den Adressen und Verantwortlichen hatte er sich jedoch noch nie befasst, dazu war es nun höchste Zeit. Er würde alle anrufen und seine Arbeitskraft anbieten, notfalls auch in einer schlechteren Position. Hätte er keinen Erfolg, würde er seine Suche auf Softwarefirmen ausweiten. Alle, die etwas mit Computern zu tun hatten, wären für ihn interessant. Wenn das mal nicht eine produktive Art war, seine Anwesenheit in diesen Räumen zu nutzen!

Joshua vertiefte sich so schnell in die Suchmaschine, dass er hochschrak, als er angesprochen wurde. Er hob den Kopf und sah in das aparte Gesicht von Julia, das am heutigen Morgen durch rotgeränderte Augen verunstaltet wurde. Sofort tat sie ihm leid, denn sie hatte eine kleine Tochter, die sie allein großzog.

Kraftlos ließ sie sich auf den Besucherstuhl vor seinem Schreibtisch fallen und schaute ihn neugierig an.

»Was machst du da? Es hat doch keinen Sinn, jetzt noch zu arbeiten wie ein Berserker.«

Joshua schüttelte den Kopf und ergriff ihre Hand, die sie auf die Tischkante gelegt hatte. Sie fühlte sich schmal und kalt an.

»Ich suche mir alle Firmen raus, wo ich wegen eines Jobs anfragen kann. Könntest du auch machen.«

Sie grunzte unwillig.

»Es gibt Leute wie Sand am Meer, die Textbausteine in eine Mail setzen können, um Kundenanfragen zu beantworten. Du glaubst doch nicht, dass irgendwo jemand dafür gebraucht wird? Die haben alle ihre Leute.«

Nachdenklich betrachtete er sie. Eigentlich hatte sie Recht, aber war es nicht wenigstens einen Versuch wert?

»Julia, wer nicht wagt, der nicht gewinnt. Stell dir mal vor, bei einer dieser Firmen verkündet gerade heute eine Mitarbeiterin, sie werde den Job wechseln oder einfach bald ein Kind bekommen, wegen dem sie dann nicht mehr arbeitet, weil sie verheiratet ist. Dann kommst du genau im richtigen Moment mit deiner Anfrage.«

Diesmal prustete sie verächtlich.

»Jetzt mal ehrlich, Joshua. Du glaubst doch nicht selbst an das Märchen?«

»Nein, aber ich hoffe trotzdem, dass es wahr werden kann.«

Sie entzog ihm ihre Hand, um sich an der Nase zu kratzen. Die andere Hand hielt sie weiterhin fest auf den Bauch gepresst, als ob sie ihn festhalten müsse. Er versuchte es erneut.

»Julia, wir sitzen doch sowieso noch einige Tage hier rum. Nutz die Zeit dafür, es ist besser, als sie totzuschlagen.«

Sie schaute ihn forschend an, nickte dann aber entschlossen.

»Du hast Recht, es ist besser, als nichts zu tun.«

Mit einem Ruck erhob sie sich und stolzierte steif aus seinem Büro. Joshua sah ihr mitleidig hinterher. Sie war noch schlechter dran als er, denn sie hatte noch nicht einmal die Alternative, in den USA zu arbeiten. Ihm war völlig schleierhaft, wie sie in Zukunft ihre Miete zahlen wollte. Aber was zerbrach er sich den Kopf über die Probleme anderer? Er hatte selbst genug, um die es sich zu kümmern galt.

Also lenkte er seine Aufmerksamkeit wieder auf den Bildschirm und notierte gewissenhaft in einem Dokument alle Firmen, die in Betracht kamen. Inklusive Telefonnummer, Mailadresse und Ansprechpartner, falls angegeben. Zum

Feierabend druckte er sich die Blätter aus. Am nächsten Tag würde er noch weitersuchen, anschließend mit den Anrufen beginnen. Es wäre doch gelacht, wenn sich nicht eine Ausweichmöglichkeit finden ließe!

Der Gedanke beflügelte ihn, denn Joshua dachte in der Regel positiv. Für ihn war ein Glas niemals halb leer, sondern grundsätzlich halb voll. Bislang hatte diese Einstellung einen Teil seines beruflichen Erfolgs ausgemacht, warum sollte sich das jetzt ändern? Er verließ die Firma und fuhr schnurstracks nach Hause. Diesmal gab es keinen Halt für eine Essensration, denn das Hühnchen von gestern wartete noch im Kühlschrank auf den Verzehr. Pfeifend nahm er es heraus, schob es in den Backofen zum Aufwärmen, damit er sich gleich damit amüsieren konnte. Um die Zeit zu überbrücken, sprang er unter die Dusche und überlegte sich, warum er eigentlich bis zum nächsten Tag mit der weiteren Suche warten sollte. Nach dem Essen würde er sich an seinen Laptop setzen und das Begonnene fortführen. Umso eher seine Liste vollständig war, desto besser.

Diesmal stellte sich nicht die Frage, wie er den Abend verbringen würde.

Kapitel 3

Megan versuchte, sich von ihrem zweiten Arbeitstag zu erholen. Wieder hatte es diese unangenehme Nähe zu Mr Murray gegeben, die bei ihr inzwischen sogar leichte Übelkeit hervorrief. Ganz fest nahm sie sich vor, am nächsten Tag das Gespräch zu suchen, noch einen Vormittag würde sie das nicht durchhalten. Aber es gab auch Erfreuliches. Murray grub doch drei Objekte aus, für die er den Kunden vom Vortag interessieren konnte. Der eigentliche Clou war jedoch William McKees Wunsch, dass Megan ihm die Häuser zeigen sollte. Dadurch konnte sie für eine Weile dem Büro entfliehen und die Gesellschaft des recht attraktiven Kunden genießen. Ob er sie näher kennenlernen wollte? Aber warum sonst hätte er auf Megan bestehen sollen, da er wusste, sie fungierte nur als Schreibkraft und hatte mit der Arbeit vor Ort nichts zu tun. Ihre Augen nahmen einen verträumten Glanz an. Der Mann wirkte wohlhabend. Das schloss sie nicht nur aus seinem Wunsch, ein größeres Haus zu kaufen. Er versprühte insgesamt den Charme eines erfolgreichen Geschäftsmanns. Das gefiel Megan, denn könnte sich daraus etwas ergeben, bräuchte sie sich wegen ihres Lebensunterhalts keine Sorgen mehr machen. Ohne von Joshua abhängig zu sein. Über diese Gedanken erschrak sie selbst. Es hatte fast den Anschein, als wenn sie nur darauf aus war, möglichst gut versorgt zu sein. Sie wusste, es war nicht so.

Sie nahm die Füße hoch und platzierte sie auf dem gegenüberstehenden Stuhl. Nur ein paar Minuten, dann würde sie kochen. Plötzlich kam ihr der Gedanke, sich diese Arbeit einfach zu sparen. Es gab noch einige Sorten Rohkost in ihrer Speisekammer, die würde sie kurzerhand zu einem Salat schnippeln. Dabei konnte sie sogar sitzen bleiben.

Sofort setzte sie ihr Vorhaben in die Tat um, holte die Zutaten, Brett und Messer an den Tisch. Gerade als sie mittendrin war, betraten die Jungs die Küche. Den Gesichtern konnte sie deutlich ansehen, wie begeistert sie von ihrer Menüplanung waren.

»Jetzt habt euch nicht so, morgen koche ich wieder richtig«, versuchte sie zu beschwichtigen. Dann fiel ihr Joshuas Anruf wieder ein.

»Am Samstag kommt übrigens euer Vater. Er will was mit mir besprechen, keine Ahnung, was da los ist. Klang auf jeden Fall ernst.«

Die Erinnerung an das Telefonat ließ sie die Stirn runzeln.

»Mum, davon kriegt man Falten«, erinnerte sie David in seiner direkten Art.

Sie strich mit den Fingerspitzen über die Kerben ihrer Stirn und zwinkerte ihm zu. Ihn schien es nicht so sehr zu stören, dass es heute nur Salat gab. Sie wunderte sich darüber, aber sie kannte ja auch nicht seine zweite Quelle, an der er sich satt essen würde.

Noah hatte sich schon wieder verdrückt, bollernde Schritte auf der Treppe begleiteten seinen Weg nach oben.

»Geh auch hoch und zieh dich um«, wies sie ihren Jüngsten an. »Ich bin gleich soweit mit dem Essen.«

Er warf dem Stillleben in der Schüssel einen skeptischen Blick zu und trollte sich nach oben. Keine Reaktion auf die Ankündigung von Joshuas bevorstehendem Besuch. Manchmal verstand Megan ihre Kinder nicht mehr.

In Jeans und Sweatshirt tauchten sie zusammen wieder auf, als Megan gerade den Tisch deckte. Wortlos ließen sie sich auf die Sitzbank plumpsen und kauten hochbeinig auf dem Salat herum. Megan seufzte. Warum, in aller Welt, konnte man Kindern nie gesundes Essen schmackhaft machen?

Sowie die Jungen jeder eine Miniportion verdrückt hatten, machten sie sich aus dem Staub. Sie wurden von Damian abgelöst, der sich an ihnen vorbeischob, als sie die Küche verließen. Seine blauen Augen leuchteten schelmisch, als er auf den Salat schaute.

»Sieht so aus, als ob du mit deinem Essen einen Volltreffer gelandet hast«, zog er sie auf.

Im Gegenzug musste er einem Salatlöffel ausweichen, der samt Dressing auf ihn zugeflogen kam. Er hinterließ einige Tropfen auf dem Küchenboden, die Megan aber nicht im Geringsten störten.

»Veräppeln kann ich mich allein, Bruderherz.«

Er setzte sich ihr gegenüber und blickte ihr nun ernst ins Gesicht. Er hatte sich gut auf dieses Gespräch vorbereitet.

»So sehr wollte ich dich gar nicht auf den Arm nehmen. Merkst du nicht selbst, dass auch mal was Vernünftiges auf den Tisch muss? Fleisch hat schließlich auch Nährstoffe, die der Körper braucht. Zum Beispiel Vitamin B12, Vegetarier kriegen schnell einen Mangel davon. Für die Jungs wärst du die Heldin schlechthin und du selbst würdest auch mal wieder ein bisschen auf die Rippen bekommen. Mal ehrlich, Megan: Du wirst immer schmaler und erzähl mir bitte nicht, dass du noch genügend Kraft für alles aufbringen kannst.«

Widerborstig starrte sie ihn über den Tisch hinweg an.

»Bist du fertig mit deinem Vortrag?« Ihr Tonfall klang nicht sehr freundlich.

Ungerührt nickte Damian grinsend. Mit dem Gesichtsausdruck konnte sie vielleicht David und Noah einschüchtern, aber bestimmt nicht ihn.

»Bin ich. Und du musst zugeben, dass ich Recht habe. Megan, so geht das nicht weiter. Gesund essen gut und schön, aber ab und zu muss es auch mal was anderes sein. Ihr braucht das alle im Moment.«

Zögernd gab sie ihren Widerstand auf, denn Damians Meinung bedeutete ihr sehr viel. Vielleicht könnte man tatsächlich ab und zu ein Steak machen, wenigstens etwas Geflügel. Bei ihren Jungs würde sie damit wirklich viele Pluspunkte sammeln können.

Außerdem schien es nicht so, als ob sie momentan auf ihre schlanke Linie achten müsste. Dennoch widerstrebte es ihr, dem Bruder einfach so zuzustimmen.

»Ich überlege es mir«, beschwichtigte sie ihn ausweichend.

Zärtlich betrachtete sie ihn, seine verstrubbelten rot-blonden Haare, die ihn immer wie einen Lausejungen aussehen ließen. Bei der Arbeit fuhr er gern in Gedanken mit den Händen hindurch, sodass sie in ihrer ganzen Kürze zu Berge standen.

»Aber wirklich, Meg.«

Da dies geklärt war, wechselte er abrupt das Thema.

»Caro hat mir von deinen Erlebnissen mit deinem Chef erzählt. Wie war es heute?«

Sie seufzte, Antwort genug für ihn.

»Dann solltest du vielleicht wirklich mit ihm sprechen. Auf die Weise, die Caro vorgeschlagen hat.«

Megan rang die Hände. Seitdem sie immer dünner wurde, stieg ihre Nervosität. Sie spürte es selbst und zwang sich, stillzuhalten.

»Mal sehen, ich denke, den Rest der Woche kriege ich noch rum. Ein Kunde möchte morgen von mir drei Objekte gezeigt bekommen. Dann bin ich ohnehin am ganzen Vormittag unterwegs. Und den Freitag warte ich erst noch ab. Sollte es dann dasselbe sein, spreche ich ihn an.«

Damian runzelte die Stirn. »Wieso musst du in den Außendienst?«

»Stimmt schon, eigentlich gehört das gar nicht zu meinen Aufgaben. Aber der Kunde besteht darauf und mir soll es recht sein.«

»Was ist das für ein Typ?« Sofort wurde ihr Bruder misstrauisch und fuhr die familiären Antennen aus, die für Schutz zuständig waren.

»Ein Geschäftsmann, wie es aussieht. Er sucht was Großes und Luxuriöses, muss also finanziell ganz gut dastehen.«

Er schalt sich selbst einen überängstlichen Idioten. Es war ein Geschäftstermin, nichts weiter. Warum machte er sich deshalb

Sorgen um Megan? Außerdem war sie eine erwachsene Frau und konnte selbst beurteilen, mit wem sie sich wozu traf.

Die Haustür öffnete und schloss sich erneut, die Geschwister reckten die Hälse, um den Besucher sehen zu können. Nur langsam schob sich die Person durch den Flur, zauberte aber durch ihr Erscheinen ein Lächeln auf die Gesichter. Hanna McIntyre, ihres Zeichens die Großmutter, betrat die Küche. Wie immer fast elegant gekleidet, erfüllte sie vom äußeren Anschein gar nicht das Klischee einer Oma. Kannte man sie jedoch näher, merkte man, dass sie sehr wohl eine war. Ihre Enkel waren ihr Ein und Alles, Sohn und Schwiegertochter selbstverständlich ebenso wie die Urenkel. Megans Mann Joshua sowie Damians Caro hatte sie ebenfalls vom Fleck weg adoptiert und zu vollwertigen Familienmitgliedern ernannt. Das ging bei Hanna recht schnell, sofern sie jemanden mochte.

Sie nahm an der Stirnseite zwischen ihren Enkeln Platz. Beide sprangen auf und drückten ihr einen Kuss auf die runzligen Wangen, jeder auf seiner Seite. Hanna strahlte.

»In den Genuss komme ich auch nicht so oft, dass ich stereo geküsst werde!«

Während Damian lachte, rang sich Megan nur ein Lächeln ab. Ihre Großmutter betrachtete sie prüfend.

»Kind, du wirst immer dünner«, wies sie sie in ihrer typisch offenen Art zurecht.

Genervt hob Megan die Arme und ließ sie wieder zurück auf die Tischplatte fallen.

»Was habt ihr nur heute alle mit mir?«

»Wieso?« Verständnislos schaute Hanna von ihr zu Damian und wieder zurück.

»Weil ich ihr das vorhin auch schon gesagt habe und dass sie nicht nur vegetarisch essen und kochen sollte.«

Hanna hob den Zeigefinger, als wenn sie sich in der Schule zu Wort meldete.

»Das ist vernünftig. Von dem Grünzeug siehst du schon selber aus wie ein Grashalm, den der Wind wegbläst. Spätestens wenn dir die Kühe einen Platz auf der Weide anbieten, solltest du die Notbremse ziehen.«

Damian kicherte leise, Megan hörte es trotzdem.

»Ich finde das nicht lustig«, keifte sie. »Ich weiß gar nicht, warum sich plötzlich jeder erdreistet, sich in mein Leben einzumischen.«

Er wusste, nun war es klüger, das Feld seiner Gran zu überlassen.

»Ich mache mich auf den Weg nach Hause, Caro wartet sicher schon mit dem Essen.« Er erhob sich und ging ein paar Schritte Richtung Tür.

»Es gibt was ganz Leckeres mit Fleisch, ein deutsches Rezept. Kann ich mir nicht merken, schmeckt aber super«, konnte er sich nicht verkneifen zu sticheln, bevor er fluchtartig das Cottage verließ.

Hanna hob die gezupften, grauen Augenbrauen und schaute Megan an, die vor Wut puterrot wurde. Angelegentlich wischte sie einen unsichtbaren Fussel von ihrem Rock, bevor sie die Enkelin wieder ansprach.

»Du weißt doch, dass wir es nur gut meinen. Damian hat als großer Bruder einen Beschützerinstinkt und Omas sorgen sich auch grundsätzlich. Du wolltest wieder in den Schoß der Familie, nun wundere dich nicht, wenn sie Anteil an deinem Leben nimmt.«

»Caro und Damian macht doch auch keiner Vorschriften, wie sie sich zu ernähren haben.«

Amüsiert stützte Hanna das Kinn in die Handfläche.

»Das liegt sicherlich daran, dass sie ausgewogen essen. Von allem etwas und abwechslungsreich.«

»Man sieht es an Caros Pfunden«, versetzte Megan.

Der mahnende Blick ihrer Gran rief sie jedoch zur Ordnung.

»Entschuldige, ich weiß, das war nicht nett.«

»Caro hat kein Problem mit ihrer pummeligen Figur, Damian auch nicht. Warum also du?«

»Ich habe kein Problem damit, es steht ihr ja irgendwie. Es zeigt nur, was passiert, wenn man nicht darauf achtet, was man isst.«

»Du spinnst doch! Sieh Damian an, der hat kein Gramm Fett zu viel. Aber er ist kräftig und muskulös. Glaubst du, das wäre von Grünfutter auch so? Wahrscheinlich würde er zusammenbrechen, wenn er ein größeres Möbelstück bauen müsste, wäre er auf deine Küche angewiesen. Caro hat die Veranlagung zu etwas mehr Gewicht und ich finde nichts falsch daran, das auch zu akzeptieren. Sie tut es doch auch!«

Megan fühlte sich inzwischen wie ein gescholtenes Kind. Ihre Gran war eine herzensgute Frau, die aber leider die Unart hatte, ihre Meinung ziemlich deutlich auszusprechen. Nicht immer trug das zu Megans Wohlbefinden bei. Doch wusste sie, dass Hanna meistens Recht hatte mit dem, was sie sagte.

»Ich habe Damian schon gesagt, ich überlege mir, ob ich unsere Essgewohnheiten etwas ändere.«

»Nicht überlegen, Mädchen, machen!«

Noch nachdem Hanna gegangen war, kochte Megan vor Wut. Sie steigerte sich sogar immer weiter hinein und veranlasste Noah dazu, vor der Küchentür wieder kehrt-zumachen. Der Hunger hatte ihn getrieben mit dem Wunsch, etwas Brauchbares zu finden. In diesem Zustand ging er seiner Mutter aber lieber aus dem Weg.

Zurück im Obergeschoss klopfte er bei David an und steckte den Kopf durch die Tür.

»Weißt du, was mit Mum los ist?«

Sein kleiner Bruder konnte nur den Kopf schütteln.

»Es muss was mit Damian und Gran zu tun haben«, vermutete Noah ganz richtig. Nicht zu wissen, was unten passiert war, nagte an ihm. Megan brauchte er nicht fragen, deshalb blieben nur Damian oder Hanna als Informanten.

»Willst du mit nach nebenan?« fragte er David. Die Formulierung täuschte etwas, denn obwohl zwischen beiden Cottages nur Wiesen und Damians Werkstatt lagen, brauchte man doch zu Fuß einige Minuten. David blickte mürrisch von seinem Comic auf.

»Warum?«

»Interessiert dich denn nicht, was los gewesen ist und weshalb Mum so sauer ist? Damian erzählt es uns bestimmt.«

Auf ihren Onkel und dessen Frau hielten beide Jungs große Stücke. Obwohl gerade Noah anfangs nur zögerlich auf Caro zugegangen war, hatte er sie längst ins Herz geschlossen. Und Damian war in den Augen der Jungen der »coolste Typ überhaupt«.

David entschloss sich nach kurzer Überlegung, seinen Bruder zu begleiten. Nun wollte auch er wissen, was seine Mutter so auf die Palme gebracht hatte.

Megan wanderte immer noch in der Küche umher wie ein wilder Stier, denn in manchen Situationen konnte sie Eigenarten einer Dampfwalze entwickeln. Die Jungs stahlen sich im Flur an ihr vorbei und riefen ein »Bis später!«, kurz bevor sie die Haustür schlossen. Sie hatte gar keine Gelegenheit mehr, ihnen noch zu antworten. Das Gefühl, alle tanzten ihr auf der Nase herum, wurde übermächtig. Ihre Familie mischte sich in ihr Leben ein, ihr Chef sah in ihr ein Lustobjekt, ihre Söhne gingen ihr aus dem Weg. Alles schien ihr im Moment zu entgleiten, wie zu Beginn ihrer Trennung von Joshua. Schon merkwürdig, dass auch bei einer weiterhin bestehenden Freundschaft die Wunden so tief schlugen. Aber warum kam sie jetzt wieder an einen Punkt, an dem ihr alles zu viel wurde?

Plötzlich hatte sie das Gefühl, beobachtet zu werden. Langsam drehte sie sich zum Fenster um, das in den hinteren Garten hinausging. Es war niemand zu sehen, also trat sie vor, öffnete es und streckte den Kopf hinaus. Nichts, noch nicht einmal ein Schatten. Scheinbar gaukelte ihr ihre Fantasie etwas vor. Doch konnte sie sich auch nicht vorstellen, dass sie es sich nur eingebildet hatte.

Mit ruckartigen Bewegungen räumte sie das benutzte Geschirr in die Spülmaschine und rauschte ins Wohnzimmer. Dort tigerte sie weiter, immer zwischen Tür und Wand hin und her. Die Arme schlenkerten um ihren mageren Körper, während sie versuchte, sich zu beruhigen. Sie wusste selbst, dass sie aus einer Mücke einen Elefanten machte und sich alle nur Sorgen machten, es gut meinten. Ihr Nervenkostüm war im Moment aber auch wirklich wieder nicht zu gebrauchen.

Mit der Zeit wurde sie ruhiger. Das entstand jedoch hauptsächlich aus der Erschöpfung, die sie empfand. Zittrig ließ sie sich in einen Sessel fallen und vergrub das Gesicht in den Händen. Noch vor Damians Besuch hatte sie dem morgigen Tag mit dem Treffen McKees freudig entgegen-gesehen, das war nun völlig verflogen.

Sie atmete tief durch, griff nach der Fernbedienung und schaltete den Fernseher an. Vielleicht würde es ihr gelingen, sich ein wenig abzulenken. Krampfhaft schluckte sie die Tränen hinunter, die in ihrer Kehle brannten.

Noah und David saßen zu diesem Zeitpunkt bereits an Caros Küchentisch. Damian fühlte sich von zwei Augenpaaren beobachtet, während er überlegte, ob die gewünschte Information angebracht wäre. Er tauschte einen Blick mit Caro, die ihm gegenüber an die Arbeitsplatte gelehnt stand. Letztendlich war ihm aber jedes Mittel recht, um Megan zum Umdenken zu bewegen. Wenn dazu gehörte, dass die Jungen sie ebenfalls unter Druck setzten, warum nicht? So entschied er sich, ihnen von dem Grund seines Besuchs und Megans Reaktion zu erzählen. Darüber gesprochen hatten sie kürzlich ja ohnehin schon.

»Meinst du, Mum hört auf dich?« bemerkte Noah skeptisch.

Natürlich wusste er, Megan liebte ihren Bruder. Aber ebenso kannte er ihre Sturheit in Bezug auf gesunde Mahlzeiten. Bereits mit Joshua hatte es oft genug Streitereien deshalb gegeben. Das hatte wiederum dazu geführt, dass die drei männlichen Haushaltsmitglieder regelmäßig ohne Megans Wissen in diversen Fastfood-Restaurants anzutreffen waren.

»Ich hoffe es zumindest«, bekannte Damian schulterzuckend. »Aber ihr könnt mithelfen, indem ihr auch auf sie einwirkt. Nervt sie ruhig ein bisschen, wir wissen alle, dass sie spätestens dann mürbe wird.«

Davids Augen leuchteten auf. Seiner Auslegung zufolge würde er seine Mutter nun mit Erlaubnis so lange bearbeiten können, bis er sich nicht mehr für ein leckeres Essen zu seinem Onkel stehlen musste. Der Gedanke behagte ihm ungemein.

»Oder sie stellt erst recht auf stur«, dämpfte Noah Damians Optimismus.

Der aber war sich seiner Sache völlig sicher.

»Ich kenne eure Mutter über vierzig Jahre. Glaubt mir, das ist die richtige Taktik.«

Caro stieß sich von ihrem Platz ab, ging zur Hintertür und ließ die Hunde herein, die von draußen kratzten. Sie stürmten direkt auf die Jungen zu und David schüttete sich aus vor Lachen, als Goliath versuchte, seinen Schoß zu erklimmen. Es gelang ihm nicht, denn sein ständig mit der Rute wedelndes Hinterteil zog ihn immer wieder hinunter. Hilfreich packte Damian den Rüden an den Hinterläufen, um ihn auf Davids Schoß zu hieven. Von seinem Neffen war anschließend nicht mehr viel zu sehen, denn Goliath war dem Welpenalter längst entwachsen.

Goliaths Bruder Oscar zeigte sich etwas kultivierter, er saß brav vor Noah, um sich an den Ohren kraulen zu lassen. Erstaunt beobachtete Caro das Schauspiel, denn eigentlich war Damians

Oscar der Ungestüme, ihr Goliath etwas ruhiger. Der Rollentausch irritierte sie, gab aber keinen Anlass, weiter darüber nachzudenken.

Goliath hatte nun die richtige Position, um David ausgiebig über das Gesicht zu lecken. Er tat das mit Hingabe, immer noch mit dem gesamten Hinterteil wackelnd. Erst als Damian ihn erneut packte und seinen Neffen von ihm befreite, beruhigte er sich und legte sich zu dessen Füßen.

Caro dachte praktisch, wie immer. Ungerührt von dem vorangegangenen Gespräch bot sie den Jungen eine schnelle, warme Mahlzeit an. Noahs Augen wurden kugelrund.

»Ihr habt doch schon gegessen, du müsstest noch mal anfangen zu kochen. Das würdest du tun?«

Sie grinste, die Hintergedanken konnte man ihr förmlich ansehen.

»Natürlich würde ich das machen. Anschließend könnt ihr eurer Mutter von einem sättigenden, reichhaltigen Essen vorschwärmen.«

Damian richtete sich ruckartig auf.

»Bloß nicht! Ich kann dir Brief und Siegel darauf geben, dass Megan in Rekordzeit hier auftauchen und uns zur Schnecke machen würde. Weil wir ihre Erziehung untergraben. Und wenn wir ehrlich sind, hätte sie Recht damit.«

Caro zuckte nur die Schultern.

»Dann eben ohne Megan davon zu erzählen. Was haltet ihr von gebratenen Nudeln mit Eiern, Würstchen und Schinken? Ich habe noch welche übrig.«

Während sie sich wieder an den Herd stellte, lehnte sich Damian zurück und betrachtete sie dabei. Das tat er immer wieder gern und vergaß dabei die Welt um sich herum. David und Noah lotsten unterdessen die Hunde zurück in den Garten, um mit ihnen bis zum Essen herumzutoben. Wenn ihr Onkel diesen Blick bekam, ließ man die beiden besser allein.

Mit vollem Mund informierte Noah schließlich: »Mum ist echt geladen, sie hat irgendwas vor sich hin geschimpft, dass ihr euch in ihr Leben einmischt oder so.«

Die ausbleibende Reaktion auf diese Verkündung störte ihn nicht, aber der Gesichtsausdruck seines Onkels. Der hatte Caro im Blick, die alle Farbe verlor. Nur zu gut wusste Damian, was unter ihrem hellblonden Haarschopf jetzt vorging. Und er lag richtig.

Noahs Bemerkung beschämte Caro auf das Äußerste. Sie selbst hatte vor Eltern die Flucht ergriffen, die sich immer wieder ungefragt einmischten und deren Bevormundung kein Ende genommen hatte. Ständig hatten sie gefällte Entscheidungen Caros kritisiert und ihr eingeredet, sie würde alles falsch machen. Sofern sie sich nicht nach den Wünschen der Eltern richtete. Das setzte sich fort, als sie ihren ersten Mann kennenlernte und heiratete. Ihm gefiel die Unselbstständigkeit Caros und er schlug sich direkt auf die Seite seiner Schwiegereltern. Zu dritt erzogen sie an Caro herum, sprachen ihr jede Fähigkeit auf ein eigenes Leben ab. Selbst die Hochzeit beruhte auf einer logischen Konsequenz, von der einfach alle ausgegangen waren. Aber irgendwann während der Ehe merkte sie, dass etwas falsch lief. Nie konnte sie sich entfalten, wie sie es gern wollte. Das einzige Selbstvertrauen, das ihr immer geblieben war, bezog sich auf ihre Arbeit. Darin war sie gut, das wusste sie. Aber alles andere?

Caro begann immer mehr nachzudenken und am Beispiel anderer zu begreifen, dass nicht sie ihr Leben führte, sondern Ehemann und Eltern. Mit einem letzten Rest von Eigenwilligkeit entschied sie, das schnellstens zu ändern. Also packte sie ihre Sachen, zog in eine kleine Pension und informierte von dort aus ihren Ehemann über die Trennung. Nachdem sie eine kleine Wohnung gefunden hatte, teilten sie die gemeinsamen Habseligkeiten auf. Die Tatsache, dass Mann und Eltern Caros Auszug als kleine Laune definierten, amüsierte sie zuerst. Das verging ihr jedoch als sie erkennen musste, dass sie keine Ruhe vor ihnen finden würde. Ständige Anrufe, Besuche mit der Forderung, in ihr altes Leben zurückzukehren waren an der Tagesordnung. Als das nicht fruchtete, versuchten sie sogar, sie bei den Verlagen anzuschwärzen, für die sie übersetzte. Die elterliche Logik bestand in dem Gedanken, ohne Arbeit kein Einkommen zu haben, deshalb nicht auf eigenen Beinen stehen zu können und daraus resultierte für sie die Rückkehr zum Ehemann. Damit wurde Caros Kampfgeist, der jahrelang geschlummert hatte, richtig geweckt. Sie wehrte sich gegen alles, setzte sich durch, obwohl es sie immer mehr zermürbte.

Dann, nach fast zwei Jahren, die Rettung. Großtante Molly vererbte ihr ein Cottage in Irland. Caro nahm die Gelegenheit beim Schopf, wanderte auf die grüne Insel aus und damit weit weg von ihrer Familie. Bis auf einen Besuch mit dem neuerlichen Versuch, sie zur Rückkehr zu bewegen, hatte sie nun ihre Ruhe. Wahrscheinlich hatten die drei endlich verstanden, dass sie keine Macht mehr über Caro hatten. Spätestens aber seit ihrer Hochzeit mit Damian. Aus purem Anstand hatte sie ihre Eltern eingeladen und musste ihnen zugestehen, dass sie sich tatsächlich anständig benommen hatten. Vielleicht gab es in Zukunft doch noch den Weg eines normalen Umgangs miteinander.

Umso schockierender empfand sie Noahs Bemerkung. Sollte sie in die Fußstapfen ihrer Eltern getreten sein und sich ungefragt in das Leben anderer gemischt haben? Es gab nichts, was sie weniger wollte! Sie selbst wusste, wie es sich anfühlte und selbstverständlich wollte sie Megan das nicht zumuten.

Im Hause McIntyre gab es noch eine Diskussion, hervorgerufen durch Noahs Bemerkung, als die Jungen längst gegangen waren. Damian gestand ein, dass sich Megan auch ihm und Hanna gegenüber beschwert hatte.

»Das ist doch aber nicht vergleichbar mit dem, was sich früher mit deinen Eltern abgespielt hat«, versuchte er, seine Angetraute zu überzeugen.

»Warum nicht?« Caro blickte so traurig auf die Tischplatte, dass es Damian fast das Herz zerriss. »Wir mischen uns ein, wollen ihr vorschreiben, was sie zu kochen und zu essen hat. Das haben meine Eltern zwar nicht gemacht, dafür aber andere Dinge. Was es im Einzelnen ist, ist doch egal. Einmischung ist Einmischung.«

Er stand auf, ging um den Tisch herum und hockte sich vor sie, um sie von unten herauf anzusehen. Erst, als sie sich ihm zuwandte, sprach er.

»Der Unterschied liegt darin, dass wir nicht Megans ganzes Leben ändern wollen. Und es geht uns nicht um Machtausübung, sondern um ihr Wohl.«

»Das haben meine Eltern auch immer behauptet, wenn sie versucht haben, ihr Wohl an mir durchzusetzen.«

»Mag sein, aber bei uns ist es eine Tatsache. Du machst dir Sorgen, Hanna macht sich Sorgen, ich auch, meine Eltern wahrscheinlich sowieso. Es ist doch deshalb nicht so, dass wir Meg nur unsere Vorstellung aufdrängen wollen. Es geht darum, ihr die Augen zu öffnen. Wenn sie sich nicht darauf einlässt, ist das ihre Entscheidung. Ebenso, wie wenn sie es tut. Ich kann es schlecht erklären, aber es ist ein Unterschied, Caro.«

Er hob den Arm und legte seine Hand auf ihre Wange. Diese zärtliche Geste ließ sie aufseufzen, ihr Gesicht hellte sich etwas auf.

»Vielleicht sehe ich es tatsächlich zu streng. Aber ich will auf keinen Fall wie meine Eltern werden. Ich weiß, wie es ist, ständig bedrängt zu werden, wider dem eigenen Willen zu handeln.«

»Ganz bestimmt reagierst du sehr sensibel darauf. Und genau das spricht doch dafür, dass du eben nicht so bist wie deine Eltern. Die hätten sich darüber gar keine Gedanken gemacht. Oder vielmehr: Sie haben sich wirklich nie welche gemacht. Sie wollten ihre Auffassung um jeden Preis an dir durchsetzen. Das ist bei uns nicht so.«

Getröstet nickte sie.

»Du hast Recht. Meine Skrupel bei der Sache sind wahrscheinlich der maßgebliche Unterschied. Und dass wir Megan trotz allem die Wahl lassen.«

Sie ließ sich von ihm vom Stuhl hochziehen und folgte ihm ins Wohnzimmer, wo sie einen gemütlichen Abend verbringen wollten.

Als Noah und David zurück nach Hause kamen, hatte sich Megan endgültig beruhigt. Sie verfolgte eine Dokumentation im Fernsehen, die sie völlig fesselte. Abwesend winkte sie ihren Sprösslingen zu, die sich mit schlechtem Gewissen wegen ihres Abendschmauses an ihr vorbeidrückten. Das war auch für Megan das Signal, ins Bett gehen zu können.

Kapitel 4

Morgens fühlte sich Megan einigermaßen ausgeruht, aber sie erkannte auch, dass sie der bevorstehende Termin mit William McKee aufputschte. Heute legte sie besonderes Augenmerk auf ihr Aussehen und schminkte sich sehr sorgfältig. Der Versuch, die hohlen Wangen mit etwas Rouge aufzupolstern, misslang dennoch kläglich.

Mit etwas mehr Energie als sonst setzte sie sich hinter das Steuer, warf die Handtasche auf den Beifahrersitz und machte sich auf den Weg zur Arbeit. Es war Freitag, das Wochenende nahte, sie würde einen angenehmen Vormittag weit weg von Murray verbringen. Wenn das kein Grund für gute Laune war!

Langsam setzte sie ihren Wagen zurück auf die Straße, wieder einmal über die Art zu parken fluchend. Würde sie sich angewöhnen, gleich rückwärts vor das Haus zu fahren, könnte sie morgens direkt losfahren. Aber so blieb das Manövrieren jeden Tag ihre erste Amtshandlung.

Plötzlich sah sie im Rückspiegel eine Bewegung, die sie instinktiv auf die Bremse treten ließ. Neugierig drehte sie sich um, um den Grund auszumachen. Sie brauchte nicht lange suchen. Neben ihrem Fenster tauchte Connor McFlavery auf, der Vater von Noahs Freund Rory. Sie ließ die Scheibe herunter und begrüßte ihn freundlich.

»Du hattest aber eben nicht die Absicht, mich zu Brei zu fahren?« fragte er amüsiert.

Megan riss die Augen auf. Hatte sie ihn etwa knapp verfehlt, weil er in einem toten Winkel gewesen war?

»Wieso, hätte ich dich fast angefahren? Das täte mir sehr leid, ich habe dich nicht gesehen. Nur eben was im Augenwinkel im Rückspiegel.«

Er schnalzte mit der Zunge, schien ihr aber nicht böse zu sein.

»Sagen wir mal so: Wäre ich nicht zur Seite gesprungen, hätte ich jetzt wahrscheinlich das Muster deines Rücklichts am Bein.«

Nun lief Megan doch puterrot an. Offenbar war der große Becher Kaffee am Morgen nicht ausreichend gewesen, um sie für den Straßenverkehr tauglich zu machen.

»Entschuldige, Conor! Ich habe mich umgesehen, aber irgendwie bist du mir entgangen.«

Er winkte ab und klopfte zum Abschied leicht mit der Hand auf das Autodach.

»Macht nichts, ist doch nichts passiert, Megan. Man sieht sich!«

Sie winkte seinem sich entfernenden Rücken zu, bevor sie endgültig auf die Straße scherte und sich in Richtung Langshire in Bewegung setzte.

McKee erwartete sie bereits, als sie schwungvoll das kleine Maklerbüro betrat. Die blonden Haare offenbar frisch geschnitten und frisiert, die gut proportionierte Figur in einen hellen Anzug gekleidet. Seine braunen Augen blickten ihr sanft entgegen, als er sie auffordernd ansah.

»Wollen wir gleich los?«

Megan beschwichtigte seinen Tatendrang jedoch, denn sie musste sich zunächst von Murray die Exposés der Objekte sowie Schlüssel und Adressen geben lassen. Da sich diesmal der Schreibtisch zwischen ihnen befand, vermied sich ungewollte Nähe von selbst. Megan fragte sich insgeheim, ob vielleicht auch die Anwesenheit des Kunden den Drang ihres Chefs bremsen könnte. Darauf verlassen würde sie sich jedoch nicht.

Beschwingt verließ sie mit McKee das Büro und stieg auf seine Bitte hin in seinen Wagen ein. Der wäre viel bequemer, weil größer und selbstverständlich würde er sie anschließend wieder zurückbringen. Ihr war es recht, denn sie konnte ihn sich auch nicht so richtig in ihrem Kleinwagen vorstellen. Zudem schien sie heute nicht so ganz geeignet zum Führen eines Fahrzeugs zu sein.

Auf der Fahrt zum ersten Haus breitete sich angespanntes Schweigen zwischen ihnen aus. Megan suchte fieberhaft nach einem Thema, über das sie zur Überbrückung der Strecke plaudern könnten. Verärgert stellte sie fest, dass ihr nichts einfiel. Ihr, die noch nie ein Problem mit Smalltalk gehabt hatte! Zum Glück übernahm er nach einiger Zeit das Ruder.

»Leben Sie hier in Langshire?«

Megan schüttelte den Kopf und hatte keine Bedenken, Einzelheiten über ihr Leben zu verraten.

»Nein, ich habe lange in Dublin gelebt und nach meiner Trennung bin ich wieder nach Affordshire gezogen, wo ich aufgewachsen bin.«

Er warf ihr von der Seite einen belustigten Blick zu.

»Welcher Mann lässt Sie denn gehen?«

»Mein Mann«, parierte sie, musste dann selber darüber lachen. »Es war eine freundschaftliche Trennung, wir wollten einfach beide nicht mehr.«

Er lenkte den Wagen sicher durch den zunehmenden Verkehr und antwortete diesmal, ohne sie anzusehen.

»Das ist wohl ziemlich selten, meistens ist mindestens eine Partei gekränkt. Haben Sie auch Kinder?«

»Zwei Söhne, sechzehn und zwölf Jahre alt. Wie steht es mit Ihnen?«

Einer plötzlichen Eingebung folgend wollte sie sich nicht nur von ihm ausfragen lassen, sondern auch etwas über ihn erfahren.

»Ich lebe allein, keine Kinder.« Die sehr knappe Erwiderung erstaunte sie zuerst, aber sie dachte nicht weiter darüber nach. Das Gespräch stockte wieder, doch keiner von beiden hatte Ambitionen, es wieder aufzunehmen.

Am Verkaufsobjekt angekommen, zog Megan das Exposé aus ihrer großen Handtasche und ging ihm voraus, um die Haustür zu öffnen. Einladend trat sie zur Seite, damit er an ihr vorbeigehen konnte. Der Duft seines Rasierwassers nebelte sie angenehm ein und vermittelte ihr ein Gefühl seiner Männlichkeit. Er lebte allein, hatte er gesagt. Das zumindest war ein guter Anfang.

Er schaute sich zunächst in der großen Eingangshalle um, bevor er langsam in den offenen Wohnbereich schlenderte. Megan folgte ihm, erstaunt über die luxuriöse Bauweise des Hauses. Gebannt nahm sie jede Kleinigkeit der Räumlichkeiten in sich auf, bis ihr bewusst wurde, wozu sie hier war. Sie gab sich einen Ruck und wandte sich erneut dem potentiellen Käufer zu. Immer ein Auge auf das Exposé gerichtet, erklärte sie ihm die Vorteile des Anwesens und begleitete ihn durch alle Räumlichkeiten. Bei seiner ersten Bemerkung seit seiner knappen Antwort im Auto riss sie den Mund auf.

»Ganz hübsch, aber noch nicht das, was ich suche. Es darf ruhig noch etwas größer und luxuriöser sein.«

Megan klappte den Mund wieder zu, verstaute die Unterlagen in ihrer Tasche und ging voraus in den Vorgarten. Gewissenhaft verriegelte sie die Tür und sah ihm nach, während er zum Wagen ging. Sie konnte sich beim besten Willen keinen Reim darauf machen, warum ausgerechnet sie ihm die Angebote zeigen sollte.

Schnell hastete sie hinterher, als wenn sie befürchtete, er würde ohne sie weiterfahren. Keuchend nahm sie schließlich auf dem Beifahrersitz Platz.

»Warum die Eile?« Seine Augen ruhten belustigt auf ihr.

»Wir haben noch zwei Häuser vor uns und ich dachte, Sie möchten bestimmt nicht unnötig Zeit verschwenden.«

Während sie sich anschnallte, mied sie seinen Blick und starrte während der kurzen Fahrt aus dem Fenster. Als er anhielt, musste sie jedoch den Kopf wenden, denn er rührte sich nicht. Geradewegs wurde sie von seinen Augen angesogen.

»Ich würde gern heute Abend mit Ihnen essen gehen, wenn Sie nichts anderes vorhaben.«

Was sollte sie nun machen? Momentan konnte sie nach Feierabend kaum einen Fuß vor den anderen setzen. Außerdem war er ein Kunde und wie dachte Mr Murray über derartige Kontakte? Im zweiten Anlauf entschied sie, dass es ihr egal war. Siedend heiß fiel ihr das bevorstehende Gespräch mit ihrem Chef wieder ein. Sie könnte es für heute umgehen, indem sie die Besichtigungen hinauszögerte. Bringen würde es aber nichts, denn es würde das Unangenehme nur verschieben. Besser so schnell wie möglich, dann hätte sie es hinter sich.

Sie beschäftigte sich wieder mit McKees Einladung. Wollte sie oder wollte sie nicht? Natürlich würde sie das Angebot gern annehmen und bei einem Abendessen etwas Zeit mit ihm verbringen. In der Atmosphäre eines Restaurants würde sie schon nicht am Tisch einschlafen, beruhigte sie sich und sagte zu. Sie verabredeten sich für sieben Uhr abends, er würde sie von zuhause abholen.

Auch die anderen Häuser fanden nicht auf Anhieb seine Zustimmung, bei einem jedoch wollte er sich den Erwerb zumindest durch den Kopf gehen lassen. Er setzte sie vor dem Maklerbüro ab und versprach, in der darauffolgenden Woche seine Entscheidung mitzuteilen.

Megan warf einen Blick auf ihre Armbanduhr, es würde noch eine gute Stunde bis zum Feierabend dauern. Also startete sie ihren Computer und warf Murray während ihres Berichts über die Besichtigungen schräge Blicke zu. Bis jetzt blieb er auf seinem Platz sitzen.

Sie nahm ihre Position ein, öffnete das Mailprogramm und sah die eingegangen Nachrichten durch. Plötzlich spürte sie Murrays Atem in ihrem Nacken. Das ging nun eindeutig zu weit! Sie holte tief Luft, um sich zunächst etwas zu beruhigen, bevor sie den Stier bei den Hörnern packte. Ein gereizter Tonfall wäre sicherlich nicht allzu hilfreich.

Sie rückte etwas zur Seite und blickte ihn von unten herauf an.

»Mr Murray, ich würde Sie gern um etwas bitten.«

Sein freundlicher Gesichtsausdruck zeigte ihr, dass er bereit sein würde, ihr fast jeden Gefallen zu tun.

»Was kann ich für Sie tun?«

»Ich habe ein kleines Problem, wenn mir jemand körperlich zu nahe kommt. Der Ursprung liegt irgendwo in meiner Kindheit«, flunkerte sie. »Es ist mir wirklich unangenehm, aber deshalb muss ich Sie bitten, etwas Abstand zwischen uns einzuhalten. Gerade bei einem so netten Menschen wie Ihnen ist es schwer, diese Bitte vorzutragen. Aber ich kann da leider nicht aus meiner Haut, das ist tief verwurzelt.«

Nachdenklich betrachtete er sie, als ob er abwägen wollte, ob sie die Wahrheit sagte. Er kam wohl zu dem Schluss, dass es so sei.

»Natürlich, entschuldigen Sie bitte, Mrs Riordan. Ich wollte Ihnen in keiner Weise zu nahe treten.«

Megan setzte ein verbindliches Lächeln auf, um ihn in ihrem Sinne zu manipulieren.

»Das sind Sie nicht, Mr Murray. Es wäre alles in bester Ordnung, wenn eben dieses kleine Problem bei mir nicht wäre. Es ist ja nicht Ihre Schuld.«

Das wäre geschafft! Caro hatte Recht behalten, der Hinweis auf seine Unschuld an der Situation erzielte seine Wirkung. In Zukunft konnte sie davon ausgehen, dass er sich zurückhalten würde. Und wenn nicht, genügte sicher ein entsprechender Blick von ihr, um ihn auf Abstand zu halten.

Sie setzte ihre Arbeit fort und verabschiedete sich pünktlich.

Zuhause eingetroffen, zog sie sich sofort aus und legte sich ins Bett. Die Zeit, die die Jungen noch in der Schule waren, konnte sie für einen Mittagsschlaf nutzen, um ihre Batterien wieder aufzuladen. So liefe sie hoffentlich am Abend nicht Gefahr, todmüde und kaputt mit McKee am Tisch zu sitzen. Wäre sie auf die Idee schon vorher gekommen, hätte sie die letzten Tage besser überstanden, schalt sie sich.

Erfrischt und voller Vorfreude stand sie zwei Stunden später wieder auf, zog sich an und machte sich auf den Weg zu Emma McFlavery, um ein paar Kleinigkeiten für das Abendessen einzukaufen. Sie selbst bräuchte natürlich nichts, aber sie konnte ihre Söhne nicht schon wieder woandershin verfrachten. Das gehörte sich einfach nicht, auch wenn ganz bestimmt keiner der Beteiligten etwas dagegen hätte.

Gemütlich schlenderte sie die Straße in Richtung Dorfkern hinauf, um auf der Gegenseite bergabwärts den Schritt etwas zu beschleunigen. Der Korb schaukelte an ihrem Arm, als ein Wagen neben ihr hielt. Aus dem Seitenfenster schob sich ein blonder, gutaussehender Kopf, der zu Jonas O'Malley gehörte. Der Sohn von Dorf-Faktotum Fanny genoss nicht gerade den besten Ruf, da er sich arbeitsscheu zeigte und sehr dem Alkohol zusprach. Megan erinnerte sich an die Schulzeit, als beide zusammen dieselbe Klasse besucht hatten. Bereits seinerzeit zog er die Mädchen an, während sie als Mauerblümchen galt. Heimlich hatte sie für ihn geschwärmt und im stillen Kämmerlein von ihm geträumt. Heutzutage reizte er sie nicht mehr im Mindesten.

»Kann ich dich ein Stück mitnehmen?«

Megans Mund verzog sich verächtlich.

»Macht das deiner Meinung nach Sinn für die paar Schritte?«

Er setzte ein Grinsen auf, das ihn noch attraktiver machte.

»Nein, aber trotzdem wäre es eine Gelegenheit zu deiner Gesellschaft.«

Sie dachte daran, dass er sich ihr gegenüber immer freundlich und zuvorkommend verhalten hatte. Er verdiente es nicht, wenn sie ihn jetzt so abschmetterte. Also lächelte sie verhalten.

»Die ergibt sich sicher mal anders, zum Beispiel im Pub. Aber danke für dein Angebot.«

Er fuhr noch einige Meter neben ihr her, bevor sich das Fenster schloss und der Wagen mit Vollgas weiterfuhr. Megan schaute verärgert auf die Staubschicht, die von den Reifen hinterlassen worden war. Sie klopfte ihre Jeans ab und setzte ihren Weg dann fort. Durch die dünnen Sohlen ihrer Stoffschuhe spürte sie den Asphalt und leider auch jeden kleinen Stein. Jedes Mal, wenn sie schmerzhaft den Fuß wegen eines Kiesels hochzog, bereute sie ihre Absage. Manchmal auch nur ihr Schuhwerk.

Die Gespräche in dem kleinen Dorfladen verstummten, als Megan durch die Tür trat. Sie kannte das, immerhin hatte sie ihre Kindheit hier verbracht. Sogar heute noch kam es ihr so vor, als ob Emma McFlavery schon damals genauso ausgesehen hatte, wie sie noch heute hinter der altertümlichen Kasse stand. Massiv übergewichtig, grau-haarig, mit unordentlichen Locken und einem runden Gesicht mit Apfelbäckchen.

Nach einer Begrüßung ging sie die Regale entlang, den Klatschgeschichten lauschend, die von den anderen Kunden ausgetauscht wurden. Der Sinn dieses Ladens bestand eher in einer Nachrichtenzentrale, aber das Nötigste bekam man. In einem Anflug von guter Laune wählte sie zwei Dosen Wurst aus, Milch und Puddingpulver. Sollten ihre Jungs doch ebenfalls schlemmen, wenn sie es mit McKee tun würde.

»Man sieht dich selten, Megan«, beanstandete Emma mit einem Augenzwinkern.

Natürlich, dachte Megan, du würdest mich gern öfters sehen, um mich auszufragen.

Zuckersüß antwortete sie: »Ich habe so viel zu tun, Emma. Und du weißt doch, wenn man unterwegs ist, landet man automatisch in einem Supermarkt.«

Emma nickte wissend. Ihren Lebensunterhalt musste sie mit dem Geschäft ohnehin nicht verdienen. Erstens war sie bereits im Ruhestand und zweitens betrieb sie den Laden seit jeher nur als Hobby. So bekam man am besten die neuesten Informationen. Was Megan betraf, waren die jedoch eher dürftig.

Die Nachbarn wussten, dass sie sich vor einem halben Jahr von ihrem Mann getrennt hatte und mit den beiden Söhnen in das Haus ihres Bruders eingezogen war. Der wiederum zog um zu seiner Freundin, dem war vor kurzem die Hochzeit gefolgt. Megan selbst sah man selten im Dorf, die Jungen schon eher. Noah verband eine Freundschaft mit Emmas Enkel, aber irgendwie gab das auch keine gute Quelle her. Entweder war Noah sehr verschlossen, was Familienangelegenheiten anging, oder ihr eigener Enkel zeigte sich ihm gegenüber loyal und hielt die Klappe. Egal welche Variante, das Resultat schmeckte Emma nicht.

»Man sieht dich aber auch gar nicht im Pub. Damian und Caro sind häufiger da, deine Eltern auch«, lockte sie.

»Das mag sein«, parierte Megan. »Aber ich bin lieber für mich. Immerhin habe ich ja die Jungs abends.«

Dieser Aussage folgte ein amüsierter Blick seitens Emmas. »Die sind doch schon groß, auf die brauchst du nicht mehr aufpassen.«

»Nein«, erwiderte Megan lieblich. »Aber ich möchte.«

Sie packte die Einkäufe in den Korb, bezahlte und verließ betont lässig den Laden. Verfluchte Klatschbasen!

Genau das war einer der Gründe gewesen, warum sie das Leben in Dublin genossen hatte. Dort wurde nicht jeder mit Adleraugen beobachtet.

Vor der Tür stieß sie auf Emma McFlaverys Sohn Conor. Er schien auf dem Weg zu seinem Wagen zu sein, der auf der Straße parkte. Als er Megan sah, hielt er jedoch inne und schaute ihr entgegen. Sie kannten sich natürlich seitdem sie Kinder gewesen waren, aber dennoch gab es keinen gewollten Kontakt. Abgesehen von einem Nicken im Vorübergehen, wenn man sich traf und den beiden zufälligen Begegnungen vor kurzem. Diesmal hatte er offenbar eine kleine Plauderei im Sinn. Ruhig wartete er ab, bis Megan ihn erreicht hatte. Die grünen Augen blickten ihr neugierig entgegen, ein Lächeln zog kleine Fältchen um seine Augen. Ein attraktiver Mann ist er geworden, stellte Megan im Stillen fest. Das dunkelblonde Haar gut geschnitten, ein fast rundes Gesicht mit einem Mund, der immer zu einem Lächeln verzogen war. Obendrein eine große und durchtrainierte Statur.

»Wie hast du dich wieder ins Dorfleben eingewöhnt? Kannst du die alten Kauze und ihre Neugier auf Abstand halten?« fragte er geradeheraus.

Megan lachte, als sie antwortete. Ein derart offener Angriff war einfach entwaffnend.

»Das hoffe ich doch, Conor! Zumindest bemühe ich mich. Wobei es mir deine Mutter oder auch solche Gestalten wie Steve und Fanny nicht immer ganz leicht machen.«

»Ja«, bestätigte er nickend. »Die sind schon eine Spezies für sich. Aber lass dich von Emma nicht beeindrucken. Sie hat eine spitze Zunge und kann nachts vor Neugierde nicht schlafen, aber trotzdem hat sie das Herz am rechten Fleck.«

»Das würde ich an deiner Stelle von meiner Mutter auch behaupten.« Herausfordernd grinste sie ihn an.

»Stimmt!« gab er zu. Dann wechselte er das Thema. »Dein Ältester ist oft bei uns, ein netter Junge. Rory hatte sich so ein bisschen zu einem Einzelgänger entwickelt, viel vor dem Computer gehangen. Da bin ich wirklich froh, dass Noah ihn da ein bisschen rausgezogen hat.«

»Ich habe immer darauf geachtet, dass meine Jungs nicht zu viel Zeit drinnen mit Elektronik verbringen. Sie haben aber auch von sich aus den Drang, sich draußen aufzuhalten und unter Menschen zu kommen.«

»Das kommt Rory jetzt zugute, auch wenn er es selber nicht merkt.«

Er fuhr sich mit der Hand durch das kurzgeschnittene, blonde Haar. Verlegen trat er von einen Fuß auf den anderen.

»Dann will ich mal. Ich habe noch eine Verabredung.«

Megan nickte, sie hatte ebenfalls nicht vor, das Gespräch länger auszudehnen. Darum wünschte sie ihm viel Spaß und setzte ihren Weg fort.

Zurück zuhause öffnete sie die Dosen und richtete den Inhalt auf Tellern an. Das war zwar unnötig, aber sie hatte das Bedürfnis, Noah und David etwas Leckeres auch schön anzurichten. Das Brot von gestern würde dazu gut passen und beide würden sich sicher nicht beschweren, statt einer warmen Mahlzeit diese Auswahl zu bekommen. Als sie im Augenwinkel einen Schatten am Fenster sah, erstarrte sie. Die Jungen konnten es noch nicht sein, dazu war es zu früh. Deshalb warf sie einen Blick hinaus, konnte jedoch niemanden entdecken. Grübelnd fragte sie sich, ob es wirklich Einbildung war oder immer wieder jemand auf dem Grundstück umher schlich, der sich nicht zeigte. Nun nahm man im Dorf auf Zäune und Grenzen keine Rücksicht. Im Gegenteil, jeder bewegte sich völlig frei. Ungewöhnlich daran war lediglich, wenn niemand zu sehen war. Vielleicht einfach nur ein Spaziergänger, der über ihren Garten abgekürzt hatte.

Mit einem Blick auf die Armbanduhr huschte sie nach oben, um ein Bad einlaufen zu lassen. Heute Abend wollte sie sich schick machen und vor allem richtig munter sein.

Eine knallende Haustür riss sie schließlich aus den verträumten Gedanken inmitten des heißen Wassers. Der Duft des Badezusatzes hatte sie an einen sonnigen Sandstrand versetzt, mit einem kühlen Cocktail unter einer Schatten spendenden Palme. Zu schade, dass die Realität momentan ganz anders aussah.

Sie setzte sich auf und rief ihren Jungen zu, wo sie sich befand.

David steckte als erster den Kopf durch den Türspalt.

»Warum badest du mitten am Tag?«

»Warum nicht?« fragte sie zurück. »Aber du hast schon Recht, es gibt einen besonderen Anlass. Ich habe heute Abend eine Verabredung.«

Sie erhob sich, stieg aus der Wanne und legte sich ein riesiges Badetuch um.

»Komm mit, ich hab euch was zu essen mitgebracht. Das wird euch sicher schmecken.«

David folgte ihr misstrauisch hinunter in die Küche. Dort starrte Noah auf die Lebensmittel, die den Tisch besiedelten. Skeptisch schaute er sie an, als die den Raum betrat.

»Da ich heute essen gehe, dachte ich mir, ihr mögt vielleicht mal was anderes als unser sonstiges Abendessen ...«, erklärte sie verlegen. Plötzlich war es ihr peinlich, unverhofft mit genau dem aufzuwarten, worauf ihre Söhne so oft gehofft hatten.

»Das ist wirklich für uns?« hakte Noah ungläubig nach.

»Ja.« Jetzt schoss ihr auch noch die Röte ins Gesicht! Was war denn bloß mit ihr los? Sie wandte sich ab und rief im Hinausgehen über die Schulter zurück: »Ich mache mich im Badezimmer fertig. Guten Appetit!«

Verblüfft wechselten David und Noah einen Blick, bevor sie sich auf ihre Mahlzeit stürzten.

Megan schloss die Badezimmertür und lehnte sich tief durchatmend von innen dagegen. Wenn sie den beiden öfters mal eine Freude wie heute machen wollte, musste sie noch etwas üben.

Die Reaktion zeigte ihr aber auch deutlich, dass sie es wohl wirklich in den letzten Jahren übertrieben hatte. Die Ungläubigkeit in den Augen ihrer Söhne waren Beweis genug. Es musste sich definitiv etwas ändern.

Sie verteilte die Lotion auf dem gesamten Körper, die spitzen Stellen ihrer Knochen ignorierend. Anschließend öffnete sie den Schrank im Schlafzimmer, wie immer gab es die Qual der Wahl. Um sich damit nicht aufzuhalten, griff sie sich kurzentschlossen ein lindgrünes Kostüm heraus und verbot sich, noch einmal auf die Ansammlung von Kleidung zu sehen. Schnell schloss sie die Tür, legte das Kostüm auf das Bett und zog die Bluse vom Bügel, die passend dabei hing.

Sie liebte es, sich zurechtzumachen. Das Gefühl, eine Frau zu sein, ließ sich durch diese Aktivität mehr spüren als bei anderen Gelegenheiten. Wenn man von einer bestimmten einmal absah.

Aber in ihrem Bett spielte sich schon lange nichts mehr ab, daher musste sie schon auf dieses Styling zurückgreifen.

In der Küche traute sie ihren Augen nicht. Sämtliche Wurst war verschwunden und nicht etwa im Kühlschrank verstaut. Noah und David hatten alles vertilgt und nur ein paar Krümel übrig gelassen. Sie räumte ab, rief beiden über den Treppenabsatz ein »Bis später!« zu und verließ das Haus. An einem milden Abend wie diesem bot es sich an, draußen zu warten. Megan ging gemächlich durch den Vorgarten, der dem Geschmack ihres Bruders nach wie der rückwärtige Teil aus Rasen, Obstbäumen und wild angelegten Rondellen mit Blumen bestand. Damian mochte keine klaren Linien bei der Gestaltung und hatte seiner Fantasie freien Lauf gelassen. Sie mochte es, wie sie fast alles an oder von ihrem Bruder mochte.

Nach ein paar Minuten schaute sie ungeduldig auf ihre Armbanduhr. Pünktlichkeit ist eine Tugend, aber sie hätte nichts gegen ein früheres Eintreffen einzuwenden. Ihr Wunsch wurde erhört, denn als sie wieder aufschaute, erschien McKees Wagen in ihrem Blickfeld. Ohne es verhindern zu können, stahl sich ein freudiges Lächeln auf ihr Gesicht.

Sie ging ihm entgegen und streckte die Hand nach der Autotür aus, als er auf seiner Seite heraussprang. Verdutzt verfolgte sie seinen Sprint um den Wagen bis zu ihr, wo er ihr die Beifahrertür öffnete.

»Das hätte ich aber auch allein gekonnt«, belehrte sie ihn amüsiert.

»Völlig klar! Aber es gehört sich so, dass ich Ihnen die Tür öffne und ich lege noch Wert auf gutes Benehmen. Ich hoffe, das stört Sie nicht?«

Schnell schüttelte sie den Kopf.

»Nein, wo denken Sie hin! Man erlebt es nur nicht mehr so häufig.«

Angenehm überrascht nahm sie Platz und zog die Beine nach. Er schloss die Tür, nachdem er sich vergewissert hatte, dass alle Körperteile von ihr untergebracht waren.

»Fahren wir nach Langshire?« erkundigte sie sich neugierig.

»Nein, ein kleines Stück weiter. Aber ich bin sicher, es wird Ihnen gefallen. Ein wirklich tolles Restaurant.«

Die grüne Landschaft Irlands zog an ihnen vorüber, während sie sich anschwiegen. Es war diesmal kein unangenehmes Schweigen, eher ein abwartendes, mit Spannung geladenes. Beide spürten freudige Erwartung auf den Abend.

Der verlief auch tatsächlich völlig entspannt. Im Gegensatz zu dem abrupten Gesprächsende am Morgen während der Besichtigungen, schienen ihre Themen kein Ende zu nehmen. Megan bemerkte nicht, dass William jede persönliche Information über sich vermied.

Beim Essen erfuhr sie etwas über seinen Beruf. Im Computergeschäft sei er tätig, was sie unwillkürlich an Joshua erinnerte. Auf ihre Nachfrage wiegelte er jedoch ab. Es sei weniger Software als die Hardware, seine Firma stelle Computerchips her. Geschickt fragte er Megan über ihr gesamtes Leben aus. Aber war das nicht natürlich? Schließlich sprach es für sein Interesse an ihr, wenn er so viel wie möglich über sie wissen wollte. Mit der Zeit wurde es ihr aber zunehmend unbehaglicher. Immer, wenn sie nach seiner Familie fragte, wich er aus. Megan ließ sich nichts anmerken, strebte aber den Abschluss des Abends an. Wie der aussehen sollte, wusste sie selbst noch nicht.

Es war bereits dunkel, als sie über die Landstraße zurückfuhren. Wie zu Beginn ihrer Verabredung stieg er aus, um ihr die Wagentür aufzuhalten. Unschlüssig standen sie sich gegenüber. In diesen braunen Augen konnte sie regelrecht versinken, gestand sie sich ein. Seit über einem Jahr hatte es keinen Mann mehr in ihrem Bett gegeben, denn mit Joshua waren derartige Aktivitäten bereits einige Zeit vor der Trennung eingeschlafen. Was sprach deshalb dagegen, wenn sie die Gelegenheit beim Schopfe nahm? Ihre Söhne, schoss es ihr ernüchternd durch den Kopf.

Noch als sie dies alles in ihren Gedanken durchlebte, spürte sie seine Hände auf ihren Wangen. Seine Lippen berührten sanft die ihren und begannen, an ihnen zu knabbern. Megans Herzschlag setzte zu einem Sprint an, keuchend kam sie ihm entgegen. Zu schade aber auch, dass die Jungen im Haus schliefen!

»Hast du noch einen Kaffee für mich?« raunte er.

Megan schluckte und räusperte sich, um ihre Stimme wiederzufinden.

»Selbstverständlich. Wir müssen aber etwas leise sein, um die Jungs nicht zu wecken.«

In seinen Augen glomm Verständnis auf, dennoch wollte er nicht aufgeben, sein Ziel weiter verfolgen.

»Wir werden leise wie die Mäuschen sein. Ich habe keinen Bedarf, von ihnen überrascht zu werden.«

Sie beugte sich etwas zurück, um geradewegs in sein Gesicht sehen zu können.

»Ich fürchte, es darf nichts geben, bei dem wir überrascht werden könnten. Möchtest du trotzdem noch einen Kaffee?«

Statt einer Antwort zog er sie am Ellenbogen in den Vorgarten, streckte die Hand nach dem Schlüssel aus und öffnete die Haustür. Sich nach allen Seiten umsehend betrat er mit ihr die Küche.

»Setz dich doch, während ich hier beschäftigt bin. Du kannst auch gern schon ins Wohnzimmer vorgehen.«

»Nein, lass mal. Die Küche ist völlig in Ordnung. Hier kann ich dich dabei beobachten.«

Sofort dachte sie an Damian, der Caro immer gern bei allem mit seinen Blicken verfolgte und empfand ungewollt Rührung. Sollte sie so kurz nach Joshua das Glück haben, dem richtigen Mann begegnet zu sein?

Beim Einfüllen des Wassers schlangen sich seine Arme um ihre schmale Taille. Sie spürte seinen Atem in ihrem Nacken, bevor er sanfte Küsse dorthin hauchte. Völlig egal, ob die Jungs im Haus waren! Sie wandte sich zu ihm um, nahm seine Hand und zog ihn die Treppe zum Schlafzimmer hinauf.

Kapitel 5

Am nächsten Morgen befand sich Megan in einen Mix aus rosaroten Wolken und Fragezeichen. William hatte das Haus noch in der Nacht verlassen, um ein Zusammentreffen mit den Jungen zu vermeiden. Sie hatte ihn nicht daran erinnern müssen und freute sich über seine Rücksichtnahme. Was aber genau spielte sich zwischen ihnen ab? Ein Funken Verliebtheit auf jeden Fall, stellte sie fest. Begehren, sonst hätte sie ihn nicht mit in ihr Schlafzimmer genommen. Die letzte Nacht hatte sich zu einem Himmel auf Erden entwickelt. Ausgehungert nach Zärtlichkeit, hatte er es verstanden, sie in ungeahnte Höhen zu entführen. Ihren Entschluss am Abend zuvor hatte sie deshalb nicht im Mindesten bereut. Dennoch gab es etwas, das ihr Kopf-zerbrechen bereitete. Eine gewisse Distanziertheit seinerseits ließ sich nicht überbrücken. Gerade beim Teilen eines Betts sollte man annehmen, dass alle Mauern fallen. Bei William schien das nicht so zu sein.

Ihre Bitte auf ein Wiedersehen am Samstagabend oder Sonntag lehnte er ab. Zwar vorsichtig und umsichtig, aber er begründete seine Absage ganz klassisch mit beruflichen Verpflichtungen. Eine Einladung von einem Geschäftspartner über das Wochenende, zu dem er am späten Samstagvormittag aufbrechen würde.

Selbstverständlich verstand Megan, dass er sie nicht als neue Frau an seiner Seite präsentieren wollte. Ungeachtet der Tatsache, die Einladung könne von vornherein nur für eine Person gegolten haben. Eine gewisse Enttäuschung spürte sie jedoch schon. Er schloss sie so rigoros aus seinem Leben aus und vermied ihr Eindringen in seine Welt. Wahrscheinlich konnte man so ganz am Anfang nicht verlangen, dass er sie einbezog. Mit Joshua kannte sie das anders. Er hatte von Beginn an, schon fast in der ersten Stunde ihres Kennenlernens, sein gesamtes Leben vor ihr ausgebreitet. Sein Innerstes nach außen gekehrt. Womöglich war sie dadurch nur verwöhnt und wusste nicht, wie es üblicherweise lief, beruhigte sie sich.

Zwischen Küchenschränken und Tisch hin- und herpendelnd deckte sie für das Frühstück. Ein Blick auf die Uhr sagte ihr, dass ihre Söhne bald herunterkommen würden. Und lange konnte es auch nicht mehr dauern, bis Joshua in der Tür stand.

Die Nacht hatte ihr neue Energie verliehen, sie bewegte sich wie ein junges Reh und spürte keinerlei Erschöpfung. Hoffentlich hielt dieser Zustand lange an!

Sie genehmigte sich vorab eine Tasse Kaffee. Das Getrampel auf der Treppe kündigte ihre Nachkommen an, noch bevor sie ausgetrunken hatte. Rasch stand sie auf, um für David Milch zu erhitzen. Er schwor immer noch auf seinen Kakao zum Frühstück, was sie insgeheim beruhigte und zugleich amüsierte. Die noch kindlichen Züge daran zeigten, dass sie ihren Sohn noch länger haben würde. Durch Noah wusste sie aber auch, wie schnell die Umwandlung zum Teenager mit anderen Vorlieben stattfand.

David wirkte noch recht verschlafen, Noah dagegen munter und ausgeruht. Sie nahm einen großen Keramikbecher für den Kakao aus dem Schrank, als er fragte:»Mum, wer war der Mann letzte Nacht?«

Die Tasse rutschte ihr aus der Hand und zerschellte klirrend auf dem Boden. Das gab ihr Zeit, sich eine Antwort zu überlegen. Die Scherben aufsammelnd, beobachtete sie beide aus den Augenwinkeln. David schien neugierig, Noah hingegen sah erstaunt aus. Er hatte offensichtlich nichts von dem Besucher mitbekommen.

Sie warf die Einzelteile in den Abfalleimer, kehrte die Splitter zusammen und wandte sich dann zu den Jungen um. Eine schamhafte Röte überzog ihr Gesicht, von der sie nichts bemerkte.

»Das war ein Bekannter von mir, mit dem ich gestern essen war. Wann hast du denn das mitbekommen?«

Sie schickte ein Stoßgebet zum Himmel, dass David nichts von den Aktivitäten hinter verschlossener Tür wahrgenommen hatte. Seine Antwort beschwichtigte ihr schlechtes Gewissen in dieser Hinsicht.

»Ich bin wach geworden, als ich deine Zimmertür gehört habe. Dann ist jemand die Treppen runter und zur Haustür raus. Ich habe dann aus dem Fenster gesehen«, erklärte er.

Erleichtert rekapitulierte sie, dass er in der Zeit davor geschlafen und nichts gehört hatte. Noahs fragender Blick begegnete ihr. Sie zuckte in seine Richtung die Schultern und glaubte, einen Funken des Verstehens in seiner Mimik wahrzunehmen. Er war alt genug und konnte sich ausmalen, was seine Mutter getrieben hatte. Seinem Gesichtsausdruck zufolge passte Noah diese Entwicklung nicht, das konnte sie aber wohl auch nicht verlangen. Eltern hatten geschlechtslos zu sein, insbesondere, wenn ein Fremder ins Spiel kam.

David hakte die Sache ab, forderte seinen Kakao und nahm mit Noah Platz. Während des Frühstücks vermieden alle drei das Thema, aber als sich die Jungen aus dem Staub machen wollten, hielt sie sie zurück.

»Euer Vater kommt heute. Es wäre deshalb schon gut, wenn ihr zuhause bleiben würdet. Er wäre sicher enttäuscht, wenn er euch nicht antreffen würde.«

»Bis jetzt ist er noch nicht da und er wird nicht nach einer Stunde wieder fahren. Ihr habt doch sowieso was zu besprechen, also kann ich auch erst mal weg. Ich komme halt später wieder«, meuterte Noah.

David schloss sich seinem Bruder an.

»Ich komme auch nachher zurück, Mum. Ich will nur zu Caro und Damian und mit den Hunden spielen. Du kannst ja anrufen, wenn Dad da ist.«

Megan seufzte. Im Grunde gab es nichts gegen die Pläne der beiden einzuwenden. Also wedelte sie mit der Hand zum Zeichen, dass sie verschwinden sollten.

»Aber spätestens um zwei seid ihr wieder hier«, rief sie noch hinterher.

Plötzlich wurde sie von der Stille im Haus erdrückt. Es war immer so, wenn sich die Jungs nicht daheim aufhielten. Obwohl sie sich oft in ihre Zimmer zurückzogen und kein Mucks von oben drang, gab es doch die Gewissheit, sie in der Nähe zu haben. Wenn sie das Cottage aber verließen, kam Megan die Ruhe nahezu gespenstisch vor. Mit Schaudern dachte sie an Berichte von Müttern, die massive Probleme mit dem Auszug der erwachsenen Kinder hatten, vor allem, wenn das letzte von ihnen das Nest verließ. Ihr schwante, dass es ihr in der Zukunft nicht anders gehen würde. Sie musste rechtzeitig genug ihren Fokus auf sich selbst lenken und vorher eine sinnvolle Beschäftigung finden, nahm sie sich vor. Den Anfang bildete bereits die Arbeitsstelle, falls sich das Klima mit Mr Murray zu ihrer Zufriedenheit entwickeln sollte. Und wer weiß? Vielleicht wäre sie nicht mehr lange allein und die Geschichte mit William wurde zu einer festen Beziehung mit einem gemein-samen Wohnsitz. Es war noch zu früh, um darüber nachzudenken. Träume konnte aber niemand verwehren.

Megan hatte die Aufräumarbeiten in der Küche gerade abgeschlossen, als sie das Öffnen der Haustür hörte. Erwartungsvoll drehte sie sich zum Flur, wo Joshua auftauchte. Sein Anblick erschreckte sie. Es war eine Weile her, seit sie sich das letzte Mal gesehen hatten und er wirkte auf sie übernächtigt und ungesund. Eine Ahnung ließ sie fragen: »Kann es sein, dass du dich in der letzten Zeit hauptsächlich von Fastfood ernährst?«

»Ich freue mich auch, dich zu sehen, Megan.«

Er trat näher und nahm sie vorsichtig in die Arme. In der Erinnerung an frühere, gemeinsame Zeiten kuschelte sie sich kurz an ihn. Dann schob sie ihn mit beiden Armen von sich, um ihn erneut prüfend anzuschauen.

»Ich mich auch, Joshua. Es ist lange her. Setz dich doch.«

Seine Vorliebe für Kaffee war ihr nicht entfallen, deshalb kochte sie eine Kanne und nahm sich vor, ebenfalls eine Tasse zu trinken.

»Ja, ich esse nicht mehr vegetarisch«, gab er mit einem kleinen Lächeln zu. »Aber ich denke, das ist nicht der Grund, warum dir mein Aussehen aufgefallen ist. Ich habe in den letzten Nächten nicht sehr viel geschlafen und darum bin ich auch hier.«

Über die Schulter warf sie ihm einen kurzen Blick zu.

»Was ist denn so schlimm, dass es dir den Schlaf raubt?«

»Das erzähle ich dir, wenn du sitzt. Aber mal ganz nebenbei, so ganz gesund siehst du auch nicht aus. Du kommst mir noch dünner vor als beim letzten Mal.«

Demonstrativ blieb sie weiter mit dem Rücken zu ihm stehen.

»Ihr nervt, alle miteinander! Schon meine Schwägerin, mein Bruder und meine Grandma sind der Meinung, ich esse nicht richtig. Jetzt kommst du auch noch damit an!«

Der Kaffeelöffel flog mit mehr Effet in die Spüle als nötig, als sie sich zornig umdrehte. Joshua hob beschwichtigend die Arme.

»War doch nur so eine Bemerkung, weil es mir aufgefallen ist. Ich wollte dir damit nicht zu nahe treten.«

Nein, das hatte er sicher nicht gewollt. All die Jahre hatte er ihre Ernährungsweise ertragen und unterstützt. Wenn dies auch hieß, sich mit den Jungen heimlich in einschlägige Restaurants zu schleichen. Ihre Toleranz gebot es jedoch, all die Zeit so zu tun, als würde sie es nicht bemerken.

Sie stellte zwei Becher Kaffee auf den Tisch und setzte sich ihm gegenüber. Abwartend fixierte sie das schmale Gesicht mit den aus der Stirn gekämmten Haaren, die im Nacken zu einem Pferdeschwanz zusammengefasst waren. Diese eigenwillige Frisur hatte sie oft gestört, Joshua ließ sich aber nicht davon abbringen.

»Nun erzähl mal, was du auf dem Herzen hast. Die Jungs kommen übrigens später, sie sind im Dorf verteilt.«

Joshua holte tief Luft. Augen zu und durch, es handelte sich schließlich um eine sachliche Information.

»Du hast erwähnt, dass du wieder arbeitest. Das ist gut so, denn ich bin zum Monatsende arbeitslos.«

Megans Augen weiteten sich, sie öffnete den Mund und schloss ihn wieder, ohne ein Wort hervorzubringen. Nach einem vernehmlichen Schnaufer setzte sie neu an.

»Wie, arbeitslos? Eure Firma macht doch jede Menge Geld auf dem Spielemarkt. Hast du Mist gebaut?«

Langsam schüttelte er den Kopf und erklärte die näheren Umstände seiner Kündigung, sowie seinen Zwiespalt.

»Bislang konnte ich noch bei keiner Firma Interesse an einer Zusammenarbeit wecken. Bis Montag kann ich noch zusagen, nach Seattle zu gehen. Wenn ich ehrlich bin, möchte ich das gar nicht. Nur, was bleibt mir hier? Arbeitslosigkeit.«

Nachdenklich drehte Megan die Tasse in ihren Händen. Es dauerte eine ganze Weile, bis sie aufsah.

»Kann ich verstehen, dass du nicht in die USA willst. Ich halte das auch für keine gute Idee, schon wegen der Kinder. So sind nur zwei Stunden Autofahrt zwischen euch, im anderen Fall ein ganzes Meer und das auch noch quer rüber.«

Joshua schmunzelte über ihre Ausdrucksweise. Aber es stimmte, die Flugstrecke ginge nicht auf dem kürzesten Weg über den Atlantik, sondern wurde durch die eher südliche Lage von Seattle noch einmal länger.

»Das ist ein Grund, warum es mir widerstrebt. Außerdem bin ich heimatverbunden, ich möchte gar nicht weg von hier. Von alldem, was ich kenne. Die Alternative kennst du aber.«

»Was ist dir wichtiger? Arbeit, die noch dazu schlechter bezahlt ist oder dein Leben hier, auch ohne Beschäftigung?«

Joshua brauchte nicht lange nachzudenken.

»Wenn du so fragst … Ich bleibe hier.« Unvermittelt grinste er über das ganze Gesicht, plötzlich hatte die Antwort ganz klar vor ihm gelegen. Genau das hatte er von Megan erwartet. Sie stellte die richtigen Fragen, um seine Gedanken geradezurücken. Es hatte schon einiges für sich, wenn man sich über zwanzig Jahre lang kannte.

Er stützte das Kinn in die Handfläche und betrachtete sie verträumt. Zweifel über die Entscheidung sich zu trennen kamen auf. Solche Überlegungen waren natürlich überflüssig, denn selbst wenn er es als Fehler ansehen würde, änderte das nichts an Megans Haltung dazu.

»Hast du bisher nur Absagen erhalten oder gibt es noch Möglichkeiten?« hakte sie interessiert nach.

»Es gibt noch welche. Erzähl mir mal von deiner Arbeit.«

Sie ließ die Tage im Immobilienbüro Revue passieren und zeichnete ihm ein möglichst genaues Bild. Auch die unerwünschte Nähe Murrays ließ sie nicht aus.

»Ich habe aber gestern vorsichtig mit ihm gesprochen und denke, er hat es begriffen. Das ist nun umso wichtiger, da ich auf das Einkommen angewiesen sein werde.«

»Ja«, bestätigte Joshua zerknirscht. »Es tut mir leid, aber ich werde dir nicht mehr viel zahlen können. Auch nicht, wenn ich mich sehr einschränke. Sobald ich wieder eine Stellung habe, ist das wieder anders.«

Megan winkte lässig ab. Es lag ihr fern, Joshua über Gebühr auszunehmen, dafür gab es nicht den geringsten Grund.

»Wenn du für die Jungs ein bisschen was überweist, dann ist das in Ordnung. Aber nur so viel, wie möglich ist. Wir kommen schon über die Runden. Auf meine Familie kann ich immer zählen, das weißt du doch.«

Ja, das wusste er und hatte Megan immer darum beneidet. Auch wenn seine Eltern erst vor einigen Jahren verstorben waren, ein so gutes Verhältnis hatte es nicht gegeben. Das hieß nicht, dass sie ihn nicht geliebt und ihm beigestanden hatten, wenn es eng wurde. Aber eine solche Vertrautheit wie bei Megan mit ihrer Familie kannte er nicht.

Dankbar für ihr Verständnis nickte er. Einem Bedürfnis folgend legte er seine Hand auf ihre und drückte sie fest. Megan kannte ihn gut genug, um die Geste richtig deuten zu können.

Das Gespräch versackte, sie mochte nicht über William reden und er scheute sich, sie über ihr jetziges Leben auszufragen. David kam als Rettung um die Ecke, brach damit das unangenehme Schweigen.

Joshua drehte sich um und strahlte seinem Sohn entgegen.

»Na, mein Großer? Wie geht es dir?«

David schlenderte auf seinen Vater zu und ließ sich von ihm kurz umarmen. Schnell machte er sich wieder los, was Megan mit einem Wackeln der Augenbrauen in Joshuas Richtung kommentierte. Es kam langsam die Zeit, in der sich der Kleine abnabelte. Körperliche Nähe mied er derzeit immer mehr.

David zog sich einen Stuhl heran, drehte ihn um und setzte sich rittlings darauf, das Kinn auf die Lehne gelegt.

»Die Hunde von Caro und Damian sind echt cool! Mit denen kannst du im Garten toben, solange du willst, die werden nie müde.«

»Das halte ich für ein Gerücht«, lachte Megan. »Erst kürzlich hat Damian mir erzählt, dass beide übereinander eingeschlafen sind, als sie einen langen Spaziergang gemacht hatten.«

David grunzte, das sah ihnen ähnlich. Ihm hatte natürlich wieder keiner etwas davon gesagt!

Megan ließ Vater und Sohn allein, zog sich ihre Jacke an und verabschiedete sich für einen Spaziergang. Falls sie dabei Noah über den Weg laufen sollte, würde sie ihn nach Hause schicken.

Sie wandte sich draußen in die Richtung des Dorfkerns, wahrscheinlich wäre Noah bei den McFlaverys. Die Schultern gegen den Wind hochgezogen, hing sie ihren Gedanken nach und analysierte erneut das Scheitern ihrer Ehe. Der Vorgang hatte sich eingeschlichen. Immer weniger Worte, seltenere gemeinsame Unternehmungen. Jeder Tag lief gleichförmig vor sich hin, ohne dass einer den anderen hätte aus der Eintönigkeit reißen können. Gemeinsames Lachen wurde selten, Frust und Gereiztheit gewannen die Oberhand. Sie hätte nicht mehr zu sagen vermocht, wer die Reißleine gezogen hatte. Plötzlich fanden sie sich eines Abends jeder in seinem Sessel wieder und diskutierten über ihre Ehe. Am Ende des Tages beschlossen sie die Trennung. Sauber, freundschaftlich verbunden, denn sie mochten sich nach wie vor. Nur das Kribbeln, die Freude an der Anwesenheit des anderen und die Bereitschaft, die Augen vor den Fehlern und Marotten zu verschließen, waren nicht mehr vorhanden. Eine logische Konsequenz also, die eingeschliffenen Gewohnheiten aufzugeben und einzeln noch einmal von vorn zu beginnen.

In der Ferne erschienen zwei Gestalten, die eine groß und füllig, die andere etwas kleiner und schmal. Megan kniff die Augen zusammen, um sie erkennen zu können. Auf die Erleuchtung brauchte sie nicht lange warten. Es handelte sich um Steve O'Reilly, der sich neben Fanny O'Malley wie ein Gnom ausnahm. Fanny war die arme Frau, bei der Jonas als Sohn immer noch Hotel Mama genoss. Zu Lebzeiten von Caros Großtante Molly mischten beide Damen gern das Dorf auf, jetzt zog sie sich zu Steve. Originale waren sie alle, aber die Nachbarn konnten gut damit umgehen. Fanny und Steve zogen aus ihrem recht betagten Alter das Recht, ihre Gedanken ungefiltert aussprechen zu dürfen. Megan fehlte im Umgang mit ihnen jedoch etwas Übung.

Ihr fiel ein, dass Uneinigkeit darüber herrschte, ob sie ein Paar waren.

»Dass du dich auch mal aus deiner Höhle wagst!« begrüßte Steve sie sofort unverblümt. Fanny nickte nur, hielt aber den Mund.

»Ich bin ein sehr häuslicher Mensch«, quittierte Megan seine Bemerkung.

»So findest du aber keinen neuen Mann, denn es wird kaum einer bei dir anklopfen.« Er legte den Kopf mit dem struppigen, noch vollen grauen Haar schief und musterte sie ausgiebig. »In mein Beuteschema würdest du nicht passen.«

Seine letzte Bemerkung veranlasste Megan dazu, den Mund aufzureißen.

»Du in meins auch nicht!« parierte sie.

Fanny hatte dazu eine ganz eigene Meinung.

»Jonas streckt seine Fühler aus, glaube ich. Das wäre gar nicht schlecht, denn dann würde er zu dir ziehen und bei mir verschwinden.«

Megan schluckte ein Mal hart, bevor sie zu einer Erwiderung ansetzte.

»Jonas habe ich heute Morgen kurz gesprochen, als wir uns zufällig getroffen haben. Wir sind zusammen zur Schule gegangen und kennen uns ewig!«

»Das ist ein Grund, aber kein Hindernis«, stellte Fanny fest.

Megan schwankte zwischen Belustigung und Ärger über die direkte Art der beiden alten Dorfkauze. Dabei kannte sie sie ihr ganzes Leben lang und hätte eigentlich wissen müssen, dass man ihnen am besten einfach Paroli bot.

»Wenn ich Jonas heirate, lasse ich es euch wissen«, informierte sie.

Demonstrativ wandte sie sich ab, um ihren Weg fortzusetzen. Dann fiel ihr etwas ein.

»Habt ihr zufällig Noah irgendwo gesehen?«

Unisono schüttelten die zwei den Kopf.

»Ihr habt doch alle diese neumodischen Telefone«, erinnerte Steve. »Ruf ihn an, dann weißt du, wo er steckt.«

Megan lächelte. Wo er Recht hatte, hatte er Recht! Sie zog ihr Handy aus der Tasche und wählte Noah aus dem Telefonbuch. Als er abnahm, zitierte sie ihn nur kurz nach Hause, da sein Vater eingetroffen sei. Sie selbst werde einen Spaziergang machen und später wieder dazukommen.

Im Zentrum des Dorfs bog sie nach links ab, passierte einige kleine Cottages und gelangte so ans Meer. Von den Klippen aus konnte sie die tosende Gischt sehen, die sich an den Felsen brach. Ähnlich wie das Wasser unter ihr tobte es in ihrem Inneren. Es war ungewohnt, Joshua im Haus zu haben, aber nicht unangenehm. Sollte sie ihm von William erzählen? Warum nicht? Es war ein völlig natürlicher Vorgang, dass sich beide nach Alternativen umsahen. Er würde es doch bestimmt nicht anders machen.

Einige Zeit beobachtete sie die Schaumkronen, völlig in ihren Gedanken versunken. Bis es Zeit wurde, wieder heim zu gehen. Diesmal traf sie auf dem Rückweg niemanden und das kam ihr sehr entgegen.

Lautes Gelächter empfing sie aus dem Wohnzimmer, als sie das Haus betrat. Offenbar ließ sich Joshua von seiner beruflichen Situation nicht das Zusammentreffen mit den Jungen verderben, was Megan einigen Respekt abnötigte. Nach ihrem Eintreffen trollten sich David und Noah jedoch nach oben, sodass sie sich mit ihrem Mann allein wiederfand. Unversehens wurde ihr schwindlig, sie stützte sich hastig am Türrahmen ab und torkelte mehr als sie lief zum nächsten Sessel. Dort ließ sie sich erschöpft hineinfallen, den Kopf auf die Lehne gelegt. Die besorgten Blicke Joshuas entgingen ihr, da sie die Augen geschlossen hielt. Erst als sie sich besser fühlte, öffnete sie sie wieder.

»Meg, du solltest mal zum Arzt gehen. Du siehst wirklich nicht gesund aus und das gerade eben ist auch nicht normal.«

Um jeder Diskussion aus dem Weg zu gehen, gab sie nach. »Ich lasse mich nächste Woche mal durchchecken, versprochen.«

»Hast du das öfters?«

»Mir ist ab und zu etwas schummrig und die Beine sind so kraftlos und kribbeln. Nimmt mich wohl alles noch mehr mit, als ich dachte.«

Nachdenklich nickte er. Da er Megan kannte, wurde es Zeit, das Thema zu wechseln. Mehr als das Zugeständnis zum Arzt zu gehen, würde er ihr ohnehin nicht abringen können. »Deine Schwägerin scheint ja eine ganz patente Frau zu sein.«

Bevor Noah erschienen war, hatte ihm David unter vier Augen von seinen kulinarischen Besuchen bei Onkel und Tante berichtet. Schon dadurch allein gewann Caro Joshuas Sympathie.

»Ja, sie ist wohl nicht übel. Ich frage mich immer noch, wie sie es geschafft hat, Damian einzufangen. Aber mittlerweile bemerkte sogar ich ihre Vorzüge.«

Erstaunt hob er die Brauen.

»Oder Damian hat sich einfangen lassen oder sogar selbst eingefangen. Magst du sie nicht?«

Sie dachte einen Moment über die Frage nach.

»Doch, eigentlich schon. Ich war nur von Anfang an extrem skeptisch ihr gegenüber. Wir brauchen eine ziemlich lange Anlaufzeit, aber so langsam wird es.«

»Ich würde sie gern mal kennenlernen.«

Der Wunsch rang Megan ein Lächeln ab.

»Dann geh doch einfach rüber und besuch die beiden. Damian würde sich sicher freuen, dich zu sehen und Caro ist tatsächlich ziemlich unkompliziert, wenn ich so darüber nachdenke.«

Das hielt er für eine sehr gute Idee und stand auf, um sie in die Tat umzusetzen.

»Für einen kurzen Besuch reicht es, sonst wird es zu spät für die Rückfahrt. Du weißt ja, ich fahre nicht gern im Dunkeln.«

»Musst du auch nicht«, erwiderte sie spontan. »Du kannst gern über Nacht hierbleiben. So bleibt dir auch morgen noch etwas Zeit mit den Jungs. Oben ist ein komplett eingerichtetes Gästezimmer, das du benutzen kannst.«

Der Vorschlag hatte vieles für sich, Joshua stürzte sich darauf an wie die Motte auf das Licht.

»Wenn es dir nichts ausmacht, gern. Ich geh dann mal.«

Sie winkte ihm beiläufig hinterher, bevor sie sich wieder tief in den Sessel sinken ließ. Nur ein paar Minuten ausruhen, dann wäre sie wieder fit.

Joshua kannte das Haus der alten Molly, in dem Damian mit seiner Frau lebte. Immerhin war er in der Vergangenheit häufiger im Affordshire gewesen und die meisten Dorfbewohner waren ihm dadurch bekannt. Zügig schritt er die Straße entlang, bog durch das Gartentor und zuckte zusammen. Zwei Fellknäuel rannten auf ihn zu, sprangen im Duett an ihm hoch und holten ihn von den Beinen. Wie eine gestrandete Schildkröte lag er auf dem Rücken und versuchte, sich gegen die Liebesbezeugungen zu wehren. Schließlich gab er lachend auf, bis die Hunde sich ausgetobt haben würden.

Das Gebell sorgte für die Neugierde Caros, die aus der Haustür kam. Verdutzt registrierte sie das Chaos von Hunden und Mann, das da auf dem Rasen lag. Es musste ein Fremder sein, denn Einheimische kannten die ungestüme Art der Mischlinge. Da sie nicht mehr ganz so klein waren, sondern ihr schon bis über die Knie reichten, steckte einige Energie hinter so einem Angriff.

Sie schlenderte belustigt zu dem bunten Haufen, um seine Entwirrung abzuwarten. Endlich bemerkten die Hunde ihre Anwesenheit und ließen von dem Mann ab. Caro sah eine sehr schlanke, fast dünne Gestalt mit Pferdeschwanz und Hornbrille. Im ganz hintersten Winkel ihrer Erinnerung hatte sie von jemandem mit einer solchen Frisur gehört. Nur, wer war das?

Sie beugte sich hinunter, um dem armen Tropf ihre helfende Hand zu reichen. Er ergriff sie, stieß sich mit der anderen vom Boden ab und grinste sie an.

»Du musst Caro sein. Der von den Hunden überwältigte Eindringling ist Joshua Riordan, Megans Mann.«

Diese Vorstellung brachte Caro dazu, laut zu lachen.

»Na, dann komm mal mit rein, überwältigter Eindringling. Es war mir klar, dass du nicht von hier bist, denn alle hier kennen den Liebeseifer unserer Mischlinge und wären auf den Angriff gefasst gewesen. Keinen hier hätte der so aus den Socken gehauen wie dich.«

Verlegen kratzte er sich am Hinterkopf. Als wirklich standfest hatte er sich tatsächlich nicht erwiesen. Dennoch fand er das Intermezzo von eben einfach nur lustig. Gern hätte er in seiner Kindheit einen Hund gehabt, aber es war ihm nicht vergönnt gewesen. Nun beneidete er Caro und Damian um die beiden Fellknäuel.

Die Übeltäter trabten voraus ins Haus, Caro und Joshua hinterher. Noch im Flur rief sie: »Damian, Joshua ist da!«

Sein rotblonder Haarschopf schob sich aus der Badezimmertür, die Haare zerzaust wie immer, wenn er handwerklich tätig war. In diesem Fall hieß das, er befestigte einen neuen Badezimmerschrank.

»Das passt sich gut, du kannst mir gleich helfen. Ich weiß zwar, dass du zwei linke Hände hast, aber beide zusammengenommen können wenigstens was halten. Mit Caro funktioniert das nicht, die lenkt mich immer zu sehr ab.«

Auf einen Schlag fühlte sich Joshua wie zu Hause. Nicht ahnend, wie ihm die unbekümmerte Art seines Schwagers gefehlt hatte, bereute er, nicht viel früher einmal gekommen zu sein.

Die Männer gaben sich die Hand und strahlten einander an. Ja, dachte Caro, das passte, die beiden verstanden sich. Sie zog sich zurück, schaltete ihren PC aus, um ihre Arbeit zu beenden. Dann begab sie sich in die Küche, um eine Kanne Kaffee zu kochen. Aus Erfahrung wusste sie, dass Damian nach getaner Arbeit gern einen trank und setzte einfach voraus, Joshua wäre auch nicht abgeneigt. Sicher gab es viel zu erzählen, es konnte ein langer Abend werden. Oder auch nicht? Sie trabte wieder zurück ins Bad.

»Joshua, fährst du heute wieder zurück? Ich würde dich sonst zum Essen einplanen und ihr hättet den ganzen Abend Zeit für eure Männergeschichten.«

Erfreut schaute er sie über seine Schulter hinweg an.

»Megan hat mir ihr Gästezimmer angeboten, ich fahre morgen erst zurück. Und eigentlich bin ich gekommen, weil mir meine Söhne so von dir vorgeschwärmt haben und ich dich kennenlernen wollte.«

»Das hast du ja nun«, stellte sie trocken fest. »Dann können wir heute im Laufe des Abends unsere Bekanntschaft noch weiter vertiefen.«

»Ich bin gespannt auf deine Kochkünste«, lockte er.

Irritiert runzelte sie die Stirn.

»Warum? Wegen Megans Kaninchenfutter? Das wirst du hier nicht kriegen, das sage ich dir gleich.«

»Ich weiß«, klärte er sie auf. »David hat mir von seinen Gourmetexkursionen zu euch erzählt.«

Nun drehte sich auch Damian um und betrachtete seinen Schwager prüfend.

»Er hat es dir erzählt?«

»Ja«, bestätigte Joshua erneut. Mit dem Gefühl, ihnen eine Erklärung schuldig zu sein, fügte er hinzu: »Wir sind damals immer wieder heimlich in irgendwelche Fresstempel gegangen, um Megans Küche etwas auszugleichen. Ich kann es jetzt offen machen, die Jungs nicht. David weiß, dass ich ihn nicht verpetze.«

Auf den Gesichtern des Paars zeichnete sich Verstehen ab. In Anbetracht dieser Information logisch, wenn David seinem Vater sein Vertrauen schenkte.

Der Schrank hing, gerade als Caro die Becher auf den Tisch stellte. Die Männer nahmen Platz, schenkten sich ein und redeten für sie wirres Zeug. Kein Wunder, denn von den gemeinsamen Erlebnissen wusste sie nichts und würde nun erst einmal zuhören, um einen Sinn darin zu entdecken.

Aufmerksam ging ihr Blick von einem zum anderen, während sie ihre Unterhaltung verfolgte. Es gab eine lange, gemeinsame Vergangenheit, stellte sie fest. Beim Geschichten erzählen verbrachten sie einen vergnüglichen Abend, bis Joshua zurück zu Megan und in sein Gästebett ging.

Immer noch grinsend räumte Caro hinterher auf. Seiner Gewohnheit folgend beobachtete Damian sie dabei.

»Ihr habt euch immer gut verstanden, oder?«

»Ja, auf jeden Fall. Joshua ist ein Pfundskerl und ich habe damals gar nicht verstanden, wie er zu der oft so trockenen Megan passt. Da es so lange gehalten hat, denke ich mal, sie haben sich gegenseitig ausgeglichen.«

»Man sagt doch immer, Gegensätze ziehen sich an.«

Damian grunzte, seiner Meinung nach war das absoluter Humbug.

»Es mag am Anfang ganz amüsant sein, wenn man total unterschiedlich ist. Aber mit der Zeit wird es nur noch anstrengend. Wie willst du da Gemeinsamkeiten haben? Ich glaube, es ist schon besser, wenn man sich etwas ähnelt. So wie wir«, grinste er sie frech an.

»Ach ja?« Sie zog spöttisch die Augenbrauen hoch. »Worin siehst du denn unsere Gemeinsamkeiten?«

Nun musste dieser Schuft doch tatsächlich erst überlegen! Zu spät merkte Caro, dass er sie absichtlich auf die Folter spannte, um sie zu necken.

»Ich warne dich, du schläfst die Nacht draußen in der Hundehütte! Die ist ja frei, weil die Hunde bei mir schlafen.«

»Bei uns«, berichtigte er. Das taten sie immerhin jede Nacht, denn sie hatten ihre Körbchen am Fußende des Betts.

»Nein, bei mir«, beharrte sie. »Denn wenn du draußen schläfst, bin ich ja mit ihnen allein.«

Erst begann Damian zu glucksen, dann Caro. Es war wohl doch besser, sie gingen nun gemeinsam hinauf ins Schlafzimmer.

Kapitel 6

Sonntagmorgen frühstückten alle zusammen, Megan, Joshua, David und Noah. Dann wurde es Zeit zum Aufbruch. Erstaunt schaute Megan ihren Mann über den Tisch hinweg an.

»Willst du nicht wenigstens mal kurz bei Mum und Dad vorbei?«

Sie hatte Recht, gestand sich Joshua ein. Es gehörte sich einfach so und außerdem hatte er auch zu seinen Schwiegereltern ein gutes Verhältnis. Verwundert über sich selbst verstand er nicht, warum er nicht selbst daran gedacht hatte.

»Mache ich auf jeden Fall. Ist Hanna immer noch so keck wie früher?«

Diese Frage zauberte ein Lächeln auf Megans Gesicht.

»Ich habe das Gefühl, umso älter sie wird, desto mehr wird sie es. Sie macht so langsam schon unseren Dorfkauzen Steve und Fanny Konkurrenz.«

»Das darf ich mir auf keinen Fall entgehen lassen.«

Den letzten Bissen Toast in den Mund schiebend, stand er auf und umarmte sie herzlich.

»Danke für das Nachtlager und dein Verständnis.«

Ihr warmer Blick ruhte in dem ihr so bekannten Gesicht. Jede Falte, jede Unreinheit kannte sie ganz genau.

»Das ist doch selbstverständlich. Was wirst du jetzt endgültig machen?«

»Hierbleiben. Das wurde mir in der letzten Nacht völlig klar. Lieber vorübergehend ohne Arbeit in Irland als mit einer schlecht bezahlten in den USA.«

Winkend verließ er das Haus, nachdem er sich auch von seinen Söhnen verabschiedet hatte.

Das Cottage der Familie McIntyre, in dem seine Schwiegereltern und Hanna, die Mutter seines Schwieger-vaters lebten, war nicht weit entfernt. Dennoch nahm er den Wagen mit, um nicht vor der Abfahrt zu Megan zurück zu müssen. Da er sich nicht mehr so ganz zugehörig fühlte, klopfte er laut an die Haustür, anstatt einfach einzutreten.

Bereits einen Moment später stand ihm ein Ebenbild Megans gegenüber. Olivia McIntyre hatte auch dunkles Haar, war jedoch üppiger geformt. Erstaunt riss sie die Augen auf.

»Warum klopfst du denn?«

Verlegen trat Joshua von einem Bein auf das andere.

»Ich dachte, es ist euch vielleicht lieber so, weil Megan und ich ja nicht mehr zusammen sind.«

Mit dem Zeigefinger gegen die Stirn tippend, zeigte sie ihm deutlich, was sie von seiner Befürchtung hielt. Sie packte ihn am Arm, zog ihn an sich und umarmte ihn herzlich.

»Du bist hier immer willkommen, Joshua. Das ist völlig unabhängig davon, ob ihr noch zusammenlebt oder nicht. Deshalb bist du doch kein anderer Mensch geworden! Ethan wird sich über deinen Besuch ebenso freuen wie ich.«

Er wurde in den Flur geschoben, um die Ecke in die Küche und auf einen Stuhl gedrückt. Mit erhobenem Zeigefinger bedeutete sie ihm, zu warten. Wieder einmal nahm er die Gemütlichkeit des Raums in sich auf. Viel Licht fiel in das große Fenster, das mit dem dunklen Holz der Schränke stritt. Olivia mochte diese Dunkelheit der Möbel, die Behaglichkeit vermittelten. Was sie nicht daran hinderte, die modernen Errungenschaften der Technik darin installiert zu haben.

Er hörte die schlappenden Geräusche ihrer Latschen, als sie zurück in den vorderen Teil des Hauses ging, um ihren Mann aus seinem Hobbyraum zu holen. Das kleine Zimmer diente ihm mit einem großen Tisch sowie einer starken Lampe zum Zusammensetzen von – für sie – riesigen Puzzles. Derzeit lagen von den fünftausend Teilen nur einige wenige in der rechten, unteren Ecke an ihrem Platz.

Diesmal wurde Joshua nicht in kräftigen Armen zerdrückt, sondern bekam einen deftigen Schlag auf die Schulter von dem Mann, der als Original für die Kopie Damians gelten könnte. Für jemand Schmächtiges wie Joshua bewirkte dies, dass sein Kinn nur knapp einem Zusammenprall mit der Tischkante entging. Ethan McIntyre störte es wenig, wenn er einmal wieder zu viel Kraft zeigte.

»Wie geht es dir, mein Junge?«

»Ich war bei Megan um ihr zu sagen, dass ich leider zum Monatsende arbeitslos sein werde.«

Das fröhliche Gesicht von Ethan verdunkelte sich. Nun hatte es also auch seinen Schwiegersohn erwischt. Hannas Eintreffen verhinderte zunächst eine Antwort seinerseits.

In eine Chiffonbluse mit schmal geschnittenem Rock gekleidet, heute in eierschalengelb, schritt sie so würdevoll wie möglich auf Joshua zu. Das Gelingen dieser Anmut wurde durch die obligatorischen grünen Plüschpantoffeln in Form eines Froschs verhindert, die bereits Caro bei ihrem ersten Zusammentreffen köstlich amüsiert hatten. Sie plädierte ständig dafür, dass Hanna diese Hausschuhe keinesfalls ersetzen dürfte.

Joshua stand auf und legte seine Arme um die alte Frau. Trotz ihrer über neunzig Jahre wirkte sie noch recht agil. Vor allem ihr Kopf funktionierte noch einwandfrei, wenn auch die Arthritis manchmal Probleme bereitete.

»Wie geht es dir, mein Junge?«

Ethan und Joshua wechselten einen kurzen Blick, bevor sie zeitgleich losprusteten.

Hanna zog die gezupften Augenbrauen in die Höhe, schaute zu Olivia, wieder zu den Männern zurück und fragte erstaunt: »Habe ich was Falsches gesagt?«

»Nein«, beruhigte sie Joshua. »Ethan hat mich nur gerade wortwörtlich genau dasselbe gefragt.«

Sie setzte sich, seine Erklärung ließ sie nicht auf sich beruhen. Mit der Sicherheit und Lebenserfahrung ihres Alters spürte sie genau, wenn etwas nicht in Ordnung war.

»Das ist eine Begründung für euer Lachen, aber meine Frage hast du nicht beantwortet. Du solltest wissen, dass ich nicht lockerlasse.«

Da nun alle versammelt waren, berichtete Joshua im Einzelnen von den Schwierigkeiten seiner Firma und den für ihn damit verbundenen Konsequenzen. Für seine Entscheidung, nicht in die USA zu gehen, bekam er von allen Seiten Zustimmung.

»Du musst dich nicht unter Wert verkaufen«, brachte Olivia auf den Punkt, was alle dachten. »Es wird vielleicht eine Weile dauern, aber du wirst wieder einen gut bezahlten Job finden, der deinen Fähigkeiten entspricht.«

Es tat Joshua gut, von seiner Frau und deren Familie diese moralische Unterstützung zu bekommen. Wieder einmal fragte er sich, ob die Trennung von Megan die richtige Entscheidung gewesen war. Aus einer Eingebung heraus fragte er Olivia, ob er einen Strauß der Frühlingsblumen aus dem Garten pflücken durfte. Das Grundstück wurde sehr gepflegt und gerade die Pflanzen waren Olivias und Hannas ganzer Stolz.

Sie hatte nichts dagegen, Joshua bediente sich an einigen bunten Blüten und verließ winkend das Refugium der Familie McIntyre. Seinem Gedanken folgend, fuhr er nochmals zu Damians Cottage zurück, betrat das Haus und fand Megan schlafend im Wohnzimmer. Leise suchte er eine Vase, nahm in Ermangelung dieser ein Glas, um es mit Wasser zu füllen. Die Blumen deponierte er hinein und stellte sie mitten auf den Küchentisch.

Sein Verhältnis zu Megan beschäftigte ihn noch die ganze Strecke zurück nach Dublin.

Megan hasste unterdessen diesen Sonntag. Nachdem Joshua abgefahren war, bildete sich vor ihr ein riesiges Loch. Zudem fühlte sie sich gar nicht wohl. Ihre Hände und Füße kribbelten, die Beine kamen ihr kraftlos vor. Immer wieder wurde ihr schwindelig. Sie beschloss, sich mit einem Buch auf das Sofa zu legen und einfach den ganzen Tag auszuruhen. Glücklicherweise hatte sie keine Kleinkinder mehr, um die sie sich ständig kümmern musste.

Das Buch auf der Brust vor sich hin schlummernd, wurde sie vom Klingeln ihres Handys geweckt. Erschrocken sah sie die Uhrzeit, es war bereits früher Abend und damit wirklich Zeit, das Abendessen zuzubereiten. Mit dem Telefon am Ohr sprang sie auf, schwankte und setzte sich wieder. Offenbar hatte ihre lange Erholungspause nicht das Geringste gebracht. Sie musste tatsächlich einen Arzt aufsuchen.

Resigniert blieb sie erst noch sitzen und meldete sich. Die warme Stimme Williams drang an ihr Ohr.

»Ich vermisse dich und habe es geschafft, mir heute Abend zwei Stunden freizuschaufeln. Kann ich zu dir kommen?«

So sehr sie sich nach ihm sehnte, fühlte sie sich einfach nicht in der Verfassung dazu. Bestenfalls könnte sie mit ihm kurz etwas trinken, käme damit auch ihrer Pflicht nach, sich endlich einmal im Pub blicken zu lassen. Scheinbar redeten die Leute bereits. Aber Matratzensport mit ihm war ganz sicher nicht drin!

»Ich habe heute Abend leider nicht viel Zeit, es würde nur für ein Guiness im Pub reichen. Aber dafür möchtest du sicher nicht extra herkommen, oder?«

Er schien enttäuscht. Zumindest entnahm sie das seinem Seufzen, das durch die Leitung kam. Dann holte er aber tief Luft.

»Doch, ich komme. Es ist besser, dich wenigstens in einem überfüllten Pub eine Weile zu sehen als gar nicht. In einer halben Stunde?«

»Ja«, stimmte sie zu, wenn auch nicht begeistert. Lieber würde sie etwas zu essen machen und sich dann ins Bett legen. Eigene Dummheit, schalt sie sich. Sie hätte sagen können, heute hätte sie gar keine Zeit. Zudem wäre das zur Klärung der Fronten vorteilhaft gewesen. William sollte nicht denken, sie stände jederzeit zur Verfügung, wenn er Lust auf ein Zusammensein hatte.

Langsam stand sie auf, um erneuten Schwindel zu vermeiden. Noch etwas unsicher auf den Beinen stakste sie in den Flur, warf sich eine leichte Jacke über und begab sich auf den Weg zum Pub. Die Jungen waren ohnehin noch unterwegs, dann aßen sie eben heute etwas später. Und umso schneller sie wieder auf ihren vier Buchstaben saß, desto besser.

Die frische Abendluft tat ihr gut, sie spürte, wie ihre Lebensgeister zurückkehrten. Vielleicht hätte sie ihn doch zu sich nach Hause kommen lassen sollen? Noch blieb ihr diese Möglichkeit offen, sie konnte sich immer noch dafür entscheiden und William hätte sicher nichts gegen eine Planänderung. Andere Verabredungen konnte man schließlich absagen. Auch, wenn es sie nur als Ausrede gab.

Der Pub war fast voll besetzt, die Geräuschkulisse entsprechend laut. Sie nickte dem Wirt zu und rief ein »Guten Abend, Brian!«, während sie einen Tisch ansteuerte. Geübte Gäste teilten ihm beim Betreten des Lokals ihren Wunsch mit, zu Megan musste er sich an den Tisch begeben. Strahlend vor Freude, sie hier zu sehen, zwängte er seinen massigen Körper hinter der Theke hervor. Die dunkle Lockenpracht vibrierte, während er sich freundlich zu ihr hinab beugte. Das breite, grobe Gesicht wirkte milder als sonst.

»Was kann ich denn für dich tun?«

»Ich erwarte noch einen Bekannten. Kannst du mir bitte erst nur ein Guiness bringen?«

Wie ein Kapitän legte er scherzhaft die Hand an die Stirn und kehrte zur Theke zurück, um ihrem Wunsch nachzukommen. Noch bevor er diese erreicht hatte, betrat William den Pub. Er schaute sich suchend um, entdeckte Megan fast sofort und nahm ihr gegenüber Platz. Seine ganze Erscheinung strahlte erneut den erfolgreichen Geschäftsmann aus, als den sie ihn kennengelernt hatte.

Er langte über den Tisch, um ihre Hand in seine zu nehmen. Da sie sich aber in ihrem Heimatdorf befanden und jeder Holzwurm mit Augen und Ohren ausgestattet war, um das Erlebte weiterzugeben, zog sie ihre Hand zurück. Getratsche über eine Beziehung zu einem ihr noch fremden Mann konnte sie nicht gebrauchen. Schon gar nicht, wenn ihre Familie womöglich darauf angesprochen werden würde, die noch nichts von ihrer Eroberung wusste. Sie könnte dem zuvorkommen, indem sie anschließend einen Abstecher zu ihren Eltern machte, um Bericht zu erstatten. Dazu hatte sie jedoch an diesem Tag nicht mehr die geringste Lust.

William sah sie entgeistert an. Als Antwort umschrieb sie mit den Augen einen weiten Bogen durch das Lokal, schließlich verstand er. Er hob beschwichtigend die Arme und nahm den Whisky entgegen, den Brian zusammen mit Megans Guiness brachte. Er hatte daran gedacht, seine Bestellung vor Aufsuchen des Tischs aufzugeben.

Sein Handy klingelte, noch bevor sie dazu kamen, ein Wort miteinander zu wechseln. Mit einem Blick auf das Display erhob er sich wieder und entschuldigte sich.

»Tut mir leid, das ist wichtig, da muss ich rangehen. Ich bin sofort wieder zurück.«

Für Megan stellte dies kein Problem dar, sie konnte warten. Nach einigen Minuten entschied sie, die Wartezeit für einen Toilettengang zu nutzen. Auf dem Weg zur Damenabteilung hörte sie Williams Stimme, der offenbar zum Telefonieren im Vorraum der Herren stand.

»Schatz, ich bin heute Abend ganz sicher wieder zuhause.«

Pause.

»Aber Darling, ich habe dir doch einen tollen Abend versprochen und den werden wir auch miteinander verbringen.«

Pause.

»Wie ich mir das vorstelle? Wir machen es uns auf dem Sofa gemütlich, zünden den Kamin an, machen eine Flasche Wein auf und erfreuen uns aneinander. Wie es dann weiter-geht, kannst du dir ja vorstellen. Ich kann es kaum erwarten.«

Megan hatte genug gehört. Dieses Gesäusel nannte er also wichtig. Ungeachtet ihres Geschlechts stürmte sie in den Vorraum der Herrentoilette, holte aus und schlug William mit aller Kraft, die sie aufbringen konnte, ins Gesicht.

Völlig überrumpelt ließ er das Telefon fallen, angelte hastig danach und legte auf, bevor er sie bei ihrer Flucht gerade noch am Arm packen konnte.

»Bist du wahnsinnig?« keuchte er.

»Überhaupt nicht«, versicherte sie mit eisiger Stimme. »Lass dein Betthäschen nicht warten.« Mehr gab es von ihrer Seite dazu nicht zu sagen.

Sie riss sich los, verließ die Waschräume und stolzierte mit aller Würde, die sie noch übrig hatte, am Tresen vorbei.

»Mein Begleiter zahlt«, informierte sie Brian und trat aus der Tür ins Freie. Aus dem Augenwinkel hatte sie William ihr folgen sehen, daher beschleunigte sie ihre Schritte. Schneller als üblich kam sie am Cottage an, flüchtete sich nach drinnen und verriegelte die Tür.

Obwohl ihre Botschaften mehr als deutlich waren, gab William nicht auf. Er hämmerte an das Holz, um sie zum Aufmachen zu bewegen. Vor Wut schäumend stand Megan im Flur, verfolgte die akustischen Auswüchse seiner Bemühungen und dachte: Das kannst du machen bis zum jüngsten Gericht. Ohne mich!

Der Lärm drang bis nach oben, was David und Noah auf den Plan rief. Misstrauisch erkannten sie vom Treppenabsatz aus, woher der Krach rührte. Megan winkte ab, um ihnen zu verstehen zu geben, dass alles in bester Ordnung war.

»Der kann hämmern, bis er schwarz wird. Ignoriert es einfach.«

»Wer ist denn das?« wollte Noah wissen.

»Ein Kunde. Ich hatte mich etwas mit ihm angefreundet, er ist auch derjenige, der die eine Nacht hier war. Aber nun will ich nicht mehr.«

Noah zog die Augenbrauen hoch. Das Gefühlsleben seiner Eltern interessierte ihn eigentlich nicht im Mindesten, aber nun wurde es doch interessant. Nur argwöhnte er zu Recht, nicht mehr darüber zu erfahren als diese Kleinigkeit gerade eben.

Die Jungen tauschten einen Blick, zuckten die Schultern und gingen wieder in ihre Zimmer. Noah fühlte sich verpflichtet, noch über die Schulter zurückzuwerfen: »Wenn du mich brauchst um ihn verschwinden zu lassen, gib Bescheid.«

Das Angebot rang Megan ein Lächeln ab. Ganz sicher würde sie ihren Sohn nicht zu einer Konfrontation mit William benutzen. Sollte er keine Ruhe geben, reichte ein Anruf bei Damian. Ihr Bruder konnte dem Kerl sicher sehr viel effektiver klarmachen, das Grundstück zu verlassen, als ein Sechzehnjähriger.

Megan wandte sich ab, ging in die Küche und betrachtete den Frühlingsstrauß auf dem Tisch. Von wem kam der denn? Ob er von ihren Söhnen stammte? Um etwas zu tun zu haben, während William immer noch trommelte und schrie, stieg sie die Stufen hinauf, steckte den Kopf in Noahs Zimmer und fragte nach. Der stritt jedoch ab, damit etwas zu tun zu haben, ebenso wie David. Wahrscheinlich hatte William einfach auf dem Weg zum Pub einen Schlenker ins Haus gemacht und ihn abgestellt. Das erschien ihr etwas merkwürdig, denn er hätte ihn ihr persönlich geben können. Aber es erschien ihr die einzige, plausible Erklärung. Doch woher kam die Rose vor ein paar Tagen?

Genauso schlau wie zuvor ging sie wieder hinunter, an der Haustür war es jetzt ruhig. Sie warf einen vorsichtigen Blick aus dem Wohnzimmerfenster und konnte zu ihrer Erleichterung niemanden mehr erblicken. Das Kapitel galt für sie als abgeschlossen, noch bevor es richtig begonnen hatte. Sie verachtete sich selbst dafür, so schnell mit diesem Blender geschlafen zu haben und kam sich beschmutzt vor. In der Hoffnung, das zu ändern, nahm sie eine Dusche und warf sich anschließend ihr Top über, in dem sie nachts schlief. Der Tag heute war für sie definitiv gelaufen. Blieb nur noch, den Jungen eine gute Nacht zu wünschen. Verpflegt hatten sie sich bereits selbst und ihr war der Hunger komplett vergangen.

Schon auf dem Weg in den Flur, nahm sie eine Bewegung am Fenster wahr. Um nicht wieder den Grund dafür zu verpassen, warf sie sich schnell eine Jacke über, sprang förmlich zur Haustür und zog sie auf, um sofort zurückzuprallen. Dicht vor ihr stand Jonas, nicht der erwartete William, erschrocken über die aufgerissene Tür.

»Hast du mich jetzt erschreckt«, beschwerte er sich.

»Gleichfalls! Was schleichst du hier rum?«

»Ich schleiche nicht, ich wollte dir mal einen kurzen Besuch abstatten. Aber ich komme wohl ungelegen?«

Megan wand sich, denn im Grunde fand sie es nett von Jonas, vorbeizuschauen. Aber sie wollte sich jetzt nur noch ins Bett verkriechen und William zum Teufel wünschen, in diese Pläne passte Jonas keineswegs.

»Naja, ich war gerade auf dem Weg ins Bett, wenn ich ehrlich bin. Morgen muss ich früh raus.«

»Oh, dann gehe ich lieber wieder. Schlaf gut, Megan.«

Sie sah ihm nach, bis er auf der Straße nach rechts zum Dorf abbog, bevor sie nach oben ging.

In die Kissen gekuschelt rollten dann noch ein paar Tränen über die verpasste Chance mit William.

Der Montagmorgen ließ sich besser an, als der Sonntag geendet hatte. Noch von zuhause aus rief sie bei dem alten Arzt an, den sie bereits seit ihrer Kindheit kannte und der über all die Jahre die gesamte Familie behandelte. Als sie ihre Beschwerden beschrieb, zitierte er sie auf direktem Wege zum Blutabnehmen in die Praxis.

Wenn sie sofort losfuhr, konnte sie es hinter sich bringen, bevor sie im Büro erscheinen musste. Mit einem schnellen Blick auf die Uhr schüttete sie den Rest Kaffee in sich hinein, verbrannte sich die Kehle und scheuchte die Jungen auf. Sie mussten ohnehin langsam zum Bus, mit ihnen verließ sie das Haus.

Etwas rasanter als üblich legte sie die Strecke nach Langshire zurück, um wenig später vor der Praxis zu halten. Nun kam der schwierigste Teil der Aufgabe: Der Mitarbeiterin klarzumachen, wie knapp ihr Zeitfenster bemessen war.

»Sind Sie nüchtern?« fragte diese zuerst.

»Natürlich! Ich trinke nur selten Alkohol und schon gar nicht morgens!« rief sie entsetzt.

Die Frau verzog verächtlich die Lippen.

»Ich meine, ob Sie schon was gegessen oder getrunken haben.«

»Nein, ich meine, ja«, antwortete Megan. »Ich hatte ja schon meinen Kaffee getrunken, als ich anrief.«

Die Mitarbeiterin, eine altgediente mit Damenbart, fülligen Kurven und drei Enkeln, nahm eine Notiz zur Hand.

»Der Doc hat hier ein paar Werte aufgeschrieben, die er von ihnen haben möchte. Dazu müssten Sie aber nüchtern sein, sonst werden die verfälscht.«

Megan rollte mit den Augen. Und jetzt? Alle Hetzerei umsonst?

»Können wir das morgen machen? Gleich ganz früh, damit ich noch pünktlich zur Arbeit komme?«

Der Drache schaffte es tatsächlich, so etwas wie ein Lächeln aufzusetzen.

»Natürlich, das kriegen wir hin. Kommen Sie morgen früh gleich zu Sprechstundenbeginn.«

Erleichtert atmete Megan aus, sie hatte unwillkürlich vor Anspannung die Luft angehalten. Schon im Gehen verabschiedete sie sich, schmiss sich wieder in ihr Auto und legte den Weg zu ihrem Arbeitsplatz zurück. Einen solchen Morgen musste sie wirklich nicht häufiger haben!

Mr Murray schaute auf, als sie den Raum betrat.

»Haben Sie verschlafen?«

Offenbar war ihr deutlich anzusehen, wie abgehetzt sie sich vorkam.

»Nein, ich musste nur kurzfristig heute Morgen etwas erledigen. Das wurde eben ein bisschen knapp«, rechtfertigte sie sich.

Sein Gesichtsausdruck klärte sich auf. Er schätzte Mitarbeiter, die ihre Privatangelegenheiten außerhalb der Arbeitszeit erledigten. Im Laufe seines Berufslebens hatte er schon ganz andere Einstellungen zu der von ihm bezahlten Zeit erlebt. Dennoch gab es etwas, das ihm sauer aufstieß.

»Mr McKee hat heute schon sehr früh angerufen. Was ist vorgefallen? Erst wollte er unbedingt von Ihnen betreut werden, jetzt klang er, als ob ihre Anwesenheit für ihn das Höllenfeuer bedeuten würde.«

»Bei den Besichtigungen ist nichts vorgefallen«, antwortete Megan wahrheitsgemäß in der Hoffnung, er würde nicht weiter nachfragen. Sie hatte Glück. Diese Auskunft war für Murray ausreichend, immerhin hatte er den Kunden beruhigen können mit der Versicherung, er persönlich würde sich nun um ihn kümmern.

Mit ihren Gedanken war sie schon bei dem Frühlingsstrauß, der auf ihrem Schreibtisch prangte und dem zuhause verblüffend ähnlich sah. Sie drehte sich wieder zu ihrem Chef um und fragte völlig perplex: »Wissen Sie, wer den gebracht hat?«

Murray brachte es tatsächlich fertig, verlegen auszusehen.

»Der ist von mir als kleine Entschuldigung für mein unüberlegtes Benehmen letzte Woche. Ich hoffe, Sie nehmen es mir nicht übel.«

»Aber nein, wo denken Sie denn hin! Vielen Dank, die Blumen sind wirklich wunderschön, aber das wäre nicht nötig gewesen.«

Er ignorierte ihre letzte Bemerkung und nahm sie forschend in Augenschein.

»Ist denn bei Ihnen alles in Ordnung? Sie hatten mir erzählt, dass sie von Ihrem Mann getrennt leben und gerade hatte ich den Eindruck, es bedrückt Sie etwas. Kann ich Ihnen vielleicht helfen? Ich bin ein sehr guter Zuhörer.«

Um Himmels Willen, dachte Megan, bloß das nicht!

»Es ist alles in bester Ordnung, Mr Murray. Ich war nur erstaunt über die herrlichen Blumen und Ihre Großzügigkeit. So habe ich während der Arbeit was Hübsches vor mir stehen, das ist schön.«

Innerlich verachtete sie sich für ihr schleimiges Getue, aber es schien der beste Weg, mit ihm umzugehen.

»Wenn etwas ist, Mrs Riordan, ich bin immer für Sie da. Bitte vergessen Sie das nicht.«

Sie bemühte sich um ein Lächeln, als sie ihm – scheinbar dankbar – zunickte. Das fehlte gerade noch! Zum Glück ließ er das Thema jetzt fallen, sein Blick huschte zurück auf die Unterlagen auf seinem Schreibtisch.

Erleichtert zog sie die Schutzhüllen von ihren Geräten und machte sich an die Arbeit. Aus dem Augenwinkel beobachtete sie das unruhige Zappeln ihres Chefs. Das belustigte sie nun doch. Scheinbar widerstand er nur mit Mühe dem Verlangen, aufzustehen und zu ihr zu kommen. Daher rechnete sie ihm hoch an, dass er offenbar das vorangegangene Gespräch ernst nahm und sich zurückhielt. Sie startete einen ruhigen Arbeitstag.

Gerade als Megan zum Feierabend ihren Schreibtisch aufräumte, kam ein Bote herein. In der Hand einen riesigen Blumenstrauß, steuerte er direkt auf sie zu. Mit großen, runden Augen blickte sie ihm entgegen. Der wollte doch nicht etwa zu ihr? Seiner Zielstrebigkeit zufolge schon.

»Sind Sie Megan Riordan?« vergewisserte er sich.

»Ja«, stotterte sie eher als dass sie sprach.

Daraufhin bekam sie die frühlingshafte Mischung in den Arm gedrückt, durfte eine Unterschrift leisten und stand dann ganz verdutzt da. Mr Murray fixierte sie neugierig.

»Ein heimlicher Verehrer?« erkundigte er sich schließlich.

»Wieso heimlich?« argwöhnte Megan wegen der Gestaltung seiner Frage.

»Weil ich nirgends eine Karte sehe. Aber ich nehme an, Sie wissen, wer der Absender ist.«

Schön wäre es. Megan hatte nicht den Schimmer einer Ahnung, wer ihr nun schon wieder einen Blumengruß zukommen ließ. Als einzige, stimmige Erklärung kam ihr William in den Sinn, der gut Wetter machen wollte, um sie zu einem späteren Zeitpunkt umzustimmen. Eher würde die Hölle gefrieren! Oder sollte Murray noch einen …? Das wäre ja absurd!

Natürlich hatte sich Megan Hoffnungen gemacht, sich über Williams Interesse an ihr gefreut. Sie selbst mochte ihn, eigentlich. Wenn er nicht dieses falsche Spiel versucht hätte. Für eine Zweitfrau war sie sich definitiv zu schade, ihr Stolz verbot es ihr. Außerdem hatte sie es nicht nötig genug, um sich auf eine solche Situation einzulassen, beschloss sie. Zum wiederholten Male seit dem vorangegangenen Abend, genauer gesagt, zum mindestens zwanzigsten Mal.

Fast hätte sie ihrem Impuls folgend das Bukett in den Mülleimer gestopft, kopfüber mit den bunten, duftenden Blüten zuerst. Dann aber erschien es ihr doch zu schade dafür. Was konnten die armen Blumen dazu?

Sie verabschiedete sich, legte den Strauß vorsichtig auf den Beifahrersitz und juckelte langsam nach Hause. Ihr Mitbringsel musste dringend in eine Vase!

Bevor sie das Haus betrat, leerte sie den Briefkasten. Sie bekam selten Post, aber heute lag tatsächlich ein Brief darin. Ohne Absender. Erstaunt runzelte sie die Stirn. Wer schrieb denn heutzutage noch Briefe und noch dazu ohne eine Adresse anzugeben? Er war also nicht auf dem Postweg gekommen, sondern so eingeworfen worden. Sicher wollte ihr jemand aus dem Dorf etwas mitteilen.

Der schon bekannte Schwindel erfasste sie wieder. Vor sich hinmurmelnd versuchte sie, sich zu beruhigen und ihn unter Kontrolle zu bringen. Natürlich gelang das nicht einfach so, ihr Körper hatte seinen eigenen Willen. Nach kurzer Zeit besserte sich ihr Zustand, sodass sie langsam ins Haus gehen konnte.

Dort gab sie die Blumen in eine Vase, setzte sich an den Küchentisch und riss den Umschlag auf. Den Sinn des Textes noch nicht ganz erfasst, warf sie das Blatt Papier erschrocken von sich. Diese Reaktion beruhte auf der Ansicht der gezeichneten Rose, unter der »Ich kriege dich!« stand. Mit zitternden Händen angelte sie nach dem Briefbogen, steckte ihn wieder in den Umschlag, zerknüllte ihn und brachte ihn umgehend zum Mülleimer. Dieses widerwärtige Ding wollte sie so schnell wie möglich wieder aus ihrem Gedächtnis streichen. Überzeugt von einem dumme-Jungen-Streich atmete sie tief durch und nahm wieder Platz. Die Jugend von heute hatte wirklich eine seltsame Art von Humor. Für den Bruchteil einer Sekunde befürchtete sie, die Blumen in den letzten Tagen und der Brief könnten einen Zusammenhang haben. Den Gedanken verwarf sie jedoch schnell wieder.

Um sich abzulenken, stellte sie das Abendessen zusammen. Es war noch Zeit, aber die Vorbereitungen konnte sie schon treffen, später würde es dafür schneller gehen. Unterbrochen durch das Zuschlagen der Haustür schrak sie zusammen und erkannte daran, dass sie die Botschaft in dem Brief doch noch nicht ganz abgehakt hatte. Aber eine bekannte Stimme begrüßte sie, bevor sich die korpulente Gestalt Caros durch die Küchentür schob.

»Ich dachte, ich komme mal vorbei und frage, wie das Gespräch mit deinem Chef verlaufen ist. Oder hat es noch gar nicht stattgefunden?«

Überaus dankbar für die Anwesenheit der Schwägerin legte Megan ihre Arbeit nieder und kochte Kaffee. Diese Deutsche schluckte das Zeug wie andere Wasser, aber das war in Ordnung. Sie selbst trank dafür viel Tee. Sofort entschied sie für sich, Caro nichts von den merkwürdigen Ereignissen der letzten Tage zu berichten. Ihre Über-empfindlichkeit sorgte wohl dafür, dass sie Harmloses zu extrem sah.

Die Frauen setzten sich an den Tisch, wo Megan mit ihrer Erzählung begann. Auch das lobenswerte Verhalten Murrays am heutigen Tag vergaß sie nicht zu erwähnen. Caros rundes, aber hübsches Gesicht leuchtete auf.

»Das freut mich wirklich! Es wäre ja auch zu blöd gewesen, wenn euer Arbeitsklima dadurch vergiftet worden wäre.«

»Na und ob! Gerade jetzt, wo Joshua nicht mehr oder zumindest sehr viel weniger zahlen wird.«

Suchend schaute sie sich um.

»Wo sind denn die Hunde? Bei Damian?«

Ihre Schwägerin schüttelte grinsend den Kopf.

»Nein, die sind heute bei mir geblieben. Aber sie haben eben ihren Regenschirm nicht gefunden und es daher vorgezogen, mich allein den Fluten auszusetzen. So nach dem Motto: ›Wenn du rausgehen willst, hast du selber schuld – aber ohne uns!‹ Sie sind eben männlich!«

Einmal mehr schüttelte Megan den Kopf über Caros für sie manchmal merkwürdigen Humor. Ein Blick aus dem Fenster zeigte ihr, dass es begonnen hatte zu regnen. Und wennschon! Sie würde noch einen kurzen Sprung zu ihren Eltern machen, sobald Caro gegangen war. Irgendjemandem musste sie von der

Geschichte mit William erzählen, dafür kam nur ihre Mutter infrage.

Zusammen mit Caro verließ sie das Haus, ein Stück des Wegs gingen die Frauen gemeinsam, dann trennten sie sich. Jedes Mal, wenn Megan ihr Elternhaus betrat, überkam sie das Gefühl ihrer Kindheit. Geborgenheit, Spaß und Sicherheit waren fest mit dem gemütlichen Cottage verknüpft.

Sie steckte den Kopf durch die Hintertür in die Küche, wo sie ihre Mutter beim Nähen antraf.

»Mum, heutzutage entsorgt man Socken mit Löchern und kauft neue. Niemand stopft die mehr.«

Olivia schaute auf, ein Lächeln zog über das immer freundliche Gesicht.

»Man vielleicht, ich halte das für Verschwendung.«

Sie hielt Megan die Wange entgegen, um einen Kuss zu fordern, den sie auch bekam. Fragend zog sie die Augenbrauen hoch.

»Ich weiß nicht warum, aber ich habe das Gefühl, du hast was auf dem Herzen.«

Megan seufzte. So war es immer schon gewesen, Olivia blickte ihren Kindern bis ins Innere. Sie bediente sich am Kühlschrank mit einem Glas Orangensaft und nahm es mit an den Tisch.

»Ich möchte dir gern was erzählen.«

Olivia wartete ab, während Megan zur Stärkung einen Schluck nahm. Dann holte sie tief Luft und fasste die Geschehnisse zusammen.

Olivias Miene wurde zunehmend düsterer, umso weiter Megan in ihrem Bericht kam. Kurz vor Ende legte sie die Socke ab und faltete die Hände auf der Tischplatte.

»Das erzähl bloß nicht deinem Vater oder Damian. Die sind imstande und schnappen sich diesen Kerl, a ghràidh!«

Die gälische Form von »Liebling« war Balsam für Megans Seele. Hier hätte sie immer Rückendeckung, hier war sie zuhause, völlig egal, was passierte.

»Das dürfte schwierig sein, ich weiß im Grunde gar nichts über ihn außer seinem Namen. Noch nicht mal, wo er wohnt.«

Verstehend nickte Olivia.

»Und das ist dir gar nicht komisch vorgekommen?«

Megan zuckte die Schultern. Natürlich hatte sie sich gefragt, warum William so verschlossen war, die Antwort aber ebenso verdrängt wie die Frage selbst.

»Schon, aber ich glaube, ich wollte es nicht weiter hinterfragen. Ich dachte einfach, manche Männer sind so. Es trägt ja nicht jeder gleich sein ganzen Leben vor sich her wie Joshua damals.«

Olivias Augen leuchteten auf.

»Wo du gerade Joshua sagst ... Hat dir der Blumenstrauß gefallen?«

»Welcher?«

»Na, der am Sonntag, als er wieder nach Dublin zurückgefahren ist. Er hat bei mir einen schönen Strauß zusammengestellt, den er dir bringen wollte.«

Eine Welle der Erleichterung durchflutete Megan. Damit wären zumindest die Blumen auf dem Küchentisch geklärt. Steckte Joshua etwa auch hinter den anderen? Bei der Rose vor der Haustür konnte das jedoch nicht sein, denn zu dem Zeitpunkt hatte er sich weit weg in Dublin befunden.

»Ich habe wohl geschlafen, als er ihn gebracht hat. Die Blumen standen plötzlich in der Küche und ich habe mich die ganze Zeit gefragt, wer sie dahin gestellt hat. Jetzt weiß ich es.«

Sie überlegte kurz und berichtete ihrer Mutter auch von der Rose.

»Die kann nicht von Joshua sein, aber ich habe keine Idee, von wem.«

»Auch das kann ich dir sagen«, kicherte Olivia.

Megan riss die Augen auf. »Du weißt das?«

»Klar, denn Hanna und ich haben auch eine bekommen. Damian war der Meinung, an die Damen seines Herzens je eine Rose verteilen zu wollen. Caro hat natürlich eine, wobei er die persönlich überreicht hat, soweit ich weiß. Hanna und ich haben eine und du.«

Megan atmete auf. Damit blieb nur der letzte Blumenstrauß im Maklerbüro ungeklärt, den der Bote überbracht hatte. Diesen ordnete sie eindeutig William zu. Der Brief erklärte sich so von selbst als Streich.

»Habe ich doch richtig gehört!« rief Ethan McIntyre. »Wenn du schon kommst, kannst du dich wenigstens mal in meinem Kämmerlein melden.«

Seine bullige Gestalt erschien im Türrahmen. Natürlich lag es Megan fern, ihren Vater nicht zu begrüßen. Vielmehr war sie nicht von seiner Anwesenheit ausgegangen.

»Ich dachte, du hilfst drüben auf den Feldern.«

Ethan schlug sich erschrocken mit der Hand vor den Kopf.

»Himmel! Ich müsste längst da sein! Ich glaube, ich werde alt ...«

Ohne ein weiteres Wort verschwand er, sie hörten nur noch die Haustür hinter ihm zufallen.

Lachend schauten sich Megan und Olivia an. Manchmal war die Ähnlichkeit von Ethan und Damian nicht nur äußerlich.

Megan trank ihren Saft aus und verabschiedete sich von ihrer Mutter, um Hanna noch einen Besuch abzustatten. Dann würde sie nach Hause gehen, eine schnelle Mahlzeit zubereiten und zu Bett gehen. Schon wieder hatte sie das Gefühl, keine Kraft mehr zu haben.

Kapitel 7

Nervös packte Megan ihre Siebensachen ein. Gleich nach Feierabend würde ein Termin bei ihrem alten Hausarzt anstehen, die Ergebnisse der Blutabnahme waren da. Beunruhigt dachte sie daran, denn ihr Zustand hatte sich nicht gebessert. Entgegen der Hoffnung, die Beschwerden hatten auf der Ungewissheit der Blumengeschenke und dem Brief beruht, blieben sie dennoch nach der Klärung durch Olivia bestehen. Es musste demnach doch eine körperliche Ursache haben.

Sie verabschiedete sich von Mr Murray, den sie im Stillen lobte. Er hielt sich tatsächlich zurück, blieb aber freundlich und zuvorkommend. Besser konnte sie es sich nicht wünschen.

Als sie die Praxis betrat, fand sie das Wartezimmer leer vor. Es war noch früh am Nachmittag, später würde es sich sehr schnell füllen. Dankbar für diesen Termin konnte sie direkt ins Sprechzimmer des Arztes durchgehen.

Er war ein typischer Landarzt, ein Idealist. Die Aufgabe seines Berufs sah er darin, Menschen zu helfen. Das Privatleben seiner Patienten interessierte ihn ebenso wie ihr körperlicher Zustand. Seiner Meinung nach hing beides nicht selten zusammen. Freundliche grüne Augen musterten sie, als er aufsah. Die weißen Haare wirkten etwas wirr, da sie schon lange einen Schnitt benötigten. Eine randlose Brille verlieh seinem breiten Gesicht ein Aussehen, dem man vertrauen musste. Gerade übergewichtige Patienten erfreuten sich an seinem kugelrunden Bauch, denn nur in Ausnahmefällen bekam jemand zu hören, er müsse abnehmen. Das Problem stellte sich bei Megan ohnehin nicht.

Dr. Donovan erhob sich, um Megan die Hand zu geben. Dass er der Onkel von Damians bestem Freund Ian war, machte den Besuch persönlicher. So nahm er am Leben der Familie McIntyre noch mehr Anteil als üblich.

»Setz dich doch, Megan. Du bist zu dünn!«

Mittlerweile hatte sich Megan daran gewöhnt, dies von allen möglichen Seiten zu hören. Bei einem Arzt hatte diese Aussage jedoch einen anderen Stellenwert. Sie versuchte, sich zu rechtfertigen.

»Ich denke, nach einer Trennung ist das doch normal, oder?«

Er wiegte nachdenklich den Kopf.

»In einem gewissen Rahmen, ja. Aber bei dir geht die Hose bald allein spazieren und das ist nicht mehr in Ordnung. Machst du Diät?«

Entrüstet schüttelte Megan den Kopf.

»Nein, natürlich nicht! Ich esse ganz normal.«

»Das glaube ich dir nicht, mein Mädchen. Kann es sein, dass du dich vegan oder vegetarisch ernährst?«

Megan riss die Augen auf. Konnte der alte Arzt nun schon Gedanken lesen? Oder hatte ihm jemand diese Information gesteckt? Vielleicht hatte Hanna einen ihrer Routinetermine wahrgenommen und über Megan geplaudert? Aber nichts von alldem war der Grund.

»Deine Blutwerte sind allgemein in Ordnung, das eine oder andere könnte etwas besser sein. Aber du hast einen akuten Vitamin-B12-Mangel. Das entsteht zum Beispiel durch eine solche Ernährungsweise. Auch durch Alkoholmissbrauch, aber das können wir bei dir wohl ausschließen«, zwinkerte er.

»Und was heißt das genau mit diesem Mangel?« wollte Megan wissen.

»Dadurch kommen deine Beschwerden. Schwindel, Appetitlosigkeit – erzähl mir nicht, dass du normale Portionen isst. Außerdem das Kribbeln, weil die Nerven-enden unterversorgt sind. Wenn wir dich wieder aufgepäppelt haben, gibt sich das alles wieder. Manchmal tragen die Nerven einen dauerhaften Schaden davon, aber davon brauchen wir bei dir nicht auszugehen. Du hast die Beschwerden ja noch nicht so lange.«

Megan nickte völlig perplex. Hatte nicht Damian letztens noch gesagt, es könnte eine Mangelernährung entstehen?

»Wieso kriegt man bei einer so gesunden Ernährung einen solchen Mangel?«

Dr. Donovan lehnte sich zurück und kreuzte die Arme vor der Brust. Wichtig war in seinen Augen immer, dem Patienten verständlich zu machen, warum etwas geschah. Dann begriff er auch, warum er etwas ändern musste. Entspannt setzte er zu einer Erklärung an.

»Vitamin B12 wird hauptsächlich mit Fleisch aufgenommen und im Körper gespeichert, genauer gesagt, in der Leber. Wenn du aber überwiegend fleischlos isst, bekommt dein Körper nicht genug davon und irgendwann ist auch der Speicher in der Leber leer. Das erlebst du jetzt gerade. Aber keine Sorge, du bekommst fünf Spritzen an fünf Tagen hintereinander. Damit füllen wir den Speicher wieder auf. Aber du musst auch was tun und entweder wieder Fleisch essen oder dir entsprechende Vitamin-tabletten besorgen, die du ersatzweise nimmst. Sonst hält dieser Effekt nicht lange vor.«

Er machte eine kurze Pause, um Megan diese Informationen verarbeiten zu lassen, bevor er fortfuhr.

»Manchmal fehlt dem Magen auch ein Enzym, um das Vitamin aus der Nahrung verwerten zu können. Aber ich glaube, das ist bei dir nicht der Fall. Sollte sich trotz Ernährungsumstellung oder Beigabe von B12 noch mal ein Mangel zeigen, überprüfen wir das mal.«

Geschockt nickte Megan. Nie hätte sie erwartet, dass eine vermeintlich gesunde Ernährung derartige Folgen haben könnte. Sicher, es war auf einfache Weise reparabel und bald würde sie wieder die alte Megan sein. Trotzdem rüttelte es sie auf.

»Es ist generell nichts gegen vegane oder vegetarische Ernährung einzuwenden, Megan. Aber man muss es richtig machen und sich solcher Dinge bewusst sein, um sie zu umgehen. Vor allem deine Jungs sind noch in der Entwicklung und brauchen die ganzen Nährstoffe. Tu euch allen einen Gefallen und stell komplett um. Du musst es nicht von heute auf morgen machen, kannst auch gern einen vegetarischen Tag in der Woche einlegen oder zwei. Aber erst mal sollte das reichen.«

Nun war sie endgültig überzeugt. Wenn sie auch auf ihre Familie nicht hatte hören wollen, doch wenn Dr. Donovan ihr dies ans Herz legte, dann würde sie es so machen. Aber schien die Lösung nicht allzu einfach?

»Und du bist sicher, dass sonst alles bei mir in Ordnung ist? Es kommt alles nur davon?« hakte sie nach.

»Ja, ganz sicher«, bestätigte er lächelnd. »Du wirst sehen, nach den Spritzen bist du wie neu. Sollte es wider Erwarten nicht so sein, kommst du noch mal.«

Wieder entstand eine kleine Pause, die er Megan zum Nachdenken gönnte. Dann bestimmte er ihren Blutdruck, horchte Herz und Lunge ab, um zufrieden zu nicken.

»Wie sieht denn dein Leben jetzt überhaupt aus, seitdem du wieder in Affordshire bist?«

Entspannt angesichts der harmlosen Diagnose, berichtete Megan.

»Ich habe einen Teilzeitjob hier in Langshire bei einem Makler, das klappt ganz gut und bringt mich von zuhause raus. Ansonsten halt der normale Trott mit den Jungs, ab und zu ein Besuch bei der Familie. Alles ganz ruhig eigentlich.«

»Das klingt gut. Es kommt von ganz allein, dass du wieder auf die Pirsch gehen willst. Kümmert sich dein Mann um die Kinder?«

»Sie telefonieren viel und sehen sich auch immer wieder. Erst letztes Wochenende war Joshua da. Wir verstehen uns nach wie vor gut.«

Dr. Donovan erhob sich, um das Ende des Gesprächs anzukündigen.

»Das freut mich, Megan. Es ist die beste Art, eine Trennung durchzuführen. In eurem Interesse und dem der Kinder. Nichts zermürbt so sehr wie Streit. Hast du sonst noch was auf dem Herzen?«

»Nein. Vielen Dank, Doc. Ich bin wirklich erleichtert, dass es so was Einfaches ist.«

»Ja, was Kleines mit großer Wirkung. Geh gleich ins Labor, da kann dir jemand die erste Spritze geben. Morgen kommst du wieder, übermorgen, bis du alle fünf hast.«

Sie verabschiedete sich, ließ sich die erste Spritze verpassen und entschied, sich eine Tasse Tee mit Gebäck zu gönnen. Dazu brauchte sie nur über die Straße zu gehen, denn gegenüber der Praxis gab es ein Café.

Megan genoss das Gefühl, an einem Tisch mit Bedienung die Seele baumeln zu lassen. Ihre Leichtigkeit wurde aber jäh gestört, als sie an einem anderen Tisch William erblickte. In seiner Begleitung befand sich eine aufgetakelte Blondine, auffällig geschminkt. Megan wäre jede Wette eingegangen, es handelte sich um die Frau, mit der er im Pub telefoniert hatte. In Megan entstand das Bedürfnis, zu den beiden zu gehen und ihnen den Kaffee über die perfekt frisierten Haare zu kippen. Aber sie würde sich beherrschen, stattdessen das Geschehen beobachten. Offensichtlich gab es Streit, zumindest schienen sich die zwei nicht ganz einig zu sein.

Williams Blick schweifte durch den Raum, überging Megan. Doch dann wurde ihm wohl bewusst, wen er gesehen hatte. Abrupt schaute er sie an, die Augen erschrocken geweitet.

Megan fragte sich, warum. Sie hatte ihm deutlich zu verstehen gegeben, was sie von ihm hielt. Es dürfte ihn deshalb überhaupt nicht kümmern, wenn sie ihn nun mit dieser Frau zusammen sah.

Plötzlich beschwichtigte William die Frau mit einer Handbewegung, erhob sich und kam auf Megan zu. Leider hatte sie zwar ihr Gebäck gegessen, aber noch eine halbe Tasse Tee übrig. Dadurch verbot es sich, das Lokal zu verlassen, oder? Nein, das würde sie sich nicht antun. Sie schob Teller und Tasse von sich, nahm ihre Tasche und steuerte den Ausgang an. William trat ihr in den Weg, sie musste notgedrungen stehenbleiben, wenn sie keine Aufmerksamkeit erregen wollte.

»Warum weichst du jedem Gespräch aus?«

Was für eine Frage!

»Ich denke, das sollte auch dir klar sein. Ich habe keine Ambitionen auf weiteren Kontakt mit dir. Lass mich durch, ich möchte gehen.«

Widerwillig machte er Platz, besorgt, sie könne die anderen Gäste auf die Szene aufmerksam machen. An der Tür drehte sie sich noch mal um.

»Übrigens: Blumensträuße kannst du dir sparen.«

Verdutzt zwinkerte er.

»Welche Blumensträuße?«

»Ich meine den, den du mir ins Büro geschickt hast.«

Erstaunt schüttelte er den Kopf.

»Ich habe dir keine Blumen geschickt. Daran gedacht, ja. Aber dann habe ich mich dagegen entschieden, denn ich hatte befürchtet, sie würden im Mülleimer landen. Dazu wären sie zu schade gewesen.«

Ohne ein weiteres Wort verließ Megan das Café.

Auf der Fahrt nach Affordshire wirbelten ihre Gedanken durcheinander. William hatte ehrlich geklungen und ausgesehen, als er sich als Versender der Blumen ausschloss. Ihre Theorie löste sich damit in Luft auf. Wer hatte das Bukett geschickt? Hierfür schied Damian aus, es käme nur noch Joshua infrage. Sie würde ihn fragen.

Sofort nach ihrem Eintreffen zuhause, noch im Auto sitzend, rief sie ihn von ihrem Handy aus an.

»Joshua, das mag dir jetzt komisch vorkommen. Ich habe nur eine Frage und möchte von dir eine ehrliche Antwort.«

Zögernd sicherte er ihr zu, ihrem Wunsch nachzu-kommen. Ihm war deutlich anzumerken, dass er mit ihrem Anruf bislang nichts anzufangen wusste.

»Hast du mir einen Blumenstrauß ins Büro geschickt?«

»Nein«, beantwortete er ohne Umschweife ihre Frage. »Ich hatte dir am Sonntag einen in die Küche gestellt, aber das war der einzige.«

Ihre Züge wurden weich, als sie daran zurückdachte.

»Das war auch total lieb von dir, eine schöne Idee. Danke dafür. Meine Mutter hat mir erzählt, dass er von dir war. Gut, dann muss der im Büro von jemand anderem gewesen sein.«

»Kennst du denjenigen nicht?«

»Er wurde von einem Boten gebracht und es steckte keine Karte dran. Ich habe keine Ahnung, ob ich den Absender kenne. Aber ich nehme mal an, schon«, lachte sie.

»Dann wird er sich sicher bald zu erkennen geben«, murmelte Joshua.

»Ja, denke ich auch. Mehr wollte ich nicht, melde dich, wenn es was Neues gibt, ja?«

»Natürlich. Mach's gut, Megan.«

Der Absender würde sich bestimmt noch melden, sinnierte Megan, als sie ins Haus ging.

Kaum im Flur, klingelte ihr Handy. Auf dem Display wurde Olivia angezeigt, was Megan erstaunte. Ihre Mutter bevor-zugte zum Telefonieren das Festnetz, nur im Notfall benutzte sie eine Mobilfunknummer.

Beim Abnehmen schon drang ein Schluchzen an Megans Ohr. Ein eiskalter Schauer lief ihren Rücken hinunter, es musste etwas passiert sein.

»Mum? Mum, was ist los?«

Olivia weinte, das war nicht zu überhören. Sie holte ein paar Mal schnappend Luft, bevor sie ein Wort hervorbrachte.

»Hanna.«

Megan ließ sich dort, wo sie stand, an der Wand auf den Boden gleiten.

»Was ist mit Gran?«

»Sie …« Wieder weinte und schluchzte Olivia, bevor sie einen Satz zustande bekam. »Sie fühlte sich heute Morgen nicht wohl und hat sich noch mal hingelegt. Eben habe ich nach ihr gesehen und sie atmete nicht mehr. Sie ist im Schlaf einfach gestorben.«

Erneut begann Olivia zu weinen. Megan versuchte, ihre Gedanken zu ordnen. Das konnte nicht sein, Hanna konnte nicht tot sein! Diese muntere Frau, die der Dreh- und Angelpunkt ihrer aller Leben war.

Sie atmete tief durch, um die eigenen Tränen im Zaum zu halten.

»Habt ihr schon Dr. Donovan angerufen?«

»Ja, er ist auf dem Weg«, bestätigte Olivia.

»Ich komme.«

Megan legte auf. Ihr Hals schmerzte von zurückgehaltenen Tränen. Sie musste sich selbst überzeugen, wollte es nicht glauben.

Im Laufschritt legte sie den Weg zum Cottage ihrer Eltern zurück, Damian kam ihr bereits im Flur entgegen. Sein Gesicht wirkte fassungslos, so ganz schien auch er die Tatsachen noch nicht realisiert zu haben. Wortlos fielen sich die Geschwister in die Arme und weinten gemeinsam. Erst nach einiger Zeit lösten sie sich voneinander, um zu Olivia und Ethan in die Küche zu gehen.

Ethan saß kerzengerade auf dem Stuhl, das Gesicht ausdruckslos. Mit seinen Gedanken schien er meilenweit entfernt zu sein. Megan vermutete, er durchlebte gerade seine Kindheit und Jugend, die er mit seinen Eltern verbracht hatte. Olivia hatte sich etwas beruhigt, zerfetzte aber das nasse Papiertaschentuch in den Händen.

Die Geschwister nahmen Platz, schweigend warteten sie auf Dr. Donovan. Die Stille wurde durch das Klingeln von Megans Handy durchbrochen, es klang wie ein Donnerhall. Auf dem Display wurde weder ein Name noch eine Nummer angezeigt und als Megan abnahm, hörte sie nur ein schweres Keuchen. Entsetzt legte sie auf und steckte das Telefon zurück in die Handtasche. Dieses Geräusch erschreckte sie jetzt doch, aber vermutlich gab eine Fülle von Erklärungen. Von einem dummen Streich bis zu einem versehentlichen Anruf war alles möglich.

Dr. Donovan konnte nur bestätigen, was alle schon wussten. Hanna war im Schlaf von ihnen gegangen. Ihr Herz hatte aufgehört zu schlagen, einfach so.

»Aber wie kann das sein, sie hatte doch nichts mit dem Herzen?« versuchte Damian das Unfassbare erklärt zu bekommen.

Der alte Arzt zuckte nur mit den Schultern.

»Nein, krank war ihr Herz nicht, aber nicht mehr das neueste und kräftigste. Sie war alt, Damian. Da sollten wir einen Tod nicht hinterfragen. Schon gar nicht, weil sie ein erfülltes Leben in eurem Kreis hatte und nicht in geringster Weise leiden musste.«

Traurig nickte Damian, ließ sich wieder auf den Stuhl fallen, von dem er beim Eintreffen des Arztes aufgesprungen war.

Megan stand auf und gab ihrer Mutter Zeichen, zu Hanna hinaufzugehen. Sie mussten sie zurechtmachen für die Totenwache. Bald schon würden die Dorfbewohner kommen, um zu kondolieren und sich von Hanna verabschieden. Sie würden Essen herrichten und Getränke herbeischaffen müssen. Darum mussten sich die Männer kümmern. Die ganze Familie musste nun noch mehr als zuvor zusammenhalten, ohne ihr Oberhaupt.

Bevor sie nach oben gingen, holte Megan erneut ihr Handy heraus. Die ersten beiden Anrufe galten Noah und David, die sie nach der Schule zu den Großeltern zitierte, ohne einen Grund zu nennen. Sie konnte und wollte ihnen Hannas Tod nicht am Telefon mitteilen. Das dritte Telefonat ging an Joshua, den sie ebenfalls informierte. Er versprach, sofort zu kommen.

Bis zu Megans Anruf hatte Joshua darüber nachgedacht, wen seine Frau wohl kennengelernt haben könnte, wenn sie Blumen bekam. Dieser Gedanke rutschte jetzt ins Nirwana, denn Joshua trauerte ehrlich um die alte Frau. Sie war ein Mensch gewesen, den man einfach mögen musste. Herzlich, humorvoll und mit der mütterlichen Wärme, die man voraussetzte und die doch nicht immer selbstverständlich war.

Er warf neben den Toilettensachen etwas Kleidung zum Wechseln in seine Sporttasche, hastete zum Auto und machte sich auf den Weg nach Affordshire. Während der Fahrt wirbelte in seinem Kopf alles durcheinander. In seinem Bestreben zu helfen, wo er konnte, würde er so viel Zeit in dem Dorf verbringen wie erforderlich. Von unterwegs meldete er sich bei seinem Arbeitgeber krank und begründete dies mit einem Todesfall in der Familie. Dabei log er nicht, denn noch immer war er mit Megan verheiratet.

Joshua trat ordentlich aufs Gas, sodass er die Strecke schneller als gewöhnlich zurücklegte. Bei seiner Ankunft entnahm er den Gesichtern der McIntyres, die richtige Entscheidung getroffen zu haben.

Megan sah er nicht, sie befand sich mit Olivia bei Hanna. In der Küche traf er Ethan, Damian und dessen Freund Ian an, die versuchten, eine Liste zu erstellen. Woran musste man denken, was galt es zu besorgen? Inzwischen war auch Caro eingetroffen, die sich etwas um das Organisatorische zu kümmern schien. Sie kochte Kaffee und Tee, belegte dazu einige Brote. Diese würde niemand essen, aber es wäre einen Versuch wert. Ian trug wie immer seine Baseballmütze, die das wellige, dunkle Haar verbarg. Joshua fragte sich völlig unangebracht, ob er sie abnahm, wenn er abends mit Stacy zu Bett ging. Wieder einmal fiel ihm die

Ähnlichkeit zwischen Damian und seinem Vater auf. Die von Tränen verquollenen Augen verstärkte diese nur noch mehr.

Ganz selbstverständlich bezogen sie Joshua in die Planung ein, niemand wunderte sich über seine Anwesenheit. Er sollte mit Ian Getränke holen, seine Tasche würde zunächst im Auto bleiben. Er beabsichtigte ohnehin, die Nacht über bei Hanna zu bleiben, morgen würde sich dann ein Quartier zum Schlafen finden. Entweder bei Megan oder Damian, da hatte er keine Sorge. Die meiste Zeit würden sie alle wach bleiben. Mit Ian verließ er das Haus, um seine Aufgaben zu übernehmen.

»Es wundert mich, dass du so schnell gekommen bist und vor allem, konntest.«

Ian schaute ihn fragend an.

»Ich habe mich krankgemeldet«, informierte Joshua. »Immerhin sind Megan und ich noch verheiratet und Hanna ist – war – die Urgroßmutter meiner Söhne. Außerdem wird unsere Firma am Monatsende sowieso geschlossen, wir sind schon alle entlassen. Kommt also nicht mehr drauf an.«

Das verschlug Ian zunächst die Sprache, doch war dies auch nicht weiter verwunderlich. Er war kein Mann, der viel redete, sondern sich eher auf das Wesentliche beschränkte.

»Bleibst du dann ein paar Tage hier bei Megan nach der Beerdigung?« hakte er nach.

Eigentlich hatte Joshua dies vor, wusste jedoch nicht, wie Megan dazu stand. Gern würde er ihr zur Seite stehen, sofern er es konnte. Ihm war klar, wirklich helfen konnte er nicht, mit ihrer Trauer musste Megan allein zurechtkommen. Aber er konnte da sein, wenn sie jemanden brauchte. Oder machte er sich etwas vor? Würde sie nicht ihrer Familie den Vorzug geben, die dasselbe empfanden? Das würde sich herausfinden lassen.

Kapitel 8

Erschöpft ließ sich Megan auf das Sofa im Wohnzimmer ihrer Eltern fallen. Ihr blieb auch nichts erspart. Ohnehin geschwächt kam nun auch noch Hannas Tod dazu, der sie zusätzliche Kraft kosten würde. Die Feierlichkeiten und Traditionen würden ihren Tribut fordern, ihre eigene Trauer sowieso. Sie hatte das Gefühl, wie in Trance dies alles zu erleben.

Sie hob die Beine auf die Sitzfläche, legte sich lang und schloss die Augen. Nur einen Moment, um auszuruhen. Immer wieder schob sich Hannas Gesicht in ihr Bewusstsein, das einen Frieden zeigte, den sie im Tod nicht erwartet hätte. Es bewies aber nur, was der Arzt gesagt hatte. Hanna war im Schlaf ganz leicht und sanft dahingeschieden. Dieses Wissen beruhigte und tröstete Megan. Auch war sie im Nachhinein froh, ihr am Tag zuvor noch einen Besuch abgestattet zu haben.

Ein Geräusch ließ sie hochfahren. Caro zeigte einen Aktionismus, der ihr gegen den Strich ging. Hatte diese Frau denn gar keine Gefühle? Sie kümmerte sich um alle Familienmitglieder, das konnte niemand abstreiten. Außerdem um die Kondolierenden, die schon fast in Massen auftauchten. Es blieb nicht bei den Dorfbewohnern, sondern auch von Außerhalb waren schon viele Menschen gekommen. Diesbezüglich war Caro eine echte Hilfe, aber sie hatte Hanna doch auch gekannt und nach eigenen Angaben sehr gemocht. Wie konnte man dann jetzt so kalt sein wie ein Fisch, mit keiner Regung?

Damian betrat das Wohnzimmer, sank in einen Sessel, bedeckte die Stirn mit der Handfläche. Sofort war Caro bei ihm, setzte sich auf die Lehne und umfing ihn zärtlich. Beide schienen Megan gar nicht bemerkt zu haben, die mucksmäuschenstill auf dem Sofa lag. Mit dieser Geste erhielt Caro bei Megan wieder einen Pluspunkt, denn Damian schien es gutzutun. Inzwischen hatte sie eingesehen, dass Caro für ihren Bruder die Richtige war. Sollte sie daran wieder zweifeln? Immerhin wurde die Liste mit Caros Minuspunkten bei Megan gerade sehr lang.

Die Schwägerin schaute auf und entdeckte Megan. Mit keiner Regung gab sie zu verstehen, was in ihr vorging. Megan registrierte das, schloss wieder die Augen und wandte den Kopf ab. Ihr blieb nicht mehr lange, bis die Jungs kommen würden.

Als Noah und David eintrafen, war sie wieder allein. Caro und Damian hatten sich nach einem kurzen Aufenthalt zurück nach oben begeben, Megan hatte ihnen ohne Bedauern nachgesehen. Natürlich wussten die Jungen, dass etwas passiert war. Schon Megans Anruf hatte Unbehagen hervorgerufen und die Stimmung im Haus der Großeltern schlug ihnen sofort entgegen. Ängstlich hefteten sie ihre Augen auf Megan.

Sie richtete sich in eine sitzende Haltung auf, klopfte neben sich auf das Sofa und wartete, bis die beiden Platz genommen hatten. David sank in sich zusammen, während Noah kerzengerade saß. Sie warteten jeder auf seine Art auf das Unausweichliche.

»Hanna …«, setzte Megan an. Sie schluckte hart, bevor sie weitersprach. »Sie hat sich heute Vormittag nicht wohl gefühlt und noch mal hingelegt. Im Schlaf ist sie dann ganz friedlich gestorben. Sie ist nicht mehr aufgewacht«, fügte sie überflüssigerweise hinzu. Wie sollte man so eine Nachricht überbringen? Die Wahl der Worte änderte nie etwas an den Fakten.

David fing einen Moment nach ihrer Erklärung an zu weinen und schmiegte sich trostsuchend an sie. Noah saß weiterhin steif an seinem Platz, ohne eine erkennbare Reaktion. Er starrte einfach vor sich hin, ähnlich wie Ethan zuvor in der Küche. Megan konzentrierte sich deshalb zunächst auf David in dem Versuch, ihn zu trösten. Über seinen Kopf und Rücken streichelnd erklärte sie:»Der Arzt hat gesagt, Hanna hat gar nichts gemerkt. Sie hat ein tolles Leben gehabt und es war jetzt Zeit für sie. Immerhin war sie schon sehr alt.«

David widersprach schluchzend.

»Aber sie wollte bestimmt noch dableiben, Hanna wollte nicht von uns weg.«

Was sollte man dem entgegensetzen? Auch Megan ging davon aus, dass ihre Großmutter gegen ein paar weitere Jahre sicherlich nichts einzuwenden gehabt hätte.

»Ich denke schon, dass Hanna nichts gegen ein paar Jahre mehr gehabt hätte. Aber niemand hätte gewusst, wie diese ausgesehen hätten. Vielleicht wäre sie sehr krank geworden, das hätte sie nicht gewollt. Es ist immer besser, in einem schönen Moment zu gehen, als nach einem langen Leiden, David.«

Überzeugt hatte sie ihn nicht, denn sie selbst würde das nicht als Erklärung akzeptieren. Aus dem Augenwinkel beobachtete sie Noah, der sich aus seiner Erstarrung gelöst hatte und der Tür zustrebte.

»Ich gehe rauf zu Hanna.« Es war die einzige Reaktion, die sie von ihm bekam.

David hatte sich etwas beruhigt, er wollte seinem Bruder folgen. Megan ließ ihn ziehen und versank allein wieder in ihren Gedanken.

Später am Abend waren alle McIntyres mit Freunden im Wohnzimmer versammelt, nur Caro fehlte. Unermüdlich hatte sie Gäste bewirtet, die Familienmitglieder dazu aufgefordert, zu essen und zu trinken. Ihnen entsprechend ihrer Möglichkeiten Trost gespendet. Aber sie selbst hatte keinen Funken Trauer gezeigt, wenn man von ihrem der Situation angepassten, ernsten Gesicht einmal absah. Wo sie wohl war? Vielleicht versorgte sie die Hunde und machte mit ihnen einen Spaziergang. Dafür hätte Megan sogar Verständnis aufgebracht.

Ihrem Impuls folgend, stieg sie die Treppe hinauf. Nur ein paar Minuten wollte sie mit Hanna allein sein, sich ganz intim von ihrer Gran verabschieden. Daraus wurde jedoch nichts, dann schon auf den letzten Stufen vernahm sie ein verhaltenes Schluchzen.

Verwundert, wer jetzt noch bei Hanna war, schlich Megan die paar Schritte bis zum Wohnzimmer, in dem die alte Frau lag. Sie erblickte Caro, die vor Hanna auf den Knien lag und bitterlich weinte. Völlig verblüfft riss Megan den Mund auf. Das passte überhaupt nicht in das Bild, das sie seit dem Mittag von Caro gewonnen hatte. Sie gab sich einen Ruck, ging auf die Schwägerin zu und hockte sich vor sie. Vorsichtig streckte sie den Arm aus und strich Caro über das Haar. Die bemerkte dadurch erst Megans Anwesenheit und schaute sie aus roten Augen an. Das runde Gesicht war tränennass.

»Warum hockst du hier oben allein?«

Caro schniefte, wollte sich die Nase putzen und erkannte, das durchgeweichte Taschentuch war nicht mehr zu gebrauchen. Sie suchte die Taschen ihrer Jeans nach einem sauberen ab, nahm aber dankbar das von Megan hingehaltene Tuch an. Nachdem sie sich tüchtig geschnäuzt hatte, setzte sie mit brüchiger Stimme zu einer Erklärung an.

»Ihr habt doch genug mit euch zu tun, da muss ich euch nicht auch noch belasten.«

Plötzlich erkannte Megan die Wahrheit. Caro hatte funktioniert, nichts weiter. Ihre eigene Trauer unterdrückend, hatte sie versucht, ihnen allen zu helfen und sich selbst hinten angestellt. Scham überkam Megan wegen dem, was sie in Caros Verhalten hineininterpretiert hatte.

»Caro, das ist doch Blödsinn! Du gehörst doch dazu! Du musst dich nicht verkriechen, lass dich doch von uns trösten, so wie du es mit uns machst.«

Spontan nahm sie die Schwägern in die Arme, wiegte sie, bis sie wieder ruhiger wurde.

»Entschuldige«, wisperte Caro.

»Es gibt nichts zu entschuldigen«, stellte Megan klar. »Es zeigt nur, wie sehr du Gran gemocht hast. Und ich weiß, dass dies absolut auf Gegenseitigkeit beruhte.«

Sie wusste es tatsächlich, Hanna hatte mehr als ein Mal von der »patenten, sympathischen Deutschen« geschwärmt. Megan beschloss, Caro von Hannas Ansichten über sie zu erzählen.

»Gran hat sich wirklich gefreut, als du und Damian zusammengefunden habt und noch mehr über eure Heirat. Sie hat dich von Anfang an gemocht, das hat man immer wieder gemerkt, wenn sie von dir gesprochen hat. Was ist also so schlimm daran, wenn du sie auch mochtest?«

Caro brachte nur ein klägliches Grinsen zustande.

»Nichts. Aber ich dachte halt, ich mache das lieber mit mir selber aus, um euch nicht noch mehr runterzuziehen. Weißt du … Meine Großeltern sind früh gestorben, ich war noch klein und bin deshalb quasi ohne aufgewachsen. Zu meinen Eltern hatte ich noch nie ein enges Verhältnis. Als ich dann herkam und in eure Familie aufgenommen wurde, noch bevor ich mit Damian zusammenkam, war da zuerst Hanna. Sie wird mir so wahnsinnig fehlen!«

Zerstreut griff Megan nach der nicht vollendeten Handarbeit, die im Sessel neben ihr lag. Der grünmelierte, gehäkelte Bettüberwurf für David war fast fertig, er selbst hatte die Wolle ausgesucht und mit Megan zusammen im Internet bestellt. All diese kleinen Kunstwerke von Hanna würde es nun auch nicht mehr geben.

Sie wandte ihre Aufmerksamkeit wieder Caro zu. Diese wirkte jetzt gefasster, starrte aber auch auf die Decke in Megans Hand. Langsam und vorsichtig, wie einen Schatz, legte sie sie zurück. Mühsam richtete sie sich auf und streckte Caro die Hand hin, um ihr aufzuhelfen.

»Lass uns nach unten gehen, da tobt das Leben.«

»Schon ganz schön pietätlos und makaber, findest du nicht?«
fragte Caro. In ihrem Heimatland gab es einen etwas anderen
Umgang mit dem Tod.

»Das ist so die irische Art«, erklärte Megan. »Es gehört einfach
dazu, auch derbe Scherze zu machen und sich mehr oder weniger
zu amüsieren. Ach, da kommt Dad, er wird nun die Wache
übernehmen.«

Mit Ethan betraten einige Dorfbewohner das Zimmer. Megan
nahm dies zum Anlass, die Schwägerin ins Erdgeschoss zu
ziehen.

Damian schaute auf, als sie das elterliche Wohnzimmer betraten.

»Megan, du solltest mit den Jungs nach Hause gehen. Ihr
braucht euren Schlaf. Arbeitest du morgen?«

Das hatte sie völlig vergessen! Sie musste noch Mr Murray
anrufen und ihn um zwei freie Tage bitten. Sicher hätte er in
diesem besonderen Fall nichts dagegen. An ihre Spritzen bei Dr.
Donovan musste sie ebenfalls denken.

»Ich rufe ihn von daheim aus an.«

Sie löste sich von Caro, die sich direkt in einen Sessel fallen
ließ, und raunte ihrem Bruder zu:»Deine Frau nimmt Hannas
Tod ziemlich mit, auch wenn sie es sich nicht anmerken lässt.
Kümmere dich ein bisschen um sie, ja?«

Sie fing Damians dankbaren Blick auf. Ebenso wie sie hatte er
in seiner eigenen Betäubung bisher nicht wahrgenommen, was
sich hinter Caros Fassade verbarg.

Ihre Söhne einsammelnd verabschiedete sie sich mit dem
Versprechen, am nächsten Tag wieder da zu sein.

Noah war immer noch in sich zurückgezogen, David hingegen
hatte den ersten Schock überwunden. Um ihn machte sie sich
trotz seines jüngeren Alters weniger Sorgen als um ihren Großen.
Behutsam legte sie ihm den Arm um die Schultern, um ihn ein

wenig an sich zu ziehen. Er ließ es geschehen, was sie als gutes Zeichen wertete.

»Habt ihr gegessen?« erkundigte sie sich, als sie die Küche betraten.

Die Jungen nickten.

»Caro hat Brote und so gemacht, von dem Salat konnten wir auch schon probieren. Ich bin satt«, klärte David sie auf.

Megan schaute ihren anderen Sohn fragend an, der dies mit einem weiteren Nicken bestätigte. Zufrieden nahm sie Platz, zum Kochen hatte sie weder den Kopf noch Energie.

Mit halbem Auge schielte sie auf ihr Handy, das schon wieder klingelte. Eine unterdrückte Nummer. Sollte es derselbe Anrufer wie vorhin sein? Eher neugierig als besorgt nahm sie ab und hörte das vertraute Keuchen. Wortlos legte sie wieder auf. So ein Idiot hatte ihr jetzt gerade noch gefehlt!

David scharrte mit den Füßen, unschlüssig, was er tun sollte. Megan empfand es ähnlich, sie wollte sich beschäftigen und konnte dennoch nicht. Mit dem Kopf deutete sie nach oben zum Zeichen, er könne doch auf sein Zimmer gehen. Offenbar hatte der Junge darauf gehofft, denn sofort verdrückte er sich. Noah blieb zurück, immer noch in seine Gedanken vergraben.

Für ihn war es doppelt schwer. Vor noch nicht einmal einem halben Jahr war eine gute Freundin von ihm verschwunden. Er wusste zwar inzwischen über ihr Schicksal Bescheid, das milderte jedoch nicht seine momentane Situation. Es passierte zu viel in zu kurzer Zeit für ihn. Das Verschwinden Susans, die Trennung seiner Eltern, die Umsiedlung nach Affordshire und jetzt der Tod der Urgroßmutter, die er sehr geliebt hatte. Von heute auf morgen, das war das Schlimmste. Es hatte für sie alle keine Möglichkeit gegeben, sich in irgendeiner Weise darauf vorzubereiten.

Zaghaft nahm sie seine Hand, darauf gefasst, er würde sie ihr entziehen. Aber er tat es nicht, sondern im Gegenteil. Er hielt sie fest, kam näher, kniete sich neben sie und lehnte seinen Kopf an ihre Brust. Na endlich! Nachdem die Tränen begonnen hatten zu fließen, gab es kein Halten mehr. Wie ein Baby wiegte Megan ihren Sohn, bis der Strom versiegte. Peinlich berührt über seinen Ausbruch polterte er danach fast fluchtartig die Treppen hinauf. Über diese Reaktion musste Megan schon wieder lächeln.

Ihr fiel der erforderliche Anruf bei Murray ein, den sie sofort in Angriff nahm, um ihn nicht wieder zu vergessen. Ansonsten würde es zu spät dafür werden.

»Riordan hier, Mr Murray. Ich hätte ein Anliegen und würde Sie gern was fragen.«

»Bitte, fragen Sie, Mrs Riordan.«

Megan räusperte sich kräftig, schon wieder drohte ihre Stimme zu versagen.

»Meine Großmutter ist heute Mittag plötzlich und für uns alle unerwartet gestorben. Ich möchte Sie bitten, mir die nächsten beiden Tage freizugeben.«

Einen Moment war es still in der Leitung, Murray dachte nach. Würde er diesen Wunsch abschlagen, stünde er wie ein herzloser Mensch da. Diese Gewissheit ließ Megan erwarten, er würde zustimmen. Sie sollte sich nicht täuschen.

»Selbstverständlich, Mrs Riordan. Es ist völlig klar, dass Sie nun Zeit für sich und Ihre Familie brauchen. Allerdings muss ich darauf bestehen, Ihnen die Tage vom Entgelt abzuziehen. Sie sind noch nicht lange genug bei mir, um einen Urlaubsanspruch zu haben.«

»Das ist gar keine Frage, Mr Murray. Natürlich müssen Sie die Zeit abziehen, kein Problem.«

»Kommen Sie am Montag wieder ins Büro. Bis dahin werde ich ohne Sie klarkommen. Auch wenn Sie für mich eigentlich unersetzlich geworden sind.«

Dieses Lob führte sie auf sein Bestreben zurück, ihr etwas Nettes sagen zu wollen, um sie aufzumuntern. Dennoch freute sie sich darüber.

»Ich danke Ihnen, Mr Murray. Lassen Sie nicht so Dringendes ruhig liegen, ich arbeite das nächste Woche alles auf.«

»Machen Sie sich keine Sorgen und bis Montag«, beendete er das Gespräch.

Erleichtert legte Megan auf, das hatte besser als gedacht funktioniert. Ein Geräusch von der Küchentür drang zu ihr, sie schaute auf.

Im Garten stand Jonas O'Malley und gestikulierte, sie solle ihn einlassen. Es war unüblich, die Hintertür verschlossen zu halten, aber da niemand im Haus gewesen war, eine reine Sicherheitsmaßnahme.

Schwerfällig stand sie auf, um ihm zu öffnen. Das gutaussehende Gesicht ernst, trat er ein und zog sie in seine Arme. Erschrocken stieß sie ihn von sich.

»Was soll das?«

Unbeholfen breitete er wie zur Entschuldigung die Arme aus.

»Ich wollte dich einfach nur umarmen, um dir mein Beileid auszusprechen und fragen, ob ich dir helfen kann.«

Misstrauisch beäugte sie den Mann, den sie von Kindesbeinen an kannte.

»Das gehört ins Haus meiner Eltern, nicht hierher. Das weißt du.«

»Mir ging es dabei um dich«, bekannte er. »Wenn du hier allein bist … Ich dachte einfach, du brauchst vielleicht jemanden.«

Dahinter steckte sicher ein guter Wille, mutmaßte Megan. Sie kannte Jonas als hilfsbereiten, mitfühlenden Menschen. Die Veränderung seines Charakters, die ihr so oft beschrieben worden war, konnte sie bisher nicht bestätigen. Allerdings hatte sie seit ihrer Rückkehr noch nicht viel mit ihm zu tun gehabt. Es galt wohl als Fakt, dass er Arbeit aus dem Weg ging und zu viel trank. Aber machte ihn das zu einem anderen Menschen? Ihrer Ansicht nach nicht.

»Das ist sicher lieb gemeint, Jonas. Aber ich wollte gern allein sein, sonst wäre ich ja noch drüben.«

Enttäuscht zuckte er die Schultern, er musste es eben so akzeptieren.

»In Ordnung. Dann mach's gut, Megan. Wenn was ist, du weißt, wo du mich findest.«

Lächelnd nickte sie und winkte ihm nach.

Sollte Fanny doch Recht haben und Jonas hatte ein Auge auf sie geworfen? Etwas merkwürdig war sein Verhalten schon. Wider alle Regeln tauchte er heute bei ihr auf, vorher schon diese Nummer, als er sie wegen der paar Meter bis ins Dorf mitnehmen wollte und direkt zugegeben hatte, ihre Gesellschaft zu wollen. Das fehlte ihr noch, einer, der auf ihre Kosten leben wollte! Unwillkürlich dachte sie an Joshua. Es war so typisch für ihn, sofort alles stehen und liegen zu lassen, um nach Affordshire zu kommen. Sein Beistand für die Familie lag in seiner Natur, er hatte sich immer zugehörig gefühlt. Megans Blick wurde weich bei diesem Gedanken. Nur gut, dass sie sich nicht im Streit getrennt hatten – in vielerlei Hinsicht.

Sie zwinkerte, um die brennenden Augen zu befeuchten. Es wurde Zeit, zu Bett zu gehen. Die nächsten Tage würden noch anstrengend genug werden.

Kapitel 9

Megan öffnete die Augen, draußen schien bereits die Sonne. Der Sommer schritt nun immer weiter voran, überall blühte es. Hanna hatte diese Jahreszeit geliebt, ihre Blumen im Garten gehegt und gepflegt. Nun würde sie bald welche über sich gepflanzt haben. Es kam Megan merkwürdig vor, so froh zu sein, die Beisetzung hinter sich gebracht zu haben. Aber es war ein Abschluss, man konnte wieder nach vorn sehen. Die Tage von Hannas Tod bis zu ihrer Beerdigung erschienen Megan wie ein luftleerer Raum, in dem sie gefangen gewesen war. Das Leben ging ohne Hanna weiter, aber deutlich anders.

Sie setzte sich auf, um auf der Bettkante den Schlaf aus den Augen zu reiben. Die Spritzen von Dr. Donovan zeigten ihre Wirkung, tatsächlich ging es ihr sehr viel besser. Das Kribbeln der Gliedmaßen war verschwunden, der Schwindel ebenso, sie fühlte sich wieder fitter als zuvor. Offenbar hatte der alte Hausarzt den richtigen Riecher gehabt.

Mit Schwung drückte sie gegen die Badezimmertür, um gleich darauf mit ihr zu kollidieren. Abgeschlossen! Verwundert über diesen unüblichen Umstand, legte sie ein Ohr an die Tür. Außer einem Plätschern drang kein Laut hindurch.

»Hey, wer hat sich denn hier eingeschlossen?«

»Ich!«

Megan zog über diese ausführliche Antwort die Augenbrauen hoch.

»David, ich mag es gar nicht, wenn ihr abschließt. Das weißt du ganz genau.«

»Ich möchte auch mal Zeit für mich!«

»Die kannst du in deinem Zimmer haben. Also mach jetzt auf! Ich will ja gar nicht rein, ich gehe unten hin. Aber verriegele nicht die Tür.«

Sie hörte das Klicken des Schlosses, bevor sich Davids Kopf durch den Türspalt schob.

»So besser?«

Sie reckte den Daumen als Zeichen ihrer Zustimmung und begab sich nach unten in das kleine Badezimmer.

Noch traurig über Hannas Tod, aber dennoch gut gelaunt, kam sie in die Küche – und stutzte. Auf dem Küchentisch prangte erneut ein Blumenstrauß. Ein kleiner zwar, aus wildwachsenden Blumen, aber immerhin. Ob das wieder Joshua gewesen war? Oder Damian? Sie würde beide danach fragen. Diese Aufmerksamkeiten erfreuten sie sehr, aber die Heimlichtuerei dabei musste nun wirklich nicht sein.

Vor sich hin summend bereite sie das Frühstück vor, zum Toast würde es heute das erste Mal Schinken und Würstchen geben. Nach dem Abschluss der Feierlichkeiten am Tag zuvor hatte sie eine solche Energie gespürt, dass sie diese in einen Großeinkauf investiert hatte. Sie musste sich selbst beweisen, zu leben.

Aus den Augenwinkeln nahm sie eine Gestalt an der Küchentür wahr und erkannte Joshua. Schnell öffnete sie, um ihn hereinzulassen.

»Hast du schon gefrühstückt? Wahrscheinlich, oder? Vor allem in der Voraussicht, bei mir nichts Anständiges zu kriegen«, schmunzelte sie.

Zu ihrer Überraschung schüttelte er den Kopf.

»Nein, ich bin gleich nach dem Aufstehen raus. Ich musste einfach etwas laufen, die Natur um mich spüren.«

Das verstand Megan nur zu gut, ihr war es tags zuvor ähnlich ergangen und auch jetzt hatte sie wieder den Drang, sich zu bewegen, etwas zu tun.

»Setz dich und leiste uns Gesellschaft. Keine Angst, es gibt auch genug nach deinem Geschmack.«

Mit großen Augen verfolgte er ihre Vorbereitungen.

»Du brätst Schinken?« fragte er ungläubig.

»Ja, Dr. Donovan hat mir geraten, nicht nur vegetarisch zu leben. Und da ihr mir damit alle in den Ohren liegt, befolge ich seinen Rat. Es wird uns allen guttun.«

Geschäftig wirbelte sie in der Küche, Joshua schaute ihr immer noch völlig verblüfft zu. So war die Frau tatsächlich wieder ehetauglich!

»Sag mal, sind die Blumen wieder von dir?«

Erst jetzt fiel Joshua die Vase auf, die mitten auf dem Tisch prangte.

»Nein.«

Megan drehte sich auf der Unterlippe kauend zu ihm herum.

»Komisch, der stand heute Morgen hier und ich dachte, vielleicht warst du es wieder.«

Wer ließ ihr zum zweiten Mal Blumen zukommen, betrat ihr Haus, wenn sie es nicht wusste? Diese Frage stellten sich nun beide, wenn auch aus unterschiedlichen Gründen.

Noah bildete die Vorhut der Jungen. Demonstrativ hielt er die Nase in die Höhe und schnupperte geräuschvoll.

»Habe ich Halluzinationen?« wollte er wissen.

Joshua lachte.

»Weshalb? Weil ich hier sitze oder wegen des Dufts?«

»Eher zweitens. Dass du hier bist, überrascht mich nicht wirklich.«

Er schnappte sich einen Stuhl, um sich rittlings darauf niederzulassen. Der Versuch, sich ein Würstchen zu stibitzen, wurde von seinem Vater mit einem Klaps auf die Finger quittiert.

»Wir frühstücken alle zusammen«, stellte er klar.

»Dann soll der Kleine mal hinmachen, der ist seit Ewigkeiten im Bad. Ich musste das hier unten nehmen.«

»Ich auch«, bestätigte Megan. »Er hatte sogar abgeschlossen. Was macht er so lange da drin?«

Noah zuckte nur die Schultern und wurde einer Antwort enthoben, als David zu ihnen stieß. Sein halblanges Haar glänzte vor Gel und saß so eng am Kopf wie eine Badekappe aus Gummi. Nur, dass die nicht so glänzen würde.

»Wie siehst du denn aus?« rief Megan entsetzt.

Joshua sagte gar nichts, ihm hatte es die Sprache verschlagen, aber sein Gesichtsausdruck sprach Bände.

»Wieso?« David wich ihrem Blick aus und drehte den Kopf zur Seite. Dadurch sahen seine Eltern das Pflaster an der Seite unter dem Kinn. Sie tauschten einen Blick und wussten Bescheid. Das Nesthäkchen der Familie wurde flügge, daher das übertriebene Pflegebedürfnis. Wobei es sicher nicht nötig gewesen wäre, nicht vorhandenes Barthaar mit Megans Rasierer zu entfernen.

In sich hineinlachend servierte Megan das Frühstück, bevor sie sich zu einem langen Spaziergang aufmachte.

Einer Eingebung folgend kehrte sie auf dem Rückweg in den Pub ein. Schon lange hatte sie sich vorgenommen, regelmäßiger dort zu erscheinen. Es wurde diese Teilnahme am Dorfleben erwartet und da sich ihr Zustand gebessert hatte, entwickelte sie selbst ebenfalls Interesse daran.

Einige Gäste saßen bei einem schnellen Imbiss oder auch nur vor einem Getränk. Megan ließ sich von Brian einen Orangensaft geben, den sie mit an einen Tisch nahm. Lächelnd grüßte sie die Anwesenden im Vorbeigehen, als sie Jonas erblickte. Scheinbar würde jetzt und hier die versprochene Begegnung stattfinden. Jonas ließ auch nicht lange auf sich warten und deutete mit der Hand um Erlaubnis heischend auf einen Stuhl am Tisch, bevor er sich setzte. Freundlich schaute er sie dann an.

»Nun sehen wir uns doch schneller mal, als ich gedacht hätte.«

»Ja.« Verlegen drehte sie das Glas zwischen den Händen. »Ich war ein bisschen laufen und wollte unter Menschen was trinken.

Ich weiß noch gar nicht, was du inzwischen machst. Du lebst immer noch bei deiner Mutter, oder?«

Er lehnte sich entspannt zurück, bevor er antwortete. Die Sonne fiel durch eins der Fenster und verlieh seinem ohnehin hellen Haar einen goldenen Glanz.

»Das stimmt. Ohne Arbeit ist es nicht so einfach, eine Wohnung zu finanzieren. Da ist es bei meiner Mutter ein-fach billiger und bequemer.«

»Du kommst aber nicht auf die Idee, dir welche zu suchen? Arbeit, meine ich.«

Lachend beugte er sich vor, aber es klang nicht fröhlich.

»Ich gelte als arbeitsscheu, stimmt's? Dann lass dir gesagt sein, liebe Megan, dass es etwas anders ist.«

Sie zog interessiert die Augenbrauen hoch.

»Wie ist es denn?«

Jonas verschränkte die Finger ineinander, auf Megan machte er einen etwas verlegenen und nervösen Eindruck.

»Ich hatte mal einen Arbeitsunfall, ist schon lange her. Seitdem habe ich Probleme, psychischer Natur. Komisch, ich habe das noch nie jemandem erzählt, noch nicht mal meiner Mutter … Ich habe oft Albträume und kriege Panikattacken, wenn ich in ähnliche Situationen wie damals komme. Dadurch kriege ich es nicht hin, wieder zu arbeiten. Selbst wenn ich was finden würde.«

Nachdenklich musterte sie ihn, damit hatte sie nicht gerechnet. Jonas machte auf alle, einschließlich auf sie, immer den Eindruck, als ob er einfach nur faul wäre. Vielleicht erklärte sich aus dem Unfall auch sein übermäßiger Alkoholkonsum, der im Dorf fast legendär war. Mit Alkohol konnte man die Sinne betäuben. Dennoch konnte das nicht die Lösung sein.

»Bist du denn nicht in ärztlicher Behandlung? Man kann doch was dagegen tun.«

»War ich«, gab er zu. »Aber leider mit mäßigem Erfolg. Ich bekam auch Medikamente zum Schlafen, zur Beruhigung. Die habe ich allerdings nach kurzer Zeit wieder abgesetzt, weil sie heftige Nebenwirkungen hatten. Ich kam mir den ganzen Tag vor wie im Nebel, war gar nicht mehr ich selbst. Das wollte ich nicht auf Dauer.«

Megan musste sich gegenüber zugeben, dass sie ihn verstand. Sie hätte in der Situation wohl genauso gehandelt und das Medikament abgesetzt.

»Und wie soll es weitergehen? Willst du denn bis an dein Lebensende so weitermachen?«

Er zuckte resigniert mit den Schultern. In seinen Augen erkannte Megan eine gewisse Hilflosigkeit.

»Es wird mir nichts anderes übrigbleiben, denke ich. Ich versuche immer mal wieder, solche Situationen zu bewältigen. An guten Tagen will ich es einfach schaffen, verstehst du? Aber bislang hat es nie geklappt.«

Was sollte sie dazu noch sagen? Bei ihrem Aufeinandertreffen hatte sie ein oberflächliches Geplänkel erwartet, vielleicht ein Geschichtenaustausch aus der Schulzeit oder bestenfalls einige Informationen über den Verlauf ihrer beider Leben in den letzten Jahren. Ein solcher Seelenstriptease hatte nicht auf dem Programm gestanden.

»Versuch es weiter, Jonas. Vermutlich kann sich jemand, der es nicht selbst erlebt hat, nicht in deine Lage versetzen. Trotzdem solltest du nicht den Mut verlieren.«

Er nickte und als wenn ein Schalter umgelegt wurde, erschien wieder der freche Gesichtsausdruck.

»Trinkst du noch ein Glas mit?«

Abwehrend hob Megan die Hand.

»Nein, ich muss nach Hause und nach meiner Brut sehen. Die sind zwar selbstständig, aber machen sich schon Sorgen, wenn ich länger unterwegs bin als üblich. Wir sehen uns ja bestimmt wieder mal.«

Sie verabschiedete sich, zahlte und verließ den Pub. Plötzlich hatte sie das Bedürfnis, sich etwas hinzulegen. Die neue Energie war wohl doch noch etwas brüchig.

Durch eine SMS von Joshua wusste sie, dass er mit den Jungen über Land gefahren war. Natürlich hatte sie dies Jonas verschwiegen, um einen Grund zum Aufbruch aus dem Pub zu haben. Dadurch hatte sie sturmfreie Bude und verschlief den ganzen Nachmittag. Das Abendessen nahmen sie alle vier zusammen ein und Megan freute sich über die Komplimente, die sie für das Gericht bekam. Joshua verabschiedete sich unmittelbar nach dem Essen, er logierte im Gästezimmer von Caro und Damian. Am nächsten Nachmittag wollte er die Heimfahrt antreten. Es würde sich sicher vorher noch Gelegenheit ergeben, ihn zu sehen.

Also schnappte sich Megan ein Buch und kuschelte sich damit gemütlich in ihr Bett. Aus den Zimmern der Jungs hörte sie gedämpft die Fernseher, bei ihr im Schlafzimmer gab es keinen. Von ihrer Auffassung, fernsehen konnte man im Wohnzimmer, ließ sie sich nicht abbringen. Damian hielt es genauso, deshalb hatte es hier nie ein Gerät gegeben. Er brauchte Behaglichkeit, die das große Bett und eine riesige Kommode für ihn bedeuteten. Megans ganze Pullover, Sweatshirts, T-Shirts und die Unterwäsche fanden darin Platz. Einen Großteil des Raums nahm zudem ein großes Bücherregal ein.

Sie schlummerte während des Lesens ein, wurde aber durch Durst wach. Noch benommen vom Schlaf tappte sie nach unten, um sich aus dem Kühlschrank zu bedienen. Auf der vorletzten Treppenstufe vernahm sie ein Geräusch von der Hintertür, das sie zusammenzucken ließ. Plötzlich war sie hellwach.

Leise schlich sie zur Küchentür und spähte vorsichtig in den Raum. Dort war niemand, das Geräusch schien von außen zu kommen. Durch die Scheibe sah sie einen Schatten, der zu einer großen Person gehörte. Das Klappern des Türknaufs machte deutlich, dass derjenige versuchte, ins Haus zu gelangen. Megan wandte sich um und griff zum Telefon, das im Flur auf einem Tischchen stand.

Damian saß mit gekreuzten Beinen gemütlich im Sessel. Den Abend verbrachte er mit einigen Skizzen für mögliche Aufträge, als das Telefon klingelte. Wenn nach zehn Uhr abends noch jemand anrief, hatte er entweder Schabernack im Sinn oder es war wichtig. Von der zweiten Möglichkeit ausgehend, da es bereits auf Mitternacht zuging, sprang Damian auf – und schlug der Länge nach hin. Fluchend knetete er das eingeschlafene Bein, das ihn zu Fall gebracht hatte. Schließlich rappelte er sich mühsam auf und hüpfte einbeinig zum Apparat.

Caro steckte den Kopf durch die Tür, nahm das seltsame Bild staunend in sich auf.

»Was war das gerade für ein Radau?«

»Ich«, murmelte Damian und nahm ab.

Megans Stimme flüsterte ihm ins Ohr.

»Damian, hier ist jemand an der Hintertür und versucht reinzukommen. Es ist abgeschlossen, aber wer macht so was?«

»Ist er noch da und versucht es noch?«

»Bis jetzt, ja.«

»Ich bin sofort da.«

Er legte auf und wandte sich an Caro.

»Hol Joshua runter, es versucht jemand, bei Megan ins Haus zu kommen.«

Schneller, als man es von ihr erwartet hätte, stürzte Caro die Treppen hinauf. Damian hingegen humpelte, so schnell es sein Bein erlaubte, zu Megan. Den letzten Teil des Weges konnte er dann schon im Sprint zurücklegen.

Er klopfte an die Vordertür, wo ihm Megan sofort öffnete und zur Seite trat. Mit ausgetrecktem Zeigefinger wies er nach oben, sie kam seiner Aufforderung unverzüglich nach und stieg die Treppe hinauf.

Damian drückte sich an die Wand und warf einen Blick zur Hintertür. Es war alles ruhig. Er hatte nichts zu verlieren, also stürmte er durch die Küche, entriegelte und riss die Tür auf. Niemand war zu sehen. Um sicherzugehen, tappte er in den dunklen Garten hinaus und sah sich um. Seine Augen hatten sich längst an die Dunkelheit gewöhnt, zudem war zunehmender Mond, dessen Schein half. Auch hier konnte er nichts Ungewöhnliches entdecken. Offenbar hatte der Mann, er ging fest davon aus, es wäre einer, inzwischen das Grundstück verlassen.

Damian ging wieder hinein, verriegelte die Tür und rief nach Megan. Die kam nach einigem Zögern wieder herunter. Er sah, wie sie zitterte und schloss sie in die Arme, bis sie sich beruhigt hatte. Dann führte er sie zum Tisch und drückte sie auf einen Stuhl.

»Hast du irgendeine Ahnung, wer das gewesen sein könnte? Irgendein Bekannter, der dich einfach nur besuchen wollte?«

Ratlos schüttelte sie den Kopf.

»Nein, keine Idee. Und selbst wenn, dann wäre er doch nicht verschwunden.«

Damian wiegte den Kopf.

»Wahrscheinlich nicht. Aber vielleicht dachte er einfach nur, es ist schon zu spät, weil abgeschlossen war und ist deshalb wieder gegangen. Es muss nicht unbedingt eine Flucht gewesen sein. Immerhin ist doch einige Zeit vergangen, bis ich hier war.«

Die Erklärung war nicht ganz von der Hand zu weisen, erkannte Megan. Aber wer käme dafür infrage? Eigentlich nur Joshua, Jonas und ihre Familie, resümierte sie. Alle Varianten erschienen ihr unwahrscheinlich, würden sich aber nachprüfen lassen. Sie zählte die Personen Damian gegenüber auf.

»Joshua … warum ist der eigentlich noch nicht da? Caro wollte ihn direkt hinterherschicken.«

Er zog sein Handy aus der Tasche und fragte nach.

»Er ist nicht da«, informierte ihn Caro.

»Wie, er ist nicht da? Er war doch vorhin nach oben gegangen und wollte sich hinlegen.«

»Hat er aber scheinbar nicht. Jedenfalls war das Gästezimmer leer und im Haus ist er auch nirgends.«

Amüsiert schaute er seine Schwester an, nachdem er aufgelegt hatte.

»Joshua ist scheinbar noch mal weggegangen. Kann also gut sein, dass er es war.«

Auch Megan zog nun ihr Mobiltelefon heran, das auf dem Küchentisch lag.

»Das will ich nun genau wissen.«

Damian verfolgte das Gespräch gespannt, so kurz es auch war. Das Ergebnis: Joshua hatte nicht schlafen können und sich deshalb zu einem abendlichen Spaziergang aufgemacht. Jedoch befand er sich am entgegengesetzten Ende des Dorfs, ein kurzer Abstecher zu Megan hatte nicht stattgefunden.

»Mum und Dad können wir wohl ausschließen, die liegen längst im Bett. Die letzten Tage haben sie sehr angestrengt und die sind schon um neun Uhr abends in den Buntkarierten. Bliebe Jonas«, sinnierte Damian.

»Ich werde ihn fragen, wenn ich ihn mal wieder sehe«, versprach Megan.

Nachdem Damian gegangen war, dachte sie über alle Ereignisse nach. Irgendetwas ging hier vor, sie wusste nur noch nicht, was. Sorgen machte sie sich deshalb nicht, es konnten auch alles Zufälle sein. So ängstlich sie anfangs in diesem Cottage gewesen war – sie hatte Damians Rat befolgt und an ihrer Selbstständigkeit gearbeitet. Ganz sicher wollte sie nicht den Eindruck einer überempfindlichen Mimose vermitteln, indem sie ihm von den Anrufen und Blumen berichtete, oder gar von dem Brief.

Sie kam zu dem Schluss, dass sie wohl jemand ärgern wollte und die Blumen waren nicht unbedingt ein schlechter Nebeneffekt davon. Damit konnte sie leben, umso weniger Aufhebens sie darum machte, desto eher würde ER die Lust daran verlieren. Megan verschwendete keinen Gedanken an die Möglichkeit, dass es sich um einen Stalker handeln könnte. Von jemandem, der Blumen schenkte, ging doch keine Gefahr aus. Oder?

Durch ein lautes Pochen an der Hintertür wurde sie aus ihren Überlegungen gerissen. Zuerst dachte sie natürlich, der Unbekannte kehrte zurück, doch dann erkannte sie Joshua hinter der Glasscheibe. Schnell lief sie dorthin, um ihn einzulassen. Keuchend ließ er sich auf einen Stuhl fallen.

»Wer kann das gewesen sein?« fragte er rundheraus.

Sie zuckte die Schultern.

»Am ehesten hatten wir an dich gedacht, als Caro sagte, du wärst nicht im Haus. Sonst fällt mir nur noch Jonas ein, den frage ich bei nächster Gelegenheit.«

Joshua zog die Augenbrauen hoch.

»Warum Jonas? Hast du mal was zu trinken für mich?«

Sie holte ihm einen Apfelsaft aus dem Kühlschrank, den sie langsam in ein Glas goss, um Zeit zu gewinnen. Aber warum eigentlich? Die Begegnung mit Jonas musste in ihrer Harmlosigkeit nicht verborgen werden. Außerdem waren sie und Joshua getrennt.

Er nahm ihr das Glas aus der Hand und schaute sie weiter fragend an, während er gierig trank.

»Er ist hier gewesen, weil er dachte, ich könnte etwas Beistand wegen Hanna gebrauchen. Und heute haben wir uns zufällig im Pub getroffen, ein bisschen geredet. Ich könnte mir deshalb vorstellen, dass er auch vorhin noch mal gekommen ist.«

Joshuas Gesichtsausdruck verfinsterte sich und sie verstand nicht, warum. Schließlich war es ihre Sache, mit wem sie sich traf. Er blieb stumm.

»Was ist los?« hakte sie nach.

»Warum gibst du dich mit dem Kerl ab? Du kennst seinen Ruf hier im Dorf.«

Ungeduldig warf sie die Arme in die Luft.

»Weil ich schon mit ihm zur Schule gegangen bin, er deshalb in gewisser Weise zu meinem Leben gehört, im selben Dorf wohnt und ihr alle einen ganz falschen Eindruck von ihm habt.«

»Willst du mich veräppeln? Wie können alle Leute hier einen falschen Eindruck von ihm haben und nur du den richtigen?«

»Vielleicht weil ich was von ihm weiß, was andere nicht wissen.«

Mehr war sie nicht bereit zu sagen. Jonas hatte ihr seine Geschichte im Vertrauen erzählt und betont, noch niemandem von seinen Problemen berichtet zu haben. Dabei würde es auch bleiben. Megan mochte viele Fehler haben, aber Vertrauliches plauderte sie nie aus.

»Na klar«, prustete Joshua. »Er hat bestimmt eine rührende Geschichte erfunden, die du ihm auch noch abnimmst.«

»Du weißt überhaupt nicht, worum es geht und du kennst ihn kaum. Also halte dich da raus«, schnappte Megan.

Joshua kippte den Rest Saft hinunter und sprang auf.

»Gerne! Du kannst sicher sein, dass ich mich in Zukunft aus allem raushalten werde!«

Verblüfft schaute sie ihm nach, als die Tür ins Schloss fiel. Eine solch heftige Reaktion sah ihm gar nicht ähnlich. Nicht dem so besonnenen und ruhigen Joshua.

Kopfschüttelnd beschloss sie, wieder ins Bett zu gehen. Diesen ereignisreichen Abend würde sie nur abhaken können, wenn sie sich wieder ihrem Buch widmete.

Kapitel 10

Am Montag ging Megan wieder zur Arbeit. Gerührt stand sie ihrem Chef gegenüber, der ihr einen Blumentopf entgegenhielt. Mit Blumen hatte sie es aber auch die letzte Zeit, so viel hatte sie ihr ganzes Leben nicht bekommen. Auch nicht von Joshua, weder in der Anfangszeit noch später.

Joshua! Mit Bedauern dachte sie daran, dass sein wütender Abgang an dem bewussten Abend die letzte Begegnung mit ihm gewesen war. Er hatte sich noch nicht einmal vor seiner Abfahrt von ihr verabschiedet. Von den Jungen wusste sie jedoch, mit ihnen hatte er noch Zeit verbracht. Es stimmte sie etwas traurig, denn noch nie, noch nicht einmal vor oder während der akuten Trennungsphase, war ihr Verhältnis derart angespannt gewesen. Sie würde ihn anrufen und Abbitte leisten müssen. Wahrscheinlich war ihr Ton doch etwas hart gewesen.

Sie schaute in Murrays verlegene Miene, als er zu einer Erklärung ansetzte.

»Ich dachte mir, Sie könnten vielleicht etwas Aufmunterung gebrauchen. Da wirkt eine Pflanze auf dem Schreibtisch doch gleich viel fröhlicher.«

Dankbar lächelte sie ihn an.

»Das ist sehr lieb von Ihnen, Mr Murray. Es ist tatsächlich schön, so was vor sich zu sehen. Ich habe bisher noch gar nicht daran gedacht. Mein Schreibtisch sieht sehr steril und funktionell aus«, bemerkte sie mit einem Seitenblick zu ihrem Arbeitsplatz.

»Naja«, winkte Murray ab. »Die persönliche Gestaltung kommt meistens mit der Zeit und Sie sind ja noch nicht lange da. Wird schon noch.«

Mit den letzten Worten strich er ihr leicht über die Schulter, zuckte aber sofort zurück. Mit Genugtuung registrierte Megan deshalb, dass er sich um Zurückhaltung bemühte.

Sie stellte den Topf direkt an die Frontseite ihres Tischs und machte sich an die Arbeit. Völlig versunken schaute sie auf, als jemand das Büro betrat, senkte den Blick aber sogleich wieder. Erst im Nachhinein erfasste sie die Person, die da im Raum stand.

Ihre Augen wanderten wieder nach oben, um sich in den braunen Augen Williams zu verlieren. Noch immer hatte er diese Wirkung auf sie, nachdem die Wut verraucht war. Aber sie würde sich niemals wieder auf ihn einlassen.

Sein Gesichtsausdruck wirkte schon fast feindlich, als er sie fixierte. Das hatte sie nicht erwartet, deshalb konzentrierte sie sich wieder auf ihre Arbeit und überließ es Murray, sich um ihn zu kümmern.

Der stand auch sofort auf, schritt mit ausgestreckter Hand auf den Kunden zu und komplimentierte ihn hinaus. Megan wusste, er würde ihn für ein ungestörtes Gespräch ohne ihre Anwesenheit in ein Café um die Ecke lotsen.

Irritiert schaute sie ihnen nach. Wer hatte wohl Grund, wütend zu sein? Doch wohl sie und nicht er! William tat aber, als wenn sie zweigleisig gefahren wäre. Das war doch wohl eine Unverschämtheit sondergleichen! Megan fühlte sich ungerecht behandelt, zudem war sie sauer, dass er den Spieß einfach umdrehte und so ihrem Auftritt in den Toiletten des Pubs nachträglich die Wirkung nahm.

Nicht ganz bei der Sache öffnete sie die SMS, die ihr Handy angekündigt hatte.

»Du bist die Sonne in meinem Leben.«

Schön, dachte sie wütend. Und in wessen Leben, bitteschön? Wieder gab es keine angezeigte Nummer, von einem Namen ganz zu schweigen. Jegliche Information über den Absender war unterdrückt. Mittlerweile gab es für Megan einen sicheren Zusammenhang zwischen den Blumen und den schriftlichen

Nachrichten, aber sie nahm sich vor, diese ganzen mysteriösen Aufmerksamkeiten demnächst zu ignorieren.

Murray kam erst kurz vor ihrem Feierabend zurück, ohne William im Schlepptau. Das war auch gut so, denn Megan hätte nicht voraussagen können, wie sie auf eine neue Begegnung reagiert hätte. Vermutlich wäre dem guten Mann irgendetwas an den Kopf geflogen.

Joshua hatte ihre Unruhe und das Temperament geliebt, beides als Gegenpol zu seiner Ausgeglichenheit gesehen. Schon wieder Joshua! Warum dachte sie in der letzten Zeit ständig an ihn? Durch seine Anwesenheit in Affordshire, beantwortete sie sich die Frage selbst. Eine andere Erklärung gab es nicht.

Gedanklich schon bei ihren geplanten Einkäufen, verließ sie später das Immobilienbüro. Kaum einen Schritt vor die Tür gesetzt, prallte sie auf William.

»Oh, das tut mir leid«, entschuldigte sie sich süffisant. »Du bist leider eine Minute zu früh dran, ich bin erst am Gehen.«

Sie wollte an ihm vorbei, aber er hielt sie am Oberarm fest. Wütend funkelte sie ihn an.

»Lass mich sofort los und wag es nicht, mich noch mal anzufassen!«

»Erst, wenn du mit mir einen Kaffee trinkst und zuhörst. Notfalls schleife ich dich dahin.«

Seine Miene blieb unerbittlich, als sie versuchte, sich loszureißen. Der klammernde Griff ebenso.

»Dann hast du hier den schönsten Menschenauflauf, den du dir vorstellen kannst, wenn du das versuchst«, keifte sie.

»Darauf lasse ich es ankommen.«

Sie maßen sich mit Blicken. Widerwillig musste sich Megan eingestehen, dass ihr sein Überfall imponierte. Aber sie würde sich nicht einwickeln lassen!

»Ein Kaffee und ein halbes Ohr. Mehr nicht!« stellte sie klar.

Er ließ sie los, machte eine angedeutete Verbeugung und wies die Straße entlang. Schweigend trabte sie neben ihm her, bis sie mit je einem Kaffee ihre Plätze eingenommen hatten. Trotzig verschränkte sie die Arme und lehnte sich zurück. Die Haltung war nicht gerade ermutigend, aber das sollte sie auch nicht sein.

William rührte in der Tasse, als wenn es ein ganzes Pfund Zucker aufzulösen galt. Genervt riss sie ihm den Löffel aus der Hand.

»Jetzt komm zur Sache, damit wir das hier möglichst schnell hinter uns bringen.«

Er verschränkte die Finger ineinander, den Blick gesenkt.

»Du hast letztens alles in den komplett falschen Hals gekriegt«, begann er.

»Na klar!« rief Megan spöttisch. »Schatz, es ist alles nicht so, wie es aussieht, sagte die Frau, als er den Nebenbuhler von ihr runterzog.«

William stieß ein klägliches Lachen aus.

»So war es ja nun nicht. Ich verstehe ja, wie das bei dir angekommen sein muss. Aber eben falsch.«

»Wie ist es denn richtig?«

Megan fragte ganz sicher nicht aus Interesse, sondern eher aus Neugierde, welche hanebüchene Geschichte er sich ausgedacht hatte. William spürte, dass sie sein Bestreben zu einer Erklärung nicht ernst nahm. Es war ihm deutlich anzusehen. Aber auch das war Megan völlig gleichgültig. Ungeduldig wedelte sie mit der Hand.

»Jetzt komm endlich in die Socken.«

William räusperte sich, bis seine Stimme gehorchte.

»Sie ist meine Schwester. Ich weiß, das hat sich nicht so angehört. Aber es ist trotzdem die Wahrheit. Ich kümmere mich um sie, weil sie im Moment eine schwere Zeit durchmacht.«

Megan blieb der Mund offen stehen. War das nun besonders dreist oder kam sie das zweite Mal nach Jonas innerhalb kurzer

Zeit in den Genuss einer Erklärung, mit der sie nicht im Geringsten gerechnet hatte?

»Wir erfreuen uns aneinander ... Wie es dann weitergeht, kannst du dir ja vorstellen ...«, zitierte sie aus dem Gedächtnis. Williams Gesicht entnahm sie Überraschung über ihr präzises Erinnerungsvermögen.

»Ich sage ja, es ist mir klar, wie das auf dich gewirkt haben muss.«

Er wand sich sichtlich, unschlüssig, ob er mit der ganzen Sprache herausrücken sollte. Dann entschied er sich dafür.

»Meine Schwester hat vor einiger Zeit ihr Baby verloren. Plötzlicher Kindstod. Seitdem leidet sie an Depressionen und auch ihre Ehe ging kaputt. Sie braucht jetzt jemanden, der ihr das Gefühl gibt, ein wertvoller Mensch zu sein, der geliebt wird. Diese Rolle übernehme ich. Das heißt nicht, dass ich ihr was vorspiele. Ich liebe Sinead sehr und im Moment braucht sie eben sehr viel Aufmerksamkeit.«

Erleichtert über das Geständnis stieß er die Luft aus. Bei Megan wirbelte alles durcheinander. Konnte sie ihm glauben oder war es ein gut ausgedachtes Märchen, um weiter zweigleisig zu fahren? Eine solche Schwester würde ihm auch jederzeit ein Alibi geben, wenn er keine Zeit mit Megan verbringen wollte. Und sie dürfte sich nicht einmal beschweren, denn dann würde sie als gefühlloses Monster gelten. Was sie definitiv nicht war.

»Kann ich deine Schwester kennenlernen?«

»Du sollst sie sogar irgendwann kennenlernen. Ich könnte mir vorstellen, dass ihr euch gut versteht. Nur im Moment müssen wir noch vorsichtig sein.«

Das machte zwar Sinn, bei Megan gingen jedoch die Alarmglocken an.

»Ich denke nicht, dass eine Begegnung mit mir ihren Gesundheitszustand verschlechtert.«

»Momentan wird sie durch alles Neue überfordert, das ist das Problem. Dazu würde auch eine neue Beziehung von mir gehören. Zumal sie dann wüsste, sie muss mich mit dir teilen.«

»Muss sie nicht, sie kann dich ganz für sich allein haben. Bitte versteh mich jetzt nicht falsch, William. Wenn es wirklich so ist, wie du erzählt hast, dann hat deine Schwester mein ganzes Mitgefühl und ich wäre auch zu jedem Kompromiss ihr zuliebe bereit. Aber ich traue deiner Geschichte nicht und außerdem ist die Situation dann gerade nicht so, dass du tatsächlich eine neue Beziehung eingehen solltest. Kümmere dich am besten erst mal nur um Sinead, bevor du so was überhaupt in Erwägung ziehst. Wenn alles geklärt ist und wir uns kennenlernen können, kannst du dich ja wieder melden. Wobei ich nicht glaube, dass wir dann da anknüpfen können, wo wir aufgehört haben.«

Sie trank den letzten Schluck ihres Kaffees und verließ das Lokal, ohne sich noch einmal zu ihm umzudrehen. Seinen verdutzten Blick bemerkte sie nicht mehr.

Während ihres Einkaufs schob sie das Treffen zur Seite, dachte sie zumindest. Erst beim Auspacken zuhause fiel ihr auf, dass sie einige Teile vergessen hatte. Das sprach doch eher für die Nachhaltigkeit des Gesprächs mit William. Verärgert machte sie sich eine Notiz, was morgen noch besorgt werden musste.

Die Wut und Energie, die William bei ihr aufgebaut hatte, musste irgendwo hin. Also entschied sie sich zu einem Besuch bei Caro und einem Frauengespräch. Sie würde der Schwägerin, die ihr seit Hannas Tod sehr viel näher stand als je zuvor, alles über ihre kleine Affäre erzählen.

Das Cottage, in dem Caro und Damian lebten, war aber verschlossen. Ungläubig schielte Megan durch das Fenster neben der Haustür, hinter dem sich das Arbeitszimmer befand. Es war leer, völlig untypisch um diese Zeit. Da aber auch die Hunde nirgends zu sehen waren, befanden sie sich wahrscheinlich zu dritt auf einem Spaziergang. Das Wetter lud nicht dazu ein, es hatte sich abgekühlt und die dunklen Wolken verhießen Regen. Dennoch wusste Megan, Caro würde sich davon nicht abhalten lassen.

Sie beschloss, sich einfach auf die Bank unter dem Wohnzimmerfenster zu setzen und zu warten. Leicht fröstelnd taxierte sie jeden Grashalm, jedes Blatt der Obstbäume, bis sie schließlich aus der Nähe zwei Hunde bellen hörte. Erwartungsvoll stand sie auf, denn es konnte sich nur um die Mischlinge handeln. Kurz danach kamen sie im Eiltempo die Straße entlang und warteten ungeduldig, bis Megan das Tor öffnete. Erfreut sprangen sie zu Begrüßung mehrfach an ihr hoch, bis sie ihnen die gewünschte Aufmerksamkeit schenkte. Caro hastete leicht keuchend etwas später auf das Grundstück.

»Die haben heute wieder ein Tempo drauf!« schimpfte sie scherzhaft, bevor sie Megan kurz an sich drückte. »Wolltest du zu mir?«

Ungeduldig klopfte Megan mit dem Fuß auf den Boden.

»Nein, ich hatte gehofft, Lieschen König hier anzutreffen. Zu wem denn sonst?«

Caros herzliches Lachen erklang, wie immer musste auch Megan mitgrinsen. Es war einfach ansteckend.

»Du hast ja direkt Humor, was ganz Ungewohntes«, bemerkte sie mit einem Seitenblick.

»Ja, ich habe verborgene Talente, insbesondere bei dummen Fragen«, parierte Megan.

Beide Frauen wussten sehr genau um die Scherzhaftigkeit der Bemerkungen. Wenn uns ein Fremder hört, der denkt glatt, wir gehen uns gleich an die Gurgel, dachte Megan belustigt.

Sie waren inzwischen zur Haustür vorgedrungen, Caro griff in die Innentasche ihrer leichten Jacke, beförderte das Handy hervor und schob es kopfschüttelnd zurück. Die Expedition ging weiter in die Brusttasche, die linke Seitentasche. Nirgends war das, was sie suchte.

Entgeistert verfolgte Megan das Schauspiel.

»Wieso hast du nicht, wie jede andere handelsübliche Frau, eine Handtasche?«

Caro schaute kurz auf, während sie weiterkramte.

»Weil ich es hasse, ständig ein Anhängsel mit mir rumzutragen. Und erzähl mir nicht, darin würde man einfacher was finden. Ach, da sind sie ja!«

Triumphierend zog sie die Schlüssel heraus und öffnete die Tür. Megan betrat zuerst den Flur, ging nach hinten in die Küche. Caro warf ihre Jacke an die Garderobe, die an einem Ärmel hängenblieb. Dann folgte sie Megan.

»Koch Kaffee, ich habe dir was zu erzählen«, informierte Megan ihre Schwägerin. Immer noch erstaunt, wie sie seit kurzem miteinander umgingen, beobachtete sie die Handgriffe Caros. Ihre anfängliche Abneigung gegen die Frau ihres Bruders hätte falscher nicht sein können. Nachdem sie es zugelassen hatte, Caro näher kennenzulernen, musste sie die blonde Deutsche einfach mögen.

Caro stellte zwei Becher auf den Tisch, in ihrem befand sich ein schneller Kaffee, in Megans Tee. Abwartend stützte sie die Ellenbogen auf die Tischplatte. Das Winseln der Hunde erforderte jedoch erst noch ihre Aufmerksamkeit. Beschämt stand sie wieder auf, um ihnen frisches Wasser zu geben.

»Nach einem Spaziergang wollen sie immer sauberes Wasser, auch wenn sie unterwegs aus Pfützen saufen«, erklärte sie, als sie sich wieder setzte. »Nun kannst du aber loslegen.«

»Okay, setz dich stabil hin«, warnte Megan. »Ich hatte letztens eine Bettgeschichte.«

Caro riss die Augen auf und stammelte: »Wie, eine Bettgeschichte? Einfach so?«

»Naja, nicht ganz«, gab Megan zu. »Ein Kunde im Büro hat sich von mir Objekte zeigen lassen und mich dann zum Essen eingeladen. An dem Abend bin ich mit ihm in der Kiste gelandet. Er sieht wirklich gut aus und hat so einen Blick, der einen magisch anzieht. Ich dachte, vielleicht kann es mit uns richtig was werden. Dann wollte er mich den einen Sonntag sehen, aber mir ging es nicht so gut und deshalb haben wir uns nur auf ein Guiness im Pub getroffen. Da klingelte sein Handy und durch Zufall, weil ich mal für kleine Mädchen musste, habe ich das Gespräch mitangehört. ›Darling‹ und ›Wir erfreuen uns aneinander‹, ›Wie es dann weitergeht, kannst du dir ja vorstellen‹«, zitierte sie erneut die Gesprächsfetzen, die bei ihr hängengeblieben waren.»Ich habe ihm eine gescheuert und bin nach Hause gegangen. Da hat er noch eine Weile an die Tür gehämmert, ist dann aber von Dannen gezogen. Heute hat er mich vor dem Büro abgepasst und eine herzerweichende Geschichte erzählt. Weil ja angeblich alles ganz anders war. Und nun weiß ich nicht, ob ich ihm das glauben soll oder nicht.«

Nachdenklich ruhte Caros Blick auf ihr.

»Dazu müsste ich die Geschichte erst mal kennen.«

Megan gab sie so wieder, wie William es ihr gegenüber dargestellt hatte. Noch immer schwankte sie, ob sie ihm vertrauen sollte oder nicht. Caro ging es nicht besser.

»Ich weiß nicht, ich finde, das klang schon sehr eindeutig am Telefon, meinst du nicht auch?«

»Das ist ja mein Problem«, bestätigte Megan. »Es war zu eindeutig, als dass ich jetzt seine Erklärung einfach so akzeptieren könnte.«

Caro lehnte sich zurück, ihre Augen waren auf das Schwarzweißfoto von Affordshire gerichtet, das aus Damians Cottage zusammen mit ihm zu ihr umgezogen war. Nach einer langen Pause zuckte sie die Schultern.

»Wenn ich ehrlich bin, Megan, ich weiß es nicht. Klar kann es stimmen, was er gesagt hat. Aber vor dem Hintergrund des Telefonats im Pub bin ich da auch sehr misstrauisch, was das angeht.«

»Dann sind wir schon zwei«, seufzte Megan.

In die eigenen Gedanken versunken, tranken beide ihre Tassen leer.

»Wohin tendierst du?« erkundigte sich Caro nach der langen Pause.

»Wenn ich das mal wüsste. Ich bin völlig verwirrt und deshalb dachte ich, du hast doch immer so einen klaren Blick auf die Dinge und könntest mir da einen Tipp geben.«

Den Kopf schüttelnd verzog Caro die Lippen.

»Ich fürchte, da kann ich dir auch nicht helfen. Ich weiß genauso wenig wie du, was ich von der ganzen Sache halten soll. Für mich erscheint das Telefonat eindeutig. Es ist nur schade, falls seine Erklärung wirklich stimmen sollte. Für euch alle. Hast du denn keine Möglichkeit rauszufinden, ob das stimmt? Was weißt du über seine Familie?«

»Das ist es ja eben! Ich weiß gar nichts über ihn. Immer, wenn ich was Persönliches gefragt habe, ist er ausgewichen. Am Anfang ist mir das gar nicht so aufgefallen, aber im Nachhinein kommt mir das schon merkwürdig vor. Das kann aber auch heißen, dass er seine Schwester schützen wollte.«

Entschieden schüttelte Caro den Kopf.

»Nein, das denke ich nicht. Inwiefern schützt er seine Schwester, indem er dir nicht erzählt, dass er eine hat? Ihre Existenz muss ja nun nicht verschwiegen werden. Versuch doch mal, was über ihn rauszukriegen. Seinen Namen und wo er wohnt, weißt du ja.«

Megan blies die Wangen auf.

»Das Komische ist: Ich weiß gar nicht, ob er mir die Mühe wert ist. Das ist mir einfach zu viel Hin und Her, zu viel Unsicherheit.«

»Dann ist die Entscheidung doch eigentlich gefallen«, grinste Caro. »Er ist dir nicht so wichtig, um das alles zu machen. Also streich ihn aus deinen Gedanken. Das müsste dann relativ einfach gehen.«

Durch Megan ging ein Ruck.

»Du hast Recht, William McKee ist ab jetzt Geschichte.«

»Und was wäre, wenn er plötzlich mit seiner Schwester im Schlepptau vor dir stünde?«

»Dann könnte man ja noch mal drüber nachdenken«, überlegte Megan.

»Ich mag es, wenn du so inkonsequent bist«, kicherte Caro.

Die beiden Frauen wurden durch das Zuschlagen der Haustür aufgeschreckt. Stacy, Damians Sekretärin und enge Freundin Caros, trippelte in die Küche.

»Oh, eine Frauenrunde? Worum geht es? Kann ich mitlästern?« Mit Schwung ließ sie sich auf die Sitzbank fallen, deutete mit dem Zeigefinger auf die Tassen und strahlte Caro an. Die wusste natürlich, was zu tun war. Flugs bereite sie weiteren Kaffee zu, Megan lehnte noch einen Tee ab.

»Ich will mich langsam wieder auf die Socken machen. Die Jungs kommen bald nach Hause.«

Stacy hielt die Freundin aus Kindertagen zurück. Seit Megan wieder nach Affordshire gekommen war, hatten sie keinen näheren Kontakt gehabt.

»Warte noch einen Moment. Wir haben uns kaum gesehen, seit du wieder hier bist. Findest du nicht, wir sollten mal einen richtigen Mädelsabend machen? Caro und ich haben das auch schon getan und es war wirklich super. Oder, Caro?«

Die streckte als Zustimmung den Daumen in die Höhe. Megan dachte kurz nach. Gegen diese Idee gab es nichts einzuwenden, außerdem wollte sie einmal wieder so richtig unbeschwert sein. Zusammen mit Caro und Stacy war ihr dies garantiert.

»Wann und wo?« fragte sie deshalb nur.

Stacys Gesicht strahlte auf.

»Das ist eine gute Frage. Caro und ich haben die Männer daheim, du die Jungs. Damals war das einfacher, wir waren beide noch solo. Also, wie machen wir's? Wir können einen von unseren beiden Männern ausbooten zu dem anderen, also Damian zu Ian oder umgekehrt.«

Skeptisch zog Caro die Augenbrauen hoch.

»Du meinst, das klappt? Wie ich die beiden kenne, kommen sie zu später Stunde und wollen gucken, was wir so treiben. Um sich dann drüber totzulachen.«

»Stimmt«, gab Stacy zu. »Aber eine andere Möglichkeit sehe ich nicht.«

»Außer, wir lagern die Jungs aus«, schlug Megan vor. Sie war jetzt ganz in ihrem Element. »Sie könnten hier bei Damian schlafen oder ich spreche mit Joshua, ob er sie nicht ein Wochenende zu sich holen will. Ich muss sowieso noch mit ihm telefonieren.«

»Das wäre auch eine Möglichkeit«, räumte Stacy ein. »Am besten die Jungs zu Joshua. Mit Damian wäre es einfacher, er würde bei ihnen schlafen. Ian könnten wir dann ganz aus dem Spiel lassen.«

»Gut«, resümierte Caro. »Dann ruf du Joshua an, Megan. Wenn das geklärt ist und wir wissen, wo und wann die Party steigt, setzen wir uns zusammen und machen eine Einkaufsliste.«

»Brauchen wir nicht«, winkte Stacy ab. »Ich hole ein paar Flaschen von dem Wein, den wir letztes Mal hatten. Dann ein paar Sorten Käse und Weißbrot. Hat doch wunderbar geschmeckt damals. Oder hättest du gern was anderes, Megan?«

Die schüttelte den Kopf. Sie würde alles essen und trinken, wenn sie nur einen unbeschwerten Abend mit den beiden Freundinnen verbringen konnte.

Stacy nickte abschließend.

»Okay, dann wäre das geklärt. Jetzt kannst du gehen, Megan. Sag Bescheid, wenn du angerufen hast.«

Immer noch erheitert trat Megan den Heimweg an. Diese Vorstellung eben war typisch Stacy, sie glich mit ihrem Temperament einer Urgewalt. Gerade als sie sich in Richtung ihres Cottages wenden wollte, sah sie aus dem Augenwinkel Jonas. Er schlenderte die Dorfstraße entlang, kam langsam auf sie zu. Das passte sich hervorragend, so konnte sie ihn nach einem Besuch am Abend fragen.

Geduldig wartete sie ab, bis er sie erreicht hatte.

»Hallo Megan! Bist du auf dem Weg nach Hause?«

»Ja. Ich war eben bei Caro, aber die Jungs kommen gleich. Ich müsste dich mal was fragen.«

Freundlich nickte er, abwartend.

»Warst du letzte Woche so gegen Mitternacht bei mir an der Hintertür?«

Seine Augen weiteten sich.

»Nein, warum sollte ich?«

»Es könnte ja sein, dass du wieder mal vorbeikommen wolltest, so wie das eine Mal.«

»Dann hättest du mich auch gesehen«, lachte er. »Was hätte ich denn davon, nur da zu sein, aber nicht rein zu wollen?«

»Ich dachte, du bist vielleicht einfach wieder gegangen, weil abgesperrt war. Ich war den Tag schon im Bett und habe es zu spät mitbekommen, dass jemand da ist.«

»Nein«, wehrte er nochmals ab. »Das war ich nicht.«

Nachdenklich nickte sie, nun blieb niemand mehr übrig, der es gewesen sein könnte.

»Musst du auch in die Richtung?« Sie deutete die Straße entlang.

»Ich muss nicht, aber ich wollte einfach etwas laufen. Ich begleite dich ein Stück bis zu dir.«

Dagegen war nichts einzuwenden, Megan ließ ihn gewähren. Schweigend legten sie den Weg zurück, bis sie auf ihr Grundstück einbog und sie sich verabschiedeten.

Noah und David waren noch nicht daheim, deshalb ergriff Megan die Gelegenheit beim Schopf, Joshua anzurufen. Umso eher sie mit ihm gesprochen hätte, desto wohler würde ihr sein.

Joshua meldete sich sofort, wirkte aber sehr zurück-haltend. Ein Tribut an die Art, wie sie beim letzten Mal auseinandergegangen waren.

»Joshua, es tut mir leid. Ich wollte dich nicht anfahren, aber irgendwie hatte ich das Gefühl, du wolltest an mir rumerziehen.«

Wie nicht anders zu erwarten, gab er sofort nach.

»Ist schon in Ordnung, Megan. Ich hätte auch nicht einfach so abdampfen dürfen.«

»Das hätte ich an deiner Stelle wohl auch getan«, kicherte sie. Dann kam sie auf den Punkt.

»Hör mal: Caro, Stacy und ich wollen einen Frauenabend miteinander verbringen. Ganz unter uns, einfach mal quatschen und Blödsinn machen, was trinken. Da alle unsere Häuser von Männern oder solchen, die es werden wollen, bevölkert sind, müssen wir ein Haus von ihnen räumen. Da dachten wir, vielleicht könntest du die Jungs für ein Wochen-ende zu dir holen? Damian und Ian auszuquartieren wäre schwieriger und von dieser Lösung hätten wir alle was. Allerdings muss ich zugeben, dass ich mit Noah und David noch nicht gesprochen habe. Sie wissen von der Idee noch nichts.«

Ohne zu zögern stimmte Joshua zu.

»Das mache ich doch gerne. Wenn sie hier sind, können sie auch Freunde aus ihrer Zeit in Dublin wiedersehen. Und wir können einen Männerabend machen«, lachte er leise. Megan dankte einer höheren Macht ein Mal mehr für einen Mann wie Joshua.

»Ich könnte sie am Freitag nach der Schule abholen und Sonntagabend zurückbringen«, schlug er vor.

»Das wäre optimal«, freute sich Megan. »Ich spreche mit ihnen und rufe dich heute Abend noch mal an. Ist das okay?«

Selbstverständlich, versicherte Joshua. Wie ein kleines Kind hüpfte Megan in den Flur, um ihren Söhnen entgegenzugehen.

Die schauten ihre Mutter nur verständnislos an, die sofort zum Angriff überging.

»Was haltet ihr davon, wenn ihr das kommende Wochenende bei eurem Vater verbringt? Ihr könntet alte Freunde wiedersehen, mal wieder durch Dublin streifen …«

Noah und David tauschten einen Blick, was war hier los?

»Warum?« fragte David auch gleich in seiner direkten Art.

»Ich möchte mit Caro und Stacy zusammen was machen. Wenn ihr in Dublin wärt, könnten wir unser Haus in Beschlag nehmen, ohne jemanden zu stören. Und davon haben wir doch alle was, ihr und euer Vater auch.«

Gespannt fixierte sie ihre Söhne. Hoffentlich vermittelte sie ihnen nicht den Eindruck, sie loswerden zu wollen. Die kamen aber offensichtlich gar nicht auf den Gedanken.

»Das wäre doch super!« rief David und schaute seinen Bruder um Zustimmung heischend an.

Megan ahnte, was in seinem Kopf vorging. Fastfood-Restaurants. Sie gönnte es ihnen.

Auch Noahs Gesicht verzog sich zu einem Grinsen, während er nickte. Megan rieb sich die Hände. Heute Abend hätte sie noch Telefonate zu erledigen mit Joshua und Stacy, außerdem mit Caro.

Kapitel 11

Joshua freute sich auf seine Söhne. Sie würden eine willkommene Ablenkung zu der Erfolglosigkeit seiner Bemühungen bilden, einen neuen Arbeitsplatz zu finden. Alle entsprechenden Firmen, die irgendwie in Betracht kamen, hatte er inzwischen kontaktiert, aber nur Absagen erhalten. Egal, ob er eine Mail geschrieben, telefoniert oder persönlich vorgesprochen hatte. Es sollte wohl einfach nicht sein.

Langsam begann er sich mit dem Gedanken abzufinden, eine Durststrecke ohne Beschäftigung überstehen zu müssen. Natürlich würde er es weiter versuchen, größere Kreise bei den infrage kommenden Firmen ziehen. Sowohl inhaltlich als auch bei der realen Entfernung zu Dublin. Der Mut des sonst so positiv eingestellten Joshua war jedoch rapide gesunken.

Nachdenklich lehnte er sich zurück, der Bildschirm des Laptops flimmerte vor seinen Augen. Er zwinkerte mehrmals, um die Überanstrengung zu vertreiben. Es gäbe vielleicht noch eine andere Möglichkeit. Viele scheuten bei der momentanen wirtschaftlichen Situation vor Neueinstellungen zurück. Wenn er sich aber als freier Mitarbeiter anbieten würde, gingen die Firmen kein Risiko ein. Ob das klappen könnte? Erstmal den Gedanken im Kopf, fing Joshua Feuer. Er verlor dadurch nichts, würde vielmehr einen Fuß in der Tür zu haben. Den Firmen seine freiberufliche Hilfe anzubieten konnte nur Absage oder Interesse zur Folge haben. Dann konnte er selektieren, ob seine Idee eine Zukunft hatte, die ihm seinen Lebens-unterhalt sichern würde.

Mit neuem Eifer erstellte er ein Anschreiben, das er per Mail an alle Kandidaten schickte, bei denen er zuvor um eine Stelle angefragt hatte. Selbst wenn sie sich an seine Anfrage erinnern würden, sofern diese Angebote an dieselben Leute gerieten, würden diese nur sehen, dass er den Kopf nicht in den Sand steckte und arbeiten wollte. Das war ohne Zweifel ein Vorteil für ihn.

Über ein Konzept für seine mögliche Selbstständigkeit machte er sich noch keine Gedanken. Zunächst musste er-mittelt werden, ob es potentielle Kunden gab. Dazu saß er bis spät abends an der Tastatur, bis die schmerzenden Schultern und tränenden Augen den Feierabend erzwangen. Gerade beendete er das Programm, als es an der Tür läutete.

Er ließ die Schultern kreisen, um die Verspannungen etwas zu lösen, während er zur Haustür tappte. Vollkommen steif vom langen Sitzen fühlte er sich wie ein Achtzigjähriger, als er die Tür öffnete. Vor ihm stand Julia.

Verdutzt riss er die Augen auf, unfähig zu einer Bewegung oder einem Wort. Ein mildes Lächeln erschien auf ihrem Gesicht.

»Du möchtest mich nicht reinlassen?«

Joshua schrak aus seiner Starre und trat schnell einen Schritt zur Seite.

»Entschuldige, natürlich, komm rein. Ich war eben nur sehr überrascht, dich hier zu sehen.«

Zögernd trat sie ein, nickte verstehend.

»Klar, damit konntest du nicht rechnen. Aber ich dachte, weil wir uns immer gut verstanden haben …« Sie biss sich auf die Lippe, denn die Vollendung des Satzes klang in ihren Ohren doch etwas merkwürdig.

Joshua ahnte, dass sie ihn als Vertrauten aufsuchte, nicht als ehemaligen Kollegen. Er versuchte, sie zu ermuntern.

»Ja, haben wir. Kann ich dir irgendwie helfen?«

Verlegen rieb sie sich über die Wange, platzte dann aber mit ihrem Anliegen heraus.

»Ich brauche jemanden zum Reden. Außer dir fiel mir niemand ein. Eine Nachbarin passt auf die Kleine auf.«

Eine zarte Röte zog über ihr hübsches Gesicht, Joshua sah es mitleidig. Er wusste, sie hatte es als alleinerziehende Mutter besonders schwer. Da er sie immer gemocht hatte, stellte er sich gern als seelischer Mülleimer zur Verfügung. Vielleicht können wir uns ja gegenseitig was vorjammern, dachte er mit einem Anflug von Humor.

»Es ehrt mich, dass du mir das Vertrauen entgegenbringst. Ich würde vorschlagen, du setzt dich ins Wohnzimmer, ich hole uns was zu trinken. Was hältst du von einem lieblichen Rotwein? Wenn ich ehrlich bin, habe ich nur die eine Sorte im Haus«, lachte er.

Sie brachte nur ein klägliches Lächeln zustande.

»Ja, das wäre super.«

Vorsichtig schob sie sich an ihm vorbei, um vorauszugehen. Joshua holte die angebrochene Flasche aus dem Kühlschrank und gesellte sich dann zu ihr. Als beide vor vollen Gläsern saßen, ermunterte er sie, ihr Herz auszuschütten.

»Erzähl mal, was ist denn los?«

Wie zum Sprung bereit, saß sie zusammengekauert auf der Sesselkante. Es würde wohl noch eine Weile dauern, bis sie sich entspannen konnte. Sie schaute ihn nicht an, sondern auf ihre Hände, die sie ständig knetete.

»Ich weiß nicht, was ich tun soll, Joshua. Meine Kleine hat übernächste Woche Geburtstag, ich bin jetzt schon fast pleite und weiß nicht, wie ich die nächsten Wochen überstehen soll, es kommt ja kein Gehalt mehr nach. Ich kann doch mein Mädchen nicht ohne ein Geburtsgeschenk lassen! Sie kann es doch noch gar nicht verstehen!«

Eine Träne löste sich und rann die Wange hinunter.

»Versteh mich nicht falsch, ich will dich nicht anpumpen oder so. Du bist ja in einer ähnlichen Lage wie ich. Aber vielleicht hast du eine Idee? Irgendwas, was ich tun kann. Oder eben einfach nur dein Ohr, dem ich alles mal erzählen kann.«

»Mein Ohr hast du auf jeden Fall. Eine Lösung für dein Problem habe ich aber leider auch nicht. Du hast doch bestimmt auch Freunde, Verwandte, die ihr was schenken, oder?«

»Ja, natürlich. Aber trotzdem erwartet sie doch, von ihrer Mum auch was zu bekommen.«

Joshua dachte einen Moment nach. Die Verzweiflung Julias in Bezug auf ihre Tochter konnte er sehr gut nachvollziehen.

»Vielleicht kann einer dieser Leute eins der Geschenke dir geben, damit du es der Kleinen überreichst? Wenn sie nicht hinterfragt, ob es von dir ist, könnte das klappen.«

»Ich kann meinen Bruder mal fragen ...«

Sie verstummte, um einen Schluck Wein zu nehmen. Ihre Augenbrauen hoben sich, schnell trank sie noch etwas hinterher.

»Der schmeckt gut! Hast du noch mehr davon?«

»Ja, ein paar Flaschen auf Vorrat. Falls du dich also betrinken willst, es ist genug da.«

Dieses Angebot kam nur zerstreut, denn ihm war gerade ein Gedanke gekommen, an dem er herumlaborierte. Wenn er Firmen für seine Dienstleistung interessieren könnte, wäre es dann möglich, Julia mit ins Boot zu holen? Er könnte sich um seinen Bereich des Produktmanagings kümmern, sie um Supportanfragen der Firmen. So könnten diese den Support günstig auslagern und müssten keine eigenen Angestellten bezahlen. Ihm war klar, dass er damit auf die Vernichtung von Arbeitsplätzen abzielte. Aber in der Not war sich jeder selbst der Nächste. Sollte er Julia von seiner Idee erzählen?

Noch bevor er eine Entscheidung getroffen hatte, stand sie auf, setzte sich auf die Lehne seines Sessels und schmiegte sich an ihn. Ihm wurde etwas unbehaglich zumute, was hatte sie vor? Diese Frage beantwortete sich rasch von selbst. Ihre Lippen glitten an seinem Hals entlang, arbeiteten sich Zentimeter für Zentimeter zu seinem Mund vor. Jetzt brauchte er nicht lange überlegen. Ohne zu zögern nahm er ihr Angebot an, eroberte zärtlich ihren Mund.

Es dauerte nicht lange, bis alle Kleidungsstücke auf dem Boden verteilt lagen. Inmitten dieses Durcheinanders erfreuten sich Joshua und Julia am jeweils anderen, Hände suchten jeden

Millimeter der Körper ab. Angeheizt durch die Spontanität Julias, nahm Joshua sie ohne Nachzudenken. Er wollte diesen schlanken, jungen Körper spüren, die zarte Haut. Ihr Stöhnen bestätigte ihm, offene Türen einzulaufen.

Keuchend lagen sie auf dem Boden, ausgelaugt, aber entspannt. Für eine Weile hatten sie alle Probleme vergessen, sich gegenseitig in den Himmel gehoben. Joshua verstand zunächst nicht, warum er deshalb einen schalen Nachgeschmack empfand.

Julia kuschelte sich an ihn, legte ihr Bein angewinkelt über seine. Mit einem Seitenblick sah er ihr friedliches Gesicht, die geschlossenen Augen. Die langen, dichten Wimpern bildeten einen kleinen Schatten auf den Wangen. Nun erkannte er, was ihn störte. Er hatte ihre Verletzlichkeit ausgenutzt. Auch wenn sie den Anfang gemacht hatte, er hätte sie abwehren müssen, ihr zuliebe. Es passte nicht zu ihm, so gedankenlos zu sein. Sonst überlegte er eher zu viel als zu wenig. Sein schlechtes Gewissen ließ ihn nun doch über seine Pläne sprechen.

»Ich habe mir was überlegt.«

»Mhm?« murmelte sie schläfrig.

Während er weitersprach, spielte er mit einer Strähne ihres weichen Haars.

»Ich will versuchen, mich selbstständig zu machen. Den Firmen meine Arbeit freiberuflich anbieten. Wenn das klappen sollte, könntest du doch mit einsteigen, falls auch Bedarf an der Auslagerung des Supports besteht. Wir könnten so einen Rundum-Service auf Rechnung anbieten, den die sogar von der Steuer absetzen könnten, statt Lohnkosten zu haben.«

Überrascht stützte Julia sich auf einen Ellenbogen.

»Wie soll das funktionieren?«

»Ganz einfach von zuhause aus. Für dich hätte das den zusätzlichen Vorteil, dass du mit der Betreuung deiner Tochter unabhängiger wärst.«

Nachdenklich knabberte sie an ihrer Unterlippe. Dann hellte sich ihr Gesicht auf.

»Wenn das klappen könnte, das wäre die ultimative Lösung. Was meinst du, wie sind die Erfolgsaussichten?«

Sofort bereute er, über ungelegte Eier gesprochen zu haben. Richtiger wäre es gewesen, zunächst abzuwarten, ob sich sein Plan realisieren ließ.

»Ich weiß es nicht«, gab er ehrlich zu. »Bis jetzt ist es nur eine Idee, ich habe heute viele Firmen angeschrieben. Die Reaktionen muss ich erst mal abwarten. Sollten die negativ sein, versuche ich es telefonisch oder persönlich. Erst dann kann ich dir sagen, ob es Sinn macht.«

Abwartend schaute er zu ihr hinüber. Auf ihrer Stirn hatten sich tiefe Furchen gebildet.

»Okay, dann warten wir mal ab. Aber wie ich dich einschätze, klappt das.«

Sie sprang auf und sammelte ihre Kleidung zusammen, um sich anzuziehen.

»Ich würde gern bleiben, aber das geht wegen der Kleinen nicht. Sehen wir uns morgen wieder?«

Innerlich stöhnte Joshua auf, das hatte ihm gerade noch gefehlt. Er hatte überhaupt keine Ambitionen auf eine Beziehung mit Julia, sie schien diese aber anzustreben. Nun stand er vor der gemeinen Aufgabe, ihr das begreiflich zu machen.

»Sei mir bitte nicht böse, aber ich denke, nicht. Es war eben wirklich toll, ich würde das gern wiederholen. Alles, den gesamten Abend. Aber ich möchte dir nichts vormachen. Für eine neue Beziehung bin ich noch nicht bereit, auch wenn ich es gern mit dir möchte.« Eine Notlüge, beruhigte er sich. »Ich war fast zwanzig Jahre verheiratet, es braucht einfach noch eine Weile, bis ich mich völlig davon gelöst habe. Es wäre unfair dir gegenüber, es jetzt schon zu versuchen.«

Riordan, du bist ein Schwein! beschimpfte er sich im Stillen. Er hatte nicht im Geringsten das Bedürfnis nach einer Beziehung mit Julia. Jetzt nicht und auch später nicht. Er mochte sie und der Sex vorhin hatte ihrer beider Bedürfnis entsprochen. Aber mehr war da für ihn nicht.

Julia schaute ihn an, als ob sie in ihm lesen könnte wie in einem offenen Buch. Ein Schatten legte sich über ihre Augen, bevor sie den Kopf senkte.

»Das verstehe ich natürlich, ich hätte daran denken sollen. Ich melde mich einfach demnächst mal wieder, ja? Und wenn du was Neues bezüglich deines Vorhabens hast, rufst du mich an?«

Er nickte erleichtert, dass sie es ihm so leicht machte.

»Klar melde ich mich dann.«

Sie nahm ihre Handtasche, die im Eifer des Gefechts unter den Couchtisch gefallen war. Kurz darauf hatte sie das Haus verlassen.

Stöhnend ließ sich Joshua in einen Sessel fallen. Hatte das wirklich nötig getan? Er hätte die Finger von ihr lassen, sie abwehren müssen. Jetzt hatte er alles nur unnötig verkompliziert. Frustriert griff er nach der Flasche, um sich nachzuschenken. Er würde genug trinken, um sein Gewissen zu beruhigen. Mit dem entsprechenden Weinpegel sank er spät ins Bett.

Nachdem Joshua am nächsten Morgen mit Mühe seine Morgentoilette verrichtet hatte, war der erste Weg an den Laptop. Es war spät genug, dass Interessenten Gelegenheit gehabt hätten, auf seine Angebote zu antworten. Das Frühstück verschob er auf die Zeit nach der Sichtung seiner Mails, sein Magen war ohnehin noch sauer auf ihn.

Enttäuscht rief er mehrmals neue Nachrichten ab, ohne Erfolg. Noch niemand hatte reagiert, diese Vorstellung war wohl auch zu enthusiastisch gewesen. Entsprechend schlecht gelaunt stapfte er in die Küche, drückte mit Gewalt den Hebel des Toasters, um das Brot zu versenken. Mit dem Ergebnis, ihn abgebrochen in der Hand zu haben. Fluchend warf er ihn in den Mülleimer, zog den Stecker aus der Dose und beförderte das gesamte Gerät dem Hebel hinterher. Dann holte er eine Pfanne heraus, gab etwas Butter hinein, legte seinen Toast dazu und belegte ihn mit Käse. Dann eben so!

Nach dem Frühstück hatte sich seine Laune etwas gebessert. Was hatte er denn erwartet? Dass sich alle sofort auf ihn stürzen würden, seine Dienste in Anspruch nehmen wollten? Selbst wenn sich jemand finden sollte, er hätte noch nicht einmal ein Konzept, das er anbieten konnte. Keine Preisliste für seine Leistungen, nichts. Es wurde also Zeit, sich dringend damit zu beschäftigen, damit er im Bedarfsfall etwas vorzuweisen hatte.

Deshalb vergrub er sich wieder am Laptop, das Mailprogramm ließ er geschlossen. Eine eingehende Antwort auf seine Anfragen würde ihn nur ablenken, das wollte er sich nicht erlauben. Zunächst musste ein Gerüst her, an dem er seine Idee aufhängen konnte.

Erst als das geschafft war, öffnete er wieder seine Mails. Ohne Erwartungen, denn seine Hochstimmung bezüglich des Interesses der Firmen war stark beeinträchtigt, rief er die Nachrichten ab. Seine Augen wurden rund, als es tatsächlich zwei Eingänge gab. Firmen, die er angeschrieben hatte, zeigten eine Reaktion. Die Frage war nur, was stand darin?

Er atmete ein Mal tief durch, schloss kurz die Augen und klickte die erste Nachricht dann an. Der Grundstein war gelegt, hier wollte jemand nähere Informationen. Schnell öffnete er die zweite Mail, auch dort bekundete man Interesse.

Joshua sprang auf, hüpfte ausgelassen durch den Raum. Seine Idee hatte eine Basis, nun musste er etwas daraus machen. Froh, inzwischen an der Durchführung gearbeitet zu haben, stellte er Unterlagen zusammen und schickte sie ab. Diesmal würde er länger auf Antwort warten müssen, denn natürlich würde eine solche Entscheidung dort erst diskutiert werden.

Für heute war es genug, beschloss er. Außerdem wurde es Zeit, sich nach Affordshire aufzumachen, um die Jungen abzuholen. Ihm kam nicht in den Sinn, vorher aufzuräumen und sauberzumachen. Dies war ein Männerhaushalt, seine Söhne würden sich so wohlfühlen, wie es derzeit war.

Pfeifend legte er die Strecke zurück, bewunderte wie jedes Mal die Landschaft außerhalb Dublins. Umso weiter er zu Megan kam, desto grüner wurde alles. Wieder einmal fragte er sich, ob dies eine spezielle Eigenart der Gegend dort war.

Er parkte den Wagen vor Megans Cottage, wo das Tor praktischerweise offenstand. Noch immer den Kater nicht ganz überwunden, legte er Wert auf seine Bequemlichkeit und fuhr bis direkt vor die Eingangstür. Etwas unbeholfen kletterte er vom Sitz, unter den Augen Megans, die ihn bereits an der Tür erwartete. Sie wirkte wesentlich gesünder und lebensfroher als beim letzten Mal. Das freute Joshua sehr, aber er fragte sich auch, was diese Wandlung bewerkstelligt hatte.

Gewohnheitsgemäß schloss er sie kurz in die Arme, demonstrativ schob sie ihn von sich.

»Du riechst wie ein ganzer Weinkeller«, begründete sie ihre Handlung lachend.

Verlegen kratzte er sich im Nacken, zog bei der Gelegenheit den Gummi seines Pferdeschwanzes stramm.

»Ich habe gestern etwas dem Wein zugesprochen, das stimmt. Ich hätte nicht gedacht, dass man das heute noch so riecht. Aber keine Sorge, ich bin früh ins Bett und vollkommen nüchtern.«

Sie ging voraus in die Küche, er folgte ihr. Wieder einmal hatte er das Gefühl, nach Hause zu kommen. Es war schon merkwürdig, sie als Person noch immer damit zu verbinden, obwohl er nie in diesem Haus gelebt hatte.

Im Flur standen bereits die gepackten Taschen der Jungen, um die Joshua den Bogen nicht groß genug machte. Sein Fuß verfing sich in einem der herabhängenden Tragegriffe und er machte einen Satz nach vorne. Mit Mühe und Not konnte er einen Sturz verhindern. Megans lachendes Gesicht schob sich aus der Küchentür.

»Bist du sicher, dass du wieder ganz nüchtern bist?«

Joshua ließ sich einen Kaffee kochen, denn der Alkohol vom Abend zuvor und die Fahrt machten ihn müde. Megan warf ihm einen besorgten Blick zu.

»Ihr wollt ganz bestimmt heute zurück? Du kannst sonst auch bis morgen hierbleiben und dann nach dem Frühstück fahren. Unsere Damenparty ist erst morgen Abend.« Abwehrend schüttelte er den Kopf. Er wollte es nicht hinterfragen, aber hierzubleiben widerstrebte ihm. Es würde ihm ein Gefühl vermitteln, das es nicht mehr gab.

»Na gut«, lenkte sie ein. »Wie du möchtest. Dann trink in Ruhe aus, ich mache dir noch mehr, falls nötig. Wenn du los willst, rufe ich die Jungs.«

»Wo sind die überhaupt?«

Erst jetzt fiel ihm auf, sie weder gesehen noch gehört zu haben.

»Im Garten. Sie haben sich in den Kopf gesetzt, jeden da stehenden Baum raufklettern zu wollen. Bei David überrascht mich das nicht, aber dass Noah da mitmacht … Ich glaube, die müssen einfach ihre Energie irgendwie loswerden.«

Sie stieß sich von der Arbeitsplatte ab, an der sie bis jetzt gelehnt hatte, und setzte sich ihm gegenüber.

»Wie sieht es bei dir aus? Hat sich was ergeben bei deiner Stellensuche?«

Er nahm den Schluck Kaffee etwas zu hastig und verbrannte sich die Zunge. Das Gebräu war gut und stark, sogar das hatte seine Frau inzwischen gelernt.

»Nein«, seufzte er. »Aber vielleicht gibt es eine Alternative.«

»Und die wäre?« fragte sie interessiert nach, das Kinn in die Handfläche gestützt.

»Möglicherweise mache ich mich selbstständig, biete meine Dienste freiberuflich an. Im Moment bin ich dabei, das Interesse der Firmen auszuloten.«

Sie zog verwundert die Augenbrauen hoch.

»Du, der immer alles abgesichert haben muss, denkst über Selbstständigkeit nach?«

Er lachte leise. Sie hatte Recht, es passte eigentlich gar nicht zu ihm.

»Ja, aber auch nur aus der Not heraus.«

Ihr Blick ruhte warm auf ihm, als sie sagte: »Ich drücke dir ganz fest die Daumen, dass es klappt!«

Sie vertieften das Thema nicht weiter, weil ihre Söhne hereingestürmt kamen.

»Und?« hakte Megan gleich nach. »Habt ihr alle Bäume geschafft?«

»Nein«, antwortete Noah. »Wir haben abgebrochen, weil wir Dads Auto gesehen haben.«

Sie runzelte die Stirn.

»Wieso gesehen? Ihr müsst ihn doch kommen hören haben.«

»Nö, irgendwie nicht. Können wir los?«

Joshua amüsierte sich über die Ungeduld Noahs. Er ahnte, dass der Junge Sehnsucht nach den alten Freunden in Dublin hatte. Wahrscheinlich würde er noch heute auf die Pirsch gehen wollen. Er stand auf und wedelte mit der Hand in Richtung der Einfahrt.

»Dann los, meine Herren. Verabschiedet euch von eurer Mutter und ab ins Auto.«

Er selbst nahm Megan wieder kurz in die Arme, bevor er seinen Söhnen vorausging.

Kapitel 12

Megan machte sich zu einem Spaziergang auf, als Joshuas Auto mit seiner winkenden Fracht den Hof verlassen hatte. Noch immer war es ein merkwürdiges Gefühl, ihre Söhne für ein ganzes Wochenende herzugeben. Dafür war es unerheblich, sie bei ihrem Vater gut aufgehoben zu wissen. Zum ersten Mal war es schließlich auch nicht.

In Dublin war sie nie so viel zu Fuß gegangen wie hier. Sie führte es auf die Natur zurück, die zu einem Aufenthalt im Freien einlud. Als erste Anlaufstelle besuchte sie Hannas Grab. Es war zu einer Gewohnheit geworden, bei ihr vorbeizuschauen, wenn sie unterwegs war. Woher das Bedürfnis kam, vermochte sie nicht zu sagen. Es war ein ganz irrationales Gefühl, ihre Großmutter hier nicht zu sehr allein zu lassen. Zu Lebzeiten im Haus ihrer Eltern hatte es dort fast immer jemanden in ihrer Nähe gegeben.

Diesmal war sie jedoch nicht allein auf dem Friedhof. Einige Meter weiter sah sie einen hochgewachsenen, muskulösen Mann, der über ein Grab gebeugt die Erde lockerte. Sie kniff die Augen zusammen und versuchte sich zu erinnern, woher sie ihn kannte. Erst als er sich aufrichtete und den Blick seiner grünen Augen auf sie lenkte, wusste sie, wen sie dort sah. Es war Conor. Unschlüssig überlegte sie, ob es angebracht wäre, ihn kurz zu begrüßen. Eigentlich hatte sie keine Lust dazu, aber es gehörte sich wohl so. Deshalb ging sie auf ihn zu und beobachtete, wie er aufstand. Trotzdem sie schon über eins siebzig war, musste sie den Kopf etwas in den Nacken legen, um ihm ins Gesicht sehen zu können.

»Ein schöner Tag, um hier vorbeizukommen«, eröffnete sie den Smalltalk.

»Ja.« Er rieb die Hände aneinander, um die lose Erde abzustreifen. Kleine, dunkle Krümel fielen auf die bunten Blumen.

Megan warf einen Blick auf den Grabstein und runzelte die Stirn. Name und Geburtsdatum sagten ihr, dass … Noch ehe sie ihre Überlegungen beenden konnte, lieferte er die Erklärung.

»Meine Frau. Vor drei Jahren bei einem Autounfall.«

Peinlich berührt blickte Megan zu Boden, sie hatte keine Ahnung gehabt!

»Das tut mir wirklich leid, Conor. Noah hat nie erwähnt, dass du und Rory allein seid. Ich wusste gar nichts davon.«

»Du hast ja zu der Zeit auch nicht hier gelebt. Woher solltest du es also wissen? Und Teenager sind im Allgemeinen nicht sehr mitteilsam.«

Eine drückende Stille entstand, in der beide nach einem Gesprächsthema suchten. Schließlich machte Megan der Situation ein Ende.

»Ich will mal weiter. Wir sehen uns sicher noch öfters.«

Abrupt drehte sie sich um und verließ den Friedhof.

Danach drehte sie eine weite Runde an den Klippen entlang um das Dorf, um am Abend erfrischt, aber auch müde, wieder nach Hause zu kommen. Sie plante einen gemütlichen Fernsehabend, bog daher ins Wohnzimmer ab, um in die Programmzeitschrift zu sehen. Noch in der Tür blieb sie wie angewurzelt stehen. Schon wieder hatte ihr jemand einen Blumenstrauß zukommen lassen, diesmal deponiert auf dem kleinen Beistelltisch neben dem Sofa. Sie hatte das Cottage unverschlossen gelassen, als sie zu ihrer Wanderung aufgebrochen war. Hatte sich in dieser Zeit jemand Zutritt verschafft? Oder hatten die Blumen schon vor ihrem Aufbruch dort gestanden? Da sie an diesem Tag das Wohnzimmer noch nicht betreten hatte, hätte sie es nicht sagen können.

Erneut beschlich sie ein mulmiges Gefühl. Natürlich war es harmlos, wenn jemand Blumen schenkte, auch in dieser Häufigkeit. Nicht geheuer war ihr jedoch die Heimlichtuerei, mit der dies geschah. Wann gedachte der Unbekannte endlich, sich zu erkennen zu geben?

Megan schwankte zwischen dem Unbehagen, das diese Geschenke hervorriefen und dem schmeichelnden Gefühl, offenbar einen unbekannten Verehrer zu haben, der sich dies einiges kosten ließ. Sie beschloss, den positiven Aspekt zu sehen und ließ sich ein Bad einlaufen. Das sollte dem gemütlichen Fernsehabend vorausgehen.

Am Spätnachmittag des Samstags, immer wieder aufhorchend wegen der ungewohnten Ruhe im Haus, zappelte Megan ungeduldig wie ein Kind in Erwartung der Freundinnen. Caro und Stacy hatten ihre Hilfe abgewehrt mit der Begründung, sie würde erstens das Haus zur Verfügung stellen und zweitens, sie wüssten am besten, was sie für diesen Abend brauchten. Daher war Megan zur Untätigkeit verdammt, bis es endlich losging.

Das Schnattern der sich nähernden Frauen zog sie sofort aus dem Sessel. Sie rannte förmlich zur Haustür, um sie gebührend zu empfangen. Die beiden waren aber so vertieft, dass sie Megan erst gar nicht wahrnahmen. Erst, als sie aufeinanderprallten, hoben sie den Blick.

»Warum stehst du hier mitten im Eingang?« fragte Stacy verblüfft.

»Würde ich es nicht tun, wärst du eben gegen die Tür gelaufen statt gegen mich. Ihr wart ja völlig weit weg!«

Die Freundin kicherte.

»Ja, Caro hat mir eben von einem ihrer Erlebnisse mit Romanautoren erzählt. Das scheint manchmal eine merkwürdige Spezies zu sein.«

»Ich dachte, du arbeitest für Verlage?« wunderte sich Megan in Richtung Caro.

»Ja, aber manchmal passt einem Autor was nicht an meiner Arbeit und das leitet der Verlag dann weiter.«

Sie wuchtete den mitgebrachten Weidenkorb mit Schwung auf den Küchentisch, begann sofort auszupacken. Zum Vorschein kamen vier Flaschen Wein, mehrere Sorten Käse, Weintrauben und ein langes Baguette.

»Den Käse können wir erst mal zurechtschneiden und mit den Weintrauben auf die Spieker bringen«, teilte sie die Absicht mit.

»Welche Spieker? Ich habe nur noch ein paar Zahnstocher.«

»Oh, Moment!« Caro langte wieder in den Korb und beförderte eine Packung Fähnchen für den Zweck zutage.

Zunächst noch wortlos machen sich die drei Frauen an die Arbeit. Erst als alles fertig war, begannen sie mit einem Gespräch.

Megan interessierte zunächst nur eines: »Wie haben eigentlich eure Männer reagiert?«

Stacy hielt mit ihrem Käse auf halbem Weg zum Mund inne und kicherte.

»Ian meinte, wenn wir einen Mädelsabend machen, dann weiß hinterher wieder das ganze Dorf Bescheid, wie wir uns benommen haben.«

Fragend schaute Megan von einer zur anderen. Caro übernahm die Erklärung.

»Letztes Mal hatten wir einen ziemlichen Kater und da erwischte uns Jim, weil er uns zur Babyparty einladen wollte. Sein Neffe war nämlich gerade in der Nacht geboren worden und was lag da näher, als im eigenen Pub zu feiern. Anstatt in der Küche zu stehen, rannte er im Dorf umher und lud alle möglichen Leute dazu ein. Du kannst dir ja denken, dass Jim jedem erzählt hat, in welch desolatem Zustand er uns angetroffen hat.«

»Naja, die Gefahr besteht ja diesmal nicht. Soweit ich weiß, ist kein Baby unterwegs, das in der nächsten Nacht geboren werden könnte«, beruhigte Stacy kauend.

»Damian meinte, er würde einen großen Bogen um dein Cottage machen, solange wir hier zu dritt sind. Weil er nicht weiß, was wir alles so anstellen«, nahm Caro die ursprüngliche Frage wieder auf. Dann drehte sie den Kopf zu Stacy.

»Weißt du noch, wie unser erster geplanter Mädelsabend in die Binsen ging?«

»Und ob!« bestätigte Stacy.

Megan nahm sich ebenfalls Käse, schnitt sich eine Scheibe Baguette dazu ab.

»Wieso ist euer erster Abend gescheitert?« wollte sie neugierig wissen.

Caro füllte die Gläser, damit Käse, Weintrauben und Baguette besser rutschten, bevor sie berichtete.

»Wir kannten uns noch nicht gut, haben uns aber zufällig in Dublin getroffen. Stacy bot mir an, mich mit zurückzunehmen, damit ich nicht den Bus nehmen muss. Das Auto streikte aber, wir lernten uns näher kennen und beschlossen dann spontan, nach unserer Rückkehr nach Hause den Abend zusammen zu verbringen. Ich musste noch den Schlüssel für das neue Schloss von Damian holen, also haben wir die Einkäufe nach hinten gebracht und sind dabei …« Sie machte es spannend, Stacy gluckste.

»Was seid ihr dabei?« drängte Megan ungeduldig.

» …auf ein Grab im Garten gestoßen«, vollendete Caro den Satz. »Oscar hatte es entdeckt und daran gebuddelt, während Damian das neue Schloss eingebaut hat. Das wussten wir da aber noch nicht. Jedenfalls ist uns der Abend endgültig vergangen.«

Megan stand der Mund offen, davon hatte sie noch gar nichts gehört! Sie ließ sich den Rest der Geschichte erzählen und dankte dem Himmel, dass bei ihr so etwas in der Art nicht zu erwarten war. Und ihr Abend fand nun statt, es würde kein Verschieben geben.

Umso leerer die Flaschen wurden, desto redseliger und ausgelassener wurden die Freundinnen. Megan konnte sich nicht erinnern, wann sie das letzte Mal einen derart lustigen Abend erlebt hatte. Stacys dezentes Make-up hatte sich bereits in seine Bestandteile aufgelöst, es störte sie nicht im Geringsten. Megan hatte in weiser Voraussicht keins aufgetragen, obwohl sie sich auch zu schminken pflegte. Caro war ohnehin nicht der Typ dafür, sie mochte es in natura.

Vom Wein die Zunge gelockert, berichtete Megan auch in dieser Dreierrunde von William. Stacy machte mit ihrer Bemerkung dazu ihrem resoluten Ruf in diesen Angelegenheiten alle Ehre.

»Den kannst du doch in die Tonne treten! Wer nicht von Anfang an ehrlich sein kann oder will, der hat was zu verbergen. Sei froh, dass du den Typen los bist.«

»Es gibt jemanden, der mir immer wieder Blumen schickt«, bekannte Megan. »Ich habe keine Ahnung, wer das ist. Aber ich kann mir auch nicht vorstellen, dass die von William kommen. Der weiß natürlich, wo ich wohne, aber warum sollte er das machen?«

»Steter Tropfen höhlt den Stein«, erklärte Stacy das Motiv. Dann runzelte sie die Stirn. »Aber das macht wenig Sinn, wenn du nicht weißt, dass sie von ihm kommen.«

Caro zuckte die Schultern, als sie etwas undeutlich bemerkte: »Es sei denn, er will sich später zu erkennen geben, wenn er glaubt, Megan genug damit bestochen zu haben.«

»Caro, du lallst«, informierte sie Stacy, ähnlich nuschelnd in der Aussprache.

»Mir egal«, entschied Caro.

Die Köpfe wurden immer schwerer, der Wein tat seine Wirkung. Nebenbei, ohne es richtig zu merken, hatten sie die ganzen Käsehappen sowie das Brot vertilgt.

Stacy sondierte die Lage und verkündete dann: »Wir sollten das Ganze jetzt zur Pyjamaparty umwandeln und ins Bett hüpfen. Ich fürchte, nach dem nächsten Glas komme ich nicht mehr die Treppen hoch.«

Sie griffen ihre Gläser und erklommen schwankend, sich gegenseitig anrempelnd, die Treppe nach oben. Kaum in dem breiten Bett angekommen, blieben die Gläser unberührt auf dem

Boden stehen, weil die Freundinnen kreuz und quer über die Liegefläche verteilt einschliefen. Sie schafften es noch nicht einmal, sich zu entkleiden.

Megans Kopf dröhnte, als sie erwachte. Benommen versuchte sie, den linken Arm zu heben. Er lag dort wie festgewachsen, bewegte sich keinen Millimeter. Vorsichtig drehte sie den Kopf und erblickte Stacy, die im Tiefschlaf vor sich hin schnarchte. Nach näherer Betrachtung erkannte Megan auch, warum ihr Arm nicht gehorchte: Stacy hatte ihn unter sich begraben. Langsam ergab sich daraus ein Kribbeln, weil er einschlief.

Megan zog mit einem Ruck, um sich zu befreien. Stacy rührte sich kaum, kuschelte sich nur noch mehr zusammen und schlief weiter.

Caro machte sich durch ein dezentes Stöhnen bemerkbar, das aus der Richtung über Megans Kopf kam. Also drehte sie sich etwas, um die Schwägerin ausfindig zu machen. Diese lag quer auf den Kopfkissen, die Beine angezogen. Ausstrecken konnte sie sich nicht, dazu gab es keinen Platz.

»Hast du die ganze Nacht da so wie ein Fragezeichen gelegen?« erkundigte sich Megan.

Caro blinzelte, schloss die Augen aber sofort wieder, bevor sie antwortete.

»Das weiß ich nicht, ich habe ja geschlafen.«

Unfähig, sich zu bewegen, dämmerten die beiden Frauen weiter vor sich hin. Plötzlich knallte unten die Haustür. Megan schrak hoch.

»Haben wir gestern etwa nicht verriegelt?«

Das abrupte Aufsitzen forderte seinen Tribut, ihr Kopf drohte zu platzen.

»Scheinbar nicht«, bestätigte Caro. Sie machte ein nachdenkliches Gesicht, um dann mitzuteilen: »Ich habe gerade ein Déjà-vu.«

Mit einem Ohr nach unten lauschend, hakte Megan nach.

»Wieso ein Déjà-vu?«

Caro stemmte sich mühsam auf die Ellenbogen und verzog das Gesicht.

»Mein Schädel! Als Stacy und ich unseren Mädelsabend mit Pyjamaparty hatten, kam doch morgens auch einer ins Haus gestürmt. Wir dachten erst beide, wir hätten geträumt. Das war die Sache mit Jim und der Babyparty.« Sie kicherte. »Der war so stolz auf seinen kleinen Neffen, als ob er ihn höchstpersönlich gezeugt und zur Welt gebracht hatte.«

Die Geschichte hatten sie gestern erzählt, fiel Megan dunkel wieder ein.

Caro kratzte sich ratlos, an den zu Berge stehenden Haaren konnte sie damit keine Verwüstung mehr anrichten.

»Und nun ertappt uns wieder jemand nach so einem Abend. Es muss sich nur eine von uns opfern, die nach unten geht und nachsieht, wer es ist.«

Schwerfällig richtete sich Megan auf, versuchte dann, auf ihren Beinen zu stehen. Es funktionierte.

»Dann muss ich wohl gehen, immerhin wohne ich hier.«

Jede Erschütterung vermeidend, schlich sie die Treppe hinunter. Ein lautes »Megan!« erreichte ihre Ohren. Schnell presste sie die Handflächen darauf.

»Schrei doch nicht so! Das ist Körperverletzung …«

Immer noch völlig in Unkenntnis über die Identität des Besuchers lugte sie in die Küche, wo die Stimme hergekommen war. In Anbetracht der Tatsache, dass sie ihren Bruder wirklich liebte, kämpfte sie jede Mordlust nieder.

»Was tust du hier?«

Damian drehte sich zu ihr um, deutete dann aber auf das Stillleben auf dem Tisch hinter sich.

»Ihr habt es euch richtig gutgehen lassen, oder?«

»Dazu haben wir uns getroffen«, bestätigte sie bissig. »Also, was ist los?«

Er zuckte die Achseln.

»Nichts. Ich wollte nur Caro abholen, weil ich vermute, allein findet sie den Weg nicht. Sonst wäre sie wohl schon mal aufgetaucht.«

Megans Blick flog zu der digitalen Uhr unter einem der Hängeschränke. Es war halb zwei nachmittags! Fahrig wedelte sie mit der Hand Richtung Treppe.

»Okay, deine Frau ist oben in meinem oder vielmehr, deinem ehemaligen Bett. Zusammen mit Stacy, die sich aber noch im komatösen Zustand befindet. Von Caro gab es immerhin schon ein Lebenszeichen zu vernehmen.«

Mit einem breiten Grinsen ging Damian an ihr vorbei, drückte ihr nebenbei einen Kuss auf die Wange. Bevor er nach oben ging, rief er ihr zu: »Ich glaube, das gestern hat dir richtig gutgetan!«

»Vielleicht, wenn ich mich erholt habe«, murmelte Megan zu sich selbst.

Sie ließ sich auf einen Stuhl sinken und legte die Stirn in die Hände. Halb einnickend hörte sie vom Flur her polternde Geräusche, die die Ankunft von Bruder und Schwägerin im unteren Stockwerk ankündigten.

»Wir gehen dann jetzt«, informierte Damian von der Haustür aus. Megan erwartete das Schlagen der Tür, stattdessen folgte ein unterdrücktes Kichern von Caro. Schon deutlich wacher rief sie: »Dein Verehrer scheut aber wirklich keine Mühe!«

Megan blieb, wo sie war, fragte aber: »Was meinst du?«

»Dann komm her und sieh es dir an!«

Schwerfällig erhob sich Megan und tappte in den Flur zu Bruder und Schwägerin. Beide starrten mit erheitertem Gesichtsausdruck ins Wohnzimmer, traten aber sofort zur Seite, um den Blick für Megan freizugeben. Die traute ihren Augen nicht.

In der Mitte des Raums prangte ein etwa anderthalb Meter großes Herz aus roten Blütenblättern, die von Rosen stammen mussten. Ein Meer von Blüten, kam es ihr in den Sinn. Wie kam das da hin?

Völlig verdattert schaute sie erst Damian, dann Caro an.

»Ihr habt damit aber nichts zu tun?« vergewisserte sie sich vorsichtshalber.

»Ich wäre zu so was gar nicht in der Lage gewesen seit ich gestern Abend gekommen bin«, stellte Caro klar.

Damian schüttelte nur den Kopf, sah sie aber misstrauisch an. »Du musst doch wissen, wer das war. Oder nicht?«

Resigniert schüttelte Megan den Kopf. Langsam wurde ihr das Ganze unheimlich.

»Nein. Alle, die ich bisher vermutet hätte, streiten es ab. Und das hier ist neu. Keine Ahnung, ob das in der Nacht oder heute Vormittag gemacht worden ist.«

Damian runzelte die Stirn, seine Miene wirkte nicht sehr freundlich. Megan beobachtete dies mit Unbehagen.

»Jetzt guck nicht so böse. Es sind Blumen! Und nicht die ersten.«

»Wenn du aber nicht weißt von wem und jemand hier immer wieder heimlich reinkommt, dann ist das nicht ganz koscher. Der übliche Weg wäre wohl, dir Blumen persönlich zu überreichen.«

»Ja!« Megan fühlte sich, warum auch immer, von ihm gemaßregelt. »Ich kann daran aber nichts Schlimmes finden. Er tut mir ja nichts.«

»So ganz wohl scheinst du dich damit aber auch nicht fühlen, deinem Gesichtsausdruck eben zufolge«, ließ er nicht locker.

Sie zuckte die Schultern.

»Es ist halt ein bisschen merkwürdig, dass hier immer wieder einer rumgeistert, ohne dass ich es weiß. Aber das ist auch schon alles.«

»Und der Mann an deiner Küchentür den einen Abend?«

»Das muss damit ja gar nichts zu tun gehabt haben. Vielleicht hatte sich ein Tourist verlaufen oder so.«

Damian war deutlich anzusehen, was er über diese Theorie dachte. Er hielt aber den Mund.

Zur Verabschiedung des Paars hob Megan kurz die Hand. Es kostete sie einige Überwindung, ins Badezimmer zu gehen, doch nach einer ausgiebigen Dusche fühlte sie sich bereits sehr viel besser. Die Kopfschmerztabletten entfal-teten ihre Wirkung, sogar Hunger bekam sie. Sicher, auch Stacy könnte einen Happen vertragen, wenn sie aufwachte, richtete sie ein sehr spätes Frühstück her.

Sie brauchte die Freundin nicht zu wecken. Die schlich in die Küche, als Megan bereits bei Kaffee und Toast saß. Misstrauisch hob Stacy eine Augenbraue.

»Du behältst das aber schon in dir, was du da gerade in dich reinstopfst?«

»Das hoffe ich doch mal. Kannst dich mir also ruhig gegenübersetzen.«

Zunächst verschwand jedoch auch Stacy im Bad, bevor sie bei Megan am Tisch Platz nahm. Zaghaft biss sie in einen Toast.

»Ist das nicht zu trocken, so ohne was drauf und dazu?« neckte sie Megan.

»Schon«, bestätigte Stacy. »Aber garantiert bekömmlicher im Moment.«

Sie schnappte sich Megans Tasse, nahm einen Schluck und wartete ab. Als das Getränk nach einigen Sekunden nicht wieder zum Vorschein kam, wagte sie es, sich einen eigenen Kaffee einzuschenken.

Bald hatte Megan das Gefühl, Stacy könnte aufnahmefähig sein. Erst jetzt erzählte sie ihr von dem Gebilde im Wohnzimmer. Sofort sprang die Freundin auf, um es sich mit eigenen Augen anzusehen.

»Das ist ja krass«, kommentierte sie das Kunstwerk. »Und du weißt immer noch nicht, wer das ist?«

»Nein. Und Damian scheint das gar nicht zu gefallen.«

Stacy zuckte die Schultern und begab sich wieder zu ihrem Kaffee.

»Kann ich verstehen, ich finde es auch so langsam nicht mehr lustig. Wenn das nun ein Irrer ist?«

»Quatsch!« stritt Megan konsequent ab. »Das wird jemand sein, den ich kenne und auf den ich einfach nicht komme.«

»Kann ja sein«, gab Stacy zu. »Das schließt aber nicht aus, dass er irgendwie aus dem Ruder läuft.«

»Ich kenne keine Irren«, kicherte Megan.

»Doch«, widersprach Stacy. »Mich!«

Als sie wieder allein war, begann Megan mit dem Einsammeln der Blüten. Das wurde ihr bald zu mühselig, also holte sie Besen und Kehrblech. Eine Schande, in der ursprünglichen Form hätte sie länger Freude an den Rosen gehabt.

Sie warf alles in den Mülleimer und überlegte, wie sie die Zeit bis zum Eintreffen der Jungen verbringen konnte. Ein Besuch bei den Eltern wäre eine gute Idee, also machte sie sich auf den Weg.

Olivia McIntyre hatte sich gerade einen Tee zubereitet, daneben standen einige Buns, einer irischen Form des Muffins. Der Anblick des Gebäcks ließ Megan das Wasser im Mund zusammenlaufen. Unwillkürlich erinnerte sie sich an Kindertage, an denen die gesamte Familie nachmittags bei Tee und Buns gesessen hatte, während draußen Regen und Sturm tobten. Selbstverständlich backte Olivia diese Leckereien unabhängig der Jahreszeit, aber für Megan standen sie mit Herbst und Winter in Zusammenhang.

Aufseufzend nahm sie Platz und stibitzte ihrer Mutter einen der Buns. Olivia sah es mit Freude, endlich aß das Kind wieder richtig!

»Wie war euer Abend?« erkundigte sie sich.

Genießerisch kaute Megan und antwortete erst, nachdem sie den Mund vollständig geleert hatte.

»Phänomenal. Ich hätte mir nicht träumen lassen, dass ich mit den beiden so viel Spaß haben kann. Gut, mit Stacy hatte ich ja in meiner Jugend schon ähnliche Erlebnisse, aber an Caro entdecke ich immer neue Seiten und nur gute.«

Schelmisch zwinkerte Olivia ihrer Tochter zu.

»Du hättest wissen müssen, dass Caro in Ordnung ist. Nicht umsonst ist sie die große Liebe deines bislang unsteten Bruders und wir alle mochten sie von Anfang an.«

Megan nickte, da war schon etwas Wahres dran. Aber ...

»Gerade das war ja der Punkt, Mum. Man kriegt immer wieder mit, dass gerade solche Männer Opfer von durchtriebenen Frauen werden. Weil nur die es schaffen, diese Männer einzufangen. Damian ist kaum ein Typ, den man hinters Licht führen kann. Aber das traf auch schon auf andere zu.«

Olivia wiegte nachdenklich den Kopf.

»Natürlich gibt es solche Fälle. Aber die beziehen sich hauptsächlich auf reiche, alte Kerle. Damian ist keins von beidem.«

»Okay, du hast mich überzeugt. Das wäre aber gar nicht mehr nötig, denn inzwischen habe ich es ja selbst gemerkt.«

Sie schob den Rest des Buns in den Mund und wischte sich die Hände an der Jeans ab, was ihr einen tadelnden Blick ihrer Mutter einbrachte.

»Sag mal«, wechselte sie das Thema. »Ich habe Conor McFlavery auf dem Friedhof getroffen. Ich wusste gar nicht, dass er seine Frau verloren hat.«

Olivia verzog bedauernd das Gesicht, als sie Megan aufklärte.

»Das war vor zwei oder drei Jahren.«

»Vor drei, hat er gesagt.«

»Ja, kann sein. Jedenfalls war sie in Langshire und wollte einkaufen. Sie hatte das Auto abgestellt, irgendwo am Straßenrand, als ihr eine Bekannte von gegenüber gewunken hat. Sie hat wohl kurz geguckt, ob die Straße frei ist und lief rüber. Dabei hat sie ein Auto übersehen, vor das sie lief. Der Fahrer konnte nicht mehr bremsen. Sie wurde noch ins Krankenhaus gebracht, aber zwei Tage später ist sie gestorben. Sie hatte wohl schwere Kopfverletzungen davongetragen, soweit ich gehört hatte. Wenn es um die eigene Familie geht, ist Emma ja nicht so mitteilsam. Das war jedenfalls ein echter Schock, nicht nur für die Familie, sondern auch für uns alle. Ein junges Leben, einfach so ausgelöscht. Der Sohn war damals erst zwölf Jahre alt. Schrecklich!«

Megan kannte Olivias mitfühlende Art und konnte sich gut vorstellen, wie sie das erschüttert hatte. Sie beschloss, es dabei bewenden zu lassen.

»Nur gut, dass ich zu Rory nie was bezüglich seiner Mutter gesagt habe, wenn er mal bei uns war.«

Das Eintreffen von Ethan McIntyre enthob sie einer weiteren Bemerkung, denn sie stand sofort auf und umarmte ihren Vater. Ihm sah man noch deutlich den Verlust von Hanna an, die immerhin sein ganzes Leben geprägt hatte. Dennoch lächelte er sein jüngeres Kind an.

»Schön, dass du dich auch mal wieder blicken lässt. Du machst dich wirklich rar.«

»Tut mir leid, Dad. Ich bin meistens lieber für mich, das weißt du doch.«

»Na klar!« Er zwickte sie liebevoll in die Nasenspitze und nahm sich ebenfalls einen Buns.

»Wirst du dich wohl anständig an den Tisch setzen!« schalt Olivia.

Ethan kam dem nach, setzte sich und zog die bereitstehende Tasse zu sich heran. Wenn es ihm entgegenkam, ließ er seine Frau gern in dem Glauben, sie hätte die Hosen in ihrer Ehe an. Olivia glaubte dasselbe, aber genau andersherum.

»Wie war euer Abend?« fragte er nach.

Megan schmunzelte. Es kam nicht selten vor, dass beide Elternteile unabhängig voneinander dieselbe Frage stellten. Sie führte das auf ihre tiefe Verbundenheit zurück und war wieder einmal dankbar für ein solches Elternhaus. Für die ganze Familie.

»Es war einfach toll, Dad! Wir haben uns furchtbar betrunken und es gerade noch nach oben ins Bett geschafft. Das muss unbedingt mal wiederholt werden. Nicht allzu schnell, aber irgendwann mal.«

»Das liegt ja in eurer Hand.«

Kapitel 13

Damian legte die Füße seiner Liebsten hoch, deckte sie mit einer kuscheligen Wolldecke zu. Trotz der inzwischen warmen Temperaturen fror Caro aufgrund ihres Katers, was sie aber nicht daran hinderte, ein für sie heikles Thema anzuschneiden.

»Was hältst du von der Blumengeschichte bei Megan?«

»Ich habe ein ungutes Gefühl«, gab er zu. »Du auch, oder?«

»Inzwischen schon«, bestätigte sie. »Anfangs dachte ich, das ist ja nett und sie wird bald erfahren, von wem sie kommen. Aber ich habe den Eindruck, es gab viele dieser Aufmerksamkeiten und der Verehrer hätte sich längst zu erkennen geben müssen. Megan macht eine gute Miene dazu, aber ich glaube, so langsam wird ihr auch etwas mulmig. Sollte man das vielleicht der Polizei melden?«

»Was soll sie denen denn sagen? Dass sie Geschenke bekommt? Man kann es als Belästigung werten, aber ich glaube ehrlich gesagt nicht, dass die Polizei das genauso sehen würde. Und um den Kerl dazu zu bringen, damit aufzuhören, müsste man erst mal wissen, wer es ist. Und genau das ist ja das Problem, wir wissen es nicht.«

»Das kann man aber rauskriegen.« Ihre Augen funkelten unternehmungslustig.

»Nein, oder?« stöhnte Damian. Er ahnte, worauf sie hinauswollte.

»Doch. Und wenn keine Überwachung von Megans Haus, was umschichtig von dir, Ian, Joshua, Ethan, Stacy und mir durchaus machbar wäre, dann wenigstens eine Kamera.«

Damian runzelte nachdenklich die Stirn. Die Idee mit einer Kamera fand er gar nicht so übel, darüber würde er einmal mit Ian sprechen müssen. Sein Freund war der Technikfreak unter ihnen und zusammen mit Joshua, der wiederum im Softwarebereich kundig war, ließe sich bestimmt etwas zaubern.

Caros triumphierender Blick zeigte ihm, wie mühelos sie seine Gedanken lesen konnte. Er gab ihr einen Nasenstüber und stand auf.

»Du ruhst dich noch ein bisschen aus und ich gehe mal zu Ian.«

»Grüß Stacy von mir.«

Er kam ihrem Wunsch unverzüglich nach, als er das Cottage der Freunde betrat. Damian neigte dazu, solche Grußaufträge zu vergessen, deshalb erledigte er es lieber sofort. Allerdings hätte er es sich auch sparen können, denn von Stacy kam nur ein Murmeln. Sie hatte sich, ebenso wie Caro, auf dem Sofa niedergelassen. Nur hatte sich Stacy komplett in Kissen und Decke vergraben, ihr schien es sehr viel schlechter als Caro zu gehen.

»Ich kann aber schon damit rechnen, dass du morgen arbeitsfähig sein wirst?« neckte er sie.

»Scher dich zum Teufel!«

Lachend ging er zu Ian, der in der Küche wartete. Da die Männer lange Zeit alleinlebend verbracht hatte, konnten sie sich problemlos selbst versorgen. Deshalb stand auch bereits eine Kanne Kaffee auf dem Tisch, dazu einige Kekse, die Ian noch im Schrank gefunden hatte. Damian beäugte das Gebäck etwas kritisch, beschloss dann aber, es zu probieren. Kauend erzählte er von Megans anonymen Geschenken und Caros Idee.

Ian sagte zunächst nichts. Damian sah es förmlich hinter der gebräunten Stirn arbeiten, als er stutzte. Etwas war anders an Ian. Die Suche danach nahm seine Aufmerksamkeit erst einmal in Anspruch, bis er die Lösung hatte. Die Baseballkappe fehlte.

»Seit wann rennst du ohne Kopfbedeckung rum?«

»Stacy mag es nicht, wenn ich sie zuhause trage. Sie meint, das sieht immer so aus, als wenn ich gleich wieder weg will.«

Damian lachte in sich hinein. Die Macht der Frauen!

»Ich denke mal, eine Kamera zu installieren, ist nicht das Problem. Aber wir brauchen einen Sensor, damit sie sich bei Bewegung einschaltet. Sie kann ja nicht ununterbrochen laufen. Und natürlich einen Platz, wo der Typ auf jeden Fall vorbeikommt«, überlegte Ian laut.

»Wo kriegt man das alles her und kannst du es installieren? Ich kann sonst auch Joshua ins Boot holen, der kennt sich mit solchem Kram auch aus.«

Ian strich sich nachdenklich über das Kinn.

»Besorgen kann ich es, das ist kein Thema. Wäre aber schon nicht übel, wenn Joshua dabei wäre. Gemacht habe ich so was auch noch nicht, zwei Experten sind besser als einer. Sofern man mich als einen solchen bezeichnen kann.«

»Ich kann dir bei Joshua nicht garantieren, dass er sich super auskennt. Aber ich weiß, dass er viel mit solchen Sachen experimentiert. Hat er zumindest früher und Megan damit manchmal fast wahnsinnig gemacht. Ihr beide zusammen kriegt das sicher hin.«

»Dann ruf ihn an.«

»Nein, er bringt doch nachher sowieso die Jungs. Dann können wir ihn danach fragen.«

»Trotzdem. So weiß er schon mal Bescheid und entwischt uns nicht.«

Damian tat ihm den Gefallen mit dem Anruf, beschränkte sich aber darauf, Joshua zu bitten, noch bei Ian vorbeizukommen. Der war etwas verwundert, versprach jedoch, zu kommen. Die Freunde aus Kindertagen schmiedeten in der Wartezeit weiterhin Pläne.

»Eigentlich müssten wir uns doch auch unseren Männerabend nehmen, oder? Wenn die Frauen das können ...« beanspruchte Ian dasselbe Recht für sich selbst.

Damian grinste. Er hätte damit rechnen müssen.

»Klar! Aber wir sollten uns auch auf drei ausweiten, das Pendant zu Megan ist Joshua. Der sollte also dabei sein.«

»Die sind doch auseinander. Zählt er da überhaupt noch?«

»Da es noch keinen anderen gibt, muss er halt einspringen. Und ich versichere dir, das wird ein amüsanter Abend.«

»Das bezweifle ich nicht, ich kenne Joshua gut genug«, lachte Ian. »Okay, noch was, wonach wir ihn fragen können. Der arme Kerl weiß dann bestimmt gar nicht, wie ihm geschieht.«

»Macht nichts«, entschied Damian mitleidlos. »Wir können ja beides miteinander verbinden.«

»Das Anbringen der Kamera und den Männerabend? Dann aber in der richtigen Reihenfolge, sonst sehe ich schwarz!«

Es wurde Abend, bevor Joshua auftauchte.

»Megan scheint das Spektakel gestern ja ganz gut überstanden zu haben. Wie ist es mit euren Frauen?«

»Frag nicht, sieh nebenan auf dem Sofa nach«, empfahl Ian. »Aber mach dich nicht bemerkbar, das könnte tödlich sein.«

»Dann lasse ich es lieber.« Stattdessen setzte sich Joshua und sah die anderen beiden Männer auffordernd an.

»Also, was ist los?«

Damian berichtete erneut von den wiederkehrenden Blumengeschenken des Unbekannten und ihrem Plan.

Joshua kaute in Gedanken versunken an seiner Unterlippe herum.

»Das ist wirklich eine komische Sache. Natürlich kann es absolut harmlos sein und plötzlich wieder aufhören. Aber ich habe ein mieses Gefühl bei der Sache. Keine Ahnung, warum.«

»So geht es uns eben auch«, bestätigte Damian. »Deshalb wollen wir rausfinden, wer das ist. Caro hatte schon eine umschichtige Überwachung im Sinn mit Ian, Dad, Stacy, dir, ihr und mir. Wäre auch eine Möglichkeit, aber die Kamera fände ich besser. Schon im Hinblick darauf, wenn der Kerl während einer Schicht der Frauen auftaucht. Man weiß nicht, wie er reagiert, wenn er ertappt wird. Vorausgesetzt, der ist nicht ganz so harmlos, wie wir alle hoffen und denken.«

»Eben, das halte ich auch für keine gute Idee. Lieber die Kamera«, bestätigte Joshua. »Kannst du die besorgen und wir beide zusammen richten das Ding dann ein?« wandte er sich fragend an Ian. Der nickte. Joshua fuhr fort: »Ich sehe nur ein Problem bei der Sache.«

Er schaute abwechselnd zu Damian und Ian. Die tauschten einen ratlosen Blick. Was meinte der Mensch? Joshua seufzte über diese Unwissenheit.

»Zuerst muss mal Megan überzeugt werden, das alles überhaupt zu wollen. Wir können die Überwachung ja schlecht machen, ohne dass sie es weiß und genehmigt. Und das wird eine richtig harte Nuss!«

»Sie will doch auch wissen, wer das ist«, warf Damian ein.

»Aber ob sie deshalb unserem Plan zustimmt, sei noch dahingestellt.« Er fixierte Damian. »Wir beide müssen sie davon überzeugen.«

»Warum wir?« begehrte der auf.

»Weil wir immer noch den meisten Einfluss auf sie haben.«

Das konnte Damian nicht abstreiten.

Warum sollte man etwas auf die lange Bank schieben, wenn es gleich erledigt werden konnte? Damian und sein Schwager überließen Ian sich selbst und Stacy, während sie sich auf den Weg zu Megan machten. Inzwischen wurde es dunkel, keine Zeit mehr für Besuche. Das interessierte die beiden aber herzlich wenig.

Sie trafen Megan im Wohnzimmer an, mit einem Buch in den Sessel gekuschelt.

»Du siehst ja tatsächlich relativ fit aus«, stellte Damian erstaunt fest.

»Ich habe offenbar immer noch die Fähigkeit, einen Kater ziemlich schnell abzuschütteln. Wie geht es Caro?«

»Weiß ich nicht, ich war in den letzten Stunden nicht zuhause. Aber als ich ging, war sie noch am Leben.«

»Du bist ein Idiot!« beschied seine Schwester. »Was führt euch zu mir? Irgendwas habt ihr doch, wenn ihr zu zweit hier auftaucht. Vor allem, weil ich dachte, du bist schon längst unterwegs nach Dublin«, wandte sie sich an Joshua.

Der setzte sich, Damian tat es ihm nach. Megans Miene wurde immer misstrauischer. Sie setzte sich aufrecht und wartete mit wippendem Fuß ab. Die Männer tauschten einen Blick, jeder darin bestrebt, dem anderen den schwarzen Peter zuzuschieben.

»Leute, ich will ja nichts sagen, aber irgendwann ist der Abend auch mal vorbei«, drängelte Megan.

Daraufhin fasste sich Joshua ein Herz, er hatte den stillen Kampf gegen Damian verloren.

»Dich interessiert doch auch, wer dir immer Blumen schickt, oder?«

»Schon. Noch interessanter wäre es zu wissen, ob das derselbe ist, der mich ab und zu mit unterdrückter Nummer anruft.«

Ihre Gegenüber rissen die Münder auf, davon hörten sie das erste Mal.

»Du kriegst Anrufe und es meldet sich keiner?« vergewisserte sich Damian.

»Ja. Ich höre immer nur ein Keuchen. Da will mich einer auf die Schippe nehmen, glaube ich.«

»Findest du das noch normal? Andauernd Blumen von einem Unbekannten und noch dazu Anrufe?« ereiferte sich ihr Bruder.

»Nein, natürlich ist das seltsam. Für gewöhnlich meldet man sich, wenn man bei jemandem anruft und überreicht Blumen auch persönlich. Oder hinterlässt zumindest eine Karte oder was auch immer. Ich habe ja nicht gesagt, dass das alles normal ist. Aber es stört mich auch nicht weiter. Manchmal bin ich etwas verunsichert, aber eigentlich finde ich es spannend. Irgendwann wird sich der Kerl ja mal zu erkennen geben. Sonst würde er nicht so viel Zeit und Mühe investieren.«

Damian konnte über diese Einstellung nur den Kopf schütteln. Für ihn nahm das doch Züge an, die er bedenklich fand.

»Das ist es doch eben, Megan. Wenn jemand dir den Hof machen will …«

Sie unterbrach ihn mit ihrem Kichern. »Das klingt so herrlich altmodisch.«

»Na gut«, korrigierte sich Damian. »Wenn jemand dich anbaggern will, dann würde es ja wohl mehr Sinn machen, wenn er sich auch zu erkennen geben würde. Dass er sich versteckt, ist meiner Meinung nach kein gutes Zeichen. Du solltest die Polizei einschalten.«

Sie tippte sich mit dem Finger vor die Stirn um ihm zu zeigen, was sie von diesem Vorschlag hielt.

»Der macht doch nichts, außer mich zu beschenken. Und ob es derselbe ist, der ab und zu anruft, wissen wir auch nicht.«

»Das ist aber anzunehmen«, bemerkte Joshua. »Entweder die Polizei oder wir finden selber raus, wer es ist. Es kann tatsächlich harmlos sein und dann kannst du das Ganze wenigstens genießen, ohne dir Gedanken machen zu müssen.«

Die Erkenntnis, es könne einen ernstzunehmenden Bewerber um Megans Gunst geben, behagte ihm gar nicht. Aber hier ging es nicht um ihn.

Sichtlich amüsiert lehnte sich Megan zurück. Es war einfach herrlich, wie Bruder und Ehemann dort mit den Füßen scharrten in dem Bestreben, sie für ihre Pläne zu gewinnen. Woher Joshua von alldem wusste, brauchte sie nicht zu hinterfragen.

»Ach ja. Und wie wollt ihr das anstellen?«

»Indem wir eine Kamera installieren, die sich auf Bewegung einschaltet und aufzeichnet«, erklärte Damian, der nun wieder die Führung übernahm.

»Ihr spinnt doch wohl! Ihr wollt mich überwachen?«

»Nicht dich«, präzisierte Damian. »Den Einbrecher. Denn immerhin kommt da jemand ohne dein Wissen ins Haus.«

»Wie soll das denn gehen? Ihr könnt doch nicht überall Kameras aufhängen. Da käme ich mir ja vor, als wenn ich ins Visier diverser Geheimdienste geraten wäre.«

»Keine Sorge, die überwachen sowieso alles.« Joshuas eingeworfener Scherz ging jedoch unter, denn Megan nahm Fahrt auf.

»Ihr könnt nicht das ganze Erdgeschoss überwachen, das wisst ihr ganz genau. Und ich will das auch nicht. Die Dinger würden ohnehin ständig anspringen, wenn wir uns im Haus bewegen. Ihr habt doch echt einen Vogel!« stellte sie abschließend fest.

Eine solche Reaktion hatte Damian vorausgesehen, Joshua ebenso.

»Meine liebe Schwester! Lass dir doch erst mal erklären, wie wir uns das gedacht haben.«

»Bitte, dann erklärt es mir«, schnappte sie.

»Also …« Damian stand auf, um während des Sprechens langsam durch das Zimmer zu wandern. »Wir installieren zwei Kameras, eine an der Vorder- und eine an der Hintertür. Durch eine der beiden Türen geht er, wenn du die Fenster geschlossen lässt. Du brauchst natürlich nur verriegeln, wenn du nachts oben bist oder das Haus verlässt. Wenn du nur kurz unterwegs bist, lässt du ja offen. Das solltest du dann auch weiterhin so machen. Ich bin mir nämlich gar nicht sicher, ob der dich nicht beobachtet, um einen günstigen Zeitpunkt abzupassen. Immerhin ist er noch nie eingebrochen, sondern immer so reingekommen.«

Megan spitzte nachdenklich die Lippen, konnte sich aber eine Bemerkung nicht verkneifen.

»Und wie kommen wir dann rein und raus?«

Damian verdrehte die Augen.

»Den nötigen Ernst, bitte, Schwesterlein. Natürlich durch die Türen. Es macht ja nichts, wenn ihr auch kurz aufgezeichnet werdet.«

Er sah ihr an, wie sie mit sich kämpfte. Neugierde über die Identität des Verehrers stritt mit der Abneigung, überwacht zu werden. Womöglich genoss sie es sogar, durch einen Unbekannten hofiert zu werden.

Damian nahm wieder Platz und ließ Megan überlegen. Im Wohnzimmer hätte man eine Stecknadel fallen hören können. Joshua schaute ganz interessiert aus dem Fenster, während Damian seine Schwester nicht aus den Augen ließ. Er würde hier nicht eher weggehen, bis sie ihre Zustimmung gegeben hatte.

»Nein!«

Das konnte doch nicht wahr sein! Er schaute Joshua an, der nur ratlos die Schultern hochzog. Er hatte es gleich prophezeit.

Damian nahm einen neuen Anlauf.

»Sag mal, willst oder kannst du es nicht kapieren? Das mag alles harmlos sein, aber es kann auch was Ernstes dahinterstecken. Warum willst du das denn nicht? Die Alternative wäre, dass wir alle abwechselnd dein Haus beobachten. Das können wir von draußen und brauchen dazu nicht deine Zustimmung. Das Grundstück ist meins, wenn du dich recht erinnerst. Ich könnte sogar ohne deine Einwilligung die Kameras anbringen, sofern es draußen ist. Aber mir wäre es schon lieber, wenn du einfach zustimmen würdest.«

Er hasste es, sie auf diese Art zu erpressen. Eigentlich war er nicht der Typ, der auf irgendwelche Rechte pochte. Schon gar nicht auf Eigentum. Sie ließ ihm jedoch keine andere Wahl mit ihrer Sturheit, er machte sich einfach Sorgen.

»Ihr macht aus einer Mücke einen Elefanten!« schrie sie.

»Das ist kein Grund. Selbst wenn es so ist, spricht nichts dagegen, es so zu machen, wie wir sagen. Warum also bist du so dagegen?« fragte er erneut.

Megan verschränkte die Arme vor der Brust und blickte mürrisch in ihren Schoss.

»Das versteht ihr sowieso nicht.«

»Versuch's doch einfach erst mal«, drängte Damian.

Sie holte tief Luft, um dann zu einer kurzen Erklärung anzusetzen.

190

»Es ist ein schönes Gefühl, dass sich jemand diese Mühe macht. Und das, ohne sich dadurch von Anfang an hervorzuheben. Es ist spannend, wer sich später zu erkennen geben wird. Ich möchte das einfach abwarten.«

Ungläubig schüttelte Joshua den Kopf. Damian fasste seine Gedanken in Worte.

»Megan, so dumm kannst du doch nicht sein. Oder wohl eher: So dumm bist du nicht. Siehst du denn nicht, dass es auch alles andere als harmlos sein kann?«

Trotzig hob sie den Blick und sah in seine Augen.

»Das ist ja wohl mehr als unwahrscheinlich. Wir sind hier nicht in Chicago oder so was.«

»Ich glaube nicht, dass solche Städte das Alleinrecht auf Verrückte haben. Das kann es überall geben, Meg.«

Sie begannen, sich anzuschreien. Joshua drückte sich tiefer in den Sessel, als wäre er nicht da. Damian machte eine Pause, holte tief Luft und versuchte es dann noch einmal in ruhigerem Ton.

»Es ist doch nur eine Vorsichtsmaßnahme, mehr nicht. Wenn wir wissen, wer der Kerl ist, kannst du weitermachen, wie du es für richtig hältst.«

»Das kann ich jetzt auch«, widersprach sie.

»Dann machen wir es allein«, stellte Damian klar. »Du benimmst dich im Moment echt wie ein kleines Kind!«

Das rüttelte Megan auf. Sie hinterfragte ihre Weigerung, sich auf die Kameras einzulassen. Und fand keinen wirklichen Grund außer ihrem Trotz.

»Macht doch, was ihr wollt!«

Sie sprang aus ihrem Sessel auf und stürmte die Treppe hinauf.

Damian und Joshua blieben zurück, überrascht über die mehr als heftige Ablehnung Megans. Mit Widerstand hatten sie gerechnet, aber nicht in diesem Ausmaß.

»Sag mal, bin ich im falschen Film oder was?« erkundigte sich Damian bei seinem Schwager.

»Nein, aber du kennst Megan. Wenn man ihr was aufdrängen will, schaltet sie automatisch auf stur. Wir haben es wahrscheinlich falsch angefangen.«

Seine Solidarität verlangte es, von »wir« zu sprechen, obwohl hauptsächlich Damian argumentiert hatte. Der bemerkte es gar nicht, sondern winkte.

»Komm, lass uns wieder zu Ian gehen. Schläfst du heute bei uns? Es ist nun schon recht spät für die Rückfahrt.«

Joshua schüttelte den Kopf so heftig, dass sein Pferdeschwanz gegen die Ohren schlug.

»Ich fahre auf jeden Fall heute zurück. Aber danke für das Angebot.«

Schweigend trabten sie zurück zu Ian und erkannten erleichtert noch einen Lichtschein hinter dem Fenster. Kurzerhand betraten sie das Cottage und steuerten den hellen Fleck im Hausflur an.

Ian saß immer noch oder schon wieder am Küchentisch, diesmal in Begleitung eines Guiness. Wortlos deutete er auf das Glas, Damian und Joshua nickten und bekamen ebenfalls jeweils das Getränk serviert.

»Tja«, begann Damian. »Sie hat sich mit Händen und Füßen gewehrt, wollte den Sinn nicht einsehen. Das Ganze ist wohl so eine Art Nervenkitzel für sie, wer dahintersteckt. Aber eine kleine Erpressung konnte sie dann mehr oder weniger umstimmen.«

»Ich liebe Erpressungsgeschichten. Erzähl!«

Stacy bekam beim Betreten der Küche gerade noch den Schluss mit, was dazu führte, dass Joshua alles nochmals wiederholte. Sie reagierte ähnlich wie Megan und zeigte den Männern mit ihrem Zeigefinger an der Stirn ihre Meinung. Ob sich das nun auf den Plan mit den Kameras bezog oder Damians Art und Weise, seine Schwester zu überzeugen, blieb ihr Geheimnis.

»So, nun muss ich aber wirklich los.«

Joshua stand auf und verabschiedete sich. Die Jugendfreunde blieben noch einen Moment sitzen, um auszutrinken. Joshua hatte sein Guiness kaum angerührt, das musste auch noch vernichtet werden. Sie taten es schweigend.

Caro wartete bereits auf Damian, als er das Cottage betrat. Sie hatte wieder Farbe im Gesicht, ihre Augen wirkten lebendiger als noch am Nachmittag.

»Wo steckst du denn die ganze Zeit?«

»Du hättest doch nur anrufen brauchen, wenn du dir Sorgen gemacht hast.«

Sie grunzte.

»Warum sollte ich mir Sorgen machen? Verlaufen kannst du dich ja nicht. Ich habe mich nur gefragt, was da bei Ian so lange gedauert hat.«

»Erst war ich bei Ian, wir haben auf Joshua gewartet. Nachdem wir mit ihm alles besprochen haben, sind wir zu Megan. Danach wieder zu Ian, Joshua ist nach Hause gefahren und wir haben noch unser Guiness ausgetrunken. Zufrieden?«

»Du tust, als wenn ich dich kontrollieren wollte«, schnappte sie.

Damian konnte nicht anders, er musste lachen.

»Nein, aber ich will dich ärgern. Gehen wir ins Bett? Dann erzähle ich dir da alles ausführlich.«

Sie hakte sich direkt bei ihm unter und zog ihn zur Treppe.

»Hast du abgeschlossen?«

»Wieso, hast du auch einen heimlichen Verehrer?«

Ein vernichtender Blick traf ihn, der aber sofort bittend wurde.

»Damian …«

Er hob abwehrend die Hände.

»Wenn du so anfängst, lass mich erst im Bett liegen. Dann kann ich wenigstens vor Schreck nicht umfallen.«

Kichernd schlüpften sie unter die Decken und kuschelten sich aneinander. Den einen Arm unter dem Kopf, den anderen um Caros Schultern geschlungen, sah er ihren erwartungsvollen Blick.

»Okay, zu Megan«, begann er. »Ian kann eine Kamera besorgen oder vielmehr, zwei. Eine für die Vorder- und eine für die Hintertür. Da Joshua sich mit Computerprogrammen auskennt, wollten wir ihn mit ins Boot holen, damit die beiden das zusammen machen können. Das war noch der einfache Teil. Aber wir mussten auch Megan von unserem Plan überzeugen und das war nicht so leicht. Sie war mal wieder typisch Meg, schlicht und ergreifend zickig. Und weißt du, warum?« Fragend musterte er ihr aufmerksames Gesicht, bis sie den Kopf schüttelte. Also fuhr er fort.

»Sie genießt die ganzen Aufmerksamkeiten und findet es spannend, wer sich schließlich dazu bekennen wird. Verstehe ich ja einerseits, aber trotzdem … Sicherheit geht vor. Ich musste sie zum Schluss erpressen, damit sie nachgibt.«

Verblüfft hob Caro den Kopf.

»Wie hast du sie denn erpresst?«

Verlegen verzog er die Lippen.

»Ich habe sie darauf aufmerksam gemacht, dass sie in meinem Haus lebt und ich zumindest außerhalb daher machen kann, was ich will. Keine Ahnung, ob das wirklich so ist, aber sie hat es geschluckt. Sie hat ja nicht mal einen Mietvertrag«, präzisierte er.

»Und das hat gewirkt?«

»Mehr oder weniger. Sie war dann der Meinung, wir sollten doch machen, was wir wollen. Es dauert nicht lange, dann hat sie sich beruhigt. Ich kenne doch meine Schwester!«

»Das passt aber wirklich gar nicht zu dir!«

Sie stützte das Kinn in die Handfläche und zog die Stirn in Falten. Ihr Gesichtsausdruck ähnelte dem eines missmutigen Mopses. Damian gefiel das gar nicht. Um das Thema abzuschließen, bevor Caro seine zweifelhafte Methode näher beleuchtete, nahm er seine Bemerkung von der Treppe wieder auf.

»Leg los. Was spukt dir im Kopf rum, bei dem ich lieber liegen wollte?«

Sie holte tief Luft, bevor sie zu sprechen begann.

»Tante Molly hat doch noch zu Lebzeiten die Rohre und Stromleitungen erneuern lassen. Was das anging, war sie echt auf Draht. Wobei mir einfällt, dass das doch ein unheimliches Chaos gewesen sein muss. Dafür muss alles aufgestemmt werden, da hat sie hier weiter gewohnt?«

Erstaunt suchte sie seinen Blick. Bislang hatte sie an die näheren Umstände der Arbeiten noch gar nicht gedacht. Ihr Gatte konnte sie jedoch beruhigen.

»Nein, Molly war natürlich währenddessen nicht hier. Ein paar aus dem Dorf, auch ich, haben ihr geholfen, die Möbel auszuräumen, zusammenzurücken und abzudecken. Das brachte zwar nur teilweise was, weil der Staub in alle Ritzen kriecht, aber immerhin. Sie zog dann erst mal zu Fanny, während wir alles aufgestemmt und, soweit wir konnten, rausgerissen haben. Dann kamen die Firmen, die saniert haben. Sie hat alles auf einmal machen lassen, damit sie den Dreck zusammen erledigt hat. Als alles fertig war, haben wir ihr beim Saubermachen geholfen, alles wieder an Ort und Stelle gepackt und sie zog wieder ein. Aber wie kommst du jetzt darauf?«

»Naja«, druckste sie herum. »Das zeigt ja, dass Molly eine höchst patente Frau war. Warum, um alles in der Welt, hat sie dann diese schöne Fassade mit Farbe verschandelt?«

Stirnrunzelnd betrachtete Damian seine Frau.

»Ich kann dir irgendwie nicht ganz folgen. Wahrscheinlich fand sie ein weißes Haus schöner. Worum geht es dir eigentlich?«

Caro stützte sich auf die Ellenbogen, ihm einen schrägen Blick zuwerfend.

»Ich hätte die Farbe gern runter. Ich weiß, das ist nicht so einfach und bestimmt mit viel Arbeit verbunden. Aber ich finde einfach den Naturstein, der sich darunter verbirgt, viel schöner«, erklärte sie hastig.

Nun war die Katze aus dem Sack. Damian verbarg stöhnend sein Gesicht im Kissen und ahnte, er würde ihren Wunsch nicht abschlagen können.

Kapitel 14

Stocksauer kauerte Megan oben auf ihrem Bett und hörte ihr eigenes Herz schlagen. Sie spürte, wie ihre Halsschlagader wild pochte und ihr Gesicht sich ungewohnt heiß anfühlte. Nur selten konnte sie jemand so aus der Fassung bringen und derart reizen. Sie spürte, wie immer wieder die Wut in ihr aufflackerte. Was bildeten sich Bruder und Noch-Ehemann ein, sich so derartig in ihr Leben einzumischen? Sie spitzte die Ohren und wartete darauf, wann endlich die Haustür hinter den Männern ins Schloss fallen würde. Als dies geschah, atmete sie tief durch. Erst jetzt ging sie wieder nach unten. Ganz vorsichtig, lauschend nach jedem Geräusch, das die Anwesenheit einer der beiden verraten könnte. Aber sie fand die untere Etage leer vor.

Aufseufzend ließ sie sich in einen Sessel fallen und dachte über ihre Meinungsverschiedenheit nach. Sie mochte es überhaupt nicht, mit Damian über Kreuz zu sein. Dennoch gestand sie ihm nicht zu, über sie zu verfügen. Natürlich hatte er Recht und hinter dem Ganzen konnte durchaus ein Geistesgestörter stecken. Das erste Mal gab Megan dies sich selbst gegenüber zu. Aber sie bekam den romantischen Gedanken an einen harmlosen, verliebten Verehrer nicht aus dem Sinn. Schließlich erkannte sie an, eine Identifizierung konnte nicht schaden. Zwar wäre dann der Reiz des Unbekannten verflogen, aber zumindest konnte sie sich überlegen, ob sie diese ganzen Zuwendungen überhaupt wollte. Falls nicht, würde sie einfach kurzen Prozess machen und den betreffenden Mann davon in Kenntnis setzen.

Beruhigt in der Annahme, die Installation der Kamera würde noch eine Weile in der Zukunft liegen, stand sie auf und machte sich einen Kakao. Den würde sie heute Abend benötigen, um schlafen zu können. Nebenbei beschloss sie, ihrer Mutter von der ganzen Aktion zu erzählen. Sie würde ohnehin etwas mitbekommen und Megan wollte nicht, dass sie es durch jemanden anderen als sie selbst erfuhr.

Nach Feierabend am nächsten Tag setzte sie ihr Vorhaben in die Tat um. Gut gelaunt betrat sie das Grundstück ihrer Eltern, um im Garten nach Olivia Ausschau zu halten. Da sie sich dort nicht befand, ging sie durch die Küchentür hinein.

Olivia saß wieder einmal am Tisch, diesmal las sie die Zeitung. Lächelnd blickte sie auf, als Megan die Tür schloss.

»Na, mein Mädchen? Trinkst du einen Tee mit mir?«

»Gerne, Mum.«

Sie nahm Platz und schaute ihrer Mutter bei den Vorbereitungen zu. Immer wieder warf Olivia einen Blick über die Schulter, mit der Sicherheit einer Mutter wissend, das Kind hatte etwas auf dem Herzen. Aber sie übte sich in Geduld, damit kam sie bei ihren Sprösslingen immer am weitesten.

Megan schwieg sich aus, bis die Teebecher dampfend vor ihnen standen. Dann holte sie tief Luft und platzte heraus: »Ich muss dir was erzählen.«

»Das dachte ich mir«, erwiderte Olivia lächelnd. »Dann schieß mal los.«

»Ich bekomme in letzter Zeit immer wieder Blumen. Die stehen einfach im Haus, ohne dass ich weiß, wer sie gebracht hat und von wem sie sind. Entweder habe ich geschlafen oder war unterwegs. Dann hat öfters jemand angerufen, ohne angezeigte Nummer und ohne sich zu melden. Eine SMS und ein Brief kamen. Ich gehe davon aus, es handelt sich um einen Mann, der sich bald zu erkennen geben wird.«

Sie trank einen Schluck, Olivia wartete geduldig ab.

»Caro weiß es, Stacy und auch Damian hat davon Wind bekommen. Eigentlich gehen wir davon aus, dass es William ist. Du weißt doch, den ich im Immobilienbüro kennen-gelernt habe. Trotzdem denken die beiden, es wäre sicherer rauszufinden, wer es wirklich ist. Dazu haben sie Ian und Joshua ins Boot geholt.

Die wollen nun Kameras an den Türen installieren um aufzuzeichnen, wenn jemand rein oder raus geht. Was hältst du von der Sache?«

Olivias Gesichtsausdruck war zunehmend besorgter geworden. Eine steile Falte über der Nasenwurzel zeigte an, dass ihr gar nicht gefiel, was sie gehört hatte.

»Ich denke, sie haben Recht. Ich wäre einfach beruhigter, wenn ich wüsste, dass die ganze Sache harmlos ist. Und das kann man erst mit Sicherheit sagen, wenn man denjenigen kennt. Kommt nur dieser William infrage? Dann wäre es doch sinnvoller, du wüsstest das auch. Und nicht dieses Heimliche, das macht von seinem Standpunkt aus keinen Sinn.«

»Das haben wir uns auch überlegt«, stimmte Megan zu. »Aber Stacy meinte, er will mich erst mürbe machen, bevor er sich zu erkennen gibt.«

»Das wäre eine Möglichkeit«, murmelte Olivia. Für wahrscheinlich hielt sie es jedoch nicht.

»Ich habe mir die ganze Zeit deshalb keine Angst machen lassen, warum auch?« fuhr Megan fort. »Ich finde das einfach nur spannend.«

Jetzt lächelte Olivia ihre Tochter an und strich ihr zart über die Wange.

»Das glaube ich dir gern. Aber du solltest dabei nicht aus den Augen verlieren, dass es auch einen ernsteren Hintergrund haben kann. Natürlich gehen wir in unserem beschaulichen Dorf davon aus, das ist harmlos. Es macht sich jemand einen Spaß daraus, dich auf die Folter zu spannen. Trotzdem darf man nicht ganz ausschließen, dass es nicht so ist.«

Zu dem Ergebnis war Megan inzwischen auch gekommen. Die Unterstützung ihrer Mutter gegenüber dem Plan zeigte ihr aber auch, dass sie offenbar bei Damian und Joshua überreagiert hatte. Das musste sie wohl wieder geradebiegen.

»Ich glaube, dann gehe ich mal zu Damian und leiste Abbitte. Gestern, als er und Joshua mit der Idee kamen, habe ich komplett auf stur geschaltet.«

Olivia stützte das Kinn in die Handfläche und wackelte mit den Augenbrauen.

»Ich glaube, dein Bruder hätte sich sehr gewundert, wenn du einfach so zugestimmt hättest.«

Ebenso wie Damian war Megan kein Mensch, der gern etwas auf die lange Bank schob. Deshalb machte sie sich direkt vom Cottage ihrer Eltern auf den Weg zu ihrem Bruder. Sie wusste, um diese Zeit wäre er noch in der Werkstatt.

Sie nahm die Tür zum Büro, um zuerst Stacy zu begrüßen. Der kleine Raum war das Refugium der Freundin, ein Computerarbeitsplatz und im rechten Winkel daneben ein Schreibtisch, links der Eingangstür. Geradeaus befand sich eine Spüle, in einem Hängeschrank darüber gab es diverses Geschirr. Auch ein Kühlschrank fehlte nicht, der sie beide im Sommer mit kalten Getränken versorgte. Die Kaffeemaschine stand obenauf.

Stacy sah auf, als Megan den Besucherstuhl vor ihrem Schreibtisch zurückzog und sich setzte.

»Na, wieder nüchtern?« stichelte sie.

»Das fragt gerade die Richtige«, beschwerte sich Stacy. »Du hast gestern zuerst ausgesehen wie eine Leiche. Allerdings muss ich zugeben, dass ich die letzte Nacht noch ziemlich verkatert verbracht habe. Magst du was trinken?«

Plötzlich verspürte Megan nach dem süßen Tee ihrer Mutter einen unbändigen Durst.

»Eine eiskalte Cola wäre toll.«

»Du weißt, wo der Kühlschrank und die Gläser sind«, belehrte Stacy. Sie hatte nicht die Absicht, Megan zu bedienen.

Nachdem diese sich selbst versorgt hatte, konnte Stacy nicht länger an sich halten.

»Ist was nicht in Ordnung? Du kommst doch normalerweise nicht hier in die Schreinerei.«

Megan fuhr sich mit der Hand durch das dunkle Haar und stieß die Luft aus.

»Ich war wohl gestern etwas ruppig, als Damian und Joshua mir eine Idee unterbreitet haben. Die haben was vor, das glaubst du nicht …«

»Doch«, unterbrach Stacy und holte sich ein Mineralwasser. »Ich habe gestern mitgekriegt, was die sich ausgedacht haben. Ian ist daran nicht unerheblich beteiligt, das nur zu deiner Information. Aber wenn ich ehrlich bin, finde ich den Einfall gar nicht so schlecht. Wenn das klappt, musst du dir wenigstens keine Sorgen machen, dass ein Irrer am Werk ist.«

Sie nahm einen Schluck und blickte Megan auffordernd an.

»Ja, ja, ja! Ihr habt ja Recht. Aber eben dieser Meinung war ich gestern gar nicht und deshalb habe ich Damian und Joshua ziemlich angezickt, als sie bei mir waren.«

Stacy kicherte, sie kannte Megan schließlich ziemlich lange und entsprechend gut.

»Glaubst du etwa im Ernst, die hätten was anderes erwartet?«

Grinsend bestätigte Megan: »Das hat meine Mutter auch schon gesagt. Sie wussten, dass ich nicht einfach nachgeben würde.«

»Siehst du. Dabei denkt sich doch keiner was.«

»Egal, trotzdem will ich das aus der Welt schaffen.«

Sie trank aus und betrat durch die Verbindungstür die Werkstatt. Hier herrschte Damian mit allem, was sein Wesen ausmachte. Die lange Wand links war mit einer Werkbank bestückt, über der Unmengen von Werkzeugen hingen. In Schränken mit Schubfächern befanden sich kleinere Materialien und weitere Werkzeuge. Maschinen, die er zur Bearbeitung des Holzes brauchte, standen im Raum verteilt und blitzen sauber. Bis auf die, an der er gerade arbeitete.

Sie warf einen Blick durch die breite, doppelflügelige Tür, die direkt zur Einfahrt führte und offenstand, um die warme Sommerluft hereinzulassen. Durch diese konnte er fertige Produkte direkt hinausbringen oder Material hinein. Geduldig wartete sie ab, bis Damian seine Arbeit beendet hatte und die Maschine abstellte.

Erstaunt drehte er sich zu ihr um.

»Warum hast du dich denn nicht bemerkbar gemacht?«

»Damit du dich erschreckst und einen Finger oder mehr absägst?«

Er grinste. Merkwürdigerweise dachte jeder, er könne sich verletzten, wenn er bei der Arbeit überrascht würde. Schnell wurde sein Gesicht wieder ernst, denn ihr Erscheinen war ungewohnt.

»Ist was passiert, dass du hierher kommst?«

Sie schüttelte schnell den Kopf.

»Keine Sorge, alles in Ordnung. Ich wollte dir nur sagen, dass ich gestern etwas widerborstig war.«

»Du wirst es nicht glauben, aber das habe ich gemerkt.«

Er nahm den Holzzuschnitt und trug ihn zur Werkbank, Megan folgte ihm.

»Du weißt genau, was ich meine«, erörterte sie seinem Rücken. »Ihr habt mich damit überfallen und ich hatte einfach meinen Dickkopf. Du sollst nur wissen, dass ich inzwischen den Nutzen der Kameraaktion einsehe und nichts mehr dagegen habe.«

Er drehte sich zu ihr um, die Arme vor der Brust verschränkt. Abschätzend blickte er sie an.

»Du verstehst tatsächlich unsere Gründe dafür?« hakte er nach.

»Ja. Auch wenn ich kein Problem mit den Blumen, dem Brief und den Anrufen habe, kann es nicht schaden, den Kerl zu entlarven. Dann kann ich auch entscheiden, ob ich ihn weitermachen lasse und abwarte, bis er sich von selbst meldet oder ob ich ihm gleich sage, er soll es lassen.«

Damian runzelte die Stirn.

»Was für ein Brief?«

Ihr fiel siedend heiß wieder ein, den Brief hatte sie noch mit keinem Wort erwähnt.

»Er lag den einen Tag in meinem Briefkasten. Irgend-jemand hatte ihn eingeworfen, es gab keine Adresse oder so. Mit der Post war er nicht gekommen.«

»Und was stand drin?«

»Es war das Bild einer Rose und dabei stand: ›Ich kriege dich‹. Sonst nichts.«

»Und das sagst du erst jetzt?« rief er verärgert.

»Wieso ist das so wichtig? Es heißt doch wohl nur, dass derjenige glaubt, er könne mich mit seinen Aktionen irgend-wann erobern. Oder der Brief ist einfach nur ein Streich, der mit dem ganzen anderen nichts zu tun hat.«

Damian legte die Hand über die Augen und schüttelte fassungslos den Kopf.

»Megan, erhalte dir dein kindliches und vertrauensvolles Gemüt. Für mich klingt das eher nach einer Drohung.«

»Ach Quatsch, du siehst Gespenster. Außerdem musst du dir keine Sorgen machen, wir werden ihn ja bald sehen. Vorausgesetzt, der Brief, die Anrufe und die Blumen stammen alle von ein und derselben Person.«

»Davon kannst du wohl mal ausgehen«, murmelte er.

Megan verstand ihren Bruder. Er war der Ältere von ihnen und fühlte sich für sie verantwortlich. Dennoch glaubte sie immer noch, er sah die Sache etwas zu dramatisch. Sie beschloss, noch eine Runde über die Felder zu gehen und Hanna einen Besuch abzustatten. Von weitem sah sie Jonas, der über die Landstraße kam. Täuschte sie sich oder hatte sie ihn von ihrem Cottage kommen sehen?

Joshua kam gerade aus der Dusche, als sein Handy dudelte. Wieder einmal nahm er sich vor, endlich einen anderen Klingelton einzustellen. Dieser ging ihm zeitweise gehörig auf die

Nerven. Auf dem Display leuchtete ihm Damian entgegen, automatisch ging Joshua davon aus, es handele sich um die Kameras. Aber weit gefehlt.

»Megan bekommt nicht nur Blumen und Anrufe, sondern ein Brief mit einem – in meinen Augen bedrohlichen Text – war auch schon im Briefkasten.«

Joshua wunderte dies überhaupt nicht.

»Was regst du dich so darüber auf? Ich glaube, der Kerl versucht einfach mit allen Mitteln, auf sich aufmerksam zu machen. Ich habe gestern noch eine Weile darüber nachgedacht. Vielleicht traut er sich einfach nicht, in Erscheinung zu treten und wartet so auf eine passende Gelegenheit.«

Damian grunzte durch das Telefon.

»Wenn es tatsächlich dieser William ist, wie Megan vermutet, dann ist der alles andere als schüchtern. Aber du weißt doch auch noch gar nicht, was in dem Brief stand. Es war eine Rose gemalt und der Satz ›Ich kriege dich‹. Findest du das etwa normal?«

Joshua schluckte. Nein, das fand auch er nicht gerade beruhigend. Sicher konnte man eine harmlose Interpretation finden, aber sie überzeugte ihn nicht.

»Sollte sie nicht doch lieber die Polizei informieren?«

»Du hast sie gestern erlebt. Heute ist sie wenigstens soweit, bei den Kameras mitzumachen. Aber zur Polizei kriegen wir die nicht. Zumal es ja eigentlich nichts gibt, dem die nachgehen könnten. Wenn man von dem Brief mal absieht, aber das würden sie wohl als Streich werten.«

Er musste zugeben, vermutlich lag Damian richtig mit seiner Einschätzung. Das änderte aber nichts an der Tatsache, dass ihm die ganze Sache immer weniger gefiel. Ihm kam ein Gedanke.

»Was, glaubst du, würde sie sagen, wenn ich mich für eine Weile bei ihr einquartieren würde?«

»Sie würde dich zum Teufel jagen. Megan lässt dich jederzeit bei sich übernachten, aber nicht, wenn sie das Gefühl hat, du bist wegen der Sache da. Das kannst du dir abschminken, das weißt du ganz genau.«

»Vielleicht finden wir ja einen Grund, als Alibi sozusagen. Wir könnten ja mal drüber nachdenken.«

»Könnten wir«, entgegnete Damian. »Aber wir müssen auch davon ausgehen, dass der Typ das Cottage im Auge hat oder zumindest Megan. Wenn der deine Anwesenheit bemerkt, kriegen wir ihn nicht.«

»Verdammt«, murmelte Joshua. Diesen Aspekt hatte er nicht bedacht. »Gut«, gab er sich geschlagen. »Dann sollten wir uns mit den Kameras beeilen, um möglichst schnell Klarheit zu haben. Weißt du, wann Ian die Dinger besorgen kann?«

»Er hat sich schon erkundigt und wenn ich ihn richtig verstanden habe, holt er sie am Mittwoch ab. Da ist irgendein Bekannter eines Bekannten eines Cousins ... weiß der Henker! Jedenfalls werden wir sie Mitte der Woche haben, wenn alles klappt.«

»Sag dann Bescheid. Sowie wir sie installieren können, komme ich.«

Damian versprach es, bevor die Männer auflegten.

Unruhig wanderte Joshua anschließend durchs Wohn-zimmer. Seine Haut war abgetrocknet, er warf sich eine Jeans und T-Shirt über. Eigentlich hatte er weiter an seiner beruflichen Existenz basteln wollen, weitere Konzepte erstellen. Nun hatte er dazu keine Muße mehr.

Wie er es sich in Affordshire angewöhnt hatte, begab er sich auf einen Spaziergang, um die innere Spannung loszuwerden. Es machte nur halb so viel Spaß, durch die Straßen von Dublin zu wandern, als durch das üppige Grün der Wiesen und Wälder auf dem Lande. Aber etwas anderes hatte er hier nicht und mit dem Auto erst aus der Stadt hinauszufahren oder in einen der Parks, kam ihm doch übertrieben vor. Nur die Anwesenheit seiner Söhne in Megans Cottage konnten ihn etwas beruhigen. Selbstverständlich konnten sie keine Hilfe sein, falls wirklich eine Gefahr von dem Mann ausging. Es bestand sogar die Möglichkeit, dass auch ihnen etwas passieren konnte. Davon ging Joshua jedoch nicht aus. Er baute felsenfest darauf, der Unbekannte würde sich nicht offen zu erkennen geben, wenn jemand in der Nähe war. Auch, wenn es sich nur um zwei Halbwüchsige handelte.

Nach seiner eher kleinen Runde schaltete er doch den Laptop an und es gelang ihm, sich mit der Arbeit abzulenken. Joshua hatte für sich entschieden, gar nicht mehr in die Firma zu gehen. Er hatte seine Entscheidung gegen Seattle mitgeteilt und sich am Morgen krankgemeldet. Seiner Meinung nach reichte das aus, denn wer so mit seinen Mitarbeitern umging, hatte nichts Besseres verdient. Über sich selbst staunend, spürte er keine Gegenwehr seines Gewissens. Vermutlich machten es die meisten seiner Kollegen genauso, nur zu ihm passte es eigentlich gar nicht. Er war in seiner Arbeit aufgegangen, hatte Leib und Seele für Produkte und Firma investiert.

Erst spät am Abend machte er sich einen kleinen Imbiss, den er vor dem Laptop sitzend aß. Plötzlich lächelte er. Würde Megan dies sehen, sie würde ihn am Pferdeschwanz an den Esstisch ziehen. Merkwürdigerweise fehlte es ihm. Immer tun und lassen zu können, was man wollte, wurde mit der Zeit auch langweilig.

Gerade tauchte er wieder in sein Konzept ein, als es an der Tür klingelte. Mit Schrecken dachte er an den Besuch von Julia letztens und was daraus geworden war. Eine Wiederholung wünschte er keinesfalls und stand nun vor der Entscheidung, sich abwesend zu stellen. Ein kurzer Blick auf die Uhr bestätigte ihm die fortgeschrittene Zeit, zu der viele Menschen bereits im Bett lagen.

Joshua brachte es nicht fertig. Seufzend ging er zur Tür, um zu öffnen und dort stand tatsächlich Julia. Insgeheim hatte er gehofft, jemand anderen zu sehen, wenn er auch nicht wusste, wen.

Er bat sie herein, achtete dabei auf deutlichen Abstand zwischen ihnen. Julia bemerkte das sehr wohl, ihre Mundwinkel zogen sich nach unten, als ob sie jeden Moment anfangen würde zu weinen. Lieber Himmel, nicht das auch noch! beschwor Joshua alle Mächte, die dafür zuständig sein könnten.

Um sie abzulenken, von seiner Reaktion und natürlich seiner Person, weihte er sie in seine momentane Tätigkeit ein.

»Zwei Firmen haben bisher Interesse bekundet und wollten Unterlagen. Ich stelle gerade ein allgemeingültiges Konzept zusammen, wie man das aufziehen und Interessenten präsentieren könnte. Magst du mal sehen? Der Supportbereich ist noch nicht mit drin, ich bin noch ziemlich am Anfang.«

Sie schluckte sichtbar, nickte dann aber und folgte ihm zum Bildschirm. Mit glänzenden Augen betrachtete sie, was er bisher hatte und Joshua vermochte nicht zu sagen, ob der Glanz von zurückgehaltenen Tränen oder der Begeisterung stammten, dass er wirklich ernst machte. Er ließ sie einen Moment in Ruhe und zog sich in einen Sessel zurück. Sofort kam ihm die Szene des letzten gemeinsamen Abends wieder in den Sinn. Abrupt sprang er auf, um keine neue Angriffsfläche für eine Annäherung zu bieten. Womöglich würde Julia denken, er möchte eine Wiederholung, wenn er dieselbe Situation bot. Das musste um jeden Preis vermieden werden.

Er räusperte sich.

»Wolltest du nur mal so vorbeikommen oder gibt es einen bestimmten Grund? Für die Kleine hast du jemanden?«

Sie wandte ihren Blick vom Laptop ab und drehte sich zu ihm um.

»Meine Nichte schläft heute Nacht bei uns. Da dachte ich, ich könnte die freie Zeit für mich nutzen.«

Joshua wurde es heiß und kalt. Diese Antwort enthielt eindeutig die Botschaft, sie könne bis zum Morgen bleiben. Er lachte und merkte selbst, dass es unecht klang.

»Und da fällt dir nichts Besseres ein, als einen Kollegen zu besuchen? Ich dachte immer, ihr Frauen macht dann so was wie stundenlanges Baden und eincremen.«

Sie lächelte etwas gezwungen.

»Das ist auch so, aber das kann ich auch, wenn ich abends mit der Kleinen allein zuhause bin. Diese Gelegenheit wollte ich nutzen, um was außerhalb der Wohnung zu machen.«

Abwartend schaute sie ihn an, wie er reagieren würde. Die Gedanken in Joshuas Kopf überschlugen sich. Einerseits fand er sie schon reizvoll und gegen ein weiteres Abenteuer hätte er nichts einzuwenden. Andererseits wäre es absolut unfair ihr gegenüber. Mittlerweile war er sich sicher, sie wünschte sich mehr. Eine Beziehung, eine feste Bindung. Das konnte und wollte er ihr nicht bieten, daher musste er zwangsläufig die Hände und alles andere stillhalten. Wieder sah er sich der Herausforderung gegenüber, seinen Standpunkt ihr gegenüber zu verpacken. Oder allem aus dem Weg zu gehen.

»Das wäre doch die Gelegenheit, mal unbeschwert um die Häuser zu ziehen und alles zu vergessen«, schlug er betont munter vor. »Wir könnten in einem Pub anfangen und dann noch weitere Lokale abklappern. Du hast einen guten Abend erwischt, ich hätte richtig Lust darauf.«

Er wandte sich ab, um demonstrativ seine Schuhe zu holen, während er sie weiterhin aus den Augenwinkeln beobachtete. Ihr Blick folgte ihm forschend und er konnte es regelrecht hinter der Stirn rattern hören. Vermutlich überlegte sie, ob er nicht verstehen wollte oder es wirklich nicht tat. Sie wählte wohl die zweite Schlussfolgerung, denn sie ging zum Angriff über, um ihre Absichten deutlich zu machen.

Langsam ging sie auf ihn zu, legte die Handtasche im Vorbeigehen auf dem Tisch ab, zog die Jacke aus und stellte sich vor ihn, die Hüfte etwas vorgeschoben.

»Ich möchte nicht weggehen, sondern den Abend hier mit dir verbringen. Wenn es sich ergibt, auch die ganze Nacht.« Bei den letzten Worten überzog eine leichte Röte ihr Gesicht.

Joshua kämpfte mit sich. Das konnte er nicht machen!

»Julia, wir hatten das Thema doch letztes Mal. Ich kann noch nichts Neues anfangen, bitte versteh das doch.«

Sie schnalzte mit der Zunge und wurde mutiger.

»Das hast du mir klar zu verstehen gegeben. Es ist doch aber meine Entscheidung, ob ich trotzdem die Nacht mit dir verbringen möchte. Auch unter diesen Voraussetzungen. Ich erwarte nichts von dir, Joshua. Außer ein paar schönen, gemeinsamen Stunden.« Plötzlich stockte sie. »Oder reize ich dich überhaupt nicht?«

Schnell versicherte er das Gegenteil.

»Doch, sehr sogar! Sonst wäre das alles beim letzten Mal nicht passiert. Ich bin niemand, der mal eben nebenbei Gelegenheiten wahrnimmt.«

Ratlos kratzte er sich am Kopf. Er war sich ganz sicher, dass Julia sich eine Entwicklung der Dinge erhoffte. Zu versichern, sie wäre mit weniger zufrieden, zielte nur auf die Hoffnung ab, es würde sich alles mit der Zeit ergeben. Joshua konnte und wollte dies nicht ausschließen, aber noch mehr musste er davon ausgehen, es würde nicht so laufen.

Julia unterbrach seinen stillen Kampf, indem sie sich an ihn heranschob.

»Ich weiß, dass du niemand bist, der alles ins Bett zieht, was ihm über den Weg läuft. Glaubst du, dann wäre ich hier? Man kann sich doch auf einen ganz unverbindlichen Abend einigen. Ich habe da kein Problem mit«, betonte sie erneut, während sie ihre Hand unter sein T-Shirt gleiten ließ.

Joshua schloss die Augen und zählte lautlos bis zwanzig, um die Berührung auszublenden. Es gelang ihm nicht. Julia war eine junge, attraktive Frau, die er mochte und auch begehrte. Wenn sie nicht gleich aufhörte, würde er alle Bedenken über Bord werfen und ihren Beteuerungen glauben, obwohl er es besser wusste.

Vorsichtig nahm er ihre Hand und zog sie von seiner Brust. Um die Abweisung abzumildern, küsste er ihre Fingerspitzen.

»Ich weiß nicht, ob das eine gute Idee wäre, Julia.«

Sie ließ sich nicht beirren.

»Da du mich anziehend findest und ich dich, ist es die beste Idee überhaupt«, raunte sie, bevor sie ihre Lippen auf seine presste.

Joshua gab auf. Er zog sie in die Arme und wanderte mit dem Mund ihren Hals entlang. Seine Hände gruben sich in das feste Fleisch, während sie bereits aufstöhnte. Binnen kurzer Zeit entledigten sie sich ihrer Kleidung und ließen sich an Ort und Stelle auf den Boden fallen.

Julia wand sich unter ihm, bog ihm ihr Becken entgegen, er brauchte das Angebot nur anzunehmen. Mit einem Ruck drang er in sie ein, nicht mehr fähig, sich zurückzuhalten oder nachzudenken. Ihre Reaktion zeigte ihm, wie sehr sie es genoss. Bei ihm war es nicht anders.

Doch anschließend kam der Katzenjammer. Erschöpft legte er die Hand über die Augen und verfluchte sich. Er hätte standhalten, sie abweisen müssen. Nun hatte er alles nur noch schlimmer gemacht.

Wie eine schnurrende Katze schmiegte sie sich an ihn, er spürte ihren Blick. Noch war er nicht in der Lage, ihr in die Augen zu sehen.

»Was hast du, habe ich was falsch gemacht?« fragte sie zaghaft. Er hörte die Verunsicherung in ihrer Stimme.

Es durfte nicht sein! Abrupt richtete er sich auf, suchte Hose und Unterhose, streifte beides über, Julias entsetzten Blick im Nacken. Nun fühlte er sich etwas sicherer.

»Du hast nichts falsch gemacht. Ich hätte mich zusammenreißen sollen.«

Ihre Augen weiteten sich.

»Aber warum denn? Wir wollten es doch beide!«

Es hatte keinen Sinn, er konnte es ihr nicht begreiflich machen. Eigentlich verstand er es ja selber kaum. Er ent-schied sich für eine Vorgehensweise, die ihn selbst anwiderte.

»Ja, aber aus unterschiedlichen Gründen. Du bist eine attraktive Frau, die das Blut eines Mannes in Wallung bringt. Das habe ich laufenlassen. Bei dir ist es Zuneigung, bei der ich nicht mithalten kann. Es tut mir leid, aber ich denke, wir sollten den Kontakt abbrechen. Wir wollen beide was völlig Verschiedenes.«

Er atmete tief durch, bevor er zum finalen Schlag ausholte.

»Bitte zieh dich an und geh. Ich möchte nicht, dass du noch mal wiederkommst.«

Julia war seiner Aufforderung lautlos weinend nachge-kommen. Ihre Tränen taten ihm weh, aber er sah keine andere Möglichkeit, ihren Hoffnungen und Vorstellungen für die Zukunft zu entkommen. Natürlich lag es auch an ihm, wenn er es nicht schaffte, sich zusammenzureißen. Dennoch wollte er sich dem nicht mehr aussetzen und Julia auch nicht. Dafür mochte er sie einfach zu sehr.

Für eine Beziehung oder auch nur Affäre reichte diese Sympathie, denn mehr war es nicht, keinesfalls aus. Joshua verlangte mehr vom Leben. Wenn er mit einer Frau zusammen war, dann sollten die Gefühle stimmen – auf beiden Seiten. Ungeachtet einiger Liebeleien hatte er das bislang nur bei einer Frau gefunden: Megan.

Kapitel 15

Die drei Männer lümmelten an Megans Küchentisch, ihre Arbeit war getan. Damian, Joshua und Ian hatten die Kameras angebracht. Kleine Geräte, die nicht sofort auffielen, wenn man nichts von ihrer Existenz ahnte.

»Ich hoffe nur, der Kerl hat uns nicht beim Aufbau beobachtet«, bemerkte Damian und nahm einen Schluck seines Guiness.

»Unwahrscheinlich«, wehrte Ian ab. »Das würde ja bedeuten, der beobachtet ständig das Haus und das kann ich mir nicht vorstellen. Vor allem, wenn es wirklich dieser William sein sollte. Der muss ja auch arbeiten und lebt nicht hier.«

Er nahm seine Baseballkappe ab und fuhr mit der Hand durch den dunklen Haarschopf. »Aber wenn doch«, räumte er ein, »haben wir ein Problem.«

»Ja«, bestätigte Joshua. »Nämlich, dass alles umsonst war.«

Damian schaute seinen Schwager prüfend an. Ihm war die geistige Abwesenheit Joshuas nicht entgangen.

»Sag mal, was ist los mit dir? Irgendwie bist du mit deinen Gedanken heute ständig woanders.«

Joshua winkte ab. Da Megan an der Arbeitsplatte lehnte und das Gespräch verfolgte, würde er sicherlich nicht über Julia sprechen.

»Es ist nichts.«

Natürlich glaubte Damian ihm nicht, Megan warf einen skeptischen Blick zum Tisch.

»Falls ihr ein Männergespräch führen wollt, kann ich gern gehen.«

Damian stand auf und winkte den Freunden.

»Nein, ich denke, wir verziehen uns sowieso. Die Kameras hängen und nun müssen wir abwarten, was passiert.«

Draußen hakte er noch einmal nach. »Joshua, irgendwas stimmt doch nicht.«

Als Antwort deutete Joshua in Richtung Dorf und die zwei Männer folgten ihm in den Pub. Das war der richtige Ort für ein Gespräch.

Sie nahmen jeder ein Guiness vom Tresen mit zu einem Tisch, der etwas abseits stand und wo sie vor Mithörern sicher waren. Ohne Umschweife kam Joshua zur Sache.

»Ich habe da eine ehemalige Kollegin, die scharf auf mich ist.«

Damian und Ian tauschten einen Blick. Was war daran so schlimm?

»Und wo ist das Problem? Sieht sie aus wie die Hexe aus Grimms Märchen oder was?« forschte Ian nach.

Joshua lachte kurz auf. Das konnte man nun wirklich nicht behaupten.

»Im Gegenteil, sie ist außerordentlich attraktiv. Ich bin zwei Mal mit ihr im Bett gelandet, aber sie will mehr und das will ich nicht. Dafür reicht es nicht von meiner Seite. Ich habe sie gestern mehr oder weniger rausgeschmissen, um solche Ambitionen von ihr in Zukunft zu vermeiden. Und bin mir vorgekommen wie ein Schwein.«

»Ach so.« Jetzt verstand Damian. »Du glaubst, du hast ihre Gefühle ausgenutzt und hättest deshalb weitermachen müssen und so tun als ob? Glaub mir, mein Freund, das hätte keinen von euch glücklich gemacht.«

»Das weiß ich, deshalb habe ich die Sache ja gestern beendet. Aber ich fühle mich echt mies dabei.«

Ian rieb mit dem Zeigefinger über den Nasenflügel, bis er gerötet war. Ein Zeichen, dass er angestrengt nachdachte. Das Ergebnis seiner Überlegung teilte er ziemlich direkt mit.

»Lieber ein Ende mit Schrecken als Schrecken ohne Ende. Du kannst nichts dafür, wenn sie sich in dich verguckt hat. Und den Mann möchte ich sehen, der so eine Gelegenheit nicht mal wahrnimmt. Vielleicht hättest du sie aber doch aufklären sollen.«

»Das habe ich«, entrüstete sich Joshua. »Gleich beim ersten Mal habe ich ihr gesagt, dass ich keine Beziehung will. Sie kam aber wieder mit dem Argument, sie käme damit klar.«

»Das sagen sie alle in dem Fall«, behauptete Damian. »Also brauchst du dir doch gar keine Vorwürfe machen. Sie wusste, worauf sie sich einlässt. Letztendlich hast du sie davor bewahrt, sich noch mehr in ihre Gefühle zu verstricken. Also vergiss die Sache. Wenn sie noch mal vor der Tür steht, machst du einfach nicht auf. Dann gehst du allem aus dem Weg.«

Das hatte sich Joshua ohnehin bereits vorgenommen. Die Worte Damians und Ians verständnisvoller Blick beruhigten ihn. Im Grunde genommen hatte ihm Julia auch gar keine andere Wahl gelassen, entschied er.

Sie tranken noch einige Guiness und beschlossen, am folgenden Wochenende ihren Herrenabend abzuhalten. Dort würde man ausführlich über Frauen und die Welt im Allgemeinen diskutieren können. Anschließend gingen sie schwankend zu ihren Betten. Joshuas stand heute Abend mal wieder im Cottage von Caro und Damian.

Megan sah ihn auf dem Weg nach Dublin vorbeifahren, als sie sich am nächsten Morgen auf den Weg zur Arbeit machte. Sie war etwas früher dran als gewöhnlich, da die Kameras doch irritierten, während sie sich daheim aufhielt. Ständig hatte sie das Gefühl, bei allem beobachtet zu werden, obwohl das natürlich völliger Blödsinn war, das wusste sie selbst. Solange sie sich im Haus aufhielt, sprangen die Geräte erst gar nicht an und nahmen dort auch nichts auf. Nur wenn sie das Cottage verließ oder betrat, erschien sie kurz auf dem Bild.

Schnell verschloss sie die Tür und sprintete zu ihrem Wagen. Umso weniger von ihr zu sehen war, desto besser. Das eine Bein schon im Auto, erstarrte sie mitten in der Bewegung. Auf dem Beifahrersitz lag ein Herz, aus Bastelpapier ausgeschnitten. Harmlos, natürlich. Aber der Beweis, er hatte sich in der vergangenen Nacht oder früh am Morgen hier aufgehalten. Für Megan drängte sich die Frage auf: War es Zufall, dass er seine Aufmerksamkeit in ihren Wagen gelegt hatte oder beruhte die Wahl auf dem Wissen der installierten Kameras? Es blieb ihr nichts anderes übrig, als abzuwarten.

Mr Murray saß bereits an seinem Schreibtisch, als Megan eintraf. Es war seine Gewohnheit, relativ früh im Büro zu sein, um Briefe zu diktieren, die sie dann tippte. Oder auch sonstige Aufgaben zu sammeln, die es zu erledigen galt. Deshalb wunderte sie sich nicht darüber, ihm entlockte ihr zeitiges Erscheinen jedoch einen verwunderten Blick.

»Mrs Riordan! Sie sind aber nicht aus dem Bett gefallen?« Ein schnaufendes Lachen begleitete diesen abgedroschenen Scherz.

»So ähnlich, doch. Ich war früh wach und dachte, es kann nicht schaden, wenn ich die Zeit nutze. Es gibt ja heute doch einiges zu tun mit den neuen Exposés.«

Er nickte bestätigend.

»Mit Ihnen habe ich wahrlich einen Glücksgriff getan. Ich bin gleich soweit, dann können Sie loslegen.«

Er sprach noch einige Sätze auf das Diktiergerät, während Megan die Haube vom Bildschirm nahm und den Computer einschaltete. Bis er ihr das Band geben würde, könnte sie die eingegangenen Mails sichten.

»Du bist mein Augenstern, die Sonne in meinem Herzen.

Wage es nicht, mich aus deinem Leben auszuschließen, denn dann wird für mich alles dunkel.

Wie hat dir mein Morgengruß gefallen?«

Bei diesem Text, an ihre persönliche Mailadresse gesendet, entfuhr ihr ein kurzer Laut. Murray sah hoch.

»Ist was nicht in Ordnung?«

»Doch, doch. Alles gut, Mr Murray.«

Sie bemühte sich um einen neutralen Gesichtsausdruck. Es musste William sein! Er kannte, wie viele andere Kunden inzwischen auch, ihre Mailadresse im Immobilienbüro. Sowie sie Schriftverkehr mit einem Kunden führte, nutzte sie die und nicht die allgemeine des Büros. Damit kamen auch andere Klienten ins Spiel, aber niemanden außer William konnte sie sich vorstellen.

Megan leitete die Mail an ihre private Adresse weiter, um sie im Bedarfsfall zur Hand zu haben. Dann löschte sie sie aus dem Firmenpostfach und dessen Papierkorb. Murray hatte inzwischen seine Aufzeichnungen beendet, brachte ihr das Band und schielte neugierig auf den Monitor. Es gab nichts mehr für ihn zu sehen außer den normalen Kundenmails.

Sie ging zur Tagesordnung über.

Zuhause wurde sie bereits von Caro erwartet, die im Begriff war, das Grundstück zu betreten.

»Dachte ich mir doch, dass du gleich um die Ecke kommst.«

»Gutes Timing«, bestätigte Megan und winkte der Schwägerin, ihr zu folgen. Sie öffnete die Tür, warf einen schiefen Blick zur Kamera und sah, dass Caro ebenfalls hinaufschaute.

»Ist das nicht doch etwas merkwürdig mit den Dingern hier?«

»Ja, ich fühle mich immer beobachtet, obwohl die drin gar nichts aufnehmen. Aber vermutlich gibt sich das bald, wenn ich mich dran gewöhnt habe. Setz dich, ich bin gleich da.«

Sie legte die Handtasche auf die kleine Kommode, streifte die Schuhe ab und wackelte mit den Zehen. Jedes Mal war es eine Wohltat, aus diesen Folterinstrumenten an ihren Füßen schlüpfen zu können. Solche Pumps sahen zwar toll aus, aber langsam kam sie wohl in das Alter, in dem Bequemlichkeit über Geschmack siegte. Aufseufzend schob sie ihre Füße in die Latschen, die mit einem himmlischen Fußbett ausgestattet waren. Erst dann ging sie ins Bad, um sich die Hände zu waschen.

Caro hatte schon Wasser für Tee aufgesetzt und saß nun wartend am Küchentisch.

»Ich muss am Wochenende aus unserem Haus ver-schwinden. Die Männer wollen einen Abend für sich«, platzte sie heraus.

Megan kicherte.

»Wir haben es vorgemacht, sie machen es nach.«

Caro zuckte die Schultern.

»Von mir aus. Ich überlege nur, wohin ich mich den Abend verziehe. Stacy ist nicht da, also kommen nur du oder deine Eltern infrage. Ich tendiere zu dir.«

»Klar«, stimmte Megan zu. »Du kannst auch hier schlafen, dann platzt du wenigstens nicht in die tiefschürfenden Gespräche, die dann sicher geführt werden. Ich gehe allerdings immer ziemlich zeitig ins Bett, nur zur Warnung.«

»Das macht nichts. Ich bringe meinen Laptop mit und arbeite eine Weile daran, außerdem ein Buch zum Lesen. Dann bin ich beschäftigt.«

Sie nahm die Tasse von Megan entgegen und beobachtete sie prüfend.

»Hat er sich wieder gemeldet?«

Megan nahm ihr gegenüber Platz und seufzte.

»Ja, mit einem Papierherz heute Morgen im Auto und einer Mail an mein Firmenpostfach. Spricht für William, er kennt die Adresse.«

»Aber auch für einige anderen Kunden, oder?«

»Habe ich auch schon überlegt, aber das glaube ich nicht. Da ist keiner drunter, der auch nur im Entferntesten dafür infrage käme.«

Caro zog skeptisch die Augenbrauen zusammen.

»Und die Absenderadresse kennst du gar nicht? Okay, man kann sich ja welche anlegen, so oft man mag. Vielleicht kennst du ihn doch und du kommst nur bisher nicht drauf. Wobei ich zugeben muss, dass William auf jeden Fall der Kandidat Nummer eins ist.«

Sie hingen beide ihren Gedanken nach und Megan erinnerte sich an ein Telefonat mit Damian, das kurz nach Caros Übersiedlung nach Affordshire stattgefunden hatte.

»In Mollys Cottage ist wieder jemand eingezogen. Sie hat es irgendeiner Großnichte aus Deutschland vererbt, die ist nun hier aufgetaucht«, hatte er berichtet.

»Hast du sie schon kennengelernt?«

»Notgedrungen, sie hat eine Beule in mein Auto gefahren«, hatte er gelacht.

»Und?«

»Sie scheint ganz okay zu sein, inzwischen habe ich ihr bei ein paar Sachen geholfen. Sie ist ja ganz allein. Ein bisschen ruhig und verschüchtert, hält wohl nicht viel von sich selbst. Und äußerst misstrauisch. Aber ich glaube, sie hat das Herz am rechten Fleck.«

Zwischen dieser Beschreibung vor etwa einem Jahr und der heutigen Caro lagen Welten, stellte Megan fest. Ihre Schwägerin hatte sich vollständig in dem kleinen Dorf eingelebt, Freundschaften geschlossen und zeigte ihre Art als warmherziger, humorvoller Mensch. Wenn sie auch Fremden gegenüber noch immer misstrauisch war, so hatte sie sich doch Bekannten und Freunden gegenüber geöffnet. Auch ihr Selbstbewusstsein befand sich nicht mehr im Keller, sondern sie hatte klare Ansichten, die sie durchzusetzen pflegte.

Megan fing Caros prüfenden Blick auf.

»Woran denkst du?«

Megan stütze das Kinn in die Handfläche und schaute die Schwägerin amüsiert an.

»An ein Telefonat mit Damian, als du damals hergekommen warst. Er beschrieb dich als verschüchtert mit wenig bis kein Selbstvertrauen. Aber mittlerweile bist du du selbst, denke ich mal.«

Caro dachte einen Moment nach und malte mit dem Fingernagel ein unsichtbares Muster an ihre Tasse.

»Ich glaube, daran ist Damian schuld.«

Megan riss die Augen auf.

»Wie meinst du das?«

»Naja«, setzte Caro zu einer Erklärung an. »Seine Beschreibung von damals stimmt schon. Ich hatte mich eine Weile schon nur auf mich selbst verlassen und wollte mir möglichst nicht helfen lassen. Teils, weil ich mich auf nichts einlassen wollte und auch, weil ich mir selbst beweisen wollte und musste, dass ich das kann. Mir wurde in Deutschland zuvor zu lange eingeredet, was ich alles nicht kann, verstehst du? Aber Damian und mit ihm Ian, Stacy und einige andere rutschten plötzlich und unauffällig in mein Leben.« Sie lachte bei der Erinnerung daran.

»Aber warum ist Damian Schuld an der Caro, die es jetzt gibt?«

»Weil er das alles zutage befördert hat. Weißt du, wenn dir jemand jeden Tag das Gefühl gibt, ein besonderer Mensch zu sein und geliebt zu werden, dann baut das unheimlich auf. Du glaubst automatisch selbst daran, genauso wie du im anderen Fall glaubst du kannst nichts, wenn dir das ständig eingeredet wird. Damian gibt mir dieses tolle Gefühl. Ich weiß nicht, wie er es macht, aber es ist da. Für ihn zumindest scheine ich was ganz Besonderes zu sein. Er für mich auch, aber ich habe keine Ahnung, ob ich ihm das auch so vermitteln kann wie er mir.«

So langsam verstand Megan, was Caro meinte. Sie hatte erst vor kurzem gedacht, ihr Bruder sei bei Caro in seinem Hafen angekommen. Offenbar ging es ihr genauso und ihr Leben hatte sich fest mit ihm und Affordshire verwoben.

»Ich finde es klasse, wie du das so beschreibst. Ich weiß gar nicht, ob ich das mit Joshua auch mal hatte.«

»So eine Beziehung verändert sich ja mit der Zeit«, überlegte Caro. »Am Anfang hat er bestimmt Einfluss auf dich gehabt. Man nähert sich irgendwie an und findet einen gemeinsamen Weg. Ich stelle für mich bislang aber nur fest, dass die Veränderung bewirkt, dass es immer intimer wird. Enger und vertrauter. Ist schwer zu erklären.«

Megan kniff die Augen zusammen, während sie angestrengt nachdachte. Natürlich hatte Joshua einige Eigenschaften von ihr ans Tageslicht geholt, besonders zu Beginn ihrer Beziehung. Aber mit der Distanz der Jahre hätte sie nicht von sich behaupten können, dass es jemals ein solch inniges Gefühl gewesen wäre, wie es Caro beschrieb. Allerdings hatte sie diese Dinge auch seinerzeit nie bewusst wahrgenommen, wahrscheinlich erschienen sie deshalb nicht so.

»Jedenfalls würde ich sagen, es passt. Ich habe den Eindruck, Damian sieht das ganz ähnlich wie du.«

»Das wäre schön«, lächelte Caro. »Also, abgemacht? Ich rücke am Samstag mit Buch und Laptop bei dir an.«

Megan streckte zur Bestätigung den Daumen in die Höhe, in diesem Moment klingelte ihr Handy. Sie schaute auf das Display und rollte die Augen. Wieder ein Anruf von Unbekannt. Schnell winkte sie Caro, sie möge dicht an den Hörer kommen und nahm ab. Beide Frauen hörten das Keuchen, das erst verstummte, als Megan auflegte.

»Ist ja irgendwie beängstigend«, fand Caro.

»Ich würde eher sagen, so langsam wird es nervig«, korrigierte Megan. »Ich fand es ja eine ganze Zeit lang ganz schön, die Aufmerksamkeit eines Unbekannten zu haben. Aber jetzt geht es mir langsam auf den Geist. Er könnte sich echt mal zu erkennen geben. Vor allem weiß ich nicht, was es soll, ins Telefon zu keuchen ohne was zu sagen.«

»Wahrscheinlich will er einfach nur deine Stimme hören.«

»Dann soll er sich mit meinem Anrufbeantworter unterhalten.«

Caro brach in Gelächter aus.

»Eine Megan aus der Konserve wird für ihn nicht dasselbe sein. Er wird darauf hoffen, dass du mit ihm redest.«

»Dann sollte er mal anfangen damit.«

»Frag ihn doch das nächste Mal einfach, was er von dir will. Vielleicht antwortet er dann.«

»Mal sehen … Wäre zumindest eine Möglichkeit. Aber ich glaube, ich kann dir jetzt schon sagen, dass keine Antwort kommen wird. Entweder stellt er sich taub oder legt auf.«

»Das wird sich ja dann rausstellen.« Sie stand auf und wandte sich zur Tür. »Ich gehe mal wieder, ein bisschen was tun. Bis Samstag dann!«

Als Damian nach Hause kam, hatte Caro einiges von ihrer Arbeit geschafft. Dadurch abgelenkt, war der Anruf bei Megan völlig in Vergessenheit geraten. Nun aber fiel er ihr wieder ein und sie erzählte ihrem Mann davon.

»Der hat gar nichts gesagt?« vergewisserte er sich.

»Nein«, bestätigte sie. »Aber das ist scheinbar immer so. Nächstes Mal wird sie ihn wohl ansprechen und fragen, was er will. Vielleicht antwortet er und sie kann seine Stimme erkennen oder er sagt sogar, wer er ist. Möglicherweise braucht er erst einen Schubs.«

»Ich traue der Sache nicht«, blieb Damian hartnäckig. Sein jungenhaftes Gesicht war mit nachdenklichen Falten durchzogen, die blauen Augen zu Schlitzen verengt. Caro versuchte, ihn zu beruhigen.

»So ganz wohl ist mir auch nicht dabei«, bestätigte sie. »Aber trotzdem denke ich immer noch, dass derjenige einfach nur zu schüchtern ist. Wenn sie auf ihn zugeht, löst sich die ganze Angelegenheit womöglich auf.«

»Dieser William macht nach den Erzählungen auf mich aber nicht den Eindruck eines schüchternen Knaben«, widersprach Damian.

»Es kann ja auch jemand ganz anderes sein. William ist nur eine Option, weil es naheliegend ist. Warte mal ab, wenn sich plötzlich jemand rauskristallisiert, den wir gar nicht in Verdacht hatten.«

»Ich weiß jetzt nicht, ob mich das beruhigen oder beunruhigen soll.« Mit Dackelblick schaute er zu ihr auf, während sie sich am Herd zu schaffen machte.

Caro drehte sich zu ihm um und verschränkte die Arme vor der Brust.

»Megan jedenfalls ist inzwischen etwas genervt wegen der Heimlichtuerei. Aber Sorgen macht sie sich nicht und das solltest du auch nicht. Obwohl ich es verstehen kann, immerhin bist du ihr großer Bruder.« Sie zwinkerte ihm zu, bevor sie sich wieder dem Herd zuwandte.

»Das hat gar nichts mit großer Bruder zu tun«, stritt er ab. »Bei dir hätte ich den Kerl schon, das kannst du mir glauben.«

»Das ist ja noch was anderes. Da ist hoffentlich Eifersucht im Spiel!« Prüfend blickte sie ihn über die Schulter an und sah mit Genugtuung sein lachendes Gesicht.

»Ja, ganz bestimmt sogar. War ein schlechtes Beispiel. Nehmen wir mal Stacy, auch da würde ich so reagieren. Eine Frau ist immer hilfloser, falls so einer mal auf Tuchfühlung gehen will, als ein Mann.«

Caro runzelte unwillig die Stirn.

»Es gibt auch Vorkommnisse, wo ein Mann einer Frau ausgeliefert war. Sie muss es nur geschickt anfangen. Das Argument zählt also nicht.«

Er winkte ab und steckte die langen Beine aus.

»Das sind doch aber Ausnahmen!«

»Na und?« blieb sie stur. »Aber es passiert. Dass sich das hier in Affordshire abspielt, ist genauso eine Ausnahme. Oder ist so was in der Art schon mal vorgekommen?«

Er dachte kurz nach, schüttelte dann aber den Kopf.

»Siehst du!« triumphierte sie und stellte einen Teller vor seine Nase, bevor sie ihm gegenüber Platz nahm.

Er nahm die Gabel und spielte damit herum.

»Mir ist trotzdem erst wohler, wenn wir wissen, wer es ist. Ich hoffe wirklich, er tappt bald in die Kameras.«

Sie streckte den Arm aus und legte ihre Hand auf seine, wie von selbst verschränkten sich ihre Finger.

»Ich weiß. Wir werden es bald wissen.«

»Wenn er nicht mitbekommen hat, dass wir die Türen überwachen. Falls er Megan beobachtet, könnte das sein.«

Sie schob sich einen Bissen in den Mund und widersprach kauend.

»Das glaube ich nicht. Keiner hat so viel Zeit und Lust, ständig in ihrer Nähe rumzuhängen. Ihr habt das ja auch abends gemacht.«

»Eben! Da ist die Wahrscheinlichkeit, dass er da rumgelungert hat, wohl am höchsten. Daran hätten wir vorher denken sollen.«

Caro schüttelte abwehrend den Kopf.

»Nun warte doch erst mal ab. Bestimmt wissen wir bald mehr.«

Damian gab auf.

Kapitel 16

Laut krachend fiel die Haustür ins Schloss, als Joshua in der Küchentür erschien. In seiner Hand baumelte eine Sport-tasche, in der er seine Übernachtungsutensilien verstaut hatte. Caro zuckte nur etwas zusammen, denn auch ihr Gatte pflegte das Haus nicht sehr leise zu betreten und so war das bereits reine Gewohnheit. Sie stellte den Topf ab, um Joshua zu begrüßen.

»Wo ist dein Angetrauter?« wollte er wissen.

Gespielt beleidigt verzog sie die Lippen.

»Das sind die Richtigen! Platzen hier rein, stehen einer wunderschönen Frau gegenüber und fragen nach dem Herrn des Hauses. Banause!«

Joshua lachte fröhlich. Er fühlte sich beschwingt, in Vorfreude auf den Abend mit Damian und Ian. Endlich einmal wieder etwas, das ihm das Gefühl gab, mit Lust zu leben.

»Ich bitte vielmals um Entschuldigung, wunderschöne Frau.«

Er verbeugte sich und vollführte mit dem Arm einen kunstvollen Schlenker. »Du hast mich so geblendet, dass ich dich nicht wahrgenommen habe.«

»Spinner!« kicherte Caro. »Damian ist noch kurz in die Werkstatt, er kommt gleich.«

»Am Samstag?« wunderte sich Joshua.

Sie nickte und stellte ihm einen Kaffee auf den Tisch.

»Ihm ist irgendwas eingefallen, was er an einer Zeichnung ändern will, aber die ist schon drüben. Du kennst ihn ja, er erledigt so was dann lieber gleich, um es nicht zu vergessen.«

Joshua setzte sich und legte die Hände um die Tasse, als wolle er sie wärmen.

»Hast du schon gegessen?« erkundigte sie sich. »Ich habe dich mit eingeplant. Wenn ihr keine vernünftige Grundlage habt, seid ihr hinüber, bevor ihr überhaupt angefangen habt.«

»Nein, Mum, ich habe noch nicht gegessen und ja, Mum, ich esse gern mit euch.«

Dem herannahenden Topflappen konnte er gerade so ausweichen, aber Damian bekam ihn mitten ins Gesicht, als er den Raum betrat. Verdutzt hob er ihn auf.

»Ist das jetzt die Begrüßung, wenn man sogar am Samstag arbeitet?«

Im Vorbeigehen schlug er Joshua kurz auf die Schulter und reichte Caro das Corpus Delicti zurück. Sie wedelte damit vor ihm herum, als sie antwortete.

»Natürlich nicht, der war für Joshua gedacht. Der ist heute etwas übermütig, also passt nachher auf ihn auf.«

»Wir werden alle drei gegenseitig auf uns aufpassen«, versicherte Damian.

»Na, das kann ja heiter werden«, murmelte Caro und warf einen schrägen Blick zu den Männern, die erwartungsvolle Gesichter machten.

»Was seht ihr mich so an?« fragte sie ungeduldig.

»Du Frau, wir Männer«, erklärte Joshua. »Wir erwarten Essen.« Sein Grinsen konnte er dabei nicht unterdrücken.

Caro knallte zwei Schüsseln auf den Tisch, sie schlitterten bedrohlich auf Damian zu, der sich neben Joshua gesetzt hatte. Er hob hilfreich die Hände, um Scherben zu vermeiden. Ein schräger Blick von Joshua traf ihn.

»Ist sie jetzt sauer?« murmelte er leise.

»Quatsch, ist sie nicht. Aber du musst dich nicht wundern, wenn sie dein Spiel mitspielt.«

Seine Worte wurden durch Caros lachendes Gesicht bestätigt, mit dem sie an den Tisch zurückkehrte.

»Du hast dich doch jetzt nicht etwa erschrocken?« säuselte sie Joshua entgegen.

Er machte eine möglichst entrüstete Miene.

»Nein, natürlich nicht.« Um abzulenken, griff er nach der Schale und häufte sich etwas Gemüse auf den Teller.

Noch während sie aßen, knallte die Haustür wieder.

»Herrje!« beschwerte sich Caro. »Hat irgendjemand in diesem Dorf noch die Absicht, das Haus stehenzulassen?«

Den Urheber des Radaus kannte sie genau, daher brauchte sie erst gar nicht aufzusehen, als sie Schritte hörte. Die Augen stur auf ihren Teller gerichtet, betonte sie: »Wenn mir mal das Trommelfell platzt oder die Tapeten von der Wand fallen … meine Schuld ist es nicht. Und ihr drei könnt den Schaden dann reparieren. Das meine ich ernst.«

Ian warf einen Blick in die Runde, erst schaute er Caro an, dann mit hochgezogenen Augenbrauen Damian und Joshua. Die zuckten nur mit den Schultern. So beschloss er, die Bemerkung zu ignorieren.

»Wie weit seid ihr? Draußen stehen unsere Getränke.«

»Komisch, wir konnten unsere in einem Korb mit einer Hand tragen«, stichelte Caro.

»Das liegt nur daran, dass ihr nichts vertragt. Wir brauchen schon ein bisschen mehr, um uns ins Aus zu schießen.«

Ein langgezogenes »Pfffff!« kam als Antwort.

Damian und Joshua schoben sich die letzten Bissen in den Mund, sprangen auf und begannen abzuräumen. Caro verfolgte das Schauspiel etwas erstaunt.

»Ich kann aber schon noch aufessen? Oder zieht ihr mir gleich den Teller vor der Nase weg?«

»Es sei dir gegönnt. Wir helfen Ian erst mal, das ganze Zeug von draußen reinzuholen.« Damians rotblonder Schopf verschwand bereits im Flur, als er ihr den Rest ihres Mahls genehmigte.

»Sehr freundlich«, murmelte Caro belustigt.

Sie kannte ihren Damian als humorvollen Menschen, der auch gern damit über die Stränge schlug. Solche Bemerkungen gehörten zu ihm wie sein spitzbübisches Gesicht. Sie beeilte sich etwas, um die Männer von ihrer Anwesenheit zu befreien. Sowie sie das Geschirr in die Spülmaschine geräumt hatte, verabschiedete sie sich.

»Soll ich Megan grüßen oder so was?«

»Nein, wozu?« staunte Ian. »Hauptsache, sie gibt dir Asyl bis morgen früh.«

Vor sich hin kichernd verließ Caro mit Laptop und Roman in ihrer Sporttasche das Cottage. So schnell wurde man obdachlos!

Die Männer fackelten nicht lange, stellten das Fass Guiness auf den Küchentisch und stachen es an. Entzückt betrachteten sie die Schaumkronen in den Gläsern und strahlten um die Wette.

»Leute, wir haben was vergessen.« Ian sah die anderen fragend an und wartete, ob sie von selbst darauf kamen. Aber ihm begegneten nur ratlose Mienen.

Er verzog den Mund zu einer Grimasse.

»Wir haben nichts zu essen für Zwischendurch«, klärte er die Freunde auf.

Damian sprang auf, lief zum Kühlschrank und riss ihn auf. Als er über die Schulter zurückschaute, grinste er wie ein Honigkuchenpferd.

»Wir haben nicht daran gedacht, Caro schon.«

Er zog einen Teller mit bereits fertig zubereiteten Häppchen heraus und zeigte sie kurz in Richtung des Tischs. Dann stellte er sie wieder zurück und meinte nachdenklich: »Wahrscheinlich hatte sie Angst, wir würden uns einen Finger abschneiden oder so, wenn wir uns selbst was machen müssten.«

»Mum Caro!« lachte Joshua und freute sich über diese Aufmerksamkeit seiner Schwägerin.

Auch Ian nickte wohlwollend. Auf ihre Frauen konnte man sich verlassen, das stand fest.

Sie redeten über das Dorf, gemeinsame Bekannte. Aber es dauerte nicht lange, bis sie zu dem Thema kamen, das sie alle derzeit beschäftigte: Megan und der große Unbekannte.

»Ich hab schon überlegt, ob ihr Megan nicht die Hunde oder wenigstens einen von ihnen ausleihen könnt«, meinte Joshua.

Damian schüttelte den Kopf. Den Gedanken hatten Caro und er bereits ad acta gelegt.

»Wir könnten das, natürlich. Aber mal davon abgesehen, dass beide wirklich miese Wachhunde sind und jeden erfreut begrüßen, hätte das nur den Effekt, dass der Kerl das Haus nicht mehr betreten würde. Das wäre für Megan sicher eine Erleichterung, aber so kriegen wir ihn natürlich nicht. Daher haben Caro und ich den Gedanken wieder verworfen.«

»Was glaubt ihr, ist das wirklich dieser William?« fragte Ian leise. »Mir ist das irgendwie zu glatt, zu einfach. Ich meine, sie hat ihn abserviert. Ob zu Recht oder nicht, sei dahingestellt. Man geht automatisch davon aus, dass er als verschmähter Liebhaber in seinem Stolz verletzt ist und Megan deshalb auf diese Weise Angst machen will. Oder eben das Gegenteil. Dass er sie auf diese spektakuläre Art zurückhaben will. Aber ich bin fest der Meinung, dann hätte er sich schon mal zu erkennen gegeben. Das geht alles schon zu lange, ohne einen Anhaltspunkt. Letztendlich muss der Typ doch auch wollen, dass Megan weiß, wer dahinter steckt.«

Die Freunde hatten ihm ruhig zugehört, denn für Ian war diese wortgewaltige Rede ungewöhnlich. Er zog es in der Regel vor, seine Ansichten mit möglichst wenig Worten in einem Satz kundzutun. Wenn er sie überhaupt zum Besten gab und nicht für sich behielt.

Joshua drehte seinen Pferdeschwanz um den Zeigefinger, während er überlegte.

»Wenn ich ehrlich bin, glaube ich auch nicht an den. Das ist mir auch zu naheliegend. Aber vielleicht lassen wir uns gerade deshalb täuschen und er ist es doch. Wer käme denn noch in Betracht? Wohl nur ihr Chef und vielleicht Jonas O'Malley, oder?«

Damian horchte auf.

»An Jonas habe ich in diesem Zusammenhang noch gar nicht gedacht. Immerhin hatte der Megans Nähe gesucht und aus ihren Erzählungen geht auch hervor, wie sie dazu steht. Ihre Haltung wäre tatsächlich ein Grund, sie auf diese Weise überzeugen zu wollen. Und er kommt hier aus dem Dorf, hat Tag und Nacht Zeit, um sie und das Haus zu beobachten.«

»Das glaube ich nicht«, wiegelte Ian ab. »Gerade Jonas kennt uns alle und der weiß genau, was ihm blüht, wenn er einer der Frauen Ärger macht. Das Risiko geht er nicht ein, nie im Leben!«

»Was macht dich da so sicher?« erkundigte sich Joshua.

»Die Geschichte kennst du nicht, glaube ich.« Damian lehnte sich zurück, um zu einer Erklärung anzusetzen. »Ich war mal mit einem ganz netten Mädchen zusammen …«

»Du warst öfters mit netten Mädchen zusammen«, unterbrach ihn Ian lachend.

Damian grinste und fuhr fort: »Ja, aber das war die mit den Haaren bis zum Hintern, die so knallig rot waren. Wie eine Hexe sah sie aus, weißt du noch?«

Er wartete Ian bestätigendes Nicken ab, bevor er weitererzählte.

»Jedenfalls war sie ebenso wenig ein Kind von Traurigkeit wie ich und wir waren uns beide einig, dass wir nicht in einiger Zeit den Hafen der Ehe ansteuern und fünf Kinder kriegen wollten, sondern einfach nur eine schöne Zeit miteinander verleben. Ohne Verpflichtungen. Sie kam meistens zu mir und wir gingen ab und zu abends in den Pub, um was zu trinken, bevor wir uns dann im Schlafzimmer verbarrikadiert haben.«

Ian wackelte vielsagend mit den Augenbrauen.

»Idiot! Du warst auch nicht anders«, stellte Damian fest. »An dem einen Abend war auch Jonas im Pub, wie meistens zu späterer Stunde schon ziemlich angetrunken. Irgendwie war er der Meinung, meine damalige Freundin anbaggern zu müssen. Dabei war er ziemlich plump und ihr ging es mächtig auf die Nerven. Mir auch. Also habe ich ihm gesagt, er solle es lassen.

Das hilft bei Jonas aber nicht viel, wenn der so richtig in Fahrt ist. Es endete draußen vor der Tür …«

Joshua nickte verstehend. »Und wie ich dich kenne, hat er den Kürzeren gezogen.«

»Könnte man so sagen, ja«, bestätigte Damian. »Du weißt, ich bin kein Freund von Gewalt. Aber wenn einer meint, auf mich losgehen zu müssen, wenn ich ihn vor die Tür setze, dann halte ich bestimmt nicht still.«

»Und dann war da noch die Sache mit Caro«, warf Ian ein.

Damians Kopf ruckte hoch, mit zusammengekniffenen Augen musterte er den Freund. »Was war da mit Caro?« fragte er lauernd.

»Das war bei der Party im Pub, als Brians Enkel geboren worden war. Noch bevor du den Abend aufgetaucht bist. Jonas ist Caro ziemlich auf die Pelle gerückt und sie hatte schon ihr Glas im Anschlag, um ihm eine Dusche zu verpassen. Ich bin noch rechtzeitig dazwischen gekommen und habe ihn verscheucht.«

»Das hat sie mir nie erzählt!«

»Jetzt weißt du es.«

Damian schnaufte. Warum regte er sich eigentlich auf? Erstens waren sie zu dem Zeitpunkt noch gar nicht zusammen gewesen und noch umeinander herumgeschlichen, weil keiner die eigenen Gefühle wahrhaben wollte und zweitens war nichts weiter passiert. Es war Vergangenheit. Aber es bestärkte ihn in seiner Annahme, Jonas würde es nicht wagen, Megan Ärger zu machen.

»Dann sind es schon zwei Vorfälle, die Jonas klar in Erinnerung haben sollte und von denen er weiß, was passieren kann, wenn er sich mit uns oder einer der Frauen anlegt. Er scheidet für mich deshalb eigentlich aus.«

Die Freunde nickten zustimmend in ihre Gläser.

»Aber was ist mit Megans Chef? Immerhin hat er sie am Anfang doch ziemlich bedrängt.«

»Ja, aber ich glaube, das Plumpe daran war eher Unbeholfenheit. Er mochte Megan und hatte den Drang zu ihr. Dabei wusste er wohl nicht, wie er es anstellen sollte.« Das war Joshuas Erklärung.

»Schon«, stimmte Damian zu. »Aber würde nicht eben das dafür sprechen, es jetzt auf einem anderen Weg zu versuchen? Wo Megan ihm gesagt hat, dass sie mehr Abstand möchte?«

»Er hat es doch aber ganz gut aufgenommen oder nicht?« bezweifelte Ian Damians Theorie.

»Das heißt aber nicht, dass er nicht andere Wege sucht«, blieb Damian stur.

Schweigend ließen sie sich die drei Hauptverdächtigen durch den Kopf gehen, die Argumente für und wider den Kandidaten. Joshua kam als erster zu einem Schluss.

»Also, wenn ihr mich fragt, ist dieser Murray derjenige, der am ehesten infrage kommt.«

»Da sind wir uns dann wohl einig«, meinte Damian. »Aber was fangen wir jetzt damit an? Beweisen können wir gar nichts.«

Ian hob sein Glas und prostete seinen Mittrinkern zu.

»Gar nichts. Wir warten ab, was die Kameras zeigen. Bin gespannt, ob wir richtig liegen. Eins steht jedenfalls fest: Wenn der es wirklich ist, dann geht von ihm keinerlei Gefahr aus. Bei Jonas und diesem William wäre ich mir da nicht so sicher gewesen.«

»Hoffen wir, dass wir richtig liegen. Denn dann bräuchten wir uns wohl nicht großartig Sorgen machen.« Joshua nahm einen Schluck und fragte dann übergangslos: »Stalken eigentlich eher Frauen oder eher Männer?«

Allgemeines Schulterzucken kam als Antwort.

»Keine Ahnung«, meinte Damian. »Warum, stalkt dich deine Büromieze auch?«

Joshua winkte ab und schüttelte den Kopf.

»Bisher nicht und ich glaube auch nicht, dass sie es tun wird. Selbst wenn, wüsste ich ja, wer es ist und könnte ihr den passenden Kommentar geben.«

»Läuft das eigentlich schon länger mit euch? Ich meine, dass sie die Fühler nach dir ausgestreckt hat. Oder jetzt plötzlich, als du dich selbstständig machen willst?«

Neugierig schaute Damian den Schwager an, aber Joshua wehrte entsetzt ab.

»Wenn du jetzt glaubst sie macht das, damit ich sie irgendwie mit Arbeit versorge, dann liegst du völlig falsch. Davon wusste sie gar nichts, als sie das erste Mal aufgetaucht ist. Ich hab's ihr dann erst hinterher erzählt.«

Er fuhr sich mit der Hand schwerfällig über das Gesicht und ließ sie an der Stirn liegen, als er fortfuhr.

»Nein, sie hatte wohl schon länger Ambitionen, schon als ich noch mit Megan zusammen war. Da hat es sich natürlich von selbst verboten, mir das in irgendeiner Weise mitzuteilen. Und ich denke mal, nach unserer Trennung hat sie sich erst nicht getraut oder wusste nicht, wie sie es anfangen sollte. Als dann die Kündigungen kamen, hatte sie einen Grund, abends bei mir zu klingeln. Den Vorwand, mich als seelischen Mülleimer nutzen zu wollen. Zumal sie mich in der Firma bald nicht mehr treffen würde. Und es hat sich ja dann auch so entwickelt, wie sie wohl gehofft hatte.«

»Warum stehst du ihr eigentlich so kritisch gegenüber?« wollte Ian wissen. »Wenn ich das richtig verstanden habe, ist sie doch ganz niedlich und du magst sie. Was spricht dagegen, dass sich diese anfänglichen Gefühle im Laufe der Zeit vertiefen? Oder stört dich das Kind?«

»Um Himmels Willen!« rief Joshua. »Ich habe selber zwei Kinder, warum sollte mich die Kleine stören? Nein, ich bin einfach noch nicht so weit, wieder Gefühle zu investieren.«

»Nach einem halben Jahr und der Eiszeit zuvor? Ihr wolltet doch beide die Trennung.« Damian musterte ihn etwas ungläubig.

Prompt wurde Joshua rot wie ein Feuermelder. Damian sah es und ahnte instinktiv, was nun folgen würde.

»Ihr könnt von mir denken, was ihr wollt, aber ich habe Megan noch nicht ganz abgehakt.« Trotzig verschränkte er die Arme auf der Tischplatte und sah die Freunde herausfordernd an.

»Und?«

Diese Reaktion Damians haute ihn aus den Schuhen. Mehr hatte der dazu nicht zu sagen?

»Was soll das heißen: Und?«

»Soll heißen, dass ich das überhaupt nicht schlimm finde und wenn ich ehrlich bin, ist mir der Gedanke auch schon mal gekommen. Mensch, ihr ward über zwanzig Jahre lang zusammen. Die vergisst du nicht einfach so!«

»Megan schon. Sie hatte diesen William und kein Problem damit. Hätte er nicht quergeschlagen, wäre sie mit ihm wahrscheinlich zusammen. Das heißt für mich, sie ist sehr wohl in der Lage, über zwanzig Jahre in ein paar Monaten zu vergessen.«

Damian wiegte den Kopf.

»Da wäre ich mir nicht so sicher. Sie möchte es wohl gern und versucht es, aber ob ihr das gelingt? Ich weiß nicht recht.«

Joshuas Gesicht hellte sich auf.

»Meinst du, bei Megan ist da noch was, was mich angeht?«

»Das auf jeden Fall. Sie mag dich, sonst würde sie dich ja nicht bei ihr schlafen lassen. Wenn es nicht so wäre, würden bei euch wohl ständig die Fetzen fliegen«, holte ihn Ian auf den Boden der Tatsachen zurück.

Unwillig schüttelte Joshua den Kopf.

»Ich meine, ob da noch mehr ist als nur mögen und Sympathie.« Fragend sah er von einem zum anderen, aber beide Männer tauschten erst einen Blick, bevor Damian antwortete.

»Du liebst Megan noch«, brachte er es ungerührt auf den Punkt.

»So könnte man es wohl ausdrücken.« Es fiel ihm jetzt leicht, dies in der vertrauten Runde zuzugeben – auch sich selbst gegenüber. Bislang hatte er diese Erkenntnis weggeschoben, in den hintersten Winkel seines Bewusstseins verbannt. Dennoch hatte Damian Recht und dies war auch der Grund, warum ihn keine andere Frau wirklich reizte. Warum er sich mit keiner einlassen wollte.

Damian legte das Kinn in die Handfläche und betrachtete Joshua nachdenklich.

»Damit wärst du auch ein Kandidat als Stalker. Immerhin warst du an dem Abend, als jemand bei Megan an der Hintertür war, nicht da, wo du hättest sein sollen. Und immer, wenn sie was von dem Kerl bekam, warst du auch in der Nähe.«

Joshua rief: »Sag mal, spinnst du?« Sein Glas begann bedrohlich zu wackeln, als er beim Aufstehen an den Tisch stieß. Er packte schnell zu, um es festzuhalten und setzte sich dann wieder.

Ian sah es mal wieder von der logischen Seite.

»Objektiv betrachtet stimmt schon, was Damian sagt. Wobei es natürlich absoluter Quatsch ist. Aber theoretisch würde es passen.«

Ungläubig starrte Joshua die beiden Männer an.

»Das glaubt ihr aber nicht wirklich!«

»Natürlich nicht«, beruhigte ihn Damian. »Der Gedanke kam mir nur gerade so spontan. Und du musst zugeben, dass es tatsächlich möglich wäre. Rein theoretisch. Praktisch gesehen bräuchtest du Megan nur zu sagen, was du empfindest und hättest es so sehr viel bequemer.«

Joshua prustete abwertend.

»Du kannst doch nicht im Ernst glauben, ich könnte Megan einfach sagen: ›Ich liebe dich noch, komm wieder nach Hause‹. So läuft das ganz bestimmt nicht.«

Damian zog die Augenbrauen hoch. Sein Blick war schon etwas verschwommen, so zwinkerte er noch. Aber es half nichts.

»Warum nicht? Kommt auf einen Versuch an.«

Joshua schaute zu Ian, der mit dem Kopf auf die Arme gesunken war, die auf dem Tisch ruhten. Er schubste ihn an, um seine Aufmerksamkeit zu bekommen.

»Was sagst du dazu? Hast du überhaupt zugehört?«

»Hab ich«, bestätigte Ian. »Und ich gebe dir Recht, so geht das bei Megan nicht. Vor allem nicht jetzt. Erst mal muss sie diese Geschichte los sein, dann kannst du dir überlegen, wie du angreifen willst. Nur zu sagen, sie soll wieder nach Hause kommen, geht in die Hose.«

»Okay«, gab Damian zu. »War eine blöde Idee, klappt bei ihr nicht. Mal davon abgesehen, dass sie bestimmt nicht nach Dublin zurück will. Im Zweifelsfall müsstest du wohl hierher ziehen. Außerdem ginge Dublin nicht, weil wir dann wieder ein Cottage zu viel hätten.«

Jetzt kam Joshua nicht mehr mit.

»Wieso ein Cottage zu viel?«

»Wir können nur in einem wohnen. Meins würde dann wieder leer stehen oder Caros, falls wir umziehen. Wäre doch doof.« Zum trüben Blick kam nun auch eine schwere Zunge.

Ian hob den Zeigefinger und stimmte dem Freund aus Kindertagen zu.

»Da hat er ja nun Recht, das geht wirklich nicht. Du müsstest hierher kommen.«

Joshua sah darin gar kein Problem.

»Wenn ich freiberuflich arbeite, kann ich das von überall aus tun. Und falls es mal einen Termin in Dublin oder so gibt, aus der Welt ist es auch nicht. Ich arbeite dann ja ohnehin von zu Hause aus. Ist eine ähnliche Konstellation wie bei Caro.«

Bei der Erwähnung dieses Namens nahmen Damians Augen einen verträumten Ausdruck an. Joshua entging dies nicht. Er schaute Ian an und bemerkte mit einem Kopfnicken zu Damian:

»Der ist so was von verschossen in diese Frau, oder?«

»Nein«, widersprach Ian.

»Nein?« wiederholte Joshua ungläubig.

»Nein«, bekräftigte Ian. »Der ist nicht nur verschossen, sondern über beide Ohren verliebt und ich denke nicht, dass sich dieser Zustand irgendwann ändern wird.«

Er nahm einen großen Schluck und stieß Damian von der Seite an. Der grunzte nur unwillig.

Joshua beschloss, sich um die Nahrungsaufnahme zu kümmern. Er holte die belegten Brote aus dem Kühlschrank und platzierte sie direkt vor Damian. Dann rüttelte er an seinem Arm. Den Kopf seitwärts auf den Unterarm gelegt, machte der Anstalten, einzuschlafen.

»Komm, Kumpel, iss was. Dann wirst du wieder munter.«

Damian öffnete ein Auge und schielte auf den Teller. Beherzt schnappte er sich ein Brot und bemerkte dabei seinen Hunger. Innerhalb kürzester Zeit hatten die Freunde alles aufgegessen, ohne einen Krümel zurückzulassen.

Danach klappte die Motorik wieder etwas besser, wenn auch weiterhin eingeschränkt. Aber sie hatten den Faden verloren.

»Wo waren wir stehengeblieben?« erkundigte sich Ian.

»Megan, Caro, was weiß ich«, informierte ihn Joshua.

»Was ist mit Caro?« Damian richtete sich interessiert auf.

Joshua seufzte theatralisch. Der Kerl hatte sich offenbar vor dem Essen komplett ausgeklinkt. Das kam davon, wenn man nur selten etwas Alkoholisches trank. Damian war schlicht aus der Übung.

»Wir haben nur festgestellt, dass du deine Caro liebst ohne Ende und sich das wohl auch nicht ändern wird.«

»Ganz bestimmt wird sich das nicht ändern! Wenn wir McIntyres erst mal Feuer gefangen haben, dann verlöscht das nicht.«

Joshua runzelte die Stirn. Dies war gut zu wissen, denn immerhin war Megan auch eine McIntryre.

»Komm, trink noch was. Du musst dringend was für deine Kondition tun und brauchst etwas Training«, empfahl Joshua.

Sein Schwager aber wehrte ab und rutschte auf dem Stuhl bis fast in die Waagerechte.

»Ich mag nicht mehr. Irgendwie schmeckt das Zeug nicht mehr. Und wisst ihr was? Ich möchte nach Hause.«

Ian schaute ihn ungläubig an.

»Hast du einen Vogel? Wir wollten heute einen Männerabend machen und der wird nicht vorzeitig abgebrochen. Denk mal an die Frauen, die haben wir vor dem nächsten Tag nicht gesehen.«

»Ja, weil sie ihren Rausch ausgeschlafen haben, den sie wahrscheinlich schon nach zwei Gläsern hatten.«

Joshua tippte dem Abtrünnigen auf die Schulter. »Damian, du bist zuhause«, warf er ein.

»Was?«

Joshua übte sich in Geduld und erklärte: »Du hast eben gesagt, du willst nach Hause. Du bist zuhause!«

Damian schaute sich gründlich um, dann zog ein Lächeln über sein Gesicht.

»Ach ja, du hast Recht. Dann will ich rauf zu Caro ins Bett.«

Von einer gelinden Verzweiflung erfasst, mahnte sich Joshua zur Ruhe. Ein Seitenblick zu Ian zeigte ihm, dass er mit dessen Hilfe nicht rechnen konnte. Der hatte den Kopf wieder auf die Arme gelegt und begann zu schnarchen.

»Damian, du kriegst mit Caro heute sowieso nichts mehr auf die Reihe. Das ist ein biologisches Gesetz bei deinem Alkoholpegel. Außerdem ist sie gar nicht da.«

»Wie, die ist nicht da?«

»Sie übernachtet heute bei Megan, schon vergessen? Damit wir sturmfreie Bude haben.«

Damian blinzelte, während er überlegte. Offenbar gelang es ihm, die Fakten wieder aneinanderzureihen. Er nickte und wedelte mit der Hand vor Joshuas Gesicht, während er ausführte: »Das ist gut, denn dann brauchen wir auf niemanden Rücksicht zu nehmen. Aber ins Bett will ich jetzt trotzdem.«

Er stand auf, schwankte und hielt sich an der Tischkante fest. Dabei kam Ian in sein Blickfeld. Er streckte den Arm aus und deutete auf den Freund, wendete sich dabei an Joshua.

»Will der gar nicht daheim schlafen? Hier ist es doch unbequem.«

Joshua gab auf. Als einziger, der noch einen einigermaßen klaren Gedanken fassen konnte, war es nun an ihm, die beiden Männer für die Nacht unterzubringen. Zuerst würde er Damian nach oben bugsieren. Er packte ihn am Oberarm und zog ihn in den Flur, dort die Treppe hinauf. Dabei sorgte er dafür, dass sich sein Schwager selbst am Geländer festhielt, denn kämen sie erst einmal ins Stolpern, hätte er keine Chance, einen Sturz zu verhindern. Schließlich war er selbst nicht mehr ganz sicher auf den Beinen.

»Ich bringe dich jetzt in dein Bett und da kannst du in Ruhe schlafen.«

»Und was ist mit Ian?«

»Den verfrachte ich auf das Sofa. Und mich packe ich dazu.«

Das erschien Damian sinnvoll und widerstandslos ließ er sich von Joshua in die Kissen drücken.

Nachdem er Ian geweckt und ins Wohnzimmer komplimentiert hatte, betrachtete Joshua die Küche. So schlimm sah es nicht aus. Die Gläser standen auf dem Tisch, das Fass und der leere Teller. Der Anblick würde Caro am nächsten Morgen nicht erschrecken, sicherlich erwartete sie weitaus Schlimmeres. Noch nicht einmal die Energie aufbringend, Teller und Gläser in die Spülmaschine zu stellen, schlappte Joshua zurück ins Wohnzimmer und legte sich auf das kürzere Sofa. Noch mal die Treppen hinauf ins Gästebett hatte er keine Lust. Ians regelmäßiges Schnarchen hüllte ihn schnell in einen tiefen Schlaf.

Caro gähnte unterdessen ausgiebig und schielte zu Megan, deren Augen immer kleiner wurden. Entgegen ihrer Voraussage, sie wäre bereits seit mindestens drei Stunden im Bett, saß sie doch noch im Wohnzimmer. Die Schwägerinnen hatten sich spätestens durch Hannas Tod so weit angenähert, dass es viel Gesprächsstoff gab. Gebannt hatte Caro Geschichten von früher gelauscht, die Megan den Abend über zum Besten gegeben hatte. Sie handelten von ihrer und Damians Kinder- und Jugendzeit, die stark von der Anwesenheit der Großeltern geprägt worden war.

»Wusstest du, dass Gran immer darauf bestanden hat, Grandpa das Geschirr spülen zu lassen?« kicherte Megan.

Caro machte große Augen.

»War das nicht in deren Generation eher unüblich?«

Megan nickte bestätigend. Als »üblich« hätte man ihre Großmutter jedoch ohnehin nicht bezeichnen können.

»Sie hat immer gesagt: ›Wenn ich koche, ist dein Anteil der Abwasch. Wir können aber auch gern tauschen.‹ Grandpa hat das grundsätzlich mit Händen und Füßen abgewehrt, denn er wusste ganz genau, dass nicht genießbar gewesen wäre, was er zusammengerührt hätte.« Megan lachte in der Erinnerung daran.

»Die anderen aus dem Dorf haben ihn gern damit aufgezogen, aber er hat es mit stoischer Gelassenheit ertragen.«

Sie warf einen Blick zu Caro, die verträumt in einem Sessel kauerte. Solche Erlebnisse, an die man gern zurückdachte, gab es in ihrer Vergangenheit selten. Groß-eltern hatte sie kaum kennengelernt, weil sie zu früh verstorben waren. Zusammenhalt und Vertrauen innerhalb der restlichen Familie hatte es nicht gegeben. Sie beneidete die McIntyres immer wieder darum und freue sich fast täglich wie ein Schneekönig, in dieser Familie aufgenommen worden zu sein. Megan spürte das ganz deutlich, obwohl sie selbst Schwierigkeiten hatte, es nachzuvollziehen. Für sie war es etwas völlig normales und die Welt, in der Caro aufgewachsen war, schien ihr fremd.

Megan schaute auf die Uhr und stemmte sich müde hoch.

»Halb zwei! Ob die Männer auch schon schlafen?«

Caro zuckte nur mit den Schultern. Für sie war es unmöglich abzuschätzen, wie der Abend in ihrem Cottage verlaufen war.

»Ich kann es dir nicht sagen. Aber ich bin gespannt, was wir morgen vorfinden werden. Goliath, Oscar! Wir gehen ins Bett.«

Die Mischlinge, die sie begleitet hatten und über den gesamten Abend – abgesehen von einigen kurzen Besuchen im Garten – den Frauen Gesellschaft geleistet hatten, erhoben sich und trabten zur Haustür. Caro rief sie zur Treppe, als sie mit Megan den ersten Stock zu den Schlafzimmer erklomm.

Kapitel 17

Ein Stöhnen weckte Joshua am nächsten Morgen. Mit Erstaunen bemerkte er, dass er sich einigermaßen fit fühlte. Wohl ganz im Gegensatz zu Ian. Der hockte auf der Sofakante, den Kopf in die Hände gestützt und wimmerte vor sich hin. Belustigt fragte er: »Du willst mir doch nicht im Ernst erzählen, dass du keinen Kater abkannst?«

»Doch«, murmelte Ian. »Aber am Anfang habe ich immer das Gefühl, ich sterbe.« Er deutete mit dem Daumen nach oben zur Zimmerdecke. »Schon ein Lebenszeichen von Damian?«

Joshua schüttelte den Kopf und wurde mit Hämmern daran erinnert, wie viel auch er getrunken hatte. Zwar hatte er keine heftigen Nachwirkungen, aber zwei Kopfschmerz-tabletten bräuchte er. Deshalb stand er auf, um im Bad danach zu suchen. Im ganzen Haus war es still, nahezu unheimlich ruhig. Argwöhnisch steckte er den Kopf aus der Badezimmertür, um zu lauschen. Kein Laut drang aus dem Wohnzimmer oder von oben. Diese Idylle währte jedoch nicht lange, denn kurz nachdem er die Tabletten mit etwas Wasser eingenommen hatte, rasten zwei Fellknäuel auf ihn zu. Die Vorboten der Frauen!

Er linste um die Ecke und erblickte Caro und Megan, die sich suchend umsahen, bevor sie ihn entdeckten.

»Na, du siehst ja klasse aus!« kommentierte Megan sein ramponiertes Aussehen.

»Ich habe mich noch gut gehalten, guck dir erst mal die anderen beiden an«, widersprach er mürrisch. Zu Diskussionen war er heute Morgen überhaupt noch nicht aufgelegt.

Wortlos tappte er in die Küche und schickte sich an, Kaffee zu kochen. Schon bei den ersten Handgriffen entwand ihm Caro die Kanne, schob ihn zur Seite und deutete mit dem Kopf auf den Tisch.

»Setz dich, da kannst du keinen Schaden anrichten.«

Angewidert musterte er die Überreste der letzten Nacht. Würde er sich jetzt setzen, stiege ihm der Geruch des abgestandenen Biers in die Nase. Etwas, das er nicht gebrauchen konnte. Also machte er aus der Not eine Tugend und räumte auf. Mit Genugtuung registrierte er Caros anerkennenden Blick und beschloss, die wahren Gründe für seinen Arbeitseifer lieber für sich zu behalten.

Nachdem ihm nichts Unangenehmes mehr in die Nase kommen konnte, nahm er Platz und wartete auf das Frühstück.

Megan hatte sich unterdessen nach oben begeben, um ihren Bruder zu wecken. In den Kissen kaum zu sehen, gerade ein Zipfel seines rotblonden Haars lugte unter der Bettdecke hervor, schnarchte er noch immer selig vor sich hin.

Sie trat ans Bett, um ihn vorsichtig an der Schulter zu rütteln. Keine Reaktion. Sie versuchte es stärker, aber er drehte sich nur murmelnd auf die andere Seite. Auch das Wegziehen der Decke und drastischere Maßnahmen wie Boxen auf den Oberarm konnten ihn nicht aus seinen Träumen holen.

Kurzentschlossen machte sie sich auf den Weg ins benachbarte Bad, parkte die Blumen aus der dort stehenden Vase im Waschbecken und befüllte sie mit frischem Wasser. Das kippte sie ihrem Bruder mitten ins Gesicht.

Damian sprang mit einem Schrei auf, der bis nach unten zu hören war. Einen Moment später hörte Megan Getrampel auf der Treppe, und Caro und Joshua standen im Zimmer. Sie zuckte nur entschuldigend mit den Schultern.

»Er war anders nicht wachzukriegen.«

Joshua konnte gut nachempfinden, wie hässlich diese Art des Weckens für Damian gewesen sein musste. Voller männlichen Mitleids wandte er sich ab, um sich wieder nach unten zu verkrümeln. Caro hingegen schmunzelte über ihren vor Wasser triefenden Gatten und kannte kein Pardon.

»Am besten, du legst dich erst mal trocken, bevor du nach unten kommst. Ich bin dabei, Frühstück zu machen.«

Ohne weiteren Kommentar drehte sie sich um und ging wieder in die Küche, Megan folgte ihr. Sie hatte noch die Aufgabe, Ian aufzustöbern, von dem sie bisher keine Silbe vernommen hatten.

Auf ihre Nachfrage nach dessen Verbleib deutete Joshua mit dem Kopf ins Wohnzimmer.

»Er war aber vorhin schon wach, als ich aufgestanden bin.«

Diese Information würde hoffentlich einen ähnlichen Angriff Megans wie auf Damian verhindern. Sie schaute durch die Tür in den Raum, konnte aber niemanden entdecken. Die Tür zum Bad stand offen, dort konnte er demnach auch nicht sein. Wo war Ian?

Sie kehrte in die Küche zurück und warf ratlos die Arme nach oben.

»Da ist niemand! Bist du sicher, dass er vorhin noch da war?«

Joshua nickte heftig. »Vielleicht ist er draußen?«

»Was sollte er denn da?« blaffte Megan.

Es war gut und schön, wenn die Männer sich zusammen einen netten Abend machten. Aber wenigstens sollten sie danach an Ort und Stelle sein, damit sie eingesammelt werden konnten. Auf Versteckspiel hatte sie keine Lust.

»Das weiß ich doch nicht«, biss Joshua zurück. »Guck doch einfach nach und frag ihn.«

»Vielleicht ist er auch schon nach Hause gegangen?« gab Caro zu bedenken.

Das würde Megan herausfinden. Sie ging durch die Küchentür in den Garten, aber Ian war nirgends zu sehen. Um Caros Möglichkeit nachzugehen, rief sie Stacy an.

»Ist Ian schon bei dir?«

»Nein. Wieso, ist er nicht mehr bei Damian und Joshua?« fragte sie erstaunt.

Na wunderbar! Mit ihrem Anruf hatte sie nun unter Umständen erreicht, dass Stacy sich Sorgen machen würde.

»Wir finden ihn gerade nicht, aber irgendwo muss er ja sein. Wir suchen mal das ganze Haus ab.«

»Ich komme rüber!«

Kurz nach dem Auflegen hörte Megan, wie Caro nach ihr rief. Sie schaute kurz in die Küche und sah Caro aus dem Fenster auf das rückwärtige Grundstück deuten.

»Da läuft er. Frag mich aber bitte nicht, wo er hin will.«

Megan lief verwundert hinaus, sie hatte dort gerade erst noch nachgesehen! Unverkennbar war es jedoch Ians Baseballmütze, die da mit Kopf und Körper auf dem Weg zu den Wiesen war. Sie rief nach ihm, um ihn einholen zu können.

»Was rennst du denn hier draußen rum? Drin gibt es Frühstück.«

Er kratzte sich verlegen im Nacken.

»Ich wollte einfach etwas Bewegung an der frischen Luft, ein bisschen Gymnastik. Da das aber ziemlich lächerlich aussieht, dachte ich, ich mache es weiter hinten vorm Wald. Damit ihr mich nicht beobachten könnt. Ich brauche das, um wieder richtig fit zu werden.«

Eine derart lange Rede am frühen Vormittag haute Megan aus den Socken. Verblüfft starrte sie Ian mit offenem Mund an, der diese Reaktion natürlich völlig falsch verstand.

»Was ist? Wer sagt denn, dass nur Frauen so was machen können?«

»Keiner. Ich wundere mich nur, dass du heute Morgen so viel redest.«

Nun blieb Ian verdutzt die Sprache weg. Er beschloss, den Mund weiterhin zu halten und Megan einfach wieder ins Haus zu folgen.

Dort war der Tisch bereits gedeckt und auch Stacy kam hinzu. Es wurde etwas eng, aber dank der Sitzbank konnten sich dort drei Leute zusammenquetschen. Damian war nach einer heißen Dusche wieder etwas lebendiger und das Frühstück wurde zu einem ungeplanten Event, das alle sechs Beteiligten genossen. Sie vertrödelten den Sonntag erst gemeinsam, dann paarweise.

Montagmorgen wurde Megan wieder von der Realität eingeholt. Schon als sie das Büro betrat, fiel ihr der Strauß Blumen ins Auge, der mitten auf dem Schreibtisch prangte. Überrascht fragte sie ihren Chef: »Wer hat den gebracht?«

»Guten Morgen, Mrs Riordan. Ich weiß es nicht. Das heißt, ich weiß es schon, es war ein Bote. Aber er hat nicht gesagt, von wem die Blumen sind. Nach einem Kärtchen habe ich nicht gesucht.«

Das geht dich ja auch nichts an, dachte Megan im Stillen. Sie untersuchte das Bukett nach einer Nachricht, fand jedoch keine. Also wieder der große Unbekannte. So langsam ging er ihr wirklich auf die Nerven.

Dem bisherigen Muster zufolge rechnete sie beim Öffnen ihrer Mails mit Post von ihm. Sie wurde nicht enttäuscht.

»Wir werden bald zusammen sein, es wird nicht mehr lange dauern. Bis dahin erfreue dich an meinem bunten Gruß.«

Megan schauderte es. Wie kam er darauf, sie würde sich mit ihm einlassen? Dazu müsste sie erst einmal wissen, um wen es sich handelte, um diese Entscheidung treffen zu können. Als sie den Kopf hob, bemerkte sie, dass Mr Murray sie genauestens beobachtete.

»Doch ein Verehrer? Der lässt sich das aber wirklich was kosten.«

Megan antwortete nicht, sandte die Mail an ihre private Adresse und löschte sie aus ihrem Firmenpostfach. Nachdenklich schob sie den Stöpsel des Diktiergeräts ins Ohr und versuchte, sich auf ihre Arbeit zu konzentrieren. Halbwegs gelang ihr das auch, bis William erschien.

Nun war sie sicher, dass er hinter alldem steckte. So sehr er es auch mit Unschuldsmiene abstritt, es konnte kein Zufall sein, wenn er stets nach diesen Blumengrüßen auftauchte. Mühsam beherrscht, um vor ihrem Chef keine Szene zu machen, funkelte sie ihn an.

Er blieb zunächst beim Eingang stehen, scheinbar unschlüssig, an wen der beiden er sich wenden sollte. Dann trat er an Megans Tisch.

»Ich möchte mit dir reden.«

»Schon wieder?« Der Spott triefte regelrecht aus ihrer Stimme. »Das hättest du schon längst mal haben können, wenn du dich am Telefon wie ein normaler Mensch benehmen würdest.«

Verdutzt starrte er sie an. Er spielte seine Rolle wirklich gut! Aus den Augenwinkeln nahm sie wahr, wie Mr Murray das Gespräch interessiert verfolgte.

»Wieso am Telefon? Ich bin ja extra hier, weil ich eben nicht am Telefon mit dir reden will.«

»Dann solltest du auch nicht anrufen«, versetzte sie.

»Das habe ich auch nicht, warum sollte ich?«

Mr Murray erhob sich und durchquerte den Raum. Verlegen beugte er sich zu Megan vor, um ihr zuzuraunen: »Ich weiß nicht, was hier los ist, aber so können Sie nicht mit einem Kunden sprechen.«

»Doch«, widersprach Megan. »Das ist nämlich ein rein privates Gespräch. Tut mir leid, dass es während der Arbeitszeit stattfindet, aber daran ist Mr McKee schuld. Er zieht es schließlich vor, mit seinen privaten Angelegenheiten hier aufzukreuzen.«

Mit einer ruckartigen Bewegung schob sie den Aktenordner an den Tischrand, wo er Übergewicht bekam und auf den Boden knallte. Sie ignorierte es.

»Ich würde gern eine Pause machen, um die Angelegenheit zu klären, Mr Murray. Die Zeit arbeite ich dann heute nach.«

Murray nickte erleichtert. Ihm schien alles recht zu sein, was die Atmosphäre in diesem Büro reinigte.

Megan kam um den Schreibtisch herum, packte William am Jackenärmel und zog ihn wenig sanft vor die Tür. Dort verschränkte sie die Arme vor der Brust und schnauzte: »Was willst du?«

Er ließ sich durch ihre Haltung und den harschen Ton nicht beeindrucken, was Megan zutiefst ärgerte.

»Ich wollte dich für heute oder morgen zum Essen einladen. Zusammen mit Sinead, damit ihr euch kennenlernen könnt.« Siegessicher umspielte ein Lächeln seine Lippen.

»Ach ja? Wie kommt es denn, dass ihr Gemütszustand das plötzlich so schnell zulässt?«

Er trat von einem Fuß auf den anderen und erklärte, die Augen fest auf den Gehsteig geheftet: »Ich habe mit ihr gesprochen und sie hat besser reagiert, als ich befürchtet hatte. Sie hat sogar gleich gesagt, dass sie dich gern mal treffen würde. Da dachte ich, ein gemeinsames Essen wäre doch genau das Richtige.«

»Dachtest du«, schnaubte Megan. Um etwas Zeit zu gewinnen, wanderte sie einige Schritte hin und her. Vorbeieilende Passanten mussten ihr ausweichen, um einen Zusammenstoß zu verhindern. Schließlich stoppte sie dicht vor William.

»Ich will nicht!«

Resigniert senkte er kurz den Kopf und verzog die Lippen.

»Sei doch nicht so kratzbürstig, Megan. Wir waren uns doch einig, dass ihr euch kennenlernt, wenn es Sineads Verfassung zulässt.«

»Falsch. Ich habe gesagt, falls ich das dann noch will. Und ich will nicht.«

»Warum nicht?« Diese Frage kam schon etwas kleinlauter, seine Selbstsicherheit ließ merklich nach.

Über diese Frage musste Megan kurz nachdenken. Warum eigentlich nicht? Vielleicht bewies er damit tatsächlich, sie nicht angelogen zu haben und das Gespräch am Telefon war harmlos gewesen. Da sie ihn aber in Verdacht hatte, der Unbekannte zu sein, hatte er bei ihr verspielt. So interessant und schmeichelhaft diese Aktionen am Anfang noch gewesen sein mögen, inzwischen fand sie es einfach nur noch kindisch. Zumal er weiterhin alles abstritt, womit er bei ihr völlig durchfiel.

»Ich ziehe es vor, mit ehrlichen Menschen zu verkehren. Egal, ob im täglichen Leben oder nur zu einem Abendessen. Zumindest, sofern ich mir das aussuchen kann.«

»Aber ich bin doch ehrlich, ich bin immer ehrlich gewesen. Das Ganze war ein riesiges Missverständnis, das will ich dir doch gerade beweisen.«

»Der Zug ist abgefahren, William. Lass mich einfach in Zukunft in Ruhe.«

Sie ließ ihn stehen und ging zurück an ihren Arbeitsplatz. Dennoch wurde sie das Gefühl nicht los, er würde immer noch nicht aufgeben. Dem neugierigen Blick ihres Chefs wich sie aus, indem sie sich sofort wieder in ihre Arbeit stürzte.

Nach Feierabend hatte sie aufgrund der Ereignisse das Bedürfnis, mit ihr vertrauten Menschen zu sprechen. An einem Ort, an dem sie sich fallenlassen und vertrauen konnte. Diese Attribute passten zu ihrem Elternhaus.

Noch stieg regelmäßig etwas Traurigkeit in ihr auf, wenn sie das Cottage betrat. Der Gedanke, ein wichtiger Mensch fehlte, ließ sich nicht verscheuchen. Würde sich womöglich nie ganz verflüchtigen.

Sie suchte die unteren Räume nach ihren Eltern ab, bis sie schließlich in der kleinen Speisekammer ihre Mutter fand. Die hatte eine Liste und Kugelschreiber in der Hand, um zu notieren, was beim nächsten Einkauf gebraucht wurde.

»Habt ihr einen Großeinkauf vor?«

»Ja«, bestätigte Olivia. »Wir wollen mal wieder nach Dublin und so richtig bummeln und alles kaufen, das nicht niet- und nagelfest ist. Willst du mit? Wir wollen morgen fahren. Dann warten wir eben bis nachmittags, wenn du Feierabend hast.«

Megan schüttelte den Kopf. Das hatte ihr gerade noch gefehlt, sich nach dem Büro stundenlang durch Geschäfte und Einkaufszentren zu wühlen. Olivia lachte, denn sie kannte ihre Tochter sehr genau.

»Du mit deiner Einkaufsaversion!«

Sie legte Block und Stift ins Regal, um mit Megan in die Küche zu gehen.

»Wir möchten nicht hungern und erst noch einkaufen müssen, wenn wir aus dem Urlaub kommen. Da möchte ich alles zuhause haben, aus dem ich was Essbares machen kann. Auch, wenn es überwiegend Konserven sind.«

Megan horchte auf. Hatte ihre Mutter gerade »Urlaub« gesagt?

»Ihr wollt weg? Wann, wie lange, wohin?«

Olivia lachte. So weit war es schon, die Kinder führten die Verhöre mit den Eltern und nicht umgekehrt.

»Wir wollen nach Guernsey für zwei Wochen. Nächste Woche geht es los.«

Sie setzte sich und schob nervös zwei Tassen hin und her, die auf dem Tisch standen.

»Dein Vater und ich haben beschlossen, dass wir hier mal rauswollen. Mal was anderes sehen und nur für uns sein. Abschalten.«

Um Verständnis heischend schaute sie ihre Tochter an, die erneut mit einer Frage reagierte.

»Wie lange wart ihr nicht mehr im Urlaub? Ich meine, richtig, mehrere Tage allein.«

»Das ist bestimmt schon zehn Jahre her«, seufzte Olivia.

Megan konnte sich ein Grinsen nicht verkneifen.

»Dann wird es höchste Zeit. Weiß Damian schon Bescheid? Ich meine nur, damit er nicht mal mit seinem Holzkopf an die Tür knallt, weil sie abgeschlossen ist.«

Olivia brach in ein schallendes, ansteckendes Lachen aus, in das Megan einstimmte.

»Keine Sorge, wir sagen es ihm noch, damit er sich keine Beule holt. Du siehst müde aus, a ghràidh! War was auf der Arbeit?«

»Nur das übliche. Und William war wieder da. Zuvor kam mit einem Boten ein Blumenstrauß und dazu eine Mail. Er streitet ab, damit was zu tun zu haben, aber inzwischen bin ich mir sicher. Merkwürdiger Zufall, dass er danach aufgetaucht ist.«

»Und was wollte er?« Nun hatte Megan Olivias volle Aufmerksamkeit.

»Mit mir essen und bei der Gelegenheit seine Schwester vorstellen. Mit der er ja angeblich damals telefoniert hat. Ich will nicht, für mich ist der Kerl erledigt.«

Nachdenklich kaute Olivia auf ihrer Unterlippe herum.

»Aber meinst du nicht, er hätte es spätestens jetzt sagen können, wenn er der Unbekannte ist? Wahrscheinlich ist er es wirklich nicht.«

»Doch«, widersprach Megan. »Da bin ich mir ganz sicher und entweder, er gibt nach meiner Abfuhr heute endlich auf und der ganze Zauber ist vorbei, oder wir erwischen ihn mit den Kameras.«

Olivias Miene verhieß nichts Gutes. Ihre Stirn legte sich in Falten, über der Nasenwurzel erschien eine steile Kerbe.

»Mum, mach dir keine Sorgen. Das alles ist bestimmt jetzt vorbei. Und Damian passt auf mich auf, das weißt du doch.«

»Er sollte dir die Hunde dalassen.«

»Das bringt doch nichts. Die bewirken nur, dass er nicht mehr ins Haus kommt und dann sehen wir nie, wer es ist. Er tut mir ja nichts.«

Olivia atmete tief durch und verwarf die düsteren Gedanken. Der freundliche Ausdruck kehrte auf ihr Gesicht zurück.

»Du hast ja Recht. Aber du hast selbst Kinder und weißt, wie Mütter ticken.«

Sie zwinkerte ihrer Tochter kurz zu, bevor sie aufstand und Teewasser aufsetzte.

»Lass uns in Ruhe ein Tasse zusammen trinken, bevor die Jungs nach Hause kommen.«

In ihrem weiteren Gespräch vermieden sie das Thema penibel. Vielmehr wandten sie sich dem allgemeinen Dorfklatsch zu.

»Ich habe übrigens was läuten hören, dass Stacy und Ian tatsächlich heiraten wollen. Weißt du schon was darüber?«

Megan blies in ihre Tasse, um den Tee etwas abzukühlen.

»Ich weiß, dass sie es vorhaben, ja. Aber ich glaube, ein Termin steht noch nicht fest. Auch nicht, ob sie groß feiern. Wobei das hier ja schon fast ein ›Muss‹ ist.«

»Ach was«, widersprach Olivia. »Es sagt auch niemand was, wenn sie das ganz still und heimlich machen. Bei Ian könnte ich mir das gut vorstellen, ohne Rummel und viele Leute.«

»Ja, gut möglich«, stimmte Megan zu. Sie grinste. »Dann werden wir es wahrscheinlich erst erfahren, wenn es schon passiert ist. Mir soll es recht sein, ich bin nicht für große Feiern.«

»Warst du noch nie. Irgendwie schlägst du damit komplett aus der Art der Familie.«

»Einer muss es ja ein bisschen ruhiger angehen lassen. Ich frage Stacy mal, wenn ich sie das nächste Mal sehe. Hast du mal mit Caro gesprochen? Sie könnte mehr Infos haben.«

Olivia schüttelte den Kopf.

»Nein, sie weiß auch nichts. Natürlich habe ich sie direkt angerufen, weil ich das auch dachte. Entweder ist es nur ein Gerücht oder die beiden machen das wirklich klammheimlich.«

»Meinen Segen haben sie!«

Bei der Vorbereitung des Abendessens dachte Megan noch eine Weile über die möglichen Pläne der Freunde nach. Einige Dorfbewohner würden es tatsächlich übelnehmen, wenn keine große Feier stattfinden würde. Durch ihr Leben in der Stadt sah Megan das jedoch etwas differenzierter. Eine Hochzeit sollte der schönste Tag im Leben der Brautleute werden und deshalb so gestaltet sein, wie sie es gern wollten. Dabei sollte man Megans Ansicht nach keine Rücksicht auf die Befindlichkeiten von Bekannten und Nachbarn nehmen. Gerade weil Stacy und Ian sich ihr ganzes Leben lang kannten und nicht mehr ganz taufrisch waren, schien ihr eine rein standesamtliche Trauung im Stillen angemessen. Vor allem, wenn man Ians ruhige Art in Betracht zog. Die Frage war nur, wie sich das mit Stacys hyperaktivem Charakter vereinbaren ließ.

Als sie und Joshua damals geheiratet hatten, war eine große Feier eine Selbstverständlichkeit gewesen. Im Dorf so üblich, beteiligte sich die ganze Familie an den Vorbereitungen und überrollte die Heiratswilligen damit regelrecht. Megan wäre nie auf den Gedanken gekommen, dem allem zu widersprechen, ebenso wenig wie Joshua. Er hatte es genossen, den Tag im Mittelpunkt zu stehen und viele Menschen um sich herum zu haben. Schon deshalb hätte es Megan nicht über das Herz gebracht, sich zu widersetzen. Aber was hatte es gebracht? Offenbar schützte eine große Feier mit allem Pomp nicht vor dem Scheitern einer Ehe. Wie so oft in den vergangenen Monaten dachte sie an die neunzehn Jahre zurück, die sie verheiratet waren. Vor dem endgültigen Schritt, diese Ehe zu beenden, schrak sie zurück. Warum eigentlich? Es wäre ein klarer, sauberer Schnitt, schließlich hatte sie bereits Ambitionen zu einer neuen Beziehung gehegt. Was also war der Grund, dieses Stück Papier, das sie noch mit Joshua verband, nicht aufgeben zu wollen?

Ein Grund könnten die Jungen sein, die sie unwiederbringlich miteinander verwoben. Dies würde sich jedoch nicht ändern, wenn sie geschieden wären. Nein, es ging schlicht darum, eine Umkehrmöglichkeit zu haben, gestand sich Megan ein. Solange sie noch verheiratet waren, konnte sie sich einbilden, sie könnten noch einmal von vorn beginnen. Mit ihrer Analyse bis dahin gekommen, tat sich aber die nächste Frage vor ihr auf. Warum wollte sie sich das in der Hinterhand behalten? Ob es wirklich funktionieren könnte, wusste sie noch nicht einmal. Wahrscheinlich hatte Joshua längst eine andere Frau oder war zumindest auf der Suche, hatte mit ihr abgeschlossen. Warum also fand sie Trost in dem subjektiven Gefühl, er wäre für sie immer noch der feste Punkt im Leben?

Weil es immer so gewesen war.

Megan schimpfte mit sich selbst, dass sie sich einer reinen Gewohnheit hingab, die nichts mit noch existierenden Gefühlen zu tun hatte. Denn das wäre noch die einzige schlüssige Erklärung, die es außerdem gäbe. Angenommen, es wäre aber doch dieser Grund, dann hätten sie mit der Trennung eine klare Fehlentscheidung getroffen. Zumindest von ihrer Seite aus.

Megan überlegte, wie sie herausfinden konnte, was hinter ihren derzeitigen Gedanken steckte. Sie würde sich mit Joshua beschäftigen und hinterfragen müssen, was sie ihm gegenüber noch empfand. Oder auch nicht. Erst dann wäre es möglich, über weitere Schritte nachzudenken und zu entscheiden, was sie eigentlich wollte. Und danach, ob sie es bekommen würde.

Kapitel 18

Die Würfel waren gefallen. Joshua blicke auf seine Mails und wusste, er konnte es schaffen. Mehrere Firmen, auch weiter entfernt, zeigten sich seinem Geschäftsmodell gegenüber durchaus aufgeschlossen. Es gab ein Konzept, ein Gesamtpaket und einzelne Teilbereiche, die er je nach dem Bedürfnis des Auftraggebers anpassen konnte. Heimlich in seinem Wohnzimmer klopfte er sich auf die Schulter. Nicht umsonst hatte er Jahre erfolgreich in seinem Beruf verbracht, er wusste, wie der Hase lief. Ideen zur Entwicklung von Computerspielen hatte er schon immer gehabt und im Koordinieren der Aufgaben aller beteiligten Abteilungen war er unschlagbar. Ebenso mit Werbemaßnahmen, um die Spieler anzulocken. Nur hatte ihm das nichts mehr genützt, da den Produkten seiner bisherigen Firma inzwischen das Potential fehlte.

Die Formalitäten waren schnell erledigt, Joshua war nun Geschäftsmann. Ersparnisse in der Hinterhand, würde er eine Durststrecke problemlos überstehen können – sofern sie nicht zu lange andauerte. Das jedoch schloss er aus, denn er vertraute auf seine Fähigkeiten. Lange laborierte er an der Frage herum, ob es sinnvoll wäre, die Supporttätigkeit ebenfalls anzubieten. Immer noch würde er Julia gern helfen, aber eine Zusammenarbeit wäre für seine Begriffe zu kompliziert. Selbst wenn sie von zuhause aus arbeiten würde, während er hier tätig war, müssten sie doch immer wieder miteinander kommunizieren. Vor allem dann, wenn er sie nicht als Angestellte führte, sondern als Teilhaberin. Ein Gehalt konnte er sich nicht leisten, es bliebe nur der Weg als Mitinhaberin. Dagegen sträubte sich aber alles in ihm. Nicht nur in Anbetracht ihrer Vorgeschichte, sondern auch, weil er seine Idee und das, was er jetzt aufgebaut hatte und noch aufbauen würde, mit niemandem teilen wollte. Diesbezüglich erkannte er sich als Egoist, fand das jedoch völlig legitim. Warum sollten andere von seiner Geschäftsidee und deren Planung profitieren, ohne etwas im Vorfeld dazu beigetragen zu haben? Wenn der Laden lief, könnte er sein Angebot erweitern und jemanden einstellen, zunächst nur stunden-weise. Später könnte er, je nach Bedarf und Nachfrage, die Arbeitszeit erhöhen. Damit würde dann auch ein Support-bereich abgedeckt werden, den er zuerst spontan für Julia vorgesehen gehabt hatte.

Sie hatte sich seit ihrem letzten Zusammentreffen nicht mehr bei ihm gemeldet, das war ihm nur recht so. Somit kam er nicht in die Verlegenheit, Abwesenheit vorschützen zu müssen, sollte sie vor der Tür stehen. Ob er das wirklich über das Herz bringen würde, wusste er selbst nicht. Wenn aber nicht, wäre es eine peinliche Begegnung, die wohl wieder mit einer Enttäuschung für sie enden würde. Er wusste, er war nicht frei. Theoretisch natürlich schon, denn Megan und er waren getrennt, er war ihr nichts schuldig. Schon gar nicht, wenn er an diesen William dachte, der mit ihr das Bett geteilt hatte. Zu seinem Erstaunen hatte er gemerkt: Es tat weh. Nun konnte er es darauf schieben, noch an der Trennung arbeiten zu müssen. Aber Joshua war Realist und deshalb hielt er sich nicht mit Ausreden auf. Er liebte Megan immer noch, erst die Monate ohne sie hatten ihm dies deutlich gemacht, auch wenn es einige Zeit gedauert hatte, völlig klarzusehen. Aber wie er schon mit Damian und Ian erörtert hatte, wusste er nicht, wie er sie zurückerobern sollte.

Joshua beschloss, das Thema zu verschieben. Sicher konnte es ein Fehler sein, denn umso mehr Zeit verrann, desto geringer wurde die Chance, Megan für ein weiteres gemeinsames Leben zu gewinnen. So entscheidungsstark und selbstbewusst er auch in beruflichen Dingen war, hier schwamm er. Momentan fiel ihm nichts ein, wie er vorgehen könnte. Und wenn man nichts wusste, musste man warten, ob man wollte oder nicht.

Die Situation schmeckte ihm nicht, wider Willen quälte er sich in einer Ecke seines Gehirns weiter damit herum. Bis ihm seine

Söhne in den Sinn kamen. Wäre es mit ihrer Hilfe machbar? Sie könnten ihm eventuell Auskünfte bezüglich Megans Gefühls- und Liebesleben geben. Tipps, wie er vorgehen könnte. Ihrer uneingeschränkten Bereitschaft, die Eltern wieder zusammenzubringen, konnte er sicher sein. Die Frage war nur, fand sich das richtige Mittel, um dies zu bewirken?

Joshua griff zum Telefon und rief Noah auf dem Handy an. Ein Blick zur Uhr zeigte ihm, beide Jungen wären auf dem Heimweg und damit erreichbar.

»Dad! Was treibt dich denn dazu, ein Telefon in die Hand zu nehmen?«

Joshua schmunzelte in sich hinein. Zugegeben, er telefonierte nur höchst ungern und bevorzugte das persönliche Gespräch.

»Ich würde am Wochenende gern was mit euch besprechen. Habt ihr Lust, nach Dublin zu kommen?«

»Ich auf jeden Fall, den Kleinen muss ich erst fragen. Aber ich denke schon, der will auch. Hast du was Bestimmtes geplant?«

»Ja, aber nicht so, wie du jetzt denkst. Ich wollte mit euch mal über eure Mutter sprechen.«

»Wie jetzt?« Das Erstaunen nahm Joshua durch den Hörer wahr.

»Das erkläre ich euch dann. Gibst du mir noch mal Bescheid? Ich würde euch Freitagabend abholen. Mit eurer Mutter regle ich das dann schon.«

»Ja, okay. Ich melde mich.«

Befriedigt legte Joshua auf, der erste Schritt war getan. Nun fehlte ihnen nur noch die zündende Idee am Wochenende. Ob er zuvor mit Damian sprechen sollte, zwecks Vorarbeit? Den Gedanken verwarf er wieder. Die Fantasie seiner Söhne war auf dem Gebiet sicherlich ausgeprägter und wenn sie erst einen Plan hätten, konnte er sich immer noch bei seinem Schwager rückversichern, ob es klappen würde.

Den Kopf jetzt wieder frei, machte er sich weiter an die Arbeit.

Hätte Megan geahnt, was sich hinter ihrem Rücken zusammenbraute, sie hätte sich göttlich amüsiert. Ein Komplott ihrer Männer gegen sie, das gar nicht nötig wäre. Sie war der Ansicht, ganz genau zu wissen, was sie wollte und momentan war das nicht Joshua. Eigentlich hatte sie sogar ganz andere Sorgen.

Von Durst geplagt, verfluchte sie sich wieder einmal dafür, nichts auf dem Nachttisch stehen zu haben. So war sie gezwungen, das warme Bett zu verlassen, hinunter in die Küche zu traben und dort an den Kühlschrank zu gehen. Sie schaltete das Licht an, blinzelte in den grellen Schein und schrak zurück. Mitten auf dem Tisch stand eine einzelne, langstielige Rose. An der schmalen Vase lehnte ein Kärtchen, nicht viel größer als eine Visitenkarte.

»Dachtest du wirklich, du könntest mich daran hindern, mich in deiner Nähe aufzuhalten?«

Hätte der Mistkerl nicht mit der Hand schreiben können? Aber nein, der Text war mit einem Computer gedruckt. Zitternd nahm Megan die Nachricht in die Hand, sie war eindeutig. Der Unbekannte hatte sich nicht durch die Kameras abschrecken lassen, verhöhnte sie sogar. Was aber noch viel schlimmer war: Er wusste von der Existenz der Geräte.

Megan schaute auf die Uhr, es war zwanzig nach drei. Keine Uhrzeit, um bei Damian anzurufen. Es würde auch keinen Sinn ergeben, denn es war niemand mehr hier. Morgen früh gleich würde sie Bescheid geben, damit die Bilder der Kameras angesehen werden konnten. Doch sie wusste bereits jetzt, darauf würde nichts zu finden sein. Das alles ließ nur eine Schlussfolgerung zu. Ihr Verehrer musste in der Nähe leben und beobachtete sie entweder fast ständig oder hatte zufällig die Installation der Kameras mitbekommen. Beides behagte ihr nicht, denn weiter entfernt wäre er ihr wesentlich lieber. Vor allem grenzte das den Kreis der Verdächtigen keineswegs ein. Sowohl

William als auch Jonas oder Mr Murray kamen weiter in Betracht. Sie wusste auch von Damians Bemerkung, Joshua wäre nicht ausgeschlossen. Er konnte jederzeit mit dem Auto nach Affordshire gelangen und da er die Geräte mit installiert hatte, wusste er natürlich davon. Dieser vorübergehende Verdacht Damians hatte sie entrüstet, denn Joshua hatte es ganz sicher nicht nötig, solche Spielchen zu treiben. Doch zu ihrer Beruhigung war dies nur eine nicht ernstgemeinte Provokation Damians gewesen. Dennoch, überlegte sie, rein von den Fakten ausgegangen wäre es denkbar. Nur nicht, wenn man Joshua kannte.

Sie betrat die Küche und holte sich endlich ihren Saft aus dem Kühlschrank, den sie in kleinen Schlucken trank. Unruhig wanderten ihre Augen durch den Raum, blieben an der Hintertür hängen. Wie war er überhaupt reingekommen? Sie stellte die Flasche ab und prüfte die Hintertür. Sie war unverschlossen. Megan holte tief Luft, denn sie war sicher, die Tür am Abend verriegelt zu haben. Seitdem das erste Mal jemand Fremdes im Haus gewesen war, achtete sie peinlichst darauf, vor dem Schlafengehen alles abzuschließen. Gebückt betrachtete sie das Schloss, aber es schien nichts aufgebrochen zu sein. Sollte sie es am Abend wirklich vergessen haben? Im Geiste ging sie den Ablauf durch, was sie genau getan hatte, bevor sie zu Bett gegangen war. Doch, sie war sicher, alles verriegelt zu haben. Nur, warum war die Tür dann jetzt auf?

Sie holte ihr mögliches Versäumnis nach, stellte den Saft wieder zurück in den Kühlschrank und kontrollierte die Haustür. Sie war fest verschlossen. Beruhigt ging sie hinauf, um sich wieder hinzulegen.

Nach einer unruhigen Nacht rief sie gleich in aller Herrgottsfrühe ihren Bruder an. Es war Samstag, er würde nicht so zeitig aufstehen wie in der Woche, aber das war ihr jetzt egal.

Ausschlafen konnte er am morgigen Sonntag auch noch und halb acht fand sie schon recht human.

Er sah das nicht so, als er an den Apparat kam.

»Hättest du nicht auf dem Festnetz anrufen können? Dann hätten wir wenigstens das Klingeln nicht gehört«, murmelte er verschlafen.

»Deshalb habe ich ja deine Handynummer genommen«, erklärte sie ihm. »Letzte Nacht war wieder jemand im Haus.«

Sie hörte im Hintergrund ein Rascheln und sah ihren Bruder vor Augen, wie er sich im Bett aufrichtete und die Decke zurückwarf.

»Wann?« Nun klang er schon wesentlich munterer.

»Ich weiß nicht. Gegen halb vier bin ich in die Küche gegangen, weil ich Durst hatte. Da stand auf dem Tisch eine Rose und dabei eine Karte. Er wusste von den Kameras und ich glaube nicht, dass wir darauf was sehen werden.«

Damians gehetzter Atem klang an ihr Ohr, plötzlich tat es ihr leid, ihn geweckt zu haben. Was hätte es gemacht, wenn sie später angerufen hätte? Die Situation wäre in zwei Stunden noch immer dieselbe gewesen.

»Ich komme gleich rüber und gucke mal, ob ich Ian erwische. Vielleicht ist doch was drauf, er muss ja irgendwie reingekommen sein.«

»Ja, durch die Hintertür.«

Kein Laut drang zu ihr. Dann ein verwundertes: »Wie hat er denn das gemacht?«

»Keine Ahnung. Ich war sicher, alles verschlossen zu haben. Doch merkwürdigerweise war die Tür in der Nacht auf. Ich sehe aber auch nichts, dass jemand dran rumgeschraubt hat oder so.«

»Kann es sein, dass du sie gestern Abend vergessen hast?«

»Habe ich auch schon überlegt. Aber ich bin mir sicher, dass sie zu war.«

Damian brummelte etwas Unverständliches, Wasser begann zu plätschern.

»Ich bin spätestens in einer halben Stunde drüben, mit oder ohne Ian.«

Eine Erwiderung konnte sie sich sparen, denn es erklang nur noch das Besetztzeichen. Er hatte aufgelegt.

Megan beschloss, Kaffee zu kochen. Sie selbst brauchte einen Koffeinschub und vor allem Damian galt es wachzubekommen. Falls er Ian einsammelte, wären wahrscheinlich sogar zwei Kannen erforderlich. Ian war ohne einen Liter nur für sich allein nicht lebensfähig, ähnlich wie Caro. Gut, dass die beiden kein Paar waren, grinste Megan in sich hinein. Der Kaffeeverbrauch würde sie in die Armut treiben.

Es dauerte keine halbe Stunde, bis die Männer erschienen. Mit ernsten Gesichtern machten sie sich sofort an den Kameras zu schaffen, Ian baute den Laptop auf. Gespannt und konzentriert bereiteten sie alles vor, um enttäuscht zu werden. Diverse Male hatten sich die Geräte eingeschaltet für Noah, David, Caro, Olivia und Megan selbst. Ein Mal tauchte sogar Jonas O'Malley auf, verharrte aber nur einen Moment, bevor er sich wieder umwandte und ging.

»Was hat der dann da gemacht? Das ist schon verdächtig«, bemerkte Megan.

»Er ist aber nicht reingekommen«, beschwichtigte Damian. »Zumindest nicht an dieser Stelle.«

Auf einer Aufnahme war nichts zu sehen, dort musste sich der Unbekannte Zutritt verschafft haben. Oder Jonas, falls er sich nur umgesehen hatte und dann noch mal zurückgekommen war. Sicher konnten sie das jedoch nun nicht wissen.

»Wie hat er das gemacht?« wunderte sich Megan.

»Ich schätze mal, er hat sich im toten Winkel bewegt«, vermutete Damian.

»Ihr habt einen toten Winkel eingebaut?« wiederholte Megan verblüfft.

Damian zuckte mit den Schultern.

»Das lässt sich gar nicht vermeiden. Du hast nun mal keinen Rundumblick. Wenn er sich dicht an der Wand langgequetscht hat, ist er nicht zu sehen. Und offenbar wusste er ja von den Kameras.«

»Aber die müsste ihn doch wenigstens an der Tür erfasst haben«, beharrte Megan.

»Ja, das sollte man annehmen«, murmelte Damian. Er stand auf, um sich die Tür anzusehen. Dabei informierte er sie beschämt: »Wir hätten sie auf der anderen Seite aufhängen müssen, um die richtige Seite der Tür zu filmen, wo er sich nicht an die Wand drücken konnte. Jedenfalls hat er nichts kaputt gemacht. Entweder hast du aufgelassen oder er hat einen Dietrich oder so benutzt. Scheint handwerklich geschickt zu sein.«

»Deine Ironie kannst du dir sparen«, brauste Megan auf. »Ich habe verriegelt, das weiß ich ganz genau. Also ist er trotzdem reingekommen und das heißt, er kann es jederzeit wieder tun.«

»Um das zu verhindern, bringen wir dir vielleicht doch lieber die Hunde. Sie werden ihn abschrecken und wir wissen ja jetzt, dass wir ihn sowieso nicht filmen können.«

»Wenn er hier aus der Umgebung ist, weiß er, dass die beiden ihm nichts tun«, gab Ian zu Bedenken. »Und das muss er, sonst hätte er das mit den Kameras nicht mitbekommen.«

Damian ließ sich auf einen Stuhl fallen und dachte nach.

»Auf jeden Fall solltest du nicht mehr allein zu Hause sein.«

»Dann muss am nächsten Wochenende einer von euch hier campieren. Die Jungs sind nämlich bei Joshua in Dublin.«

Fluchend schlug Damian mit der Faust auf den Tisch, der Laptop sprang einige Zentimeter nach rechts.

»Egal, dann komme ich rüber. Allein bleibst du nicht mehr.«

»Ach komm«, versuchte sie ihn zu beruhigen. »Ich bin mir sicher, dass es William ist und der macht nichts. Irgendwann erwische ich ihn.«

Damians Blick zeigte eindeutig seine Zweifel. Er würde sich noch etwas überlegen, dessen war sich Megan sicher. Zunächst aber fand er sich mit den Gegebenheiten ab.

»Ich werde nachher Joshua anrufen und ihm erzählen, dass unsere Überwachungsaktion nichts gebracht hat. Vielleicht kommt er dann auch nächstens Wochenende her und bleibt hier bei den Jungs. Das wäre mir die liebste Variante.«

Megan zuckte nur die Schultern. Im Grunde wäre es ihr ganz recht, mal wieder sturmfreie Bude zu haben. So sehr sie ihre beiden Söhne liebte, mal ganz für sich zu sein hatte ab und zu unbestreitbar seinen Reiz.

»Also könnt ihr die Dinger wieder abbauen«, zog sie Resümee.

Damian packte alles wieder zusammen, während er die Tasse leerte. Bis er antwortete, dauerte es eine Weile.

»Nein, wir lassen sie hier. Aber bringen sie an einer anderen Stelle an. Vielleicht denkt er, wir haben sie abmontiert, wenn er sie an den ihm bekannten Orten nicht mehr sieht. Und diesmal lassen wir ihm nicht die Möglichkeit, sich ungesehen dran vorbei zu schleichen.«

Zweifelnd schaute Megan ihren Bruder an.

»Was?« verteidigte er seinen Plan. »Es ist doch immerhin eine Chance, oder nicht?«

Sie kannte ihn. Immerhin entsprangen beide derselben Familie und hatten den McIntyre'schen Dickkopf geerbt. Ihr wurde zudem nachgesagt, sie wäre hin und wieder zickig, wobei sie nicht ausmachen konnte, von welchem Vorfahr sie das mitbekommen haben sollte. Wahrscheinlich hatte diese Charaktereigenschaft einige Generationen übersprungen.

Ian hielt sich heraus, beobachtete lediglich schweigend Damians Aktivitäten. In seinem Kopf arbeitete es, aber wie immer gingen die Mühlen langsam. Bis er dann mit dem Ergebnis herausplatzte.

»Wir sollten doch einen Wachdienst einrichten.«

»Wie bitte?« Megans Gesicht glich einem einzigen Fragezeichen.

»Eine Überlegung von Caro, als wir auf die Kameras kamen.« Damian packte weiter zusammen, während er erklärte. »Wir könnten abwechselnd dein Haus im Auge behalten. Ian, Joshua, Dad, Caro, Mum und ich. Wir hatten das dir gegenüber erwähnt.«

»Und Stacy«, unterbrach Ian.

»Und Stacy«, bestätigte Damian. »Allerdings hat uns daran nicht gefallen, dass möglicherweise eine der Frauen zusammen mit dir mit dem Kerl konfrontiert wird. Das war uns zu gefährlich. Deshalb haben wir uns für die Kameras entschieden.«

Ungläubig runzelte Megan die Stirn.

»Ihr guckt zu viele Krimis.«

»Nicht im Geringsten. Wir haben nur überlegt, wie wir am effektivsten rauskriegen, wer immer wieder hier einsteigt, Schwesterherz.«

»Da das mit den Aufzeichnungen nicht geklappt hat, sollten wir doch Wache schieben«, beharrte Ian.

Damian setzte sich und rieb sich mit den Händen über das Gesicht. Der Vorschlag schmeckte ihm immer noch nicht. Aber hatten sie eine andere Wahl?

»Meine Eltern fallen aber aus, die fahren morgen in Urlaub.« Fragend schaute er zu Ian. Damit würde auf jeden von ihnen eine Schicht von fünf Stunden entfallen, vorausgesetzt, Joshua würde kommen.

Ian verstand sofort, worauf er hinauswollte.

»Das macht mir nichts. Wir können auch je drei Schichten zu acht Stunden machen und die Frauen da ganz raushalten. Wäre mir persönlich eigentlich lieber.«

»Ja, mir auch«, bestätigte Damian. »Aber du kennst unsere besseren Hälften. Die lassen sich da nicht ausschließen.«

»Na, und wennschon! Wenn tatsächlich was sein sollte, sind wir innerhalb weniger Minuten hier. Sie brauchen nur immer das Handy zur Hand zu haben.«

Jetzt schaltete sich Megan wieder ein. Ihr widerstrebte es, dass einfach über ihren Kopf hinweg diskutiert wurde, als wäre sie gar nicht vorhanden.

»Das kriege ich auch allein hin, dazu braucht keiner von euch ständig hier zu sein. Und außerdem: Wenn der merkt, dass ich nie allein bin, kommt er sicher erst gar nicht mehr. So erfahren wir auch nicht, wer es ist.«

»Da ist was dran. Was meinst du, Ian?«

Sein Freund machte ein ratloses Gesicht, von ihm war keine Antwort zu erwarten.

»Okay, da bislang alles harmlos war, machen wir es erst mal so. Aber du musst mir versprechen, dass du wirklich immer – egal, wo, und wenn du nur zur Toilette gehst – das Handy am Körper hast.«

Eindringlich fixierte er sie, als wolle er erzwingen, das Gerät würde fortan wie mit einem Magneten an ihr kleben.

»Ja, ich verspreche es. Und nun hör endlich auf, dir Sorgen zu machen. Du warst doch derjenige, der mir eingebläut hat, ich müsse auf eigenen Beinen stehen und selbstständig werden. Jetzt willst du alles dafür tun, dass es nicht so ist.«

»Das ist auch was völlig anderes. Du musst nicht das halbe Dorf in Marsch setzen, weil ein Bild von der Wand gefallen ist. Aber das hier ist ja wohl eine ganz andere Dimension.«

»Sagst du. Trotzdem habe ich mich bemüht, das zu werden, was du wolltest. Und als selbstbewusste, selbstständige Frau bin ich in der Lage, mit so was klarzukommen.«

Sie setzte ihr trotziges Gesicht auf, das Damian nur zu gut kannte. Es war Zeit, aufzugeben und ihr ihren Willen zu lassen.

Megan musste sich abreagieren oder vielmehr, sich etwas zur Beruhigung gönnen. Es entsprach nicht ihrer Art, allein auszugehen, aber heute warf sie sich in Schale, schnappte sich ihre Handtasche und klopfte kurz bei den Jungen an.

»Ich bin mal unterwegs, aber nicht allzu lange.«

Dann bestieg sie ihr Auto und tuckerte nach Langshire. Dort suchte sie einen Parkplatz an der Hauptstraße, überquerte die Fahrbahn und betrat das Café. Noch relativ leer, fand sie problemlos einen kleinen Tisch etwas abseits, bestellte sich Tee und einen kleinen Imbiss, der angeboten wurde. Das hatte sie sich jetzt verdient!

Der Teller war bereits bis auf ein paar übrig gebliebene Krümel geleert, als William das Café betrat. In seinem Schlepptau die Frau, die Megan schon einmal mit ihm hier gesehen hatte. Heute wirkte sie allerdings nicht so aufgedonnert wie damals. Um vorzugeben ihn nicht zu sehen, senkte sie den Blick in ihre Teetasse. Schließlich musste sie aber aufsehen, als er sich neben ihr aufbaute. Mit zusammengekniffenen Augen musterte sie ihn feindselig.

»Darf ich dir Sinead vorstellen?«

Seine Begleitung trat zu ihm und streckte ihr die Hand zur Begrüßung hin. Megan ergriff sie und fragte sich, was das werden sollte. Sinead klärte sie recht schnell auf.

»Mein Bruder hat mir erzählt, dass Sie mal ein Telefonat reichlich missverstanden haben. Sie müssen wissen, ich war damals in einer schwierigen Situation und er wollte mich nur schützen. Erst später, als Sie es abgelehnt haben, sich mit ihm zu treffen, hat er mir alles berichtet. Es tut mir leid, dass ich so einen Ärger gemacht habe, ohne es zu wollen.«

Völlig perplex starrte Megan die verhärmte Blondine an, unfähig, ein Wort hervorzubringen. Offenbar hatte William die Wahrheit gesagt.

»Mir tut es leid«, brachte sie schließlich beschämt hervor. »Ich hätte vollstes Verständnis für die ganze Situation gehabt, aber es fiel mir damals schwer, Ihrem Bruder zu glauben.« Dabei warf sie William einen entschuldigenden Blick zu.

Der quittierte diesen mit einem Lächeln und bemerkte: »Wenn ich ehrlich bin, hätte ich mir wahrscheinlich auch nicht geglaubt. Ich hätte euch einfach früher zusammenbringen sollen. Nun ist es egal, aber ich hoffe, du siehst mich wieder mit etwas anderen Augen, Megan. Ich bin wirklich froh über dieses zufällige Zusammentreffen, wenn wir das nun geklärt haben. Sinead wollte eben direkt zu dir, als ich ihr sagte, du wärst die Frau, die seinerzeit so wütend war.«

»Ja, ich freue mich auch, dass es nun geklärt ist. Schade, dass ich dir einfach nicht glauben konnte. Aber ich fürchte, es hätte auf Dauer sowieso nicht funktioniert. Das ist mir schon seit längerem klar.«

Sein zweifelnder Blick zeigte jedoch, dass er womöglich anderer Meinung war.

Megan ignorierte ihn, erhob sich und reichte beiden die Hand.

»Ich muss leider wieder los. Euch beiden wünsche ich alles Gute.«

Das Kapitel war endgültig abgeschlossen und Megan hatte nicht gelogen. Schon lange hatte sie begriffen, dass William nicht ihre Zukunft gewesen wäre.

Caro war gar nicht einverstanden, nachdem Damian von den Ereignissen berichtet hatte.

»Gibt es keine Möglichkeit, ihr einen Bewacher unterzujubeln, ohne dass sie den Sinn dahinter versteht?«

Damian lachte, aber es klang nicht belustigt. Seine Frau müsste es eigentlich besser wissen.

»Du weißt, dass Megan nicht unterbelichtet ist.«

»Das habe ich auch gar nicht gesagt. Ich dachte ja nur, man kann sie vielleicht ein bisschen austricksen.«

»Ich wüsste nicht, wie. Hinter jeder Aktion, egal was es ist, würde sie gleich genau das vermuten. Einen Versuch, sie zu überwachen. Nein, das können wir vergessen, das klappt nicht. Noch nicht mal, wenn Joshua sich bei ihr einquartieren wollte, um mit den Jungs zusammen zu sein. Sie würde sofort fragen, warum er sie gegen seine Gewohnheit nicht mit nach Dublin nimmt oder bei uns schläft.«

Caro trommelte auf der Tastatur ihres PCs herum, vor dem das Gespräch stattfand. Oscar hob wegen des unbekannten Geräuschs den Kopf, schnarchte aber weiter als er erkannte, dass es nur von seinem Frauchen stammte. Goliath hatte dem Klopfen erst gar keine Beachtung geschenkt.

»Das gefällt mir nicht«, sagte sie schließlich.

»Mir auch nicht. Aber wir können nichts machen. Megan ist stur und dagegen kommt man kaum an.«

»Ja, das muss in der Familie liegen.«

Sie fing sich für diese Bemerkung einen schiefen Blick ein, sprach aber ungerührt weiter.

»Vielleicht sollten wir doch mal zur Polizei gehen.«

»Erstens muss das wohl Megan selber machen und zweitens, selbst wenn wir da was in Gang bringen könnten, würde sie uns dafür den Kopf abreißen.«

»Immer noch besser, als wenn ihr was passiert.«

»Sie ist fest davon überzeugt, es ist dieser William und der ist harmlos. Normalerweise sollte man davon ausgehen, dass sie weiß, wovon sie redet.«

»Ich brauche frische Luft.«

Caro sprang auf, lief in den Flur und zog eine leichte Strickjacke über. Ohne einen Blick zurückzuwerfen, rief sie die Hunde und schlug die Haustür hinter sich zu. Damian blieb völlig perplex zurück.

Frauen! Sowie etwas nicht nach ihrer Nase ging, traten sie die Flucht an. Sorgen machte er sich deshalb aber nicht, denn er kannte seine Liebste. Sie würde sich jetzt bei einem Spaziergang abreagieren, nachdenken und sehr viel ausgeglichener nach Hause zurückkehren.

Er konnte die Zeit nutzen, um Joshua anzurufen. Der ärgerte sich, schon bei Megan angerufen und das Wochen-ende mit seinen Söhnen angemeldet zu haben. Wäre er nicht so schnell gewesen, erklärte er Damian, hätte er es jetzt nachholen und sich bei Megan einquartieren können, ohne dass es aufgefallen wäre. Nun war es aber zu spät für eine Planänderung.

»Es sei denn, es kommt was dazwischen. Ein Wasserrohrbruch bei dir daheim oder so. Dann musst du zwangsläufig mit den Jungs ausweichen.«

»Du denkst doch nicht wirklich, dass sie uns das glauben würde!«

Nein, das glaubte er nicht. Schließlich hatte er vor noch nicht einmal einer halben Stunde genau dieses Argument Caro gegenüber gebraucht. Seine Schwester würde sofort misstrauisch werden, sofern sich jemand in ihrer Nähe festsetzen wollen würde.

Seufzend legte er auf. Zumindest war Joshua nun über das Versagen der Kameras informiert. Sie traten alle noch genauso auf der Stelle wie vor einigen Wochen, als diese Aufmerksamkeiten Megan gegenüber angefangen hatten.

Gerade wollte er sich vom Apparat entfernen, als er klingelte. Damian verzog die Lippen, denn er hatte keine Lust, mit irgendjemandem zu sprechen. Da es aber seiner Art widersprochen hätte, den Anruf zu ignorieren, hob er ab. Nun freute er sich doch, als er die Stimme am anderen Ende erkannte.

Ein Freund aus Dublin, den er und Caro kennengelernt hatten, als sie nach Affordshire gezogen war, lud sie ein. Sie hätten sich seit der Hochzeit nicht mehr gesehen, die im Übrigen wundervoll gewesen wäre, und Ruth wäre nun der Meinung, man könne sich mal wieder treffen. Was er von einem Grillabend halten würde? Selbstverständlich könnten sie im Gästezimmer übernachten, denn abends noch zurückzufahren, wäre nicht angebracht.

Damian überlegte. Natürlich konnte er nicht zusagen, ohne mit Caro gesprochen zu haben. Doch Jack hatte Recht: Sie hatten sich zuletzt gesehen, als er und Caro geheiratet hatten und der Gedanke an einen entspannten Abend mit den Freunden hatte absolut seinen Reiz. Aber definitiv nicht am kommenden Wochenende. Es war ihm zu heikel, in Abwesenheit seiner Eltern auch noch das Dorf zu verlassen. Im Notfall musste jemand aus der Familie in der Nähe und für Megan erreichbar sein. Also vertröstete er Jack auf einen anderen Termin, den er zuvor mit Caro absprechen wollte.

Kapitel 19

Ein ausgedehntes Frühstück gönnte sie sich selten, aber heute war so ein Tag. Noch gestern Abend hatte sie Joshua und den Jungs nachgewinkt, die sich auf den Weg nach Dublin gemacht hatten. Nun fehlte die halbe Familie. Noah und David bei ihrem Vater, Olivia und Ethan auf Guernsey. Megan kam sich etwas verloren vor wie in der Kindheit, wenn Damian und sie allein zu Hause blieben, während Eltern und Großeltern einer abendlichen Einladung nachgingen. Was selten genug vorgekommen war.

Gemütlich räumte sie den Tisch ab und verstaute alles in der Spülmaschine. Dann stand sie unschlüssig in der Küche, schaute sich um und überlegte, was sie nun mit sich anfangen sollte. Von plötzlicher Sehnsucht gepackt, beschloss sie, Hannas Grab zu besuchen. Also schnappte sie sich ihre Handtasche, ließ ihr Handy hineingleiten und machte sich auf den Weg zum Friedhof.

Der ganze Tag lag vor ihr, lang und ausgedehnt. Die Sonne lachte vom Himmel, Schäfchenwolken boten ein weiches Bild. Megan hob den Kopf in die Wärme und fühlte sich einfach frei. Nur im Unterbewusstsein nahm sie das Auto wahr, das neben ihr hielt.

»Hey, träumst du am helllichten Tag?« fragte Jonas lachend aus dem Wagenfenster heraus.

Megan suchte verwirrt nach der Quelle der Stimme, obwohl das Auto und sein Insasse nicht zu übersehen waren. Dann grinste sie.

»Ich war tatsächlich ganz weit weg«, bestätigte sie. »Wo willst du denn drauf los?«

Er fuhr mit der Hand durch das blonde Haar, scheinbar etwas verlegen.

»Ich hab mir mal wieder vorgenommen, an meinem Leben was zu ändern. Nun will ich nach Langshire, um ein paar Zeitungen zu holen. Was hast du so vor?«

»Och, nichts Bestimmtes. Ich sehe mal nach Hanna und dann werde ich einfach eine Runde laufen. Anschließend werde ich mich bei Caro zum Tee einladen, vermute ich.«

»Na dann, viel Spaß. Ich muss los, solche Pläne sollte man nicht aufschieben.«

Er zwinkerte ihr gutgelaunt zu und gab Gas. Megan lächelte ihm hinterher. Vielleicht würde er es doch schaffen, seine Ängste wieder in den Griff zu bekommen. Sie wünschte es ihm von ganzem Herzen.

Hannas Grab befand sich nicht weit von dem Mollys, Caros Großtante. Da sie schon mal hier war, schaute Megan auch gleich nach Molly, ob alles in Ordnung war. Sie bewässerte die bunten Blumen, die dort wuchsen und wanderte dann weiter zu Hanna. Beide Gräber lagen unter einer großen Eiche, die teilweise Schatten spendete. Sie wusste, ihrer Grandma hätte dieser Platz gefallen. Sie hatte die Natur geliebt, das Grün um sie herum und sich gern mitten drin aufgehalten. Sie hockte sich neben den schlichten Grabstein und stützte die Ellenbogen auf die Knie. Ich glaube, es gibt etwas mit dir zu besprechen, dachte sie.

»Was ist das mit Joshua, Gran? Kannst du es mir erklären? Wir haben uns getrennt, wir sind uns auf die Nerven gegangen und wollten keine Zeit mehr miteinander verbringen. Wir haben uns körperlich nicht mehr angezogen. Die Luft war raus, wie aus einem verschrumpelten Luftballon. Warum also freue ich mich jedes Mal, wenn ich ihn sehe? Wenn er die Jungs abholt oder aus einem anderen Grund hier auftaucht? Warum möchte ich immer wieder, dass er mich in die Arme nimmt und festhält? Erkläre es mir, Gran.«

Was würde Hanna sagen? »Mach die Augen auf, Megan. Gesteh dir ein, dass euer Feuer nicht erloschen ist, wie du es geglaubt hast. Was du daraus machst, liegt an dir. Joshua ist ein Mann, dem man bedingungslos vertrauen kann, das weißt du. Nutze das, bevor es zu spät ist.«

Megan überlegte, war es so? Wollte sie es sich nur nicht eingestehen? Aber was war mit Joshua? Er hatte sicher schon längst jemand anderen, die ihm das Bett wärmte. Seufzend erkannte sie, dass es manchmal einfach zu spät zu sein schien, Fehlentscheidungen wieder auszubügeln. Die gute Laune war verflogen, Traurigkeit trat an ihre Stelle. Trauer über Hanna, über verpasste Chancen, eine falsche Entscheidung.

Megan stemmte sich mühsam hoch, ihre Muskeln waren steif und jede Lebendigkeit fehlte. Entsprechend langsam setzte sie ihren Weg fort, an den Klippen entlang, in einem weiten Bogen um das Dorf. Schließlich gelangte sie über den rückwärtigen Garten zum Cottage, in dem ihr Bruder lebte. Sie trat durch das schmale Tor, aufhorchend, ob das Hecheln der Hunde näher kam. Aber sie hörte gar nichts, offenbar befanden sie sich nicht im Garten.

Die Küchentür war, wie üblich, nicht verriegelt, was ihren freien Zugang ermöglichte. Da sie auch hier niemanden sah, rief sie erst nach Caro, dann nach Damian. Nichts. Verwundert ging sie von einem Raum zum anderen, fand in Caros Büro schließlich die Mischlinge, die sie freudig begrüßten. Von den beiden Zweibeinern jedoch immer noch keine Spur. Wo waren sie bloß? Es war völlig untypisch, die Hunde allein daheim zu lassen, wenn sie zusammen das Haus verließen. Beunruhigt erklomm Megan den ersten Stock, um auch dort in die Zimmer zu sehen.

Plötzlich hörte sie ein Geräusch und blieb auf dem oberen Treppenabsatz stehen. Das klang doch ganz nach … Sie kicherte. Kein Zweifel, ihr Bruder und seine Frau frönten den ehelichen Rechten und Pflichten. Peinlich berührt über ihr Lauschmanöver schlich Megan leise die Stufen wieder hinunter, verließ das Haus und zog sanft die Tür ins Schloss. Für einen Tee würde sie im Moment äußerst ungelegen kommen.

Draußen drehte sie sich unschlüssig um die eigene Achse. Was tun? Ein Bild formte sich in ihrem Kopf. Der Garten, die

Obstbäume, ein Liegestuhl, etwas Kaltes zu trinken und ein Buch. Das würde sie jetzt in die Tat umsetzen.

Sie ging nach Hause, brachte die Liege aus dem kleinen Geräteschuppen unter die Bäume, holte aus dem Kühl-schrank eine Flasche Mineralwasser und von oben ein Buch, das sie noch nicht angefangen hatte zu lesen. Das drapierte sie auf einem kleinen Hocker neben der Liege, legte ihr Handy dazu und vertiefte sich in den Krimi. So verbrachte sie den ganzen Tag, machte sich abends ein leichtes Abendbrot und begab sich danach ins Bett, wo sie weiterlas.

Ein Klappern weckte sie sehr viel später, als wenn etwas zugeschlagen wäre. Ein Fenster, eine Tür, ein Schrank. Megan öffnete die Augen und erkannte die finstere Nacht. Durch die Vorhänge bewegten sich die Schatten der Bäume, die durch heftigen Wind geschüttelt wurden. Ein Gewitter war im Anzug.

Sie schob die Beine aus dem Bett und ging zum Fenster, um in den Garten zu sehen. Dicke Wolken verdunkelten den Mondschein, der noch etwas Licht spendete. Das Geräusch erklang wieder und schien von unten zu kommen.

Megan wandte sich vom Fenster ab und machte sich auf den Weg ins Erdgeschoss. Wie oft hatte Damian ihr gepredigt, sie sei eine erwachsene Frau und entsprechend selbstständig. Natürlich hatte sich das auf alltägliche Situationen bezogen wie das Wechseln einer Glühbirne oder ähnliches. Sie würde sich aber nicht die Blöße geben, jetzt in Panik auszubrechen. Sicher hatte der Wind ein Fenster aufgerissen oder etwas schlug gegen die Hauswand. Aber irgendetwas stimmte nicht. Während es draußen recht laut zuging, lag das Cottage in atemloser Stille. Nicht ungewöhnlich, schließlich war sie allein im Haus. Dennoch war diese Ruhe anders, bedrohlich. Megan atmete flach und schaltete überall, wo sie vorbeikam, die große Decken-beleuchtung an. Im oberen und unteren Flur, auf der Treppe. Ihr war unheimlich, es herrschte eine bedrückende Atmosphäre, ohne dass sie hätte sagen können, warum. Auf Zehenspitzen schlich sie die Stufen hinunter in der Absicht, jedes Zimmer auf offen stehende Fenster zu kontrollieren. Dafür streckte sie den Arm ins Wohnzimmer, tastete nach dem Lichtschalter rechts. Mitten in der Bewegung hielt sie inne. Hinter sich nahm sie eine Bewegung wahr, ganz deutlich. Die richtige Reaktion wäre nun, sich umzudrehen, dachte sie panisch. Sie brachte es aber nicht über sich, sondern stand starr, völlig bewegungsunfähig im Türrahmen. Sollte sich das schlimmste Szenario bewahrheiten? Gab er sich nicht mehr damit zufrieden, ihr Blumen hinzustellen? Wollte er jetzt sie?

Die Angst drückte ihr die Luft ab, mühsam zwang sie sich, tief und gleichmäßig zu atmen. Sie würde sich umdrehen müssen, um ihn zu stellen. Wenn sie William erst Auge in Auge gegenüberstand, hätte er keinen Grund mehr, weiterzumachen. Sie würden das klären können, er müsste einsehen, dass sie nichts mehr von ihm wollte.

Noch tat sich nichts, weder kam jemand näher, noch bemerkte sie etwas. Entweder ihr Besucher stand still lauernd irgendwo hinter ihr oder er hatte das Haus verlassen. Letzteres würde zum Muster passen, wahrscheinlich hatte er nicht mit ihrem Erscheinen gerechnet oder sie einfach nicht kommen hören. Sie musste sich beruhigen, um klar denken zu können. Überleg, Megan, was ist jetzt das Richtige? Sie nahm alle Kraft zusammen und schaffte es, den Lichtschalter im Wohnzimmer zu betätigen. Der Schein fiel auf den Flur hinaus, wo er sich in der Helligkeit verlor. Schnell huschte Megan ins Zimmer und drehte sich um. Niemand war zu sehen, kein Schatten, gar nichts. Hatte sie sich alles nur eingebildet? Eigentlich war sie über die hysterische Phase hinaus und hatte kein Problem mehr damit, allein im Haus zu sein.

Sie überprüfte die Fenster, ließ das Licht brennen und wiederholte den Vorgang in dem kleinen Raum gegenüber, den die Jungen für ihre Computer nutzten. Auch hier war nichts. Ängstlich schaute sie den Flur entlang in den rückwärtigen Teil des Cottages, wo die Küche lag. Unter der Treppe könnte sich jemand verbergen, aber sie würde ihn sofort sehen, wenn sie langsam darauf zuging. Erleichtert stellte sie fest, dass ihre Sorge umsonst gewesen war. Nun galt es noch, die Speisekammer und Küche einzusehen, ob dort alles in Ordnung war. Ganz sicher hatte sie die Türen und Fenster am Abend zuvor verschlossen, aber von dem letzten Vorfall wusste sie, dass der Unbekannte in der Lage war, trotzdem ins Haus einzudringen. Diese Gewissheit beunruhigte sie zutiefst.

»Mensch, Megan«, schalt sie sich. »Mach dich jetzt nicht verrückt und bilde dir keine Sachen ein, die nicht existieren. Geh in die Küche, sieh nach und dann weißt du, dass alles in Ordnung ist.«

Dumm nur, wenn der Verstand etwas anderes sagte als das Gefühl. Das warnte sie eindeutig vor etwas, das dort hinten lauerte. Wenn sie jetzt vom Wohnzimmer aus Damian anrufen würde und danach stellte sich heraus, dass sie ihn ganz umsonst aus dem Bett gescheucht hatte ... Diese Peinlichkeit wollte sie sich ersparen. Sie wusste, ihr Bruder würde ihr nicht böse sein und lieber unnötig kommen, als dass ihr etwas passierte. Dennoch brachte sie es nicht über sich. Nur wegen einem komischen Gefühl im Bauch würde sie ihn nicht wecken. Morgen würde sie über diese Situation lachen. Es war das heranziehende Gewitter, das sie negativ beeinflusste. Das Ängste hervorrief vor Dingen, die nicht vorhanden waren. So einfach war das. Sie reagierte einfach über.

Megan fasste sich ein Herz und trat in den hinteren Teil des Flurs. Schnell knipste sie das Licht in der Küche an, um festzustellen, dass auch hier alles in Ordnung war. Vorsichtshalber rüttelte sie an der Hintertür und den Fenstern, alles war fest verschlossen. Na also, die ganze Aufregung umsonst. Schon wieder ruhiger, warf sie noch einen Blick in die Speisekammer, bevor sie die Lampen wieder ausschaltete. Zurück am Fuß der Treppe, löschte sie überall die Lichter, außer über der

Treppe selbst und im oberen Bereich. Fröstelnd nahm sie eine Strickjacke vom Haken im Flur, die ein Produkt von Hannas Handwerkskunst war. Liebevoll strich sie über die Wolle, die von den Händen ihrer Großmutter zu einem komplizierten Muster verarbeitet worden war. Selbst wenn diese Jacke einmal verschlissen sein würde, sie würde sie niemals wegwerfen. Ein Ehrenplatz, wo sie immer sichtbar war, wäre ihr als Erinnerung an Hanna sicher.

Schnell warf sie die Jacke über und zog sie vor der Brust fest zusammen. Sie würde jetzt wieder ins Bett kriechen, aber an Schlaf war nicht zu denken. Zu aufgewühlt, um Ruhe finden zu können, würde sie sich weiter ihrem Buch widmen. Und wenn sie dann morgen bis mittags schlief, störte das auch niemanden.

Auf dem Weg nach oben dachte sie wieder über das Geräusch nach. Einige Bäume standen recht nah am Haus, wahrscheinlich war ein Ast gegen die Wand geschlagen. In ihrem Schlafzimmer schob sie die Vorhänge beiseite und sah hinaus. Blätter und Zweige wogten im Wind, der stärker zu werden schien. So musste sie wohl noch häufiger heute Nacht mit unbekannten Geräuschen rechnen. Merkwürdig, dass es ihr vorher noch nie aufgefallen war.

Sie legte sich wieder ins Bett, zog die Decke bis ans Kinn und griff nach ihrem Buch. Nicht lange danach fiel sie in einen leichten Schlummer.

Wie lange sie geschlafen hatte, wusste sie nicht, als sie abermals durch ein Klopfen geweckt wurde. Nun überzeugt, der Wind, der sich zu einem Sturm ausgeweitet hatte, war die Ursache, schloss sie die Augen. Das Gewitter ließ auf sich warten oder war in anderer Richtung weitergezogen. Zumindest hatte sie bislang nichts davon mitbekommen. Wieder ein Schlagen.

Megan setzte sich im Bett auf und spitzte die Ohren. Es konnte doch gar nicht sein, dass sie so etwas in der Vergangenheit nie gehört hatte, wenn es von draußen kommen sollte. Entschlossen, der Sache auf den Grund zu gehen, stand sie wieder auf. Wie zuvor, machte sie überall das Licht an und ging nach unten. Diesmal nicht ängstlich, sondern eher verärgert über die gestörte Nachtruhe. Wieder war es mucksmäuschenstill. Verwirrt lauschte sie. Immer, wenn sie in die Nähe der Lärmquelle kam, wurde es ruhig. Das war doch nicht normal! Sollte sie mal rufen? Aber nach wem? Schließlich war niemand außer ihr hier. Wieder machte sie ihre Runde, zuerst ins Wohnzimmer, dann in das kleine Computerzimmer der Jungs und in den rückwärtigen Teil. Erneut fand sie nichts. Plötzlich kam ihr ein Gedanke. Wenn das alles nun von oben kam? Es hatte zwar geklungen, als wäre der Ursprung hier unten zu suchen, aber in den Räumen oben hatte sie nicht nachgesehen. Gut möglich, dass die Herkunft einfach nur täuschte. Es würde auch erklären, warum alles so laut in ihrem Schlafzimmer ankam, während sie hier unten gar nichts hörte.

Über sich selbst den Kopf schüttelnd, löschte sie die Lichter und begab sich wieder nach oben. Dort schaute sie in Noahs Zimmer, anschließend in Davids. Nichts, alles war zu. Blieb noch das Gästezimmer, von dem sie nur kurz die Tür öffnete, im Schein des Flurlichts die geschlossenen Fenster registrierte und sich wieder zurückzog. Zum Teufel mit dem allem, sie wollte wieder ins Bett!

Ein paar Schritte vom Gästezimmer entfernt, rumpelte es hinter ihr. Doch ein Ast, der an die Wand schlug. Was war heute Nacht eigentlich mit ihr los? Ihr Magen kribbelte, nervös rieb sie mit der Hand in kreisenden Bewegungen darüber. Am besten wäre es, sie würde sich einen Joghurt genehmigen, bevor sie sich wieder schlafen legte. Es beruhigte den Magen, wenn er etwas zu tun hatte. Langsam kam sie sich vor wie ein Wanderzirkus, dachte sie voller Selbstironie. Treppe hinauf, Treppe hinunter. Ein hübscher Ausgleich für die Faulenzerei tagsüber.

In der Küche entnahm sie dem Kühlschrank einen Himbeerjoghurt, öffnete ihn und setzte sich damit an den

Küchentisch. Trotzdem es relativ warm war, fröstelte sie in der Strickjacke, denn auf dem Boden wurden ihre Füße kalt. Sie zog sie hoch und schob sie unter das Gesäß, um sie im Schneidersitz zu wärmen. Befriedigt klopfte sie sich selbst auf die Schulter, gelenkig genug zu sein, um so zu sitzen. Gerade dabei, die letzten Reste aus dem Glas zu schaben, hörte sie es wieder: Rumms! Nun hatte sie endgültig genug. Sie stellte das Joghurtglas in die Spüle, legte den Löffel daneben und ging in den Flur.

Megan öffnete die Haustür und spähte in den Garten. Überall war es ruhig, kein Auto auf der Straße, kein Tier war zu hören, nur der Wind und das Rauschen der Blätter. Nicht verwunderlich, wenn man davon ausging, dass sogar tagsüber nicht gerade fließender Verkehr auf dem Weg zum Dorf herrschte. Sie ging hinaus, sprang aber sofort wieder zurück. Schnell streifte sie ihre Slipper über, die ihr am nächsten standen. Nun für einen Marsch gerüstet, trat sie vor die Tür. Mit den Augen alles absuchend, wanderte sie langsam um das Cottage herum. Sie vergaß nicht, über sich den Abstand der Bäume zur Wand abzuschätzen. Sie trieben im Wind, aber keiner schlug ans Haus. Eine Böe kam von vorn und nahm ihr dem Atem. Dennoch war sie nicht stark genug, um einen Ast gegen die Wand zu drücken. Ratlos schaute sich Megan weiter um. Hier schien der Ursprung der Geräusche auch nicht zu liegen. Nachdem sie das Haus komplett umrundet hatte, ging sie wieder hinein und verriegelte die Tür. Allmählich wusste sie auch nicht mehr weiter. Wie spät war es eigentlich?

Zurück in der Küche zeigte die Uhr unter dem Hängeschrank viertel vor fünf. Die Nacht wäre also bald vorbei, es wurde hell und sie hatte sie durch das Haus und den Garten wandernd verbracht. Auch eine Art, sich die Zeit zu vertreiben. Megan hängte die Jacke wieder an die Garderobe, entledigte sich der Schuhe und war nun fest entschlossen, weiterzuschlafen. Was auch immer diese merkwürdigen Schläge verursachte, sie wollte es bis zum Vormittag nicht mehr wissen.

Vor ihrer Schlafzimmertür machte sie nur noch kurz halt. Das Gefühl, etwas hätte sich im Schatten ein paar Meter weiter bewegt, war wieder da. »Du spinnst doch!« sagte sie laut zu sich selbst und schickte sich an, ins Zimmer zu gehen.

Ein Arm legte sich um ihren Hals und vor Schreck entfuhr ihr nur ein erstickter Laut, obwohl kein Druck ausgeübt wurde. Es war jemand hier, der nicht nur Blumen hinterließ, sondern direkten Kontakt suchte.

»Na, Megan? Habe ich dir nicht geschrieben, wir werden uns bald sehen?«

Ihre Beine gaben nach, vor ihren Augen wurde es schwarz. Sie sank bewusstlos zu Boden.

Kapitel 20

Noah und David versuchten, aus Joshua herauszubekommen, was er vorhatte. Da sie sich aber gerade in einem Fastfood-Restaurant befanden, hielt Joshua dies für einen sehr ungeeigneten Ort. Auch war er nicht bereit, irgendeine Andeutung fallenzulassen, denn er wusste genau, dass diese eine weitere Debatte nach sich ziehen würde. Ehe er sich versah, wären sie mitten in dem Gespräch, welches er eigentlich zuhause führen wollte.

Dort gab es aber keinen Aufschub mehr. Er stellte eine Flasche Cola auf den Tisch, Gläser dazu und sah die erwartungsvollen Blicke seiner Söhne auf sich gerichtet. Nun schämte er sich doch etwas, sein Anliegen vorzutragen. Zumindest David war noch ein Kind! Dennoch warf er den Anflug seiner Bedenken über Bord und erklärte, er bräuchte Hilfe. Noahs Augenbrauen hoben sich, David riss entsetzt den Mund auf. Joshua erkannte den völlig falschen Anfang und versuchte es noch einmal.

»Es ist gar nichts Dramatisches, im Gegenteil. Es geht um eure Mutter.«

»Was ist mit Mum?« fragte David, bekam von seinem Bruder jedoch sofort einen Klaps auf den Oberarm.

»Lass Dad doch einfach erst mal ausreden.«

Mürrisch stützte der Kleine das Kinn in die Handfläche, hielt aber den Mund.

Joshua setzte wieder an.

»Wir sind ja nun schon einige Monate getrennt ...«

David öffnete den Mund, schloss ihn jedoch nach einem warnenden Blick seines Bruders wieder. Joshua fuhr fort.

»Wir waren uns damals einig, dass wir nicht mehr zusammenleben wollten. Unsere Liebe war erloschen, glaubten wir. Vielleicht glaubt eure Mutter das immer noch. Aber ich habe inzwischen begriffen, dass meine immer noch da ist. Eure Mutter fehlt mir, sie ist ein Teil meines Lebens. Ich habe keine Ambitionen, eine andere Frau an meiner Seite zu haben, sei sie auch noch so reizvoll. Ich will nur eure Mutter. Das weiß ich jetzt. Ich will von vorn anfangen oder da weitermachen, wo wir aufgehört haben, bevor die Gleichgültigkeit anfing. Das Problem ist nur: Wie bringe ich ihr das bei?«

Die Jungs tauschten einen Blick, der besagte: »Was ist denn mit dem los?«

Noah fragte geradeheraus: »Wie hast du es denn damals gemacht, als ihr euch kennengelernt habt?«

»Das war eine ganz andere Situation, da kannten wir uns ja noch nicht.«

»Was hat das eine mit dem anderen zu tun?«

Womöglich hatte der Junge gar nicht so Unrecht, überlegte Joshua.

»Ich kann doch nicht auf dieselbe Tour kommen wie damals. Heute sind die Karten doch ganz anders gemischt. Wir haben eine gemeinsame Vergangenheit, ein Teil davon sitzt mir gerade gegenüber!«

»Wie hast du es damals gemacht?« beharrte Noah. »Ihr habt uns das nie erzählt.«

»Nein?« Verwundert rieb sich Joshua das Ohrläppchen. Er hätte schwören können, die beiden kannten die Geschichte. Es blieb ihm wohl nichts anderes übrig, als sie zu erzählen.

»Eure Mutter war mit jemandem aus dem Dorf bei einer Feier in Dublin. Sie selbst hatte noch keinen Führerschein und eure Großeltern hatten sie ihrem Begleiter sozusagen anvertraut. Das war eine Geburtstagsfeier, bei der sie beide den Gastgeber kannten, denn der war erst kurz zuvor von Langshire nach Dublin gezogen. Sie mochte aber die meisten anderen Leute da nicht und verlor bald die Lust, sie wollte nach Hause. Natürlich war das blöd, weil sie auf ihren Begleiter angewiesen war. Und der wollte noch bleiben und war nicht bereit, wegen Megan früher zu fahren. Sie hat sich also abgeseilt und die Feier verlassen. Dass sie vor der Tür am Auto warten musste, bis ihr Fahrer auch endlich nach Hause wollte, war ihr egal. Ihr kennt ja eure Mutter, wenn sie sich was in den Kopf gesetzt hat. Während sie da wartete, war ich von meiner damaligen Stammkneipe auf dem Weg nach Hause und habe beobachtet, wie sie von ein paar Betrunkenen angepöbelt wurde. Sie wollte wieder rein, aber einer nahm sie am Arm und hielt sie fest. Da bin ich eingeschritten. Bis dahin hatte ich den Eindruck, sie konnte sich ganz gut wehren, aber dagegen hatte sie natürlich keine Chance, weil sie körperlich unterlegen war. Ich habe ihr geholfen und die Kerle verjagt. Mein Glück war, dass eigentlich schon allein meine Anwesenheit ausreichte, um sie daran zu erinnern, was sie da taten. Ausrichten hätte ich, wäre es hart auf hart gekommen, nichts gekonnt. Außer vielleicht noch mehr Passanten aufmerksam zu machen. Aber die waren um die Zeit in der Gegend dünn gesät.«

»Du warst also Mums Held«, rekapitulierte Noah.

»So ähnlich. Erst mal war sie froh, dass jemand in der Nähe war, der ihr nicht ans Leder wollte. Aber misstrauisch war sie trotzdem und ließ mich einfach stehen, nachdem sie sich bedankt hatte. Ich hatte noch nicht mal die Chance, sie nach ihrem Namen zu fragen. Den wollte ich aber unbedingt wissen, weil sie irgendwas in mir geweckt hatte. Ich hatte den unwiderstehlichen Drang, sie näher kennenzulernen. Ich weiß nicht, ob es Liebe auf den ersten Blick gibt. Wenn ja, dann war das vielleicht so was. Nun stand ich aber da und sie war weg. Mir war klar, wenn ich nach Hause gehen würde, wie ich vorgehabt hatte, würde ich sie nie wiedersehen. Also blieb ich da stehen in der Hoffnung, sie würde nicht da wohnen. Denn dann hätte ich unter Umständen den Rest der Nacht und den ganzen Tag da verbracht.«

Ein leichtes Lächeln umspielte seine Lippen. Noch ganz genau wusste er um seine Bereitschaft, das Risiko einzu-gehen.

»Ich hatte Glück. Keine Stunde später kam sie wieder heraus, aber in Begleitung. Ich habe mich selbst als Idiot beschimpft, ich hätte ja wissen müssen, dass sie ganz sicher einen Freund hatte. Der Streit der beiden, den ich mitbekam, machte mir dann klar, dass sie gar nicht mit ihm zusammen war. Sie wollte schon ins Auto einsteigen, als sie mich gesehen hat. ›Warum stehst du immer noch hier?‹ hat sie gefragt, ich weiß es noch wie heute. Und ich habe mich komplett zum Deppen gemacht, ihr einfach gesagt, ich hätte auch die ganze Nacht gewartet, um ihren Namen und ihre Adresse und Telefonnummer zu bekommen. Da ist die eisige Megan aufgetaut, hat ihren Begleiter angefaucht, er solle gefälligst jetzt mal auf sie warten und hat mir alles aufgeschrieben. Zum ersten und wohl auch zum letzten Mal in meinem Leben habe ich diese riesigen Handtaschen der Frauen als nützlich empfunden. Denn darin hatte sie Block und Stift, ich hatte nichts dergleichen. Mit dem Zettel in der Innentasche meiner Jacke, damit ich ihn nur nicht verliere, bin ich dann nach Hause ins Bett. Gleich am nächsten Vormittag habe ich mich ins Auto gesetzt und bin nach Affordshire gefahren. Ich dachte, am Telefon wimmelt sie mich vielleicht ab, weil sie es sich anders überlegt hat. Wenn ich aber vor ihr stehe, ist das nicht ganz so einfach. Sie wollte es auch gar nicht. Als ich vor ihrer Tür stand, kam sie gleich mit auf einen Spaziergang und das Ergebnis kennt ihr.«

Joshua holte tief Luft, so ausführlich hatte er ihr Kennenlernen noch nie erzählt.

»Naja, es dürfte schwierig sein, ein paar Leute zu kriegen, die Mum dumm belästigen«, sagte Noah trocken.

Wenn du wüsstest, dachte Joshua. Es gibt da sogar jemanden, aber der ist unsichtbar. Gegen so jemanden kann man nicht antreten. Aber er sagte nichts darüber.

»Eben«, bestätigte er deshalb. »Aus diesem Grund suche ich nach einer Möglichkeit, wie ich eure Mutter dazu bewegen kann, unserer Ehe noch eine Chance zu geben.«

»Sag's ihr einfach«, empfahl Noah.

Joshua schaute zu David, der immer noch zuhörte, das Kinn in die Handfläche gestützt.

»Ich weiß nichts«, sagte er auf die unausgesprochene Frage.

»Ihr seid mir eine schöne Hilfe!«

Noah gestikulierte mit den Händen, als er zu einer Erklärung ausholte.

»Ich weiß doch auch nicht, was so jemanden wie Mum überzeugt. Mit den Mädchen in meiner Schule geht das ziemlich einfach. Aber wenn du Mum beeindrucken willst und meinst, es geht nur so, dann wirst du schon was inszenieren müssen dafür. Heuer doch jemanden an, der sie überfällt oder so.«

Indem er mit dem Zeigefinger vor seine Stirn tippte, eröffnete Joshua seinem Sohn, was er von dem Vorschlag hielt.

»Na prima! Dann weiß ich auch nichts.«

Sie beendeten ihre Sitzung ohne Ergebnis, aber beide Jungen versprachen, weiter darüber nachzudenken. Auch Joshua hoffte auf einen Geistesblitz. Vor sie hinzutreten und zu sagen: »Megan, ich liebe dich immer noch und möchte zu dir zurück!« würde nicht funktionieren. Nicht bei seiner Frau und der Mutter seiner Kinder. Sie wäre viel zu stur, um diesen gradlinigen Weg zu gehen.

Caro und Damian tobten an diesem Mittag durch das Haus, die Hunde bellend hinterher. Ausgelassen wie die Kinder hatten sie sich erst geneckt und rollten nun lachend auf dem Fußboden des Wohnzimmers herum.

»Erinnere mich daran, wenn ich noch mal heiraten sollte, dann eine Frau mit Niveau.«

Sie boxte ihn an den Oberarm, so kräftig sie konnte.

»Du willst damit doch nicht etwa sagen, ich hätte keins?«

Seine Hände wanderten an ihre Seiten, kitzelten an den richtigen Stellen, als er antwortete: »Eine Frau, die während des Frühstücks schon niedere Instinkte hat, kann keins haben.«

Kichernd und sich windend strampelte sie mit den Beinen, traf ihn dabei unbeabsichtigt am Schienbein.

»Und brutal bist du auch noch!« fügte er hinzu.

»Ich warne dich! Wenn du irgendjemandem erzählst, dass ich dich regelmäßig misshandle, dann kannst du was erleben.« Mit lachenden Augen schaute sie ihn an, als sie diese Drohung ausstieß. Damian versank in ihnen und senkte seine Lippen auf ihre.

»Das sind unlautere Mittel«, beschwerte sie sich, als er sie wieder freigab.

»Weißt du was?«, murmelte er an ihrem Hals, den seine Zunge Zentimeter für Zentimeter erforschte. »Das ist mir völlig egal. Der Zweck heiligt die Mittel.«

Caro gab auf. Wenn er seine Hände und den Mund einsetzte, war sie machtlos. Spitzbübisch funkelte sie ihn an.

»Du wolltest jetzt aber nicht hier auf dem Teppich irgendwelches dummes Zeug machen, oder?«

»Es ist mir auch völlig egal, wo ich das mache, was ich vorhabe. Hauptsache, es passiert.«

Seine Fingerspitzen jagten süße Schauer über ihren Rücken. Grundsätzlich wollte sie ihn hier und jetzt, aber der Schalk saß ihr noch genug im Nacken, um ihn zu ärgern. Sie sprang auf und lief zur Treppe.

»Dann hol dir doch, was du willst!« lachte sie, schon auf dem Weg nach oben.

»Na warte, du Hexe! Du weißt, dass ich dich kriege!«

Daran zweifelte sie nicht. Damian besaß die Eigenschaft, sie immer und überall überzeugen zu können, wenn er es darauf anlegte. Zugegeben, wahrscheinlich machte sie es ihm auch leicht.

Nacheinander stürzten beide ins Schlafzimmer, noch im Laufen machte Damian einen Satz auf Caro zu und riss sie im Fallen auf das Bett. Hastig zog er an ihrem T-Shirt, schob es hoch und vergrub seinen Kopf in ihrem weichen Fleisch. Caro dachte nicht mehr nach, ebenso wenig wie Damian. Sie wollten nur noch einander.

Die Handys lagen, in den Taschen ihrer Jeans, auf dem Boden des Wohnzimmers.

Megan öffnete die verklebten Augen, und sie zwinkerte mehrmals, bis sie sie ganz aufbekam. Dunkel erinnerte sie sich, öfters wach geworden zu sein, aber über allem lag ein Schleier. Selbst wenn sie Wachphasen gehabt hatte, waren diese nur kurz gewesen. Nun hatte sie das erste Mal das Gefühl, richtig klar zu sein. Sie versuchte, die Hand zu heben, um sich über die Augen zu reiben, aber es klappte nicht. Mit der Zungenspitze fuhr sie über ihre trockenen Lippen und drehte den Kopf. Ohne Zweifel befand sie sich in ihrem Schlafzimmer, auf ihrem Bett. Zu ihrem Entsetzen aber rücklings, Arme und Beine wie ein Hampelmann von sich gestreckt und mit Seilen, die aussahen wie ein zerstückeltes Abschleppseil, an den Bettpfosten fixiert. Ein Schrei löste sich in ihrer Kehle, aber ausgedörrt wie sie war, fand er keinen Weg nach draußen.

Megan schluckte krampfartig, was alles nur noch schlimmer machte. Ein dicker Kloß schien ihr die Luft abzudrücken. Ganz ruhig, Megan, beschwor sie sich. In Panik auszubrechen nützt gar nichts. Ruhig zu bleiben aber auch nicht, erkannte sie. Wo war ihr Handy? Natürlich hatte sie es bei sich getragen, als sie das Haus durchsucht und draußen gewesen war, wie sie es Damian versprochen hatte. An ihrer Hüfte hatte es im Slip gesteckt. Sie konzentrierte sich auf die Stelle, doch es war nicht zu spüren. Selbst wenn es noch da wäre, könnte sie nichts damit anfangen, denn sie käme nicht heran. Was jetzt? Was passierte hier überhaupt? Jemand hatte sich in der Nacht im Haus befunden und sie in diese Lage gebracht. Was hatte er gesagt? »Habe ich dir nicht geschrieben, wir werden uns bald sehen?« Die Worte dröhnten in ihren Ohren, als würde er sie gerade in diesem Moment hineinschreien. Dabei hatte er gar nicht laut gesprochen, sondern mit einem heiseren Flüstern. So sehr sie sich anstrengte, sie konnte sich nicht erinnern, die Stimme auf diese Art schon einmal gehört zu haben.

Versuchsweise zerrte Megan an den Fesseln, erst heftig, dann vorsichtiger und mit Bedacht. Beides blieb ohne Wirkung, sie lockerten sich nicht einen Millimeter. Verzweiflung stieg in Megan auf. Niemand würde merken, was sich hier abspielte, wenn nicht Caro oder Damian durch puren Zufall etwas von ihr wollten und vorbeikommen würden. Ihre Mutter, die sie gelegentlich Samstagnachmittags zu einem Kaffee besuchte, war im Urlaub. Stacy hatte sie am Tag zuvor erst getroffen, es gab keinen Anlass für die Freundin, sie heute aufzusuchen. Die Jungs waren weit weg in Dublin, machten sich ein schönes Wochenende mit ihrem Vater. Wer würde merken, dass ich in Schwierigkeiten bin? schrie alles in ihr. Niemand!

Er hatte ihr Blumen geschenkt, Briefe und Mails geschrieben, sie angerufen. Aber er hatte ihr bisher nie etwas getan. Warum also sollte er jetzt damit anfangen? An diese logisch klingende Schlussfolgerung klammerte sie sich in ihrer Angst. Dennoch wusste sie ganz genau, die Fesseln und ihre Position auf dem Bett sprachen für das Gegenteil. Sie spürte, wie ihre Augen feucht wurden und bald rannen einzelne Tränen aus den Augenwinkeln über die Ohren in das Kissen. Mühsam versuchte sie, gegen die immer weiter aufsteigende Panik anzukämpfen. Es musste einen Weg geben! Eine Möglichkeit, sich aus dieser Situation zu befreien.

Sie konzentrierte sich auf eine Hand und versuchte erneut vorsichtig, die Schlinge um ihr Handgelenk zu lockern. Ganz langsam, beugen, strecken, nur nicht ziehen! Das würde ihre Lage nur verschlimmern. Nach einer für sie unendlichen Zeit glaubte sie, ein wenig mehr Luft zu haben. Die Frage war nur, wieviel Zeit blieb ihr, um sich ganz zu lösen? Sie musste es versuchen, eine andere Wahl hatte sie nicht. Immer wieder fragte sie sich, was er mit ihr vorhatte.

In ihre Überlegungen hinein, was auf sie zukommen würde, öffnete sich die Tür. Im Rahmen erschien eine sehr große, kräftige Gestalt, die sie zunächst nur als Silhouette wahrnahm.

Erst als er den Raum betrat, erkannte sie, mit wem sie es zu tun hatte.

»Dad?« Bedrückt stand David in der Küchentür.

Joshua war gerade dabei, in dem einzigen, ihm verbliebenem Kochbuch nach einem geeigneten Abendessen zu suchen. Laut seinem Plan wollte er mit seinen Söhnen zusammen die benötigten Zutaten einkaufen, bevor sie gemeinsam kochen würden. Er sah auf, etwas an Davids Ton hatte ihn aufgeschreckt.

»Mum ist nicht erreichbar.«

Er wusste, David rief täglich an, wenn sie bei ihm waren. Er brauchte diesen Kontakt zu Megan wie die Luft zum Atmen. Im Gegensatz zu David beunruhigte ihn ihre Abwesenheit aber nicht.

»Vielleicht ist sie ja spazieren, bei Caro und Damian oder Stacy oder hat sonst irgendwas vor.«

David schüttelte den Kopf, das schien ihm ausgeschlossen.

»Mum weiß, dass ich heute Mittag anrufe. Zumindest ans Handy würde sie doch gehen.«

»Vielleicht hat sie keinen Empfang?«

»Doch, aber sie geht einfach nicht ran. Ich probiere es jetzt schon über eine Stunde.«

Diese Auskunft ließ Joshua die Stirn runzeln. Tatsächlich war es äußerst untypisch für Megan, einen Anruf der Kinder nicht entgegenzunehmen. Schon gar nicht über eine so lange Zeitspanne. Er überlegte, welche Gründe dies haben könnte, fand aber keinen, der Megan dazu bewegen könnte.

»Ich rufe mal bei Damian an und frage nach, ja?«

David nickte und blieb gleich stehen, um das Gespräch mithören zu können. Es gab keins. Niemand nahm ab, weder am Festnetz, noch an Damians oder Caros Handy. Das wurde ja immer merkwürdiger! Unschlüssig trommelte Joshua auf die Oberfläche des kleinen Schränkchens, das im Flur Standort des Telefons war. Nach Affordshire zu fahren, wäre eine absolute

Überreaktion. Da bei allen angerufenen Handys nicht abgenommen wurde, vermutete er zu seiner Beruhigung erst einmal ein technisches Problem und sagte das auch seinem Sohn. Der schaute ihn zwar zweifelnd an, akzeptierte es aber zunächst mit der Bedingung: »Wenn in einer Stunde immer noch nichts geht, fragst du aber irgendwo nach.«

Ja, das würde Joshua machen. Irgendjemanden würde er schon finden, der ihm Auskunft geben könnte. Es war aber auch denkbar ungünstig, dass sich Olivia und Ethan im Urlaub befanden. Dort war so gut wie immer jemand direkt daheim zu erreichen.

Zehn Minuten hielt er still, dann schaffte er es nicht mehr. Wieder versuchte er es bei Caro und Damian, ohne Erfolg. Wen könnte er noch anrufen? Zum Teufel damit, er würde jetzt bei der Telefongesellschaft nachfragen. Hastig suchte er die entsprechende Nummer und bekam die beunruhigende Auskunft, mit dem Telefonnetz wäre alles in bester Ordnung. Auf die Gefahr hin, dass er sich zum Narren machen würde, rief er seine Söhne. Er würde auf dem schnellsten Wege nach Affordshire fahren.

Kapitel 21

»Was willst du von mir?« fragte Megan mit zittriger Stimme. Sie erwartete keine konkrete Auskunft, aber vielleicht würde er mit ihr reden und sie ansonsten in Ruhe lassen.

»Mit dir zusammen sein natürlich. Du hast mich die ganze Zeit ignoriert, so getan, als ob ich nur ein Insekt wäre, das man lästig zur Seite wischt.«

»Das stimmt doch gar nicht. Ich hatte doch keine Ahnung, dass du ... dass du ...«

»Dass ich deine Nähe suchte? Mit dir zusammen sein wollte? Dann weißt du es jetzt.«

Begierig schaute er sie an, Megan kroch eine Gänsehaut über die Schulterblätter bis hinunter in die Fußspitzen. Ablenken, lenk ihn von dir ab!

»Kannst du mir bitte ein Glas Wasser geben? Ich habe einen total trockenen Hals.«

Er überlegte eine Weile, bevor er sich wortlos umdrehte und das Zimmer verließ. Sie hörte ihn die Treppe hinabsteigen, dumpf in der Küche rumoren und dann zurückkommen. Er wusste ganz genau, es würde niemand nach ihr suchen. Nicht bis zum nächsten Abend, denn er war über alles bestens informiert, was in Affordshire so passierte. Bis dahin konnte er sich demnach Zeit lassen, mit ihr zu machen, was ihm beliebte. Megan war kein gläubiger Mensch, aber nun wünschte sie, es gäbe eine Macht, die ihr helfen würde.

Mit einem Glas Leitungswasser kam er zurück, schob seine Hand unter ihren Kopf und hob ihn hoch, um ihr das Glas an die Lippen zu halten. Gierig trank sie, bis es geleert war. Dann ließ er ihren Kopf vorsichtig wieder in das Kissen zurücksinken. Er will mir nicht wehtun, dachte sie und schöpfte Hoffnung auf einen guten Ausgang.

Er ging wieder ans Fußende des Betts, wo ihre Zudecke zurückgeschlagen war. Ihre Füße lagen dadurch etwas höher, womit er vermutlich beabsichtigt hatte, ihren Kreislauf stabil zu halten. Nun zog er sie unter ihren Füßen weg und grinste süffisant. Megan überlegte fieberhaft, wie sie reagieren könnte. »Wenn du mich losmachst, können wir viel entspannter miteinander reden. Du kannst mir sagen, was du für mich empfindest. Wir können uns austauschen.«

»Für wie dumm hältst du mich?« entgegnete er. »Wir können so genauso miteinander reden. Und du weißt, was ich für dich empfinde. Ich habe es dir immer und immer wieder gezeigt. Aber du warst dir ja zu fein dafür. Außerdem habe ich nicht die Absicht, mit dir zu reden.« Das Wort »reden« betonte er auf eine Weise, die Megan den Atem stocken ließ.

»Ich wusste doch gar nicht, von wem alles das war«, verteidigte sie sich verzweifelt. »Du hast nie einen Namen genannt. Nicht bei den Blumen, am Telefon, in den Nachrichten. Du hättest doch nur mit mir sprechen brauchen! Dann hätten wir das schon lange geklärt.«

Ihre Stimme brach, sie merkte, es war vergebens, sie erreichte ihn nicht. Sein glasiger Blick zeigte, er war mit seinen Gedanken ganz woanders. Wahrscheinlich bei dem, was er zu tun beabsichtigte. Den ersten Schritt dazu unter-nahm er, indem er sie von oben bis unten taxierte, jeden Zentimeter ihres Körpers. Megan kam sich völlig nackt unter seinem Blick vor und wusste, in absehbarer Zeit würde sie es tatsächlich sein. Viel trug sie ohnehin nicht, ein Trägershirt und ihren Slip. Wäre es damit dann vorbei oder würde er immer weitermachen, immer und immer wieder? Und was würde hinterher mit ihr geschehen?

Sein Zeigefinger legte sich an ihren Hals und strich die Konturen nach. Über die Schulter, vorn über die linke Brust, über den Bauch bis zu der Stelle zwischen ihren Beinen. Megan biss die Zähne zusammen, um nicht laut zu schluchzen. Plötzlich zog er seine Hand wieder zurück.

»Wir wollen es ja nicht zu eilig haben, nicht wahr? Wir haben massenhaft Zeit, um das Vergnügen noch zu steigern, bevor wir zum Endgültigen kommen.«

Mit diesen Worten wandte er sich ab und ging hinaus. Sie hatte eine Gnadenfrist bekommen.

Megan hörte ihn unten herumstapfen, einen Topfdeckel scheppern, Wasser laufen. Der kochte doch wohl nicht etwa? Der Gedanke war völlig absurd, aber eine andere Erklärung hatte sie für die Geräusche nicht. Wäre sie doch nur in der Nacht zu Damian gelaufen oder hätte ihn angerufen! Jetzt hatte sie den Salat.

Immer auf die Aktivitäten von unten lauschend, fuhr sie fort, das Seil um ihr Handgelenk zu lockern. Wenn sie erst eine Hand frei hatte, könnte sie sich schnell losmachen. Doch das musste sie erst einmal schaffen.

Die Schritte erklangen im unteren Flur, kamen die Treppe herauf. Es war zu spät, sie hatte es nicht geschafft. Gebannt und nahezu bewegungsunfähig starrte sie auf die Schlafzimmertür, in der er gleich wieder auftauchen würde.

Schnurstracks postierte er sich am Fußende des Betts und schaute auf sie herab, als wenn er sich jeden Quadrat-zentimeter vorher einprägen wollte. Megan kämpfte mit Schwindel und Übelkeit.

»Wir könnten Pläne machen«, versuchte sie es auf andere Art und Weise. »Zum Beispiel für einen gemeinsamen Urlaub.«

Er blieb stumm wie ein Fisch, trat aber um das Bett herum und beugte sich von der Seite über sie. Megan schloss die Augen, um wenigstens nicht sehen zu müssen, wie er sie berührte. Seine Hand schob sich in ihren Slip und zog ihn herunter. Ruckartig riss er ihn an einer Seite auf und schob ihn bis zu ihrem Knöchel hinunter. Dann tat sich nichts, sie hörte nur sein schweres Atmen. Langsam öffnete sie die Augen einen Spalt und sah ihn einfach nur dort stehen, sie betrachtend.

»Das gehört mir«, murmelte er. Scheinbar in Gedanken völlig entrückt, musterte sein Blick wieder ihren Körper, der an seiner empfindlichsten Stelle bloß lag. Sie spürte keine Scham, nur panische Angst vor dem, was kommen würde. Lange brauchte sie nicht darauf zu warten, denn er griff an seine Hose und zog den Reißverschluss auf, öffnete den Knopf. Sie kniff die Augen wieder fest zusammen, versuchte, gegen das Würgen in ihrer Kehle anzukommen.

Joshua klatschte in die Hände, um die Jungen zur Eile anzutreiben.

»Es ist völlig egal, wenn du was vergisst, David. Wir können es jederzeit holen, aber jetzt beeilt euch!«

Er schob sich auf den Sitz seines Kombis und wartete ungeduldig auf das Zuschlagen der Heckklappe und der Türen im Fond. Seine Söhne im Rückspiegel, gab er Gas und schoss aus der Einfahrt.

»Noah, versuch Damian und Caro zu erreichen. Immer abwechselnd, ohne Pause.«

Noah gehorchte. Er wusste nicht, was passiert war und warum sein Vater es plötzlich derart eilig hatte, nach Affordshire zu kommen, aber fügte sich. David hatte sich zurückgezogen, er sagte kein Wort. Verbissen raste Joshua durch den Verkehr, überholte, hupte, in Gedanken bei dem Weg, den sie noch vor sich hatten. Mit der Angst, zu spät zu kommen, für was auch immer. Er könnte die Polizei alarmieren, aber was sollte er ihnen sagen? Meine getrennt lebende Frau geht nicht ans Telefon? Nahezu lächerlich zu erwarten, jemand würde daraufhin etwas unternehmen. Bestenfalls würde vielleicht eine Patrouille am Cottage klopfen, aber mehr auch nicht, wenn sich nichts rührte.

Sie hatten schon die Hälfte der Strecke hinter sich gebracht, als Noah rief: »Ich hab Damian dran!«

Joshua legte eine Vollbremsung hin, der nachfolgende Wagen schaffte es gerade mit Mühe und Not, einen Zusammenprall zu verhindern. Das eindeutige Wedeln des Fahrers vor der Stirn beim Überholen interessierte Joshua nicht, er riss seinem Sohn das Handy aus der Hand.

»Damian, du musst sofort zu Megan. Da stimmt was nicht.« Sein Schwager war deutlich verwirrt.

»Was meinst du?«

»Sie ist nicht erreichbar, reagiert nicht auf Anrufe. Und sie wusste, dass David am Mittag anruft. Ich bin unterwegs, brauche noch etwa eine Stunde.«

»Okay.« Es knackte in der Leitung.

Joshua atmete tief durch, der Anfang war gemacht. Er wusste, Damian wäre innerhalb weniger Minuten bei Megan, dann wäre sie sicher. Er drosselte sein Tempo, um nicht unnötig waghalsig zu fahren und sich womöglich noch einen Strafzettel einzufangen.

»Kannst du uns mal sagen, was eigentlich los ist?« verlangte Noah.

Joshua sah ein, dass er ihnen reinen Wein einschenken musste. So klein war auch David nicht mehr, dass er nicht erfahren durfte, was vor sich ging.

»Eure Mutter wird schon seit längerem von einem Stalker verfolgt. Bisher war er harmlos, aber wir wissen nicht, wer er ist und dass sie heute allein und nicht erreichbar ist, macht mir Sorgen. Es kann alles in Ordnung sein, aber es ist besser, wir sehen nach.«

Ohne es zu wollen, wurde er wieder schneller, fuhr waghalsiger als nötig. Nachdem er es bemerkt hatte, zwang er sich erneut zur Ruhe. Damian wäre sicher schon bei Megan eingetroffen, also gab keinen Anlass mehr zur Sorge.

Damian zerrte an seiner Jeans. Er trug sie nie besonders eng und in der Regel war es kein Problem, sie anzuziehen. In der aufwallenden Panik aber erwies sich das Kleidungsstück als sehr störrisch. Er schaute nur kurz zur Seite, als Caro den Kopf durch den Türrahmen schob.

»Ich denke, du wolltest nur einen Schluck trinken?« fragte sie verwundert. »Was ist denn los?« Sein Gesichtsausdruck zeigte ihr unmissverständlich, etwas war nicht in Ordnung.

»Joshua hat angerufen, Megan ist seit einiger Zeit nicht erreichbar, obwohl sie eigentlich Davids Anruf erwartet hätte. Er ist auf dem Weg hierher, aber ich muss schnell rüber und nachsehen, ob alles okay ist. Ich hoffe es!«

Inzwischen hatte er es geschafft, sich anzukleiden und stürmte ohne ein weiteres Wort aus dem Cottage. So schnell er konnte, rannte er die Dorfstraße entlang bis zu dem Haus, das er bis vor einigen Monaten noch selbst bewohnt hatte. Im Laufen riss er das Gartentor auf und legte den Weg zur Tür innerhalb Sekunden zurück. Alles war ruhig, nichts wies darauf hin, etwas könnte nicht in Ordnung sein. Womöglich war Megan einfach nur unterwegs und hörte ihr Handy nicht oder hatte es vergessen? Doch er wusste instinktiv, diese Erklärung wäre zu einfach.

Die Haustür war verschlossen, also umging er das Haus, um es an der Hintertür zur Küche zu versuchen. Auch hier war zu, aber für ihn würde es kein Problem sein, hinein zu gelangen. Die Tür war nicht sehr stabil, er hatte sie immer schon austauschen wollen. Manchmal war es eben doch gut, ein Vorhaben lange hinauszuschieben. Er holte Schwung und trat mit voller Wucht gegen das Schloss der Tür. Mehrmals musste er den Vorgang wiederholen, bis die Zarge zerbarst und der Weg frei war. In die Küche stürmend, nahm er auf dem Herd einen Topf wahr, Dampf stieg in großen Schwaden auf. Er zog ihn von der Platte und schaltete ab. Sie musste also zuhause sein, vielleicht war sie zusammen-gebrochen? Bei der Sichtung des Wohnzimmers hörte er sie, schrill und panisch: »Nein, nicht! Das kannst du nicht machen, bitte!«

Damian schoss die Treppen hinauf, dem Klang ihrer Stimme nach. Auf das, was er dann sah, war er jedoch nicht gefasst. Seine

Schwester lag mit gespreizten Beinen gefesselt auf dem Bett, ein Mann kniete vor ihr. Von blinder Wut gepackt sprang Damian auf ihn, riss ihn von Megan weg und zusammen landeten sie auf dem Boden. Durch den Schwung vom Bett bekam der Mann Oberwasser und drückte ihn nieder, versuchte, seinen Unterarm auf seine Kehle zu drücken. Aber seine Arbeit als Schreiner verlangte Damian Kraft ab, so konnte er gegenhalten und schaffte es schließlich, seinen Widersacher mit einem kräftigen Stoß zur Seite zu drücken. Ohne Nachzudenken warf sich Damian auf den sehnigen Körper, holte aus und schlug. Immer wieder traf seine Faust Knochen, Zähne. Es knirschte und knackte, schon bald kam keine Gegenwehr mehr. Schwer keuchend registrierte er erst dann, wen er vor sich hatte. Wenn sie alle möglichen Kandidaten in Betracht gezogen hatten – diesen nicht!

Hinter sich hörte er von der Tür her einen spitzen Schrei und drehte sich um, darauf bedacht, den Mann unter sich weiterhin festzuhalten. Caro stand im Rahmen, die Hände vor den Mund gepresst, kreidebleich. Sie hatte sich ebenfalls angezogen und war ihm gefolgt. Auch wenn er das im Grunde für keine gute Idee gehalten hätte, war er jetzt froh darüber.

»Kümmere dich um Megan. Mach sie los und such was, womit ich dies Schwein hier fesseln kann. Dann ruf die Polizei.«

Caro löste sich aus ihrer Starre und stolperte mehr als sie ging, auf Megan zu. Zuerst löste sie ein Bein und zog notdürftig das Höschen hoch, das der Schwägerin noch immer am linken Knöchel hing. Megan nahm dies nicht wahr, sie wimmerte nur noch, das Kopfkissen war tränennass.

»Megan, es ist alles in Ordnung. Er kann dir nichts mehr tun«, redete sie auf die Schwägerin ein, während sie die anderen Seile löste. »Damian hat ihn fest im Griff. Wir sind da, ich mache dich jetzt los. Es wird alles gut.«

Sie brach sich beim letzten Seil einen Fingernagel ab, dann warf sie alle vier zu Damian, der sie nun selbst benutzte. Caro schlang die Arme um die zitternde Megan, die langsam wie aus einer Trance zu erwachen schien.

»Caro?«

»Ja, wir sind hier. Alles wird gut, Megan. Du bist in Sicherheit.« Damian warf ihnen einen Blick zu und beschloss, selbst die Polizei anzurufen. Caro wurde von Megan jetzt dringender gebraucht. Er holte sein Handy aus der Tasche und ließ das verschnürte Bündel Mensch nicht aus den Augen, während er telefonierte. Nachdem das erledigt war, konnte er sich eine Bemerkung nicht verkneifen: »Sag mal, Conor, bist du noch ganz sauber in der Schüssel? Wie krank im Kopf kann man sein?«

Joshua sah die Streifenwagen bereits, als er über die Kuppe kam. Ich bin zu spät, raste es ihm durch den Kopf. Hinter sich hörte er, wie David zu weinen begann und Noahs Versuch, ihn mit gepresster Stimme zu beruhigen. Den Wagen mit einer Vollbremsung am Rand der Straße anhaltend, sprang er vom Sitz, noch bevor der Motor seinen letzten Mucks getan hatte.

»Ihr bleibt hier!« rief er seinen Söhnen noch zu, bevor er zur offenen Haustür hineinstürmte. Unten war alles leer, er raste die Treppe hinauf. Dort hörte er ihre Stimme. Sie lebte und war zumindest nicht schwer verletzt!

Nach dieser Erkenntnis verlangsamte er seine Schritte und ließ sich von den unterschiedlichen Stimmen, die er teilweise nicht kannte, leiten. Geschockt nahm er das Bild auf, das sich ihm bot.

Megan saß auf ihrem Bett, eine Decke um sich geschlungen, mit kreidebleichem Gesicht. Sie zitterte wie Espenlaub, wurde aber von Caro gehalten, die beruhigend auf sie einredete. Am Boden schickte sich ein Polizeibeamter an, einen Mann hochzuhieven, der offenbar gefesselt war. Ein weiterer half ihm dabei, eine weibliche Beamtin stand neben dem Bett und schien Megans Zustand auszuloten. Eins stand fest: Sein Gefühl hatte ihn nicht getäuscht.

Damian erblickte ihn und stemmte sich vom Fußboden hoch, kam langsam auf ihn zu. Im Gegensatz zu dem Mann, der nun in Gewahrsam kam, hatte er lediglich einen kleinen Bluterguss am Kinn, der sich abzuzeichnen begann. Joshua deutete mit dem Kopf zu dem Festgenommenen und fragte perplex: »Wer ist das?«

»Einer, den wir nicht auf der Rechnung hatten. Der Sohn von Emma McFlavery. Die mit dem Dorfladen, erinnerst du dich? Sein Sohn ist mit Noah befreundet. Ich weiß echt nicht, was ich zu diesem Schwein sagen soll!«

Immer noch fassungslos über die vorgefundene Situation, wandte Damian seinen Blick zu Megan. Sie schien sich langsam zu beruhigen.

»Was hat er getan?« Joshua musste es wissen, auch wenn es furchtbar werden würde.

»Dank dir bin ich rechtzeitig gekommen, es war noch nichts weiter passiert. Aber ein paar Minuten später … Ich darf gar nicht dran denken. Sie lag wohl schon länger gefesselt auf dem Bett, aber bisher hatte er sie zum Glück noch nicht angerührt. Sie ist völlig fertig.«

Joshua nickte, es war deutlich zu sehen. Er wollte gern zu ihr gehen, sie in die Arme nehmen und ihr versprechen, alles würde gut werden. Aber konnte er das? Er hatte nicht die Macht, das aus ihrem Kopf zu scheuchen, was sie erlebt hatte.

Damian bemerkte seinen Zwiespalt.

»Geh ruhig hin. Ich könnte mir denken, dass es hilft, wenn du da bist. Du bist jemand, bei dem sie weiß, dass sie ihm vertrauen kann.«

Joshua traute sich nicht, gab sich aber einen Ruck und trat zu Caro. Die machte ihm sofort Platz, nachdem sie Megan abschließend tröstend über die Wange gestrichen hatte. Er setzte sich ans Kopfende, zog seine Frau in die Arme und barg ihren Kopf an seiner Schulter. Sie ließ es anstandslos geschehen.

»Die Jungs sind noch im Auto«, fiel ihm ein.

»Ich kümmere mich um sie«, versprach Caro und verließ sofort den Raum. Ihr Mann sprach bereits mit den Beamten um zu erklären, was geschehen war.

Kapitel 22

Um den Küchentisch bei Caro und Damian saß die gesamte Familie McIntyre, inklusive Joshua. Olivia und Ethan hatten ihren Urlaub sofort abgebrochen und waren nach Hause zurückgekehrt, nachdem sie Damians Anruf erreicht hatte. Natürlich konnten sie nichts mehr an dem ändern, was geschehen war. Aber sie wollten in der Nähe ihrer Tochter sein, auch wenn sie sie gut aufgehoben wussten. Caro hatte frischen Kaffee nachgeschenkt, während Damian den gerade angekommenen Eltern die Ereignisse vom Vortag berichtete.

Olivia hatte sich zuallererst von der körperlichen Unversehrtheit ihrer Tochter überzeugt, aber die seelischen Folgen vermochte sie sich nicht auszumalen. Megan war stark, mehr als man vermutete. Wer wusste das besser als ihre eigene Mutter? Dennoch würde sie noch lange daran zu knabbern haben.

Nach einem Beruhigungsmittel von Dr. Donovan, einer verhältnismäßig ruhigen Nacht und einer Kleinigkeit zum Frühstück war Megan in der Lage gewesen, Olivia alles zu erzählen. Auch das, wovon alle anderen bislang nichts gewusst hatten. Ab dem Zeitpunkt von Damians Eintreffen übernahm er den Bericht, denn Megan hatte sich in dem Moment mental ausgeklinkt und nichts mehr wahrgenommen. Ihren Worten zufolge hatte sie Damian gesehen, gewusst, sie wäre in Sicherheit und was danach geschah, lag wie ein grauer Schleier in ihrem Bewusstsein. Bis sie heute Morgen im Gästebett von Caro erwacht war.

Immer noch fassungslos schüttelte Olivia den Kopf.

»Es war so ein Glück, dass Conor gedacht hat, das ganze Wochenende würde Megan niemand vermissen und er sich deshalb so viel Zeit gelassen hat.«

Damian nickte bestätigend.

»Er wollte sich wohl selber einen Kick verschaffen, indem er es rausgezögert hat. Caro und ich haben uns schon Vor-würfe gemacht, weil wir unsere Handys im Wohnzimmer gelassen hatten, als wir oben waren.« Er räusperte sich etwas peinlich berührt, in Gedanken an ihre Aktivitäten im Schlafzimmer, während Megan hilflos auf ihrem Bett gefesselt war. »Aber sie sagte heute Morgen, sie hätte gar nicht angerufen. Erst wollte sie nicht und dann ist sie nicht mehr dazu gekommen.«

Olivia legte jeweils eine Hand auf die Caros und Damians. »Ihr braucht euch gar keine Gedanken machen. Ihr habt getan, was ihr konntet. Ihr wolltet das Haus überwachen, habt Kameras installiert. Und das alles mit heftiger Gegenwehr Megans. Es konnte niemand ahnen, wer wirklich dahintersteckt und dass der vor allem so ausrastet. Conor war immer ein lieber Kerl und als seine Frau vor drei Jahren starb, hat er uns unheimlich leidgetan. Aber irgendwie muss das bei ihm was ausgeklinkt haben, vermute ich. Womöglich ist er gar nicht Herr seiner Sinne gewesen.«

»Weißt du was?« brauste Damian auf und entzog ihr seine Hand. »Das ist mir scheißegal! Megan lag da, wimmernd und kurz davor, vergewaltigt werden. Über Stunden auf diesem Bett gefesselt! Nicht wissend, was er mit ihr machen würde. Ich hätte diesen Dreckskerl gestern direkt kastrieren sollen!«

Er stieß sich vom Tisch ab, sprang auf und lief in den Garten hinaus. Frische Luft war das einzige, was er jetzt brauchte. Und seine Caro, erkannte er, als sie hinter ihm auftauchte und ihm die Arme um die Taille legte.

»Du kennst doch Olivia. Sie versucht, aus jedem Menschen das Gute hervorzuholen.«

Ja, er kannte seine Mutter und hatte sie für diesen Wesenszug immer bewundert. Aber das Bild seiner Schwester vor Augen, konnte er dafür im Moment nicht das geringste Verständnis aufbringen.

»Dad sagt gar nichts dazu«, bemerkte er mit rauer Stimme.

Caro zuckte die Schultern, sie konnte auch nur vermuten.

»Ich glaube, er zieht sich mal wieder in sich zurück, um das mit sich auszumachen. Sich seine Tochter so vorzustellen, wie du es beschrieben hast, kann er sicher nur schwer ertragen. Genau wie du. Nur bist du anders. Du lässt deine Wut darüber raus. Das kann er nicht.«

Sie hatte Recht, wie immer oder doch meistens. Dankbar, diese Frau gefunden zu haben, zog er sie am Arm zu sich nach vorn und umfing sie. Argwöhnisch suchte sie seinen Blick.

»Es beschäftigt dich doch noch was. Was ist es?«

Ihre sanfte Stimme und das verständnisvolle Schimmern in ihren Augen machten es ihm leicht, sich ihr anzuvertrauen.

»Ich denke die ganze Zeit, wenn er sich dich ausgesucht hätte. Wenn du das anstelle von Megan gewesen wärst. Ich hätte ihn umgebracht«, sagte er leise, aber bestimmt.

Caro stockte der Atem. Der Ton, in dem er den letzten Satz sagte, ließ keinen Zweifel an der Ernsthaftigkeit seiner Aussage und jagte ihr einen Schauer über den Rücken. Natürlich hätte er es nicht getan, er wäre rechtzeitig zur Besinnung gekommen. Aber sie wusste, er meinte es so, wie er es gesagt hatte.

Sie schmiegte sich noch weiter in seine Arme und atmete den frischen Duft seines Rasierwassers ein, den vertrauten Geruch seiner Haut.

»Das hätte er nicht gewagt«, stellte sie klar. »Er hätte gewusst, was ihm dann bevorsteht.«

Noch einige Minuten blieben sie eng umschlungen dort stehen, bis Damian bereit war, wieder hineinzugehen.

Joshua nutzte ihr Eintreffen, um den Raum zu verlassen.

»Ich sehe mal nach Megan.«

Langsam und schwerfällig stieg er die Treppen hinauf. Sie würde ihn nicht wegschicken, dessen war er sich sicher. Zaghaft klopfte er an, bevor er eintrat. Ihre Stimme klang noch sehr dünn und der Anblick im Bett ermutigte nicht gerade. Die Decke bis unter das Kinn gezogen erweckte sie den Eindruck, sich vor aller

Welt verstecken zu wollen. Die Polizei hatte einen Psychologen empfohlen, dem sie sich anvertrauen sollte, um die Geschehnisse verarbeiten zu können. Er würde dafür sorgen, dass sie die Gelegenheit wahrnahm.

»Störe ich? Möchtest du lieber allein sein?« fragte er fast schüchtern.

Ein zaghaftes Lächeln erschien auf ihrem Gesicht, bemüht, ihm zu demonstrieren, es ginge ihr gut.

»Nein, gar nicht. Komm, setz dich zu mir.«

Sie klopfte auf die Matratze neben sich, wo er Platz nahm.

»Megan, ich würde dir gern helfen, aber ich weiß nicht, wie. Geh bitte auf jeden Fall zu dem Psychologen, ja?«

Sie kuschelte sich tiefer in die Kissen, ließ ihn aber nicht aus den Augen.

»Du hast mir schon geholfen, Joshua. Wenn du nicht gewesen wärst, wenn du nicht geahnt hättest, dass was nicht stimmt, hätte Damian nicht rechtzeitig da sein können.«

»Naja«, kratzte er sich verlegen am Nasenflügel. »Eigentlich war es ja David, der deine Unerreichbarkeit komisch fand.«

»Aber du hast reagiert, du hattest die richtige Intuition. Wenn ich dich und Damian nicht gehabt hätte – und David – wer weiß, wie die Sache ausgegangen wäre.«

»Ich würde gern weiter an deiner Seite sein, Megan.« Jetzt sprudelten die Worte nur so aus ihm heraus. Ohne Über-legung, ohne vorherige Planung. »Ich möchte nicht von dir getrennt sein und ich möchte auch keine Scheidung. In den letzten Monaten habe ich gemerkt, wie sehr du mir fehlst. Das ist keine Gewohnheit, Megan. Ich habe es sogar genossen, nach deinem Auszug Fastfood zu essen, rum zu lümmeln und alle Fünfe geradesein zu lassen. Aber das alles ist mir nicht so wichtig wie du.«

Sie hatte ihm ruhig zugehört, begann jetzt, an ihrem Ärmel zu zupfen.

»Ich glaube nicht, dass ich nach gestern noch dieselbe bin, Joshua.«

Unwillig schüttelte er den Kopf. Megan würde immer Megan sein und Veränderungen würden ihn nicht im Geringsten abschrecken.

»Es ist mir völlig klar, dass manches anders sein wird. Du wirst vielleicht nicht mehr unbeschwert auf Menschen zugehen können. Womöglich wirst du sogar vor mir erst mal zurückschrecken. Das ist mir aber egal, Megan. Du bist immer noch du, mit all deinen Schwächen und Stärken, die neuen und die alten. Die, die ich kenne und die, die sich erst noch zeigen werden. Das ändert doch aber nichts.«

Sie wollte es hören, er sollte die Worte aussprechen.

»Woran ändert das nichts?«

Joshua holte tief Luft, bevor er den entscheidenden Satz sagte.

»Es ändert nichts daran, dass ich dich liebe. Immer geliebt habe, auch in der Zeit, als wir beide dachten, es wäre nicht mehr so.«

Hilflos schaute er sie an, wartete auf ihre Reaktion. Kein Plan, sie zurückzugewinnen. Einfach nur die nackte Wahr-heit, würde das reichen?

Sie strich sich das dunkle Haar aus der Stirn, ihre Hand zitterte wieder oder immer noch, er konnte es nicht sagen.

»Ich hatte was mit einem anderen«, klärte sie ihn auf.

»Ich doch auch. Mit einer anderen«, korrigierte er noch hastig.

»Dann wären wir quitt?«

»Wir waren getrennt, Megan. Es hatte nichts zu bedeuten.«

Sie seufzte und richtete sich auf.

»Halt mich fest und lass mich nie wieder los, hörst du? Aber denk nicht, ich würde wieder nach Dublin ziehen. Du musst hierher kommen.«

Joshuas Herz machte einen Satz. Für sie würde er sogar nach Seattle ziehen.

»Du bist dir sicher?« hakte er nach.

»Ich war mir noch nie mit irgendwas so sicher«, bestätigte sie. »Und jetzt tu mir den Gefallen und hilf mir mal hoch. Ich habe es satt, hier rumzuliegen. Nur tut mir alles weh und ich brauche etwas Unterstützung beim Anziehen.«

Sie bot ihm ihre Hand, die er ergriff. Es hatte keinen Sinn, sie überreden zu wollen, liegenzubleiben. Im Gegenteil, er wertete es als gutes Zeichen, dass sie es vorzog, sich nicht zu verkriechen.

Das Gespräch verstummte augenblicklich, als sie die Küche betraten. Alle Augen richteten sich auf sie, doch sie setzten sich wortlos. Damian zog Megan einen Stuhl heran, Joshua nahm seinen vorherigen Platz ein.

»Ich möchte wieder unter Menschen«, erklärte Megan. »Wenn ich da oben allein liege, drehen sich meine Gedanken immer im Kreis und das will ich nicht.«

»Verstehe ich«, sagte Damian. »Du bleibst aber noch weiter hier, oder? Zumindest in den nächsten Tagen solltest du nicht allein daheim bleiben, auch nicht mit den Jungs. Nimm dir die Zeit bei uns, die du brauchst.«

»Oder du kommst zu uns«, bot Olivia an. »Dein Zimmer ist ja sowieso da und die Jungen können ins Gästezimmer oder bleiben hier. Wenn ihr einverstanden seid«, fügte sie mit einem fragenden Blick auf Caro und Damian hinzu.

Die beiden nickten, natürlich war es ihnen recht! Aber Megan machte ihnen mit ihrer Eröffnung einen Strich durch die Rechnung.

»Das ist nicht nötig, Joshua wird bei uns bleiben. Nicht nur die nächsten Tage, sondern er wird ganz hierher ziehen. Wenn du nichts dagegen hast, wenn wir in Zukunft als komplette Familie in deinem Cottage leben, Damian.« Fragend zog sie die Augenbrauen hoch.

Ihr Bruder warf einen Blick zu seiner Frau, bei beiden erschien ein breites Grinsen auf dem Gesicht.

»Nein, ganz sicher nicht! Was macht ihr mit dem Haus in Dublin?«

Joshua zuckte die Achseln.

»Vermieten, denke ich mal. Eine ehemalige Kollegin, die ja nun auch arbeitslos ist, ist sehr knapp bei Kasse. Vielleicht können wir es ihr und ihrer kleinen Tochter für wenig Geld überlassen. Aber das sind Sachen, die Zeit haben. Erst mal muss mein ganzer Kram hierher, dann sehen wir weiter.«

Julia war ihm spontan eingefallen, so könnte er wenigstens etwas an ihr wieder gutmachen, wenn sie es zuließ.

»Oh nein«, stöhnte Damian und legte die Hände vor das Gesicht.

Erstaunt starrten ihn alle an.

»Was ist los?« fragte Caro schließlich.

Gespielt verzweifelt warf er die Arme in die Luft.

»Kannst du mir mal erklären, was wir mit unseren ganzen doppelten Möbeln machen, wenn Joshua mit dem kompletten gemeinsamen Hausstand drüben einzieht?«

»Verkaufen«, erklärte sie kurz und knapp.

Olivia, die dem Gespräch bislang gespannt zugehört hatte und immer noch von den Ereignissen gefangen gewesen war, erwachte zum Leben.

»Wie? Was meint ihr denn damit?«

Alle am Tisch wandten sich ihr verdutzt zu und begannen zu lachen. Sogar Megan vergaß für einen Moment, was der Auslöser für Joshuas Rede im Schlafzimmer und die gemeinsame Entscheidung gewesen war und amüsierte sich prächtig über ihre Mutter.

»Das heißt, Joshua und ich ziehen wieder zusammen, Mum. Wir sind wieder ein Paar. Eigentlich hätte es niemals anders sein dürfen«, seufzte Megan.

»Och, da bin ich aber froh«, bekannte Olivia. »Wisst ihr, ich habe ja nie verstanden, warum ihr euch getrennt habt. Ihr habt euch doch auch danach noch so gut verstanden und immer so gut zusammengepasst …«

»Ja, Mum«, unterbrach Megan. »Das haben wir ja nun auch gemerkt.«

»Okay«, mischte sich Joshua in das Geplänkel. »Ich mache mich auf die Socken und hole alles an Klamotten her, was ich ins Auto kriege. Wenn ich mich beeile, schaffe ich heute zwei Touren. Dann können wir die nächsten Tage erst mal ausspannen und uns demnächst um den Rest kümmern. Ich sage es ja nur ungern, aber ich muss mich auch nebenbei um meine Arbeit kümmern. Gerade jetzt am Anfang darf ich da nicht nachlassen. Aber dabei bin ich ja bei Megan, das ist das Wichtigste.«

Er stand auf und zog seine Autoschlüssel aus der Jeanstasche.

»Will vielleicht jemand mit und mir helfen?« fragte er hoffnungsvoll.

Damian erhob sich ebenfalls und drückte Caro einen Kuss auf.

Sie winkte den Männern hinterher und kochte eine neue Portion Kaffee. Der heutige Tag würde in dieser Küche sicher noch sehr lang werden. Sie hatte nichts dagegen.

4 Monate später

»Wenn du nicht bald in die Kontakte kommst, ist der Bus weg!« zeterte Noah.

»Jetzt mach doch nicht so einen Stress wegen dem blöden Bus«, nörgelte David zurück.

Der übliche, morgendliche Wahnsinn nahm seinen Lauf. Megan schmunzelte über die Wortgefechte der Jungen, die in letzter Zeit immer häufiger wurden. Das mochte an der Auffassung Davids liegen, kein Kind mehr zu sein. Oder auch an der Tatsache, dass Noah eine Freundin gefunden hatte und sich nun als Erwachsener sah, der seinem Bruder etwas Erziehung angedeihen lassen musste. Womöglich war es auch von beidem etwas. Joshua sah dies alles wie üblich völlig gelassen. Er kaute genüsslich seinen Toast und verfolgte den Schlagabtausch lediglich mit den Augen, wie bei einem Tennismatch. Nachdem die Tür hinter ihren Söhnen ins Schloss gefallen war, atmete er auf.

»Kommt es mir nur so vor, oder werden die beiden zunehmend anstrengender?«

Megan warf ihm einen zärtlichen Blick zu. Warum merkte ihr Mann immer erst nach allen anderen, was ablief?

»Du bist ein Schnellmerker, Joshua Riordan.«

Sie schob sich eine Gabel mit Rührei in den Mund und erinnerte ihn kauend: »Denkst du daran, deinen Anzug noch aus der Reinigung zu holen?«

Solche weltlichen Aktivitäten waren Joshua fremd, er brauchte sich in der Regel nicht darum zu kümmern.

»Ich dachte, den bringst du mit, wenn du heute Feierabend hast?«

»Da haben sie zu und ich bin dann bei Stacy, um bei den Vorbereitungen zur Hochzeit zu helfen. Das weißt du doch.«

Nichts hatte Joshua gewusst. Oder, wenn er ehrlich war, hatte er es einfach verdrängt. Derzeit ging ihm viel im Kopf herum. Seine kleine Firma lief sehr gut, brachte aber auch viel Arbeit mit sich, die ihn von den alltäglichen Dingen ablenkte. Das Haus in Dublin hatten sie tatsächlich an Julia vermietet, mit der er sich ausgesprochen hatte. Nun schien es sogar an der Zeit zu sein, ihr Arbeit anbieten zu können. Megan hatte mit alldem kein Problem, denn Joshua hatte ihr in allen Einzelheiten berichtet, was sich zwischen ihm und der ehemaligen Kollegin abgespielt hatte. Sie mochte Julia und wusste, sie würde sich von Joshua fernhalten. Außerdem waren sie durch zwei Stunden Fahrzeit getrennt.

Mit der Anstellung Julias würde Joshua zum Arbeitgeber avancieren – welch ein Gedanke! Mit Mühe zerrte er seine Aufmerksamkeit wieder zurück zu seiner Frau und der bevorstehenden Hochzeit von Stacy und Ian.

»Müssen wir da unbedingt hin?«

Er war nun wirklich kein Freund von offiziellen Anlässen, sofern sie ihn nicht direkt betrafen. Schon gar nicht, wenn er zu dieser Gelegenheit einen Anzug tragen musste.

Megan verdrehte die Augen. Manche Dinge änderten sich nie!

»Ja, müssen wir. Ich bin davon auch nicht so begeistert, aber die zwei wissen, dass wir erst später zu der Feier kommen. Also alles halb so schlimm.«

Er nickte, irgendwie würde er es überstehen. Schon allein Megan zuliebe, der es wichtig zu sein schien. Mal ganz davon abgesehen, war er inzwischen vollwertiges Mitglied der Dorfgemeinschaft und mit dem Brautpaar befreundet. Immerhin lebte er seit vier Monaten hier. Aus der Perspektive gesehen blieb ihm ohnehin keine Wahl.

Misstrauisch fixierte er seine Frau. Sie wirkte etwas blass um die Nase und erschöpft. Ihr Erlebnis mit Conor McFlavery hatte sie erstaunlich gut verkraftet, was sicher auch darauf zurückzuführen war, dass sie vor ihm keine Angst mehr zu haben brauchte. Er würde nicht nach Affordshire zurückkehren. Demnach wäre sogar eine zufällige Begegnung in der Zukunft ausgeschlossen. Es hatte sie etwas traurig gestimmt, als er sich das Leben genommen hatte. Schon wegen seines Sohns Rory, der für alles das nichts konnte und nun Vollwaise geworden war. Aber Emma war zu sehr Großmutter, als dass sie nicht mit allen Mitteln versuchte, ihrem Enkel zu helfen, so gut sie konnte. Und auch im Hause Riordan war der Junge immer noch sehr willkommen. Jetzt vielleicht sogar umso mehr.

Daher fand er gerade keine Erklärung für Megans Aussehen an diesem Morgen und beschloss, nachzufragen.

»Ist alles in Ordnung? Fühlst du dich nicht gut?«

Ein verschmitztes Lächeln breitete sich auf ihrem Gesicht aus. Eigentlich fühlte sie sich wunderbar, wenn auch etwas müde und ihr Erlebnis heute Morgen im Badezimmer hatte zwei Seiten. Eine gute und eine schlechte.

»Joshua«, begann sie herumzudrucksen.

Er horchte sofort auf. Den Ton kannte er, dabei kam selten etwas Gutes heraus.

»Nun sag schon.«

»Wir werden bald unser Gästezimmer oben aufgeben müssen.«

Völlig verständnislos starrte er sie an. Wollte sie sich etwa auch selbstständig machen und dort ein Büro einrichten? Aber womit?

»Wenn du auch was Freiberufliches geplant hast, dann können wir doch gemeinsam in dem Büro hier unten arbeiten. Ich fände das toll! Was hast du denn geplant?«

Männer! Manchmal waren sie wirklich auf den Kopf gefallen.

»Ich will mich nicht selbstständig machen. Im Gegenteil, arbeiten kann ich in den nächsten Jahren eher vergessen. Schade eigentlich, es war nicht schlecht, eigenes Geld zu verdienen.«

»Du kannst bei mir arbeiten. Anstelle von Julia. Das mit dem Support kriegst du locker auch hin und in die Materie der

Auftraggeber hätte sie sich auch erst einarbeiten müssen. Wenn du nicht mehr jeden Tag nach Langshire fahren magst, meine ich. Du bekämst dann von mir ein reguläres Gehalt, das wäre auch dein selbstverdientes Geld.«

Megan warf einen flehenden Blick an die Zimmerdecke. Einen Versuch würde sie noch wagen, danach kam nur noch die Holzhammermethode infrage. Sie stand auf, setzte sich auf seinen Schoß und kuschelte sich an ihn.

»Du wolltest doch immer eine ganz große Familie haben. Jetzt ist die Gelegenheit dazu. Oder vielmehr, sie wächst schon.«

»Natürlich, unsere Jungs beweisen ja jeden Tag, dass sie langsam erwachsen werden. Das ist ...« Er brach ab. Endlich ging in seinem Gehirn eine ganze Landebahn an.

»Du ... du ... meinst aber nicht, dass ... dass ...«, stotterte er hilflos.

»Was meine ich denn?« zog sie ihn unbarmherzig auf.

Er blickte auf ihren noch flachen Bauch. Insgesamt war sie etwas runder und weiblicher geworden, seit sie ihre rein vegetarische Ernährung über Bord geworfen hatte. Und unter diesen Rundungen versteckte sich nun etwas? Ehrfürchtig legte er seine Hand dorthin, wo er noch nichts sah.

»Wir werden noch mal Eltern«, flüsterte er.

»Na, das hat aber gedauert!« lachte sie und musterte sein verdattertes Gesicht.

Joshua träumte bereits von einer kleinen Tochter, um das geschlechtliche Gleichgewicht im Hause Riordan herzu-stellen. Manchmal fügte sich eben doch alles, wenn auch auf Umwegen.

Ich hoffe, mein Roman hat Ihnen gefallen.

Ich freue mich über jede Bewertung und Rezension, auch wenn sie noch so kurz ist, egal, auf welcher Plattform Sie dieses Buch gefunden haben.

Besuchen Sie mich gern auf Facebook: https://www.facebook.com/ricarda.konrad.autorin

oder auf meiner Homepage: http://ricarda-konrad.jimdo.com/

Weitere Romane:
In den Schatten der Vergangenheit
Herbst der verlorenen Spuren